킹더랜드 ②

STUDIO:ODR

일러두기

- 이 책은 작가의 드라마 대본 집필 형식을 최대한 따랐습니다.
- 드라마 대사는 글말이 아닌 입말임을 감안하여 한글맞춤법에서 벗어난 표현이라
  해도 그 표현을 그대로 살렸습니다. 그 외 지문 등은 한글맞춤법을 따랐습니다.
- 쉼표, 느낌표, 마침표 등도 작가의 의도를 따랐습니다.
- 책은 작가의 최종 대본으로 방송과 다른 부분이 있을 수 있으며, 방송되지 않은
  부분을 포함하고 있습니다.

킹더랜드 2

초판 1쇄 인쇄 2023년 12월 11일
초판 1쇄 발행 2023년 12월 21일

지은이 최롬

편집인 이기웅
책임편집 안희주
편집 주소림, 양수인, 김혜영, 한의진, 이원지, 오윤나, 이현지
기획 북케어
디자인 정유정
책임마케팅 김서연, 김예진, 김지원, 박시온, 류지현, 김소희, 김찬빈, 배성원
마케팅 유인철
경영지원 박혜정, 최성민
제작 제이오

펴낸이 유귀선
펴낸곳 ㈜바이포엠 스튜디오
출판등록 제2020-000145호(2020년 6월 10일)
주소 서울시 강남구 테헤란로 332, 에이치제이타워 20층
이메일 odr@studioodr.com

ⓒ 최롬

ISBN 979-11-93358-30-6 (04810)
      979-11-93358-28-3 (세트)

스튜디오오드리는 ㈜바이포엠 스튜디오의 출판브랜드입니다.

운명 같은 사랑 속으로
체크인, 하시겠습니까?

작가의 말

착하고 예쁜 내 딸은 할머니 옆에서 드라마 보는 것을 참 좋아한다.
어느 날, 드라마에서 나왔던 장면 하나를 재미있다며 따라 하기 시작했다. 얼굴에 물을 뿌리고, 뺨을 때리고, 돈 봉투를 내밀며 사람을 쫓아내고, 잔인한 복수조차 사이다라는 단어로 대체되어 버리는 자극적인 세상에 조금씩 익숙해지는 것 같았다.
그 이후로 딸에게 어른들이 보는 드라마는 보지 말라고 했다. 막상 그러고 나니 딸과 함께 볼 만한 드라마가 없었다. 한국방송작가교육원이라는 곳에서 드라마 쓰는 법을 배울 수 있다길래 겁도 없이 지원했다. 작가가 되고 싶다는 열망보다 따뜻한 이야기를 만들고 싶다는 마음이 더 컸다. 가벼운 마음으로 시작했지만 현실은 고됐다.
연차를 쓰면서 강의를 듣고, 퇴근 후 육아를 하고, 교육원에 제출할 단막극을 쓰다 보면 두세 시간 자기도 힘든 날이 대부분이었다.

벅찬 나날들 속 유일한 낙은 〈효리네 민박〉을 보는 시간이었다. 임윤아 배우가 활짝 웃을 때마다 세상이 밝아지고 마음이 말랑말랑해지는 느낌이 들었다.
'세상에서 제일 환한 웃음을 가진 천사랑'이라는 캐릭터가 떠올랐고, 만약 내가 글을 쓸 수 있다면 그 웃음의 주인은 임윤아 배우밖에 없다고 생각했다.
자극적이지 않은데도 재미있는 드라마가 있을까, 착한 이야기인데도 지루하지 않을 수 있을까, 독하지 않은데도 흥미로울 수 있을까… 답이 없는 질문을 던지며 답을 찾아갔다. 그 길의 끝은 〈킹더랜드〉의 출발점이 되었다.

〈킹더랜드〉는 로맨틱 코미디로 시작하지 않았다. 그냥 '사람 사는 이야기'였다.
비록 홀로 고단하게 살아가지만, 자기 일에 최선을 다하며 열심히 사는 내 주변 사람들의 삶이 이야기의 원형이 되었다. 모든 인물이 자기가 진짜 원하는 것을 찾아가는 이야기이며 그런 인물들의 희망과 판타지가 '구원'이라는 캐릭터를 만들었다.
세상에 없는 남자친구, 세상에 없는 사장님. 따뜻한 세상으로 함께 걸어가는 동반자가 있다면 얼마나 좋을까. 구원 캐릭터를 고민하고 있을 때 딸이 구세주처럼 나타났다.
요즘 제일 멋진 오빠가 있다며 〈나 혼자 산다〉에 나오는 이준호 배우 편을 보여주었다.
무대 위에서 카리스마 넘치던 모습과 달리 진중하고 따뜻한 모습을 보며, 만약 원이가 있다면 저런 사람이 아닐까 하는 생각이 들었다.
임윤아, 이준호 두 배우가 마음에 자리 잡으며 글이 살아나는 느낌이 들었다.

글을 쓰고 나니 '낯선 드라마'라는 평을 많이 받았다. 뭔가 강력한 빌런이 있어서 긴장감을 끌어올려야 하지 않을까요? 나중에 시원하게 복수하는 거죠?
"환하고 행복하게, 마음 졸이지 않고 편안하게 즐길 수 있는 한 시간을 만들고 싶어요."
그 시간만큼은 온 가족이 모이는 즐거운 시간이었으면 했다. 글을 쓰는 내내 내가 제일 좋아하는 영화 〈노팅힐〉을 BGM처럼 틀어놓았다. 백 번을 넘게 봐도 질리지 않고 볼 때마다 재미있는 그들처럼 〈킹더랜드〉도 길을 잃지 않기를 기원했다.

사랑이 시작되고 어떠한 난관에도 흔들리지 않는 사랑을 그리고 싶었다.
다행히 이준호 배우와 임윤아 배우가 거짓말처럼, 꿈처럼 다가왔고 현실에서 피어났다.
임윤아 배우는 천사보다 더 천사 같고 사랑보다 더 사랑스러웠다. 세상에서 가장 환한 미소와 따뜻한 마음, 그 누구보다 열정적인 모습에 다시 한번 반했다.
이준호 배우는 구원이 가진 매력을 완벽하게 보여주기 위해 모든 것을 쏟아부었다. 그 결과 더 멋진 원을 만날 수 있었다. 극에서도 현실에서도 배려의 아이콘이었다.
두 분이 있었기에 〈킹더랜드〉에 마침표를 찍을 수 있었다.

옷부터 안경까지, 작은 소품 하나까지 직접 준비하며 작품에 애정을 쏟아주신 안세하 배우, 언제나 활기찬 에너지를 불어넣어 주는 인간 비타민 김가은 배우, 선하다는 말로는 부족할 만큼 마음까지도 너무 예쁜 고원희 배우, 순수하고 맑은 영혼을 가진 김재원 배우, 언제나 호탕하게 웃으며 칭찬과 격려를 해주시던 손병호 회장님, 그 누구보다 고운 마음을 가진 아름다운 여왕 김선영 배우 덕에 집필 내내 마음이 따뜻했다.
사람에게 받는 행복한 에너지가 뭔지 새삼 느끼게 만들어 준 분들이다.
그리고 처음 뵌 날 앞으로도 따뜻한 드라마 많이 만들어 달라고 손을 꼭 잡아주셨던 김영옥 선생님, 마음이 체온으로 고스란히 전달돼 눈물이 났다. 신인 작가라 더 그랬는지 과하게 대본을 칭찬해 주신 촬영, 조명 감독님, 촬영장 갈 때마다 옆자리를 내어주신 오디오 감독님, 모든 스태프와 배우분들께 감사드린다.

방송에 이어 출판, 스푼 작가님과의 웹툰까지 많은 분의 도움이 있었기에 가능했다.
가장 힘든 시간을 버틸 수 있도록 옆을 지켜준 가족과 친구들, 좋은 이야기를 만들 수 있도록 전폭적인 지지를 해주시고 믿어주신 앤피오 표종록 대표님과 천성일 작가님, 항상 큰 마음으로 품어주신 SLL 박성은 본부장님, 아이디어 뱅크 권오범 센터장님, 그리고 '진심이 담긴 글이 가장 큰 힘'이 될 거라고 응원해 주신 문경심 작가님께 감사드린다.

그리고 하늘에 계신 우리 아빠, 대본 다 쓸 때까지 버텨줘서 고마워. 이제 아프지 말고 편히 쉬어. 나는 계속 따뜻하고 행복한 글 쓸게.
항상 할 수 있다고 지치지 않고 응원해 준 자랑스러운 내 딸 유니, 사랑해.
〈킹더랜드〉를 사랑해 주신 모든 분들 정말 감사합니다. 모두 모두 행복하세요.

최롬

구원 이준호

웃음을 경멸하는 남자 | 킹호텔 신입 본부장

타고난 기품, 차가운 카리스마, 명석한 두뇌, 시크한 매력에 킹그룹의 후계자라는 타이틀까지 가졌다.

모든 걸 다 가졌지만 없는 것은 단 하나, 어느 날 갑자기 사라진 엄마에 대한 해답.

모든 게 풍족하지만 부족한 것도 딱 하나, 연애 세포.

어느 날, 엄마가 사라졌다. 사진 한 장조차 남기지 않고 흔적도 없이. 어린 구원은 울며 엄마를 찾았지만 보모, 가정부, 요리사, 정원사, 기사 등 모든 사람들은 웃는 얼굴로 원이를 대했다.

그때부터였다. 웃는 얼굴이 가장 싫어진 것이.

이제는 엄마 얼굴도 기억나지 않는다. 아버지는 원이가 누나 구화란과 경쟁을 하며 튼튼한 후계자로 성장하기를 바랐지만 원은 영국에 남아 돌아갈 생각을 하지 않았다.

그러던 어느 날, 발신자 불명의 우편물이 도착했다. 아주 오래전, 킹호텔에 근무하던 엄마의 인사 기록 카드.

누가 보냈을까… 왜 보냈을까…

원이는 모든 불행이 시작된 곳, 킹호텔로 돌아가기로 한다. 직급은 높고 일은 안 할 수 있는 직책이 뭔지 찾아보다가 본부장을 선택했다.

호텔 도착 첫날부터 이상한 직원을 만났다. 이름이 천사랑이란다.

원이가 가장 싫어하는 가식적인 웃음으로 무장한 사랑은 심지어 성격마저 고분고분하지 않다.

그런데… 언젠가부터 사랑의 웃는 얼굴이 원의 머릿속을 헤집어 놓기 시작한다.

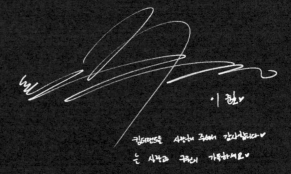

이 현

킹더랜드를 사랑해 주셔서 감사합니다♥
늘 사랑과 구원이 가득하세요♥

천사랑 임윤아

웃기 싫은 스마일퀸 | 킹호텔 우수 호텔리어
한 달짜리 실습생으로 킹호텔에 처음 입성한 사랑은 로비 데스크를 거쳐 모든 호텔리어의 꿈인 VVIP 라운지 '킹더랜드'까지, 어느덧 7년째 살아남는 중이다.

엄마와 처음이자 마지막으로 놀러 갔던 바닷가 호텔. 어린 사랑에게 그곳은 꿈의 궁전이었고 가장 행복했던 시간이었다. 사랑은 그래서 호텔을 선택했다. 자기가 느꼈던 그 하루를 다른 사람에게 선물하는 호텔리어가 되고 싶었고, 딱 한 번만이라도 킹호텔에서 일하고 싶었다.

다들 2년제 대학 출신인 사랑이 금방 잘릴 것을 예상했지만 싱그러운 미소와 뛰어난 능력으로 재작년에는 킹호텔 우수사원이 되었고,
작년에는 친절사원으로 뽑혔으며, 올해는 호텔의 얼굴이라는 직원 홍보모델이 되었다.
그러다 구원을 만난다. 무려 킹호텔 본부장님이시자 장차 킹그룹 후계자가 되실 분이란다. 실습 첫날부터 악연이었던 원이와는 취임 첫날에도 악연으로 얽힌다.

사랑은 신분 상승 욕망이 없다. 호텔리어로서 자기 일을 사랑하고 열심히 잘 해내고 싶을 뿐이다. 그런 사랑이었으니 원이에게도 고분고분할 리가.
그가 뾰족하게 다가오면 사랑도 똑같이 뾰족뾰족 대해줬다. 세찬 파도가 거친 돌을 만나듯 둘은 매번 달그닥달그닥 시끄러웠다. 둘은 출신만큼이나 생각도 달랐다. 하지만 부딪치면 부딪칠수록 둘은 서로에게 동글동글해지는데…
아무것도 바라지 않았던 사랑에게 처음으로, 갖고 싶은 사람이 생긴다.

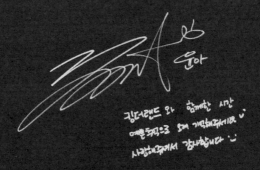

윤아

킹더랜드 와 함께한 시간
예쁜추억으로 오래 기억해주세요 ♡
사랑해주셔서 감사합니다 ♡

오평화 고원희

요령 빼고 다 가진 승무원

맡은 바 임무에 최선을 다할 뿐 편법도 꼼수도 모른다. 높이 올라가고 싶지만 방법을 모르는 곰이다. 지렁이도 밟으면 꿈틀한다는데, 어차피 밟힌 거 꿈틀하면 뭐 하나 싶어 조직에 순종했다. 그저 열심히, 착실하게, '미련 곰팅이'처럼 성실하게만 살았다.

아름다운 비행을 꿈꾸며 킹그룹 계열사인 킹에어에 입사했다. 정말 열심히 비행을 했는데 어느덧 동기들은 모두 진급해 사무장이 되었고 자기만 혼자 평승무원으로 남아 있다.

이렇게 위아래로 계속 짓눌리다 맷돌에 갈리는 콩처럼 흔적도 없이 사라질 것 같다. 이번에야말로 승진 누락자 꼬리표를 떼고 꼭 사무장이 되리라! 반드시 L1(사무장 좌석 번호)에서 똥칠할 때까지 살리라!!

처음에는 비행이 좋아서 했다. 이제는 무엇을 좋아했는지, 왜 일을 하는지조차 까먹었다. 영원한 단짝친구 사랑과 다울, 그리고 후배 승무원 로운이 없었다면 시들어 말라버린 꽃처럼 바사삭 부서졌을 것이다.

다시 자신을 돌아보는 평화. 내가 보는 나는 사랑하고 싶은 여자, 그저 비행이 즐거운 승무원이다. 다른 사람이 날 어떻게 보든 상관없다.

강다을 김가은

내 사람은 내가 지킨다. 슈퍼우먼.
가장 해로운 해충은 대충! 열정 만수르라 불리는 다을에게 뭐든 대충이란
없다. 하고 싶은 일이 너무 많아 결혼도 하지 않겠다고 했지만,
별도 달도 다 따줄 것처럼 말하는 충재에게 속아 친구들 중 가장 먼저 결
혼을 했다.

결혼을 해도 열정은 넘쳤다. 킹그룹 계열사인 면세점 '알랑가'에서는 매출
왕, 팀원들에게는 멋진 팀장, 남편에게는 내조의 여왕, 시어머니에겐 착한
며느리, 딸에게는 최고의 엄마로 살자니 24시간이 모자랐다.
내가 이룬 가정, 일, 팀원들 어느 것 하나 포기할 수 없다. 내 울타리에 들
어온 사람들은 내가 지킨다. 내가 기꺼이 방패가 되어주리니.

매번 직원들 편에 서느라 실속은 하나도 챙기지 못했다. 회사도 시어머니
도 해달라는 걸 다 해줄수록 요구사항은 점점 늘어갔다. 다을이는 소중한
내 사람들을 지키기 위해 이름처럼 다 '을'로 살았다. 그럴수록 주변 사람
들은 다을이 손해 보는 걸 당연하게 여겼다. 어느덧 다을은 누가 챙겨주지
않아도 혼자 잘하는 사람으로 여겼고 또 모든 걸 잘 해내야만 하는 사람이
되었다.

그때야 알았다. 내가 챙겨야 할 가장 중요한 사람은 '나'라는 걸.

노상식 안세하

원이 친구이자 비서
원과 함께 인턴 생활을 하다가 우연히 친구가 되었다. 그 인연으로 느닷없이 정직원이 되더니 원이를 따라 유도도 함께 갔다가 귀국도 함께. 그리고 지금은 친구이사 비서가 되었다.
눈치는 엄청 빠르나 원이에게만 눈치가 없고. 상황판단이 빠르지만 유독 원이 비위는 못 맞춘다. 그리고 가장 큰 단점. 마음에 없는 말은 죽어도 못 한다.
그래서 원은 상식을 믿는다.

이로운 김재원

킹에어 승무원
훈훈한 외모로 사내 여직원들의 대시가 끊이지 않는다. 항상 팀을 위해 궂은일도 마다치 않고 솔선수범하는 평화의 모습에 호감을 느낀다.
로운의 눈길은 항상 평화에게 머물러 있다. 평화가 좌절하고 방황할 때마다 로운은 잊지 않게 얘기를 해준다.
"선배가 되고 싶은 건 사무장이지만, 하고 싶은 건 아름다운 비행 아니었어요? 지금도 충분히 멋져요. 저는 꼭 선배 같은 좋은 승무원이 될 거예요."
비행의 목적을 잃은 평화에게 로운은 늘 나침반이 되어준다.

구일훈 손병호

킹그룹 회장님
첫 번째 부인은 딸 화란을 낳고 사망했다. 뒤늦게 회사 직원이었던 한미소와 재혼하고 아들 원이를 가졌다. 하지만 한미소는 지금 행방불명 상태.
자신 같은 사람이 최후에 지켜야 하는 것은 사랑이 아닌 가업이라 여긴다.
형제들과의 싸움에서 이겨 모든 경영권을 물려받았고 이제는 딸 화란과 아들 원을 경쟁시켜 후계 구도를 완성해야 한다. 화란이야 야무져서 걱정 없지만 원이는 다르다. 아들이 엄마 같은 사람이 될까, 혹시 엄마 같은 여자를 만날까 늘 걱정이다.
원이 자기와 같은 아픔을 되풀이하지 않기를 바란다.

구화란 김선영

킹그룹 장녀

원의 누나. 킹호텔 상무이자 킹에어 상무, 킹패션 알랑가 부사장까지 겸임하고 있다. '손님이 왕'이던 시절은 지났다. '매출이 왕이다'라는 경영 철학을 가지고 있다.

엄마가 죽고 몇 년 후, 새엄마가 들어와 아들 원이를 낳았다.

아직 어렸지만 화란은 위기의식을 가졌다. 그러던 중 새엄마 미소가 사라졌다. 사라지려면 원이까지 데리고 사라질 것이지… 하지만 혼자 남은 원이 바람 빠진 풍선처럼 쪼그라드는 것도 재미가 있었다.

모든 면에서 자신감 넘치고 당당했던 화란은 천재 교수 윤 박사와 결혼하고 아들 지후를 낳았다. 남편은 공부를 더 하겠다고 유학을 갔지만 화란은 가정보다 회사가 중요했다. 화란에게 가족은 액세서리일 뿐이다.

그런 와중에 원이가 귀국했다. 아버지는 경쟁을 통해 능력 있는 자식에게 그룹을 물려주겠다 했지만, 원 따위는 경쟁 상대가 아니었는데…

원이는 생각과 달리 쉽게 물러서지도, 지지도 않았다. 화란은 오랜 시간 쌓아온 두려움과 맞서야 한다. 늘 해왔던 것처럼 악다구니를 쓰며 밀어낼지. 아니면 인정하고 받아들일지.

차순희 김영옥

멋진 할머니

사랑에게 남은 유일한 가족이자 이 세상 가장 소중한 존재이다.

시골 시장 골목에서 '30년 전통 원조 가마솥 소머리국밥'을 운영하고 있다. 입은 거칠지만 마음은 따뜻하고 포근하다.

킹더랜드

킹그룹

구화란
킹호텔 상무
원의 이복누나

구일훈
킹그룹 회장
원의 아버지

한미소
원의 어머니

킹에어

오평화
킹에어 승무원

이로운
평화의 후배 승무원

윤교수
화란의 남편

윤지후
화란의 아들

알랑가 면세점

강다을
알랑가 팀장

도라희
알랑가 슈퍼바이저

서충재
다을의 남편

서초롱
다을의 딸

킹호텔

킹더랜드

노상식
원의 친구이자 비서

김수미
킹호텔 지배인

구원
킹더랜드 본부장

천사랑
킹더랜드 호텔리어

차순희
사랑의 할머니

전민서
킹더랜드 지배인

하나
킹더랜드 직원

두리
킹더랜드 직원

세호
킹더랜드 직원

목차

작가의 말 · 4

등장인물 · 6

인물 관계도 · 13

9부 · 23

10부 · 81

11부 · 141

12부 · 203

13부 · 265

14부 · 327

15부 · 389

16부 · 449

9부

킹더랜드

1. 레스토랑 내외부/ 밤. 비

레스토랑 밖, 창문 너머로 빗방울에 맺힌 두 사람의 모습이 아름답게 반짝인다. 톡톡… 빗방울이 떨어지기 시작한다.
안에서도, 밖에서도 비가 내리고 있다.
두 사람의 키스가 끝났다. 아직 여운이 가시지 않은 듯 서로를 바라본다.

사랑	(밖을 본다) 비가 오네요.
원	그러네.

창밖을 보는 두 사람. 이 상황이 웃기기도 하고 쑥스럽기도 한 듯 웃는다. 서로 눈이 마주치자 다시 입을 맞춘다.
잠시 후, 스프링클러가 멈춘다.

원	잠시만.

카운터 쪽으로 가는 원. 홀로 남은 사랑은 얼굴이 발그레하다.
원이 카운터 안쪽에서 무릎담요를 가지고 나온다.
사랑이 머리 위로 담요를 푹 씌우더니 번쩍 안아 드는 원.

사랑	(당황하며) 걸을 수 있어요.
원	알아. 잘 걷는 거.

창가 옆에 놓인 의자로 가더니 사랑을 앉히고 눈높이를 맞추며 바라

보는 원.

원   잠깐 혼자 있을 수 있지?
사랑   어디 가게요?
원   금방 올게. 보고 싶어도 조금만 참아.

사랑은 말똥말똥한 눈으로 고개를 끄덕인다.
그런 모습이 사랑스럽기만 한 원. 사랑이 머리를 쓰다듬고 밖으로 나
간다.

2. 레스토랑. 거리 교차/ 밤. 비

비 내리는 거리를 달리는 원.
불빛도, 거리도, 원이 얼굴도 반짝거리고 있다.
원은 아무리 달려도 숨이 차지 않는 것 같다.

스프링클러에서 물방울이 똑똑 떨어지고 있다.
창가로 가는 사랑. 김이 서려 밖이 보이지 않는다.
하트를 그려본다. 예쁘게 그려진 하트 안으로 원이 얼굴이 나타난다.
활짝 웃는 원. 지금껏 본 얼굴 중 제일 환한 웃음이다.

3. 레스토랑/ 밤

원이 사랑에게 쇼핑백을 준다. 사랑이 쇼핑백을 열어보며,

사랑	이게 다 뭐예요?
원	갈아입고 나와.
사랑	옷 사러 다녀온 거예요?
원	얼른 갈아입어. 다 젖었잖아.

감동하는 사랑. 바라만 보고 있자 원이 사랑이 어깨를 잡아 카운터 쪽으로 돌려준다.

| 원 | 얼른 갈아입고 오세요. 감기 걸려요. |

4. 화장실/ 밤

쇼핑백에서 옷을 꺼내는 사랑. 옷뿐 아니라 신발에 양말, 수건까지 들어 있다. 세심하게 챙겨주는 원이 고맙다.

5. 레스토랑/ 밤

옷을 갈아입고 나오는 사랑. 옷을 입은 채 물기를 짜내던 원이 돌아본다.

원	괜찮아?
사랑	네. 뽀송하니 좋아요. 본부장님도 얼른 갈아입어요.
원	내 건 없는데.
사랑	제 것만 산 거예요?
원	감기 걸릴까 봐 서두르다 깜빡했어. 근데 난 괜찮아. 이 정도 추위쯤이야 끄떡없어. 시원하고 좋네!

호기롭게 말을 마치자마자 우에~치! 재채기를 하는 원.
사랑이가 카운터 테이블 위에 놓아두었던 무릎담요를 들자 더 호기롭게 거절하는 원.

원	아냐, 진짜 괜찮아. 옷도 다 말랐어. 흐에이취!
사랑	감기 걸려요.
원	진짜 괜찮다니까.
사랑	제가 안 괜찮아요.

원에게 담요를 둘러주는 사랑. 원이 같이 덮자는 듯 담요 한쪽을 올려주면,

〈레스토랑, 시간 경과〉
원과 사랑이 담요 한 장을 함께 걸치고 딱 붙어 앉아 맥주를 마시고 있다. 테이블에는 남은 재료를 다 집어넣은 정체 모를 음식이 끓고 있는데, 보글거리는 소리가 따뜻하게 느껴진다.
사랑이 국물을 먹어본다. 맛있다.

사랑	정체는 잘 모르겠지만 진짜 맛있어요.
원	최고의 요리로 대접하고 싶었는데.
사랑	이미 받았어요. 여태까지 먹어본 음식 중에 제일 맛있었어요. 분위기도 제일 좋았고 비도 제일 많이 맞았고, 그리고 제일 포근했어요.
원	좋아해 줘서 고마워. 다음에 또 해줄게.
사랑	다음엔 제가 대접할게요.
원	언제? 내일?
사랑	아뇨.
원	그럼 언제?
사랑	음… 제일 예뻐 보이는 날?

찡긋 웃으며 맥주 캔을 드는 사랑. 그때가 언제일지는 몰라도 기분이 좋다. 원이도 캔을 들고 건배를 한다.

6. 알랑가/ 밤

다을, 하늘, 이슬, 막내가 매장 밖으로 고개를 빼꼼히 내밀고 보고 있다. 이미 인적이 끊긴 듯, 고요하다.

유빈	딱 500불만 더 하면 달성인데요.
하늘	글렀어. 이제 곧 마감인데 개미 한 마리 보이지 않아.
이슬	제가 백 하나 긁을까요?
다을	여행 한번 가려다 쇠고랑 차지 말고 500불이면 그냥 네 돈으

로 여행 가.

이슬	(입 삐죽 내밀며) 다 같이 가야 재미있죠.
다을	내가 로또 되면 여행 쏠게.
하늘	사지도 않으시면서.
다을	이제부터 사볼게. 다들 퇴근도 못 하고 고생했어. 얼른 마감 하고 곱창 먹으러 가자, 내가 쏠게.
팀원들	(다들 시무룩하다) 네!

각자 흩어져 마감 준비를 하려는데 한 커플이 들어온다.
절호의 찬스이자 마지막 기회!! 다을이 한 톤 높은 목소리로 인사를
한다.

다을	어서 오세요. 알랑가입니다.
하늘	안녕하세요. 알랑가입니다.
나머지	알랑가입니다. 어서 오세요~

커플에게 다가가는 다을과 팀원들. 상냥한 미소지만 먹이를 포위하
는 늑대 무리 같다.

〈알랑가〉

쇼핑백을 들고 매장을 나서는 커플. 다을이 배웅 인사를 한다.

다을	감사합니다. 즐거운 여행 되세요.

손님이 나가고. 다을이 돌아서자 팀원들이 소리 낮춰 조용히 환호를

부른다.

🧑‍🍳 7. 술집/ 밤

팀원들과 맥주를 마시고 있는 평화. 시끌벅적 축제 분위기다.

미나	오평화 사무장님의 진급을 축하하며 다 같이 건배!!
팀원들	진급 축하합니다!
평화	왜들 그래? 하지 마!!
은지	왜요? 사무장님이 이번 진급 심사는 기내 판매 비중이 제일 크다 하셨잖아요. 개인 매출 1위에 팀 전체 1위까지 했는데, 이건 빼박입니다!
미나	그럼요! 그동안 고생 많으셨습니다. 사무장님, 올라가시면 저희 잊지 마시고 팍팍 끌어주세요. 충성합니다!
평화	(쑥스럽다) 그만들 해. 진짜 그러지 말라니까.

따뜻한 눈으로 평화를 바라보던 로운, 눈이 마주치자 잘했다는 듯 엄지를 척 올린다. 사무장이 가게 안으로 들어온다.
미나가 손을 번쩍 들고 반기며 일어난다.

미나	사무장님! (발 빠르게 달려가 사무장 겉옷과 가방을 챙기며) 왜 이리 늦으셨어요? 사무장님 안 계시니까 저희끼리 너무 심심했잖 아요.
사무장	다들 신나게 잘들 놀더만. 늙은이 없음 더 좋지 뭐.

미나	무슨 그런 서운한 소리를 하세요. (의자 빼주며) 얼른 앉으세요.

사무장이 앉자마자 술을 따르고 안주 몇 개를 집어 앞접시에 놓아주는 미나.

사무장	다들 고생 많았어. 특히 만년 꼴찌라 핍박받던 우리 팀을 전체 1등으로 끌어올린 1등 공신, 오평화 씨에게 우리 모두 감사한 마음을 담아 박수!
로운	(큰 목소리로) 모두 선배님 덕분입니다. 감사합니다!

팀원들 모두 박수를 보내고 평화는 쑥스러운 듯 일어나 감사 인사를 한다.

사무장	그리고 이건 내가 주는 선물. 고생 많았어. (평화에게 봉투 건넨다)
평화	(감동) 다 같이 고생했는데 저만 받아서 어떡해요.
사무장	받을 자격 충분해. 부담 갖지 말고 써.
평화	감사합니다. 잘 쓰겠습니다.
사무장	그리고 오늘의 하이라이트! 중대 발표가 있어요.

모두 기대하는 얼굴로 사무장에게 집중을 하는데, 로운만 평화를 보고 있다.
그간 평화 고생을 알아서인지 로운은 기분이 좋다.

사무장	우리 팀에서 이번에 사무장 진급하는 사람이 있어요.

우와~ 박수와 환호. 모두 평화를 본다. 평화는 쑥스러운 듯 표정 관리를 못 하고, 은지는 뒤로 돌아 미리 준비한 케이크를 꺼내 초를 꽂는다.
비행기와 승무원 모양까지 있는 예쁜 수제 케이크에 '오! 평화 사무장님, 승진 축하드립니다' 문구도 쓰여 있다. 은지가 초에 불을 붙이고 케이크를 들고 돌아서는데,

사무장　　　미나 씨, 사무장 진급 축하해. 고생 많았어.

잘못 들었나? 평화 얼굴이 굳는다. 로운을 포함해 모두 평화 눈치를 살피는데,

미나　　　저요? 진짜 저 맞아요?
사무장　　　왜? 축하한다는 말 더 듣고 싶어?
미나　　　아뇨, 정말 감사합니다. 열심히 하겠습니다.

로운, 당황한 얼굴로 평화를 바라본다.
평화는 굳은 듯 사무장만 보고 있다.
케이크를 든 은지, 어쩔 줄 몰라 머뭇거리고 있는데 팀원1이 케이크 칼로 평화 이름을 쓰윽 도려내고 문지른 뒤 미나에게 내민다.

팀원1　　　(환하게 웃으며) 미나 사무장님 진급 축하합니다!

8. 노래방/ 밤

미나를 둘러싸고 팀원들이 신나게 노래를 부르고 있다. 축제 분위기다. 한창 즐겁게 노래 부르던 미나, 술에 취해 비틀거리며 평화에게 온다.

미나   죄송해요. (발음이 꼬인다) 감히 제 주제에 하늘 같은 선배를 제끼고.

평화   괜찮아. 나 신경 쓰지 마. 정말 고생 많았어. 축하해.

미나   괜찮긴 뭐가 괜찮아요? 부럽지. (맥주를 마시며) 그냥 부러우면 부럽다고 해요. 쿨한 척하는 게 더 없어 보여요.

평화   (차분하지만 단호하게) 그만 마셔. 취했다.

미나   그러게 잘 좀 하지. 이렇게 기쁜 날, 왜 선배 눈치 보게 만들어요? 괜히 사람 미안하게 만들고. 불편하게. 이게 뭐야.

더 이상 미나의 술주정을 참을 수가 없는 평화, 자리를 박차고 나간다.

9. 노래방 앞/ 밤

밖으로 나오는 평화, 화단에 걸터앉아 멍하니 하늘을 본다.
바람을 쐬니 이제야 조금 숨통이 트이는 것 같다.
양손에 커피를 든 로운, 걱정스러운 얼굴은 감추고 미소를 장착한 채 다가간다.

로운   (아이스커피를 건네며) 시원하게 한잔해요.
평화   (애써 웃는다) 고마워. 잘 마실게.

아이스커피를 마시는 평화. 막혔던 마음도 조금 뚫리는 듯하다.

로운   괜찮아요?
평화   아니. 안 괜찮아. 혹시나 하고 기대했던 내가 너무 창피해.
로운   선배 예전에 했던 말 기억해요? "나는 그냥 비행하는 게 좋
         아."
평화   그랬지… 지금도 그렇고.
로운   사람들은 종종 되고 싶은 거랑 하고 싶은 걸 헷갈려 한대요.
         선배가 되고 싶은 건 사무장이지만 하고 싶은 건 아름다운 비
         행 아니었어요?
평화   사무장이 되면 비행이 더 아름다워지지 않을까?
로운   지금도 충분히 멋져요. 저는 꼭 선배 같은 좋은 승무원이 될
         거예요.
평화   나처럼? 지금까지 뭐 봤어? 내 꼴 안 보여?
로운   보여요. 늘 봤으니까요. 손님들 편하고 안전하게 여행할 수
         있도록 늘 최선을 다했어요. 사무장 오평화라는 말보다 최고
         승무원 오평화가 더 멋있어요.
평화   고마워. 위로는 안 되지만 기운은 낼게.

평화가 웃어준다. 로운이 손을 내민다. 악수를 하자는 건가… 평화가
그 손을 잡는다. 로운이 평화를 당긴다.
걸터앉아 있던 평화가 일어선다.

로운   좀 걷죠. 바람도 시원한데.

손을 잡고 걸어가는 로운. 평화는 로운에게 잡힌 손을 본다.
이대로 걸어가고 싶지만 슬그머니 손을 뺀다.

10. 원이 방/ 낮

샤워를 마치고 나오는 원.
여느 아침과 달리 생글생글 웃는 얼굴로 출근 준비를 한다.

11. 호텔 로비/ 낮

반달눈으로 출근하는 원.
왜 계속 웃는 얼굴인지, 상식은 궁금해 죽겠다는 표정이다.
원이 앞으로 빈 카트를 끌고 지나가는 도어맨 할아버지가 인사를 한
다. 정중하지만 과하지는 않은 인사다.

김봉식   안녕하세요.
원   네. 안녕하세요.

원, 다시 도어맨을 본다.
깔끔한 정복, 멋진 은색 머리, 푸근한 인상… 어디선가 본 적이 있는
것 같다. 원은 생각이 날 듯 말 듯 미련이 남아 김봉식 뒷모습을 보고

있다.

상식	왜 그러세요?
원	분명 어디서 본 적이 있는데.
상식	당연히 보셨겠죠. 오래 근무하신 분이잖아요. 여기서만 40년 되셨대요.
원	40년?
상식	호텔의 역사이자 산증인이시죠.

잠시 생각하는 원. 김봉식 뒷모습을 지켜보고 있다.

상식	왜요? 뭐 궁금하신 거 있으세요? 오라고 할까요?
원	아니. 다음에.

돌아서는 원. 다시 걸어가는데 엘리베이터를 기다리는 사랑이 보인다. 사랑을 보자마자 다시 반달눈이 되는 원. 걸음이 빨라진다. 느긋하게 걷던 상식은 갑자기 빨라진 원을 따라잡느라 급하다.

원	안녕하세요. 좋은 아침입니다.
사랑	네. 안녕하세요.

사랑도 뒤늦게 원을 발견하고 웃으며 인사한다.

👤 12. 엘리베이터/ 낮

엘리베이터에 타고 있는 원과 사랑, 그리고 상식.
원이 사랑이 옆으로 바짝 다가서자 사랑이 그러지 말라는 듯 팔꿈치로 옆구리를 쿡 친다. 원은 그런 반응마저 행복하다.
상식이 힐끔 돌아본다. 아무래도 원이 이상하다.

상식   뭐지? 이 행복해 죽겠다는 얼굴은?
원   잘못 봤어.
상식   아닌데 분명 뭔가 있는데… 안 그래 사랑 씨?
사랑   전 잘 모르겠는데요…
상식   이상한데…

상식이 앞을 보자 이번에는 은근슬쩍 사랑이 손을 잡는 원.
놀란 사랑이 손을 빼려 하지만 원은 놓아주지 않는다.
상식이 다시 휙! 돌아본다.
어느새 둘은 손을 놓았고, 사랑은 아무렇지도 않은 척 눈인사를 한다.

원   또 왜?
상식   큰일이네. 눈이 완전 맛이 가셨네. 반달이야. 카리스마가 없어.
원   이상한 소리 말고 내려. 다 왔어.

엘리베이터 문이 열리고 상식이 내린다.
상식이 내리자 빠르게 닫힘 버튼을 누르는 원.

13. 엘리베이터/ 낮

원이 웃으며 사랑을 보고 있다.

사랑	왜 안 내려요?
원	바래다줄게.
사랑	혼자 갈 수 있어요.
원	혼자 보내기 싫어서.

뭐가 좋은지 계속 웃고 있는 원, 사랑은 황당하기도 하지만 좋기도
하다.

14. 킹더랜드 휴게실 앞/ 낮

사랑이 휴게실 앞에서 멈춘다.

사랑	(누가 볼까 두리번거린다) 여기까지만요. 더 이상은 안 돼요.
원	알았어.
사랑	이번만이에요. 다음부터는 안 돼요.
원	알았어.
사랑	어째 말이 안 통하는 것 같은데?
원	들어가시죠!

원이 두 손을 들어 시원하게 안내를 해준다.

🧑‍🍳 15. 로커룸/ 낮

킹더랜드 유니폼을 꺼내는 사랑. 혼자 있을 땐 사랑도 좋은 기분을 감추지 않는다.

🧑‍🍳 16. 킹더랜드/ 낮

팀원들이 누군가의 눈치를 살피고 있다. 사랑이 표정도 불편해 보인다.

하나	뭐지? 왜 안 가고 계속 계시는 거지?
두리	일 잘하나 못하나 감시하는 거 아닐까요?
세호	맞네. 딱 그거네. 소오름. 사람 그렇게 안 봤는데.
하나	(얼른 고개 돌리며) 또 본다!

괜히 뭐라도 하는 척하는 팀원들.
보면 창가 쪽에 혼자 앉아 있는 원이 보인다. 여전히 미소 가득한 얼굴이다.
사랑과 눈이 마주치자 환하게 웃어주는 원. 사랑도 얼른 고개를 돌린다.

하나	계속 힐끔힐끔 보는 거 보니 맞네. 감시하는 거.
세호	사랑 씨가 갔다 와봐.
사랑	제가요?

두리	혹시 뭐 필요한 거 있는지, 왜 그러는지 분위기 좀 살피고 와.

모두들 눈을 모아 빨리 갔다 오라고 재촉한다.
울상이 되는 사랑, 어쩔 수 없이 원이에게 간다.
원이 다시 카운터 쪽을 보는데 사랑이 오고 있다. 하루 종일 보고 있는데도 또 좋다.

사랑	더 필요하신 거 있으십니까, 본부장님?
원	아니.
사랑	그러시면 이만 일어나시는 건 어떠실까요?
원	싫은데?
사랑	계속 그렇게 앉아 계시니까 다들 불편하잖아요.
원	나 신경 쓰지 말고 일해.
사랑	(팀원들 눈치 보고 목소리 낮춘다) 그렇게 신경 쓰이게 앉아 있는데 어떻게 신경을 안 써요.
원	조금 있다 여기서 회의 있어.
사랑	몇 신데요?
원	5시.
사랑	지금 2시거든요? 얼른 가세요.
원	조금만 더 있다 갈게.
사랑	안 돼요!
원	보고 싶어서 그래. (반달눈으로 어필해 보며)
사랑	여기 회사예요. 본부장님. 지금 일어나세요.

정색을 하고 단호하게 말하는 사랑. 원이도 웃음이 사라진다.

원	그게 그렇게 정색할 일인가? 보고 싶은 게 잘못이야?
사랑	다들 눈치 보여서 일도 못 하잖아요. 저도 마찬가지고요.
원	알았어. 그럼 딱 한 잔만 더 마시고 갈게.
사랑	벌써 세 잔이나 드셨거든요? (울고 싶다) 제발 그냥 좀 가세요.
원	정말 그러길 바래?
사랑	네! 너무나도 간곡히요.
원	(서운하다) 네. 소원대로 사라져 드리죠.

원은 서운한 티를 팍팍 내며 일어나 나간다.
막상 원이 뒷모습을 보니 너무 매몰차게 쫓아낸 거 같아 마음이 쓰이는 사랑.

〈킹더랜드〉

외국 손님(男)이 계산을 하고 있다.
카운터는 세호가 맡고, 사랑은 그 옆에서 매출 서류를 정리하고 있다.

〈이하 영어〉

손님	혹시 남산 근처에 잘하는 한정식집 추천해 줄 수 있을까요?
세호	아, 남산이요? 죄송하지만 이쪽 근처가 아니라서요. 혹시 괜찮으시다면 호텔 주변 한식당으로 추천해 드려도 될까요?
손님	미팅이 그쪽이라… 괜찮습니다.

옆에서 듣던 사랑이 수첩을 꺼내 펼쳐 세호 앞으로 슬며시 내민다.
남산 근처 맛집 리스트가 있는데, 주소와 인기 메뉴, 예약 가능 여부
및 외국어 가능한 직원이 있는지까지 정리되어 있다. 놀란 세호, 사

랑을 한번 돌아보고는,

세호	고객님, 좋아하시는 메뉴가 있으실까요?
손님	갈비나 불고기가 좋아요.
세호	(수첩 빠르게 살피고) 남산 한정식이라는 곳이 있는데 갈비랑 불고기 메뉴가 외국 분들께 평이 좋습니다. 영어로 서빙 가능한 직원도 있는데, 예약 필요하시면 도와드릴까요?
손님	(감동이다) 고마워요. 그럼 오늘 7시에 3명 예약 부탁할게요.
세호	네. 잠시만 기다려 주시면 예약 가능한지 확인해 보겠습니다.

유선전화로 식당에 전화를 하는 세호.

세호	남산 한정식이죠? 오늘 7시 3명 예약 가능할까요? 네. 저희 호텔 고객분이시니까 킹호텔에서 왔다고 하면 안내 부탁드리겠습니다. 네, 감사합니다. (손님에게) 예약됐습니다. 킹호텔에서 왔다고 하면 자리 안내할 겁니다.
손님	정말 고마워요. 내가 전 세계 여러 나라를 다녀봤지만 이렇게 세심하게 알려주는 호텔리어는 처음이에요. 정말 훌륭해요.

손님은 칭찬을 아끼지 않는다.

〈킹더랜드〉
세호, 사랑이 눈치를 보다가. 인정하고 싶지 않았지만 사랑이 달리 보인다.

세호	덕분에 고마워, 라는 말이 이럴 때 쓰라고 있는 말인가 보네.
사랑	아니에요. 선배님이 워낙 응대를 잘하셔서 그렇죠. (양손 엄지를 치켜세우며) 정말 최고셨어요!
세호	(어깨가 으쓱한다) 그야 그렇지만! 근데 아까 그 맛집 리스트는 뭐야? 인기 메뉴, 위치, 외국어 가능한 직원이 있는지 없는지 다 적혀 있던데.
사랑	로비 근무할 때 외국 손님들이 식당을 많이 물어보셔서서요. 쉬는 날마다 맛집 투어 다니면서 틈틈이 정리해 놓은 거예요. 별건 아니지만 맛있는 요리를 추천해 드리는 것도 우리나라에 대한 좋은 추억을 선물하는 방법 같아서요.
세호	사랑 씨도 보면 참 열심이다. 지극정성이야.
사랑	서비스는 디테일이 생명이잖아요. 저를 믿고 방문하시는 거니까 정말 맛있고 좋은 서비스를 받으실 수 있는 곳으로 안내해 드려야죠.
세호	좀 멋있다. 괜히 친절사원이 아니네. 다시 봤어.
사랑	(웃는다) 수첩은 서랍에 둘게요. 혹시 필요하실 때 꺼내 보세요.
세호	안 아까워? 그거 다 사랑 씨 노력이고 노하운데.
사랑	뭐가 아까워요. 우리 팀에서 쓰는 건데요. 우리 모두 한 식구잖아요.

사랑이 그렇게 나올지 몰랐다. 세호가 처음으로 사랑이에게 따뜻하게 웃어준다. 비로소 사랑이를 한 팀으로 받아들이는 느낌이다.
원과 구 회장, 화란, 임원들이 킹더랜드로 들어오고 있다.
마지막으로 들어오는 원, 이직도 토라진 듯 사랑이 쪽을 보지 않고 들어온다.

👤 17. 킹더랜드. 룸/ 낮

원과 화란, 구 회장과 최 전무, 임원 1, 2 등이 식사를 하며 회의를 하고 있다.

구 회장 (원이에게) 100주년 기념행사는? 맡아보니 할 만해?

원 네, 준비하고 있습니다.

화란 구체적으로 뭘 하고 있는데?

원이 화란을 본다. 화란은 부드럽게 말하지만 가시가 박혀 있다.

화란 단순한 행사가 아니잖아. 킹호텔은 킹그룹 뿌리야. 특히나 올해는 그룹사 100년을 집대성하는 동시에 비전을 제시하는 자리가 되어야 하고.

원 알아.

화란 정관계 인사들도 초청해야 되는데 물밑 작업 하나도 안 됐잖아. 그 사람들 '내일모레 행사니까 오세요' 해서 오는 사람들 아냐.

구 회장 (원이에게) 그건 화란이 말이 맞아. 국토위, 기재부, 관세청 같은 데는 부드럽게 풀어야 되는데, 그쪽 네트워크는 누나가 잡고 있으니까 도움 청해.

원 저한테 믿고 맡기셨잖아요. 제가 잘 준비할게요.

화란 준비가 안 되고 있으니까 그렇지.

원 이건 킹더랜드 일이야. 킹더랜드 일은 내 일이고.

화란 아니지, 호텔 일이지. 킹호텔의 모든 역량을 보여주는 일이라고.

원   …그러네. 호텔 전체가 움직여야 하는 일이네.

        (구 회장에게) 그럼 앞으로 제가 호텔 전체를 맡아서 해볼게요.

놀라는 화란. 최 전무는 사레가 들려 기침을 하고 다른 임원진들도
놀란다. 구 회장은 담담하게 원을 보고 있다.
내심 원이 스스로 뭔가를 해보겠다고 욕심을 내는 모습을 기다리고
있었다.

구 회장   항공이랑 유통은 누나가 하고 있으니까 호텔은 네가 맡아도
        되지. 대신 이번에 능력을 보여봐. 100주년 행사 결과 보고
        다시 얘기하자.

화란은 입술을 깨물고, 원은 가볍게 고개를 숙여 인사를 한다.
그때, 노크 소리와 함께 문이 열린다.
사랑이가 커피를 들고 들어온다. 사랑이와 정면으로 눈이 마주치는 원,
반갑게 웃는 사랑이와 달리, 원이는 서운한 얼굴이다.
차례차례 서빙을 하며 원이 옆으로 오는 사랑.

사랑   (작은 소리로) 본부장님? 커피 더 드시겠습니까?

원   안 드시겠습니다.

턱없이 큰 목소리. 사랑도 놀라고 구 회장과 화란 등도 놀라 바라본다.

👤 18. 킹더랜드 앞 복도/ 낮

원과 구 회장 등이 킹더랜드를 나온다.
원이 걸음이 점차 느려진다.
임원진들이 목례를 하며 원이를 추월한다.
어느덧 대열 제일 마지막에서 걸어가는 원. 걸음을 멈추고 뒤를 돌아
본다. 후~ 심호흡을 하는 원. 킹더랜드 문 앞으로 간다.
가까이 가지는 못하고 멀리 떨어져서 안을 살피는 원.
유리문 안으로 다른 직원은 보이는데 사랑은 보이지 않는다.
조금 더 다가서는 원. 유리문에 얼굴을 밀착하다시피 하고 안을 살피
는데, 누군가 뒤에서 어깨를 톡! 친다. 돌아보면 사랑이 잔뜩 화가 난
얼굴로 서 있다.
놀라 몸을 꼿꼿하게 세우는 원.

사랑   잠깐 저 좀 보시죠!

👤 19. 호텔 비상구 계단/ 낮

화가 난 얼굴의 사랑.

원   회사에서는 마주치지 않기로 한 거 아니었나?
사랑   혹시 삐졌어요?
원   난 그렇게 옹졸한 사람이 아니야.
사랑   삐진 거 같은데?

46

원	아니. 공과 사를 확실히 구분하려는 것뿐이야. 천사랑 씨가 바라는 대로.
사랑	아~ 삐졌구나!
원	아니라니까. 부른 이유가 뭐야?
사랑	갑자기 불러 죄송합니다. 드릴 말씀이 있었는데 드릴 필요가 없을 것 같네요. 이만 가보겠습니다.

사랑을 잡으려다 마는 원.
사랑도 이건 아닌데 싶어 고개를 흔든다. 뭔가 둘 다 꼬이고 있다.

20. 원 사무실/ 낮

침울한 얼굴로 들어오는 원.
소파에 앉아 핸드폰을 보던 상식이 벌떡 일어나더니 한쪽 손을 높이 든다.

상식	(흥분) 본부장님!

무슨 뜻인지 몰라 가만있자 상식이 원이 팔을 들어 올리더니 하이파이브를 한다.

상식	본부장님 진짜 최고, 완전 상남자! 그게 바로 당신!
원	무슨 소리야?
상식	드디어 상무님한테 전쟁 선포하셨다면서요. "내가 호텔을 통

째로 맡겠습니다!" 잘하셨어요. 이제 시작입니다. 제가 앞장
서겠습니다.

결의에 찬 상식, 한심하게 바라보는 원.
원을 가만히 바라보던 상식, 뭔가 이상하다.

상식	뭐지 이 불행해 죽겠다는 얼굴은?
원	…
상식	아까는 좋아죽는 얼굴이더니 지금은 그냥 죽을상인데? 무슨 일 있죠? 말해봐요.
원	아무것도 아냐. (자리로 간다)
상식	(따라간다) 아무것도 아닌 게 아닌데? 왜요? 막상 칼 뽑았더니 무서워서 그래요?
원	그런 거 아냐.
상식	아니면 뭔데요. 얘기해 봐요.
원	됐어. 퇴근해.

원이 일어나 나간다.

🧑‍🔧 21. 화란이 사무실/ 낮

화란과 최 전무가 앉아 있다.

최 전무	이대로 가다가는 본부장한테 다 뺏기겠어요. 구원 본부장이

가진 가장 큰 무기를 너무 가볍게 생각하시면 안 돼요.

화란   무슨 무기?

최 전무 아들이라는 점이요.

노크를 하고 수미가 들어온다.

수미   미국에서 급히 연락이 왔는데요. 계속 전화 연락이 안 된다고.

화란   나중에 하라고 해.

수미   지후 도련님 일로 급한 일인 거 같습니다.

화란   나중에 하란 말 안 들려?

수미   네. 알겠습니다.

수미가 나간다. 화란이 최 전무를 본다. 차갑다.

화란   걱정되세요, 전무님?

최 전무 아무래도요.

화란   나 못 믿어요?

최 전무 그건 아닙니다.

화란   그게 아니면 왜 걱정을 해. 킹그룹은 처음부터 내 거고 앞으로도 전부 다 내 거예요. 원이한테 단 하나라도 줄 생각 없어요.

최 전무 죄송합니다, 상무님.

화란   우리 쪽 인사들 따로 초청장 돌려요.

최 전무 구 본부장 도와주실 생각이십니까?

화란   누가 누굴 도와줘요. 행사장이야 원이가 만들겠지만 그 안은 전부 내 사람들로 채울 거예요. 원이는 결국 껍데기만 차지한 거예요. 아시겠어요?

22. 원이 차/ 저녁

원이 마음처럼 도로가 꽉 막혀 있다.
답답한 듯 주위를 둘러보던 원, 길가에 예쁜 꽃 가게가 보인다.

23. 꽃 가게/ 저녁

꽃다발을 들고 가게를 나오는 원.

24. 국밥집/ 저녁

문이 열리고 꽃다발을 든 원이 들어온다.

원　　　　저 왔습니다.

화면 넓어지며 국밥집 내부가 보인다.
테이블 위에 의자를 놓고 그 위에 올라가 전구를 갈고 있는 할머니,
위험해 보인다.

할머니　　뭐여? 여까정 뭔 일이여?

내려오려는 할머니, 의자가 흔들려 불안하다.

원　　　　할머니 잠깐만요.

말이 끝나자마자 의자가 기우뚱하면서 할머니가 넘어진다.
원이 할머니를 향해 몸을 날리고,

25. 병원/ 밤

병원 전경 보인다. 쾌적한 1인실인데 할머니는 자꾸 일어나려 하고
원이는 계속 눕히려고 한다.

할머니　　겨우 요깟 거 가지고 뭐 허러 병원까정 와? 돈이 썩어나?
원　　　　병원 안 왔음 어쩔 뻔했어요. 양쪽 무릎 연골이 다 닳았다는
　　　　　데 여태 어떻게 걸으셨어요?
할머니　　두 발로 걷지 어떻게 걸어? 이 나이 먹고 관절 좋은 사람 있
　　　　　어? 쌩쌩하면 그게 더 이상허지. 놔. 집에 가게.
원　　　　의사 선생님 말씀 못 들으셨어요? 오신 김에 무릎 주사도 맞
　　　　　고 연세도 있으시니 검사도 몇 개만 더 해보자셨잖아요.
할머니　　장사는 누가 하고?
원　　　　제가 알아서 할게요.
할머니　　양파도 못 까는 놈이 말은. (또 병상을 벗어나려는데)
원　　　　(할머니 잡고 단호하게 말한다) 할머니. 아무리 그러셔도 주사 맞고
　　　　　검사 마치기 전까지는 절대 병원 못 나가십니다. 식당은 제가

어떻게 해서든 잘해볼 테니까 할머니는 몸부터 챙기세요.

원은 절대 할머니 고집에 질 생각이 없다. 그 결심이 표정과 말투에
고스란히 전달된다. 원을 가만히 보던 할머니.

할머니   어디서 눈을 부라려?

퍽퍽! 원이 등짝을 때리는 할머니. 원이 놀라 멀찍이 도망간다. 진짜
아프다. 할머니 힘이 보통이 아니다. 원이 등을 문지르려 하지만 손
이 닿지 않는다.

할머니   굼벵이마냥 느릿할 줄 알았더니 몸은 빠르네. 여까정 뭔 일이
                 여?
원   지나는 길에 들렀어요.
할머니   서울서 여가 어딘데 지나는 길에 들러?
원   꽃 보니까 할머니 생각나서.
할머니   꽃 보면 사랑하는 사람이 생각나야지 왜 늙은 내가 생각나?
                 보아하니 사랑이랑 뭔 일이 있고만.
원   어떻게 아셨어요?
할머니   딱 보면 몰러? 네놈 얼굴에 다 써 있구먼. 너 사랑이 좋아하
                 지?
원   예. 저 사랑 씨 좋아합니다.
할머니   고백은 했어?
원   서로 좋아하는데 굳이 말로 해야 하나요?
할머니   이리 와봐.

원	거기서 말씀하셔도.
할머니	와!

원, 뭉그적거리며 할머니에게 간다. 할머니가 원이 손을 꼬옥 잡고 다정하게 말한다.

할머니	아무리 마음이 통했어도 말로 진심을 담아 표현하지 않으면 모를 때가 많아. 좋아할 때도 그렇고 싸울 때도 마찬가지고. 서로 서운한 게 있어도 괜히 자존심 부리지 말고 뭣 땀시 서운했는지 솔직하게 얘기하고 진심으로 들어주는 게 제대로 사랑 하는 법이여. 알았어?
원	명심할게요.
할머니	사랑이한테 잘하든 잘못하든 상관은 없어. 근데 만약 잘못하믄 넌 내 손에 죽어. 알았어?
원	네. 잘할게요. 약속드릴게요.
할머니	그래. (원이 손등 톡톡 치며) 일단 후보로 등록해.
원	무슨 후보요?
할머니	우리 사랑이 신랑감 후보 1번. 몇 명 더 보고 결정할게.
원	할머니!

문이 열리며 사랑이 들어온다.

사랑	할머니이~

울면서 할머니에게 달려드는 사랑. 얼마나 놀라 달려왔는지 신발도

짝짝이다.

사랑	할머니 괜찮아?
할머니	괜찮아. 암시롱 안 해야.
사랑	얼마나 다쳤는데? 어디가 아픈데? 많이 아파?
할머니	암시롱 안 하다니까, (원이에게) 남자가 진득허니 가만 못 있고 입 싸게 고새 쪼르르 일러? 입이 그렇게 가벼워 어따 써?
원	입원 환자는 보호자에게 알릴 의무가 있어서.
할머니	넌 탈락여, 땡이여. 땡! (사랑에게) 너도 그만 울어. 비켜 일어나게.
사랑	어디 가게.
할머니	식당은 어쩌고.
사랑	아픈데 식당이 대수야? 나도 이제 돈 버니까 일 좀 그만하라고 했잖아.
할머니	괜찮대도? 이 할미 멀쩡해.
사랑	진짜 자꾸 이렇게 걱정시킬 거야? 내가 어떤 마음으로 여기 왔는데. (더 크게 울기 시작한다) 제발 아프면 아프다고 하고 힘들면 힘들다고 하라고 했잖아. 할머니 없으면 난 어떻게 살라고? 할머니까지 없으면 정말 혼잔데, 진짜 아무도 없는데. 나 혼자 어떻게 살라고.

아이처럼 우는 사랑. 할머니는 길게 한숨을 쉬고 사랑을 토닥인다.

| 할머니 | 알았어. 울지 마. 주사 맞고 검사도 다 받고 의사가 가라고 할 때까지 있을랑게. 얼른 뚝 그쳐, 응? |

사랑	(울음이 그치지 않는다) 할머니 없으면 나 진짜 못 산다고. 할머니 나보다 더 오래 살기로 약속했잖아아!
할머니	할미 안 죽어. 내 새끼 두고 어딜 가. 암 데도 안 갈랑게 그만 울어. 뚝!

사랑이를 안고 토닥인다.
할머니 품에서 어린아이가 된 사랑을 보는 원. 마음이 짠해온다.

26. 병원 앞/ 밤

원과 사랑이 원이 차 앞에 서 있다.

원	너무 걱정하지 마. 할머니 괜찮으실 거야. 그나마 폭신하게 떨어지셨어.

〈인서트〉 #24 연결

할머니는 넘어지고 원은 몸을 던진다.
바닥에 슬라이딩을 하는 원. 그 위로 떨어지는 할머니.

사랑	고마워요. 먼저 올라가세요.
원	데려다줄게.
사랑	아니에요. 택시 타고 가면 돼요.
원	잘 보셔다드리기로 할머니랑 약속했어. 타.

조수석 문을 열어주는 원. 사랑이 망설인다.

👤 27. 국밥집/ 밤

가게 홀 중앙에 전구가 꺼져 있다.
전구를 바라보던 사랑이 고개를 돌린다. 원이 두꺼비집 앞에 서 있는
데 긴장이 되는 듯 손을 비비고 있다.

사랑	그냥 전구 빼고 새 걸로 끼우면 되지 않아요?
원	안 돼. 전기를 완전히 차단한 다음에 안전을 확보하는 게 먼저야.
사랑	전구 갈아본 적 있어요?
원	있을 리가 없잖아.
사랑	그냥 내가 할게요.
원	내가 할게. 이 정도는 아무것도 아니야.

자신 있게 말하고 두꺼비집을 여는 원. 누전차단기가 많아서 어떤 게
어떤 건지 모르겠다. 일단 제일 위에 있는 차단기 버튼에 손을 대는
순간, 갑자기 스파크가 나더니 가게 불이 다 꺼진다. 애니메이션처럼
암흑 속에서 원이와 사랑이 눈만 보인다.

사랑	(째려보는 눈) 뭐 한 거예요?
원	(억울한 눈) 차단기에 손가락만 얹었을 뿐인데.
사랑	(두리번거리는 눈) 핸드폰이라도 켜봐요.

원	(난처한 눈) 차에 두고 왔어.
사랑	(째려보는 눈) 하여간 아무 도움이 안 된다니까.
원	(두리번거리며) 나가는 문이 어디지?
사랑	(짜증 난 눈) 그쪽 아니에요.

입구를 찾아 다른 방향으로 가는 두 사람, 암흑 속에 눈만 동동 떠다니다 부딪친다.

사랑	아! (노려보는 눈)
원	(애처로운 눈) 미안. 괜찮아?
사랑	(화난 눈) 꼼짝 말고 여기 가만히 있어요.
원	(시무룩한 눈) 응…

사랑이 눈이 프레임 아웃 되고 원이 눈만 보인다.
부스럭거리며 뭔가 뒤지는 소리가 나다가 우당탕거리며 무너지는 소리 들린다.

원	(놀라고 걱정되는 눈) 뭐야? 괜찮아? 안 다쳤어? 어디야?

칠흑 같은 어둠 속, 플래시에 비친 사랑이 얼굴이 팍 나타난다.
원이 비명소리가 울려 퍼진다.

28. 국밥집/ 밤

랜턴에 냅킨 한 장을 얹어두고 마주 앉아 있는 두 사람.
냅킨 덕분에 조명이 은은하다. 사랑을 보고 있는 원.

사랑   이제 그만 올라가세요.
원   정말 그러길 바래?
사랑   …
원   같이 있고 싶어. 나만 그래?
사랑   …나도 그래요.
원   아까 낮엔 내가 미안해. 내가 눈치가 없었어. 나만 보고 싶고 나만 좋은 건가 싶어서 괜히 투정 부렸어. 불편하게 해서 미안해.
사랑   저도 뾰족하게 말해서 미안해요. 좀 더 부드럽게 말해도 되는데. 괜히 사람들도 신경 쓰이고 그래서 좀 예민하게 굴었어요.
원   아니야. 내가 미안해.
사랑   나도 미안해요. (웃는다)

진심이 담긴 사과에 두 사람 마음도 사르르 녹는다.

원   혹시 내가 또 잘못하면 마음껏 토라져도 돼. 내가 다 풀어줄게. 오래 걸리더라도 다 풀어줄 테니까 나한테는 참지 말고 진짜 모습 그대로 다 보여줘.

사랑, 알았다고 고개를 끄덕인다.

원   생각해 보니 내 마음을 제대로 전달 못 한 거 같아. 지금부터
내가 하는 말 잘 들어.

원이 사랑을 똑바로 바라본다. 진심을 담아 말한다.

원   내가 정말 많이 좋아해. 서툴고 부족하지만 평생 아끼고 사랑
할게. 내 마음 받아줄래요?

원을 뚫어지게 보고 있던 사랑. 점차 얼굴이 펴지더니 환하게 웃으며
고개를 끄덕인다. 원이 사랑을 끌어당겨 이마에 입을 맞춘다. 원도
환하게 웃고 있다.
이번에는 사랑이 원에게 입을 맞춘다. 마주 보며 웃는 두 사람.

29. 국밥집. 할머니 방/ 밤

식당에 있던 랜턴이 원이 머리맡에 놓여 있다.
누워 있는 원. 잠이 오지 않는다. 고개를 돌리면 사랑이 이부자리는
멀리 떨어져 저쪽 벽에 붙어 있다.

원   굳이 이렇게 멀리 떨어져 있을 필요가 있을까?
사랑   여기 할머니 방이에요.
원   너무 멀어. 목소리도 잘 안 들리고.

사랑	지금 당장 서울 올라가실래요, 아님 밖에서 주무실래요?
원	굳이. 단호하군.
사랑	내일 장사 준비하려면 일찍 일어나야 돼요. 지금 자도 세 시간밖에 못 자니까 얼른 주무세요.
원	알았어.

일어서는 원. 성큼성큼 사랑에게 가더니 이불을 턱턱 잡는다.

사랑	뭐 해요?

이불을 끌어당기는 원. 사랑이 누운 채로 이불과 함께 끌려온다.
그렇게 이불 두 채를 딱 붙이고 나서 다시 눕는 원.
사랑이 몸을 일으켰다가 그냥 웃어버린다.

원	자자.
사랑	…얼른 자요. (눕는다)
원	두 번째네.
사랑	뭐가요?
원	한방에서 자는 거.
사랑	그땐 투룸이었죠.
원	그땐 참 뾰족했었는데.
사랑	그땐 참 망나니셨죠.
원	눈에 불을 켜고 죽일 듯 노려보는데도 속으론 뭐지? 왜 좋지? 왜 귀엽지? 했어. 생각해 보면 처음부터 모든 게 좋았던 거 같아.

사랑   고마워요. 다 좋아해 줘서요.

원이 손을 뻗어 사랑 손을 잡는다.

원   항상 이렇게 있을게. 눈 돌리면 보이는 곳에, 손 뻗으면 닿는 곳에.

사랑이 원을 본다. 원도 사랑을 보고 있다. 방울방울 행복이 샘솟는다.

30. 국밥집 전경 - 할머니 방/ 낮

아침이다. 국밥집 간판과 텅 빈 홀 보인다.
눈을 뜨는 원, 사랑을 본다.
새근새근 자는 모습이 아기처럼 사랑스럽다.
사랑에게 다가가는 원. 이마에 입을 맞추려는데 갑자기 방문이 확 열린다. 할머니가 오셨다!
원은 놀라 그대로 굳어 있고, 할머니도 놀라 보고만 있다. 그러다가 소리를 지르며 방으로 뛰어 들어오는 할머니.

할머니   네 이노옴!
원   (겁나 뒤로 물러서며) 아무것도 안 했어요. 진짜 맹세코 아무 짓도 안 했어요.
할머니   (원이 멱살 잡고) 아무 짓도 안 했다고?
원   예! 진짜로 손만 잡고 잤어요.

할머니   이런 등신!!!

원이 등을 팍! 때리는 할머니.
뒤늦게 잠에서 깬 사랑, 눈을 비비며 둘을 본다. 원이 왜 맞는지 모르
겠다.

31. 국밥집 앞/ 낮

할머니가 나오고 원이 뒤따라 나온다. 그 뒤로 사랑이 나오며 투덜거
린다.

사랑   할머니 진짜 병원 안 가?
할머니   주사 맞고 검사하고 했는데 뭐 하러 가?
사랑   그럼 어디 가는데. 나 혼자 장사 준비 어떻게 하라고!
할머니   후딱 댕겨올랑게 양파만 까고 솥에 가스 불만 댕겨놔. (원이에
           게) 가자!
원   (군기가 바짝 들어 있다) 넵!

쫄래쫄래 할머니를 따라가는 원.
사랑이 한숨을 쉬더니 가게 앞에 배달된 양파 두 망을 들고 안으로
들어간다.

👤 32. 시장 입구/ 낮

원이와 할머니가 시장 쪽으로 가는데,

요구르트　　　(소리) 차여사~ 이거 하나 잡수고 가.

요구르트 아줌마가 손을 흔들고 있다.

〈시장 입구〉
요구르트 아줌마가 할머니에게 요구르트를 하나 까준다.

요구르트　　　누구? 손주사위?
할머니　　　손주사위는 무슨. 사랑이 쫓아댕기는 놈들 중 하나! 후보여 후보.
요구르트　　　인물은 훤칠하네.
할머니　　　이 정도는 돼야 사랑이랑 수준이 좀 맞지. 울 사랑이가 좀 예뻐?
요구르트　　　(요구르트 까서 원이에게 준다) 마셔.
원　　　아닙니다.
요구르트　　　그냥 주는 거여. 마셔!

원이 어쩔 수 없이 요구르트를 받아 마시는데,

녹즙　　　(소리) 언니~!

녹즙 아줌마가 반갑게 웃으며 다가오고 있다.

녹즙	병원 갔다 왔다며. (녹즙 하나 준다) 요거 하나 잡숴. 그래야 빨리 나아. (원이 눈짓) 누구? 손주사위?
요구르트	아니, 사랑이 좋다고 따라다니는 애들 중 하나. 후보래 후보.

🧑 33. 시장 입구

요구르트 전동카트 뒤에 목욕탕 의자를 놓고 옹기종기 앉아 있는 할머니, 원, 녹즙 아줌마, 건어물 할머니, 반찬 가게 할머니.
그들은 원에게 궁금한 것도 많고 할 말도 많다.

녹즙	그래서 우리 사랑이를 얼마나 쫓아다녔는데?
원	그게 아니라,
건어물	직업은 있고?
원	예, 저는
요구르트	사랑이 다니는 호텔 같이 다니잖아.
할머니	킹호텔. 우리나라에서 최고로 좋은 호텔! 하루 자는 데만 몇십만 원여.
반찬	호텔이 최고로 좋아봤자 대따 큰 여관이지 뭐. 우리 손주사위는 서울서 대기업 다니는데.
건어물	호텔도 대기업이나 마찬가지지 뭐. 집은 있고?
원	아직 굳이 필요가 없어서요.
반찬	아이고, 내 살다 살다 집 필요 없다는 사람을 다 보네.
요구르트	서울서 집 사기가 쉽나?
할머니	아직 젊은데 뭐가 걱정이여. 찬찬히 벌면 되지. 괜찮아.

반찬	우리 손주사위는 집 샀는데.
할머니	대출이 반이람서.
커피	(소리) 또 모였어? 장사들 안 해?

커피 할머니가 냉커피 카트를 끌고 오고 있다.

34. 국밥집/ 낮

손님이 가득 찬 국밥집. 사랑이 국밥을 나르느라 정신이 없다.

손님	며늘아~ 여기 깍두기~
사랑	네~ 며느리 갑니다아~ (창밖을 보며 투덜) 할머니 어디 간 거야…

35. 은행/ 낮

어디인지 알 수 없는 장소, 가끔 "딩동!" 하는 알 수 없는 소리만 들린다. 나란히 앉아 앞만 보고 있는 할머니와 원. 원은 아주 지친 얼굴이다.

할머니	사랑이 어디가 좋아?
원	전부 다 좋아요. 싫은 게 하나도 없어요.
할머니	사랑이 몇 살 때까지 여기 살았는지 알어?
원	사랑 씨 여기 살았어요? 몇 살 때부터요?

할머니	질문은 내가 혀! 넌 답만 해.
원	네.
할머니	사랑이가 젤 좋아하는 음식이 뭔지는 알고?
원	회는 싫어합니다.
할머니	누가 싫어하는 거 물었어? 젤루 좋아하는 게 뭐냐고?
원	차차 알아가도록 하겠습니다.
할머니	지가 좋아하는 여자믄 어떻게 살았는지 어떤 사람인 줄 알아야지, 하나두 모르믄서 좋아한다고 설치긴! 넌 사랑이 짝으로 땡이여 땡!
	(띵동 소리 들리자 벌떡 일어나며) 인나!

할머니가 일어나 간다. 원이 입을 삐죽이며 뒤따라간다.
둘의 동선을 따라 은행 내부 보인다.

36. 은행/ 낮

할머니와 원이가 창구에 앉아 있다.

은행원	이분이 사랑이 쫓아다닌다는 그분이시구나. 손주사위 후보.
원	(이제 포기했다) 네. 바로 접니다.
은행원	우리 할머니 보통 아닌데 잘 걸리셨어.
	(할머니에게) 할머니 뭐 해드릴까? 적금통장 하나 더 만들어 드려?
할머니	청약통장 하나 만들어 줘.

66

은행원	할머니 집 있으시잖아.
할머니	(원이 가리키며) 나 말고 이거. (원이에게 5만 원 주며) 첫 달은 이걸루 내. 담 달부터는 네가 내구.
은행원	벌써부터 손주사위 챙기고, 사랑이 넘치시네 우리 할머니.
할머니	손주사위는 무신. 후보라니까. (원이에게) 은행 첨 와? 신분증!
원	네. (지갑에서 신분증 꺼내 준다)
은행원	(신분증 받고) 잠깐 계셔요. 복사하고 올게요.

은행원이 자리를 뜬다. 할머니를 바라보는 원, 그 마음이 고맙다.

원	감사합니다, 할머니. 잘 모을게요.
할머니	집은 없어도 돼. 사랑이랑 둘이 벌면 금방 모응게 겨우 그런 거 갖고 기죽지 말아. 대신 열심히 살아. 정성껏 살고.
원	드디어 허락하시는 거예요?
할머니	여태 뭐 들은 겨? 넌 땡이여 땡! 불합격!

37. 국밥집/ 밤

할머니가 진수성찬으로 밥을 차려준다.

사랑	이게 다 뭐야? 무슨 잔칫날이야?
할머니	뭐 그냥 대충 먹던 대로 차렸어. 얼른 먹어.
원	잘 먹겠습니다.
사랑	(한 입 크게 먹고) 역시 울 할머니 밥이 최고야. 아프지 마, 할머니.

할머니	(원이와 사랑이 밥그릇에 갈비 올려주며) 이거부터 먹어. 젤루 좋은 걸로 달라고 했는데 야들야들한지 모르겠네.
원	감사합니다. (한 입 먹고) 맛있어요.

맛있게 먹는 원이와 사랑이를 보는 할머니. 입가에 미소가 번진다. 갈비를 집는 원, 할머니와 사랑이 밥그릇에 하나씩 올려준다.

38. 사랑 집 앞/ 밤

집 쪽으로 걸어가는 사랑과 원. 손을 잡고 있다.

원	제일 좋아하는 음식이 뭐야?
사랑	음… 월남쌈이요.
원	겨우?
사랑	겨우라니요? 월남쌈이 얼마나 맛있는데. 본부장님은요?
원	나도 월남쌈으로 할게.
사랑	뭐야.
원	좋아하는 사람이 좋아하는 게 제일 좋으니까. 나중에 같이 먹으러 가자.
사랑	좋아요.
원	딱 한 바퀴만 더 돌고 갈까?
사랑	벌써 열 바퀴는 돈 거 같은데요?
원	그럼 딱 스무 바퀴만 채우는 건 어때?
사랑	음… 허락하지. (손을 내밀며) 가자.

원	(활짝 웃으며 손을 잡으려는데)
평화	(소리) 사랑아!

얼른 손을 뒤로 감추는 사랑, 돌아보면 다을과 평화가 오고 있다.

다을	어머, 노 과장님!

39. 사랑이 집/ 밤

평화와 다을, 테이블에 소주와 맥주를 한가득 꺼내놓는다.

사랑	이게 다 뭐야?
다을	오늘 죽도록 마셔보려고.
평화	애 지금 맨정신으론 버틸 수가 없어.
원	왜요? 무슨 일 있어요?
다을	인센티브 트립 알죠? 한 달 동안 죽도록 일해서 인센 달성했더니 발리를 당일치기로 보내주더라구요.
사랑	당일치기로 발리를 다녀왔다고?
다을	응. 방금 다녀왔어.

40. 몇 시간 전. 발리풍 레스토랑/ 낮

테라스에 커다랗게 'BALI' 로고가 붙어 있고 그 너머로 바다가 보인다.

인테리어가 발리풍이라 언뜻 보면 진짜 발리 같기도 하다. (예 : 카페 발리다)

레스토랑에 다을과 팀원들, 그리고 라희가 앉아 있다. 다을과 팀원들은 화가 나 있지만 라희는 별일 아니라는 듯 컬러풀한 칵테일을 우아하게 마시는 중이다.

다을	그래서 못 간다는 거죠?
라희	발리라고 뭐 별거 있어? 바다 있고 야자수 있고 여기가 발리지! 이번엔 이거로 기분 내고 다음번에 태국 가자.
다을	30프로 달성하면 동남아 인센트립 보내주신다고 했잖아요. 쉬는 시간도 없이 화장실도 안 가면서 애들 진짜 죽어라 일만 했어요.
라희	그러게 말이야. 대신 내가 다음에는 책임지고 태국 여행 받아낼 테니까 매출 조금만 더 올리자.
다을	과장님!
라희	모처럼 좋은 데 왔는데 기분 잡치지 말고 좋은 얘기만 하자! (풍경 보라는 듯 손짓하며) 내가 발리 가봤는데 여기랑 똑같아. 괜히 왔다 갔다 시간만 버려.

너무도 뻔뻔한 라희의 태도에 말문이 막히는 팀원들.

🧔 41. 사랑 집/ 밤

사랑이 맥주잔을 탁 내려놓는다.

사랑	와! 정말 최악이다. 진짜 악질 중의 악질이다.
평화	(다을에게) 우리 사무장 같은 사람이 여기 또 있네.
원	평화 씨는 왜요?
다을	매출만 올리면 사무장 시켜준다고 해서 만년 꼴찌팀 1등으로 만들었더니 입 싹 닫고 얘 밑에 있는 다른 애 올렸잖아요. 지가 이뻐하는 후배. (평화에게) 그럴 거면 뭐 하러 허리까지 다쳐가며 그 고생을 하냐구요.
원	사무장 진급하는 데 기내 매출이 왜 그렇게 중요해요?
평화	기내 면세가 마진율 높은 알짜 수익처거든요. 회사에서 얼마나 푸시를 하는지 팀마다 월 판매 목표액 못 채우면 인사고과도 바닥이에요.
원	많이 팔면 인센티브는 있어요?
평화	그런 거 없어요. 잘하면 당연한 거고 못하면 눈치 보이고 찍히는 거죠.
다을	킹그룹 다 똑같아요. 사랑이 얘도 2년 연속 베스트 탤런트로 뽑히면 뭐 해요. 달랑 스마일 배지 하나 주고 끝이지.

원은 다들 무슨 말을 하는지 잘 이해가 안 된다.

원	잠깐만요. 2년 연속 친절사원으로 뽑혔는데 겨우 배지 하나 준다고요?
사랑	2년 연속이라 배지 2개요! 뭐 바라고 한 건 아니라 괜찮아요.
다을	괜찮긴 뭐가 괜찮아? 맨날 다 괜찮대.
사랑	안 괜찮으면 어쩔 거야. 우리 같은 쭈구리들이.

평화는 한숨을 쉬고, 다을은 술을 마시고 사랑은 원이 눈치를 본다. 곰곰 생각하던 원, 입을 연다.

원　　　친절사원은 배지 하나, 그리고 다을 씨는 목표 매출 달성했는데 약속한 인센트립도 안 보내줬고요. 평화 씨는 매출 1등 하면 사무장 시켜준다고 약속해 놓고 다른 사람 승진시킨 거고.

평화　　믿은 제가 잘못이죠.

원　　　아니 도대체 왜? 회사가 열심히 일한 만큼 보상은 해줘야지. 그리고 상사가 약속을 안 지킨다는 게 말이 돼요?

다을　　되죠! 높으신 분들은 다 위만 보고 살지 우리 같은 아랫사람들 신경이나 쓰나요? 잘되면 윗분 덕이고 안 되면 우리 탓인데.

원　　　그게 왜 다을 씨 잘못이에요? 세 분 다 아무 잘못 없어요. 이건 회사 잘못이에요. 약속 안 지킨 상사들 잘못이고. 이런 일은 절대 그냥 넘어가면 안 돼요. 무슨 수를 써서라도 제가 꼭 바로잡을게요.

사랑은 그만하라 쿡쿡 찌르고, 다을과 평화는 눈을 껌뻑이며 원을 본다.

다을　　과장 차원에서는 바로잡기가 좀…

평화　　그러게 부장 정도면 모를까.

다을　　부장도 힘들지. 본부장 정도는 돼야지.

평화　　사랑이 얘기 못 들었어? 본부장 완전 망나니라잖아. 회사 놀러 다니시는 분이 우리 같은 쭈구리한테 관심이나 있겠어? (사랑에게) 맞지?

사랑   (당황하는) 아냐. 망나니 아냐. 진짜 좋은 분이셔.

다을   정신 차려. 윗물이 맑아야 아랫물이 맑다고 본부장이 좋은 사
        람이면 회사가 이 모양 이 꼴이겠어? 차라리 노 과장님 같은
        분이 본부장 하셔야 하는데. (맥주 캔 들며) 우리 노 과장님을 본
        부장님으로!

원   누가 하느냐 문제가 아니라 그렇게 일했으면 당연히 회사가
        잘해줘야 하는 거예요.

다을   잘해주는 건 바라지도 않아요. 일한 만큼 정당한 대우만 해주
        면 돼요.

평화   우리는 왜 당연한 걸 바래야 되지? 당연한 건 그냥 당연한
        건데.

다들 기분이 다운된다. 중간에 끼어 눈치를 보게 되는 사랑.
시무룩해진 삼총사를 보니 마음이 좋지 않은 원, 분위기를 띄워보려
눈치를 보는데.

원   어쨌든 오늘 저는 영광입니다. (평화부터 차례로) 항공 1등, 유통
        1등, 호텔 1등! 킹그룹 최고 직원들과 같이 있잖아요.

다을   (감동) 역시 노 과장님이 본부장 하셔야 되는데.

평화   출마하면 한 표 드립니다. 노 과장! 노 과장!

원   이렇게 저를 지지해 주시니 가만있을 수가 없네요! 먹고 싶은
        거 다 말씀하세요! 오늘 노 과장이 쏩니다!

와!! 삼총사 환호를 한다. 그래도 웃는 모습을 보니 마음이 한결 가벼
워지는 원.

🧑 42. 원 사무실/ 낮

상식이 서류를 들고 있다. 제일 앞 장에는 삼총사 이름과 소속이 적혀있고 뒷장에는 팀원들 이름이 있다.

상식   강다을, 오평화, 천사랑? 친절한 사랑 씨? 이게 뭐예요?

원   유통 1위, 항공 1위, 호텔 1위, 킹그룹 최고 직원들이야. 인센티브로 해외여행 보내줄 거니까 준비해. 나머지 팀원들도 순차적으로 보내고.

상식   직원들 인센트립까지 왜 본부장님이…

원   열심히 일했으면 회사가 보답해 줘야지. 그게 당연한 거 아냐?

상식   세상에 그렇게 당연한 회사가 어딨어요? (원이 인상 쓰며 바라보자) 준비하겠습니다. 상무님한테 결재 올리면 되는 거죠?

원   아니. 이제 호텔 일은 내가 결정할 거야.

상식   유통이랑 항공 쪽 직원까지 있으면 그룹 일인데요? 괜찮겠어요?

원   이대로 진행해. 내가 책임질 테니까 최고 직원들한테 걸맞은 최고급 초호화 럭셔리 코스로 준비해!

상식   와! 본부장님… (엄지 척) 완전 최고! 멋져! 믿고 맡기세요. 제 전공이 최고급 초호화 럭셔리니까.

상식이 신나서 돌아선다.

〈킹더랜드, 카운터 앞〉

카운터 앞, 민서가 웃으며 사랑에게 봉투를 준다.
세상에서 가장 비싸다는 독일산 그문드 연두 펄 느낌이 나는 봉투 겉
면에는 'Group King' 로고가 박혀 있다. 어리둥절해 봉투를 열어보는
사랑. 고급스러운 골드 펄 종이에 럭셔리하게 박혀 있는 문구 보인다.

천사랑 직원의 열정과 노고에 감사드립니다.
좋은 여행으로 보답하겠습니다.
-킹호텔

무슨 얘기지? 여행을 보내준다는 건가? 선뜻 와닿지 않는다.

〈알랑가〉

다을과 팀원들도 봉투를 보고 있다.

강다을 직원의 열정과 노고에 감사드립니다.
좋은 여행으로 보답하겠습니다.
-킹패션

〈브리핑실〉

로운이 웃고 있다. 평화는 실감 나지 않는 눈으로 봉투를 보고 있다.

오평화 직원의 열정과 노고에 감사드립니다.

좋은 여행으로 보답하겠습니다.

-킹에어

〈킹더랜드, 카운터 앞〉
사랑이 민서를 본다.

사랑   이게… 뭐예요?
민서   그룹사 우수직원들 인센트립 보내준대. 축하해.

🧑 44. 호텔 앞/ 밤

원과 상식이 퇴근을 하고 있다.

원   내일 출발인데 준비는 다 됐어?
상식   완벽합니다. 최상의 코스로 최고의 여행을 경험하실 겁니다.

주차된 차로 가는 두 사람. 상식이 한 걸음 먼저 가서 뒷문을 열어준다.

원   (이상하다) 왜 안 하던 짓을 해?
상식   저는 킹그룹 최고, 1등 비서잖아요. 타시죠.

어서 타시라 공손하게 안내를 하는 상식.

삼총사, 여행 갈 생각에 들뜬 마음으로 캐리어를 끌고 출국장을 걷는다. 체크인 카운터 앞에서 기다리고 있는 원.

다을	노 과장님!
원	왔어요?
평화	고마워요. 덕분에.
원	제가 뭘 했다고요.
다을	노 과장님이 위에 얘기해 주셔서 가게 된 거잖아요, 복 받으실 거예요.
사랑	진짜 고맙습니다.
원	(기분 좋다) 아무 생각 말고 즐겁게 신나게 푹 쉬다 와요.
삼총사	(활짝 웃으며) 네!
원	그럼 갑시다!

돌아서는 원, 놀라 멈춘다.
멀리서 선글라스를 쓴 상식이 멋지게 걸어오고 있다.
삼총사를 돌아보는 원, 캐리어를 두고 빠른 걸음으로 상식에게 간다.

상식	본부장님!

반갑게 인사하는 상식 앞을 막아서는 원.

원	네가 여길 왜 와!

상식	킹그룹 1등 직원 포상 휴가잖습니까. 저는 비서 1등.
원	알았어. 다음에 보내줄 테니까 오늘은 집에 가.
상식	무슨 소리! 제가 본부장님을 모셔야죠.
원	안 모셔도 되니까 가.
다을	(소리) 누구세요?

돌아보면 이미 삼총사가 와 있다. 사랑은 노 과장이 노 과장이 아닌 걸 들킬까 안절부절못하는데, 상식이는 사랑에게 먼저 인사를 한다.

상식	사랑 씨 일찍 왔네? (다을과 평화 등에게) 서류로만 접한 분들을 이제야 보네요. 인사드리겠습니다. 저는,
원	(말 가로챈다) 이분은 이번 인센트립을 준비해 주신⋯ 유⋯ 상식 부장님이십니다.
상식	제가요?

'일단 그렇다고 하고 말 좀 들어 제발!'이란 말을 하고 싶지만 소리는 내지 못하고 입 모양만으로 빠르게 말하는 원. 상식은 원이 왜 그러는지 모른다.

상식	예?
원	(상식 들으라는 듯 다시 한번 소개한다) 여기 부장님은 유상식 부장님이시고, 저는 노 과장입니다.
다을	감사합니다, 부장님.
평화	부장님, 감사합니다.
사랑	유상식 부장님, 감사드립니다.

뭐가 어떻게 돌아가는 판인지… 상식은 어리둥절하다.

원   부장님. 이번 여행은 제가 알아서 할 테니까 부장님은 댁에서
            편하게 쉬시면서,
상식   비켜!
원   응? 예?
상식   노 과장, 나 부장이야. 비켜.

눈으로 온갖 욕을 하는 원, 하지만 별수 없이 옆으로 비켜선다. 상식
이 어깨를 쫙 펴고 삼총사 앞에 선다.

상식   이번 여행을 맡게 된, 부장! 유상식입니다.
            킹그룹 최고 사원들과 함께하게 되어 영광입니다.

힘찬 박수를 치는 삼총사. 다을은 함성까지 지르며 분위기를 더욱 올
린다. 상식이 품 안에서 '으쌰으쌰!'라고 적힌 빨간 깃발을 꺼낸다.

상식   이번 여행의 컨셉은 으쌰으쌰예요. 노는 것도 으쌰으쌰, 먹
            는 것도 으쌰으쌰! 다 함께?
삼총사   (우렁차게) 으쌰으쌰!
상식   역시 목소리도 1등 직원들! (원에게) 근데 우리 노 과장은 왜 입
            을 다물고 있지?
원   저는 없다고 생각하시죠.
상식   이번 여행은 단합이 생명이야. 개별 행동은 절대 용납 못 해.
            (원에게 삼총사 쪽으로 서라고 손짓하며) 서! 일루 서!

멀뚱멀뚱 서 있는 원을 끌어당기는 다을. 제일 적극적이다.

상식	아 좋아요. 이런 게 단합이지. 힘차게 외치고 출발합시다.
	(큰 소리로) 먹는 것도!
모두	으쌰으쌰!
상식	노는 것도!
모두	으쌰으쌰!
상식	다 함께!
모두	으쌰으쌰!
상식	굿! 좋아요! 갑시다! (돌아서면)

상식 뒤를 따라가는 삼총사. 사랑이 한참 걸어가다 보면 원이 없다.
돌아보면 원은 움직이지 않고 그 자리에 서 있다. 원에게 가는 사랑.

사랑	안 가요?
원	(노 과장 노려보고 있다) 노 과장 저거, 여행 끝나면 가만 안 둘 거
	야.
사랑	유 부장이라면서요. 파이팅 넘치고 좋잖아요. 우리도 가요.

사랑을 보는 원. 손을 내밀고 있다. 원이 손을 잡자 사랑이 그를 끌고
간다.
깃발을 든 상식을 필두로 다을과 평화, 그 뒤로 사랑과 원이 걸어간다.
여행에 대한 기대로 신나게 걸어가는 다섯 명이 한 화면에 담기며.

〈 END 〉

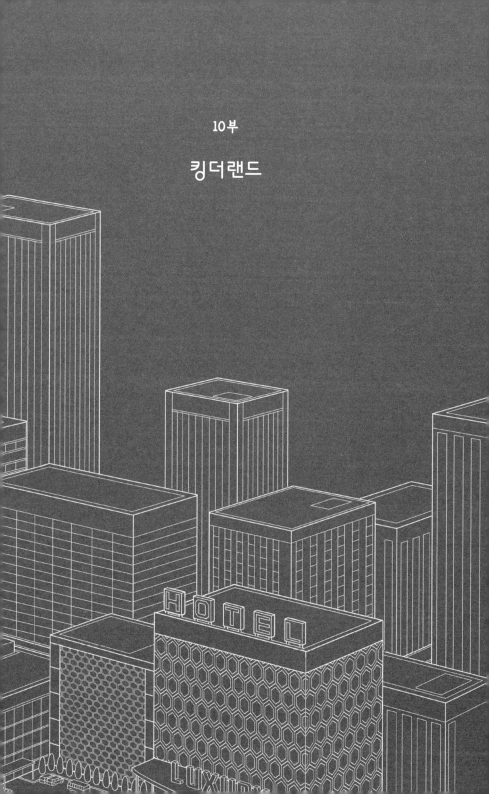

10부

킹더랜드

1. 비행기. 비즈니스석/ 낮

비즈니스석에 앉아 있는 원. 주위를 둘러본다. 일행이 아무도 없다.
잠깐 생각하는 원. 벗어두었던 코트를 챙겨 들고 일어선다.

2. 비행기. 이코노미석/ 낮

다을과 평화가 함께 앉아 수다를 떨고 있다. 친구들과 여행이라 더
설렌다.

다을	이게 얼마 만의 자유야! 하루를 1년처럼 악착같이 놀 거니까 말리지 마. 잠도 자지 마.
평화	아주 신났네. 그렇게 좋아? 초롱이 생각은 안 나고?
다을	초롱이가 누구야? 내가 아는 사람이야?
평화	왜 저래 진짜.

그러는 사이, 건너편 좌석 승객이 승무원을 향해 손을 흔든다.

승객	저기요~
평화, 다을	네~

한 톤 높은 목소리로 대답하며 발딱 일어서는 평화와 다을.
건너편 승객, 승무원, 사랑과 상식 등이 동시에 둘을 바라본다.
서로 니가 잘못했네, 니가 더 문제네 쿡쿡 찌르며 도로 앉아 고개를

숙이는 두 사람. 앞자리에 앉은 사랑도 덩달아 창피하다.

사랑   아오, 저놈의 직업병. 약도 없다니까.

이 정도면 한마디 했을 텐데. 조용한 상식이 이상해 바라보는 사랑.

사랑   왜요? 무슨 일 있어요?
상식   이제야 알겠어. 수수께끼가 풀렸어.
사랑   뭘요?
상식   본부장님이 본부장이라고 하면 다들 불편할까 봐 과장이라고
                 한 건 알겠어. 오케이. 근데 왜 나를 부장이라고 했을까? 과
                 장도 아니고 차장도 아니고.
사랑   그러게요?
상식   본부장님 마음속에 이미 나는 부장인 거지. 미리 부장 수업
                 좀 하라는 깊은 뜻이 담겨 있었던 거지. 그렇지? 맞지?
사랑   (아닌 것 같은데?) 그런 깊은 뜻까진 없는 거 같은데…
원   (소리) 부장님.

보면 원이 티켓을 들고 서 있다.

원   표가 바뀐 것 같은데요. 부장님이 비즈니스로 가셔야죠.
상식   진짜? 내가?
원   네. 당연히 부장님이 가셔야죠.
상식   우리 노 과장, 윗사람 위할 줄도 알고 다 컸네. 지극정성 업어
                 키운 보람이 있어.

원	마음 바뀌기 전에 얼른 가시는 게 좋지 않을까요?
상식	(벌떡 일어나 원을 안고) 정말 고맙네. 앞으로도 쭉 이 마음 변치 말게.

상식이 신이 난 얼굴로 후다닥 뛰어간다. 원은 사랑이 옆자리에 앉는다.

원	나 왔어.
사랑	(좋다. 장난스럽게) 뭐예요.
원	뭐긴? 내 자리 찾아온 거지. 천사랑 씨 옆자리가 원래 내 자리 아닌가?
사랑	맞습니다. 제대로 잘 찾아오셨어요. 근데 불편하지 않겠어요?
원	전혀!

원이 의자를 뒤로 젖히는데 이상하게 움직이다 만다.

원	어? 고장 났는데?
사랑	뭐가요?
원	이게 움직이다 말아. (계속 등받이 움직이는데)
사랑	그게 다 젖혀진 거예요.
원	설마.

뒷자리에 있던 다을이 일어나 원이 어깨를 톡톡 친다.

다을	노 과장님. 지금 해보자는 거예요?

원	뭘요?
다을	(의자 흔들며) 이거요. 자꾸 뒤로 젖히면 나도 발로 차요.
원	…주의하도록 하죠.
사랑	(이 상황이 웃기다) 그러게 뭐 하러 자리는 바꿔서 고생을 해요?
원	어느 자리에 앉느냐보다 누구랑 앉느냐가 더 중요하니까.
	(지나가는 승무원 부른다) 여기요.
승무원	네. 뭐 필요하십니까?
원	(벗어두었던 코트 주며) 이것 좀 걸어주세요.
승무원	죄송합니다. 코트 보관 서비스는 비즈니스석만 가능합니다.
원	똑같은 승객인데 왜 서비스가 다르죠?
승무원	죄송합니다. 일반석은 코트 보관 서비스가 되지 않습니다.
사랑	아니에요. 괜찮습니다.

승무원이 가고 사랑이 원이 코트를 받아서 좌석 옆 옷걸이에 걸어
둔다.

원	다 같은 승객인데 서비스를 이렇게 차별해도 되나?
사랑	그게 바로 차별화된 서비스라는 거겠죠? 그러게 그냥 편히 가 시지.
원	굳이 함께하고 싶네. 좋잖아. 나만 그래?
사랑	아니, 나도 그래. (웃는다)

원이 사랑 손을 잡는다. 불편도 하고 안 되는 게 많지만 그래도 사랑
옆자리가 좋다.

사랑	그런데 안 바빠요? 인센트립까지 따라가고?
원	둘이 꼭 가고 싶은 데가 있어.
사랑	어디요?
원	가서 얘기해 줄게.

원이 빙긋 웃어준다.

🏨 3. 비행기 비즈니스석/ 낮

우아하게 스테이크를 썰어 한 입 먹고 와인을 음미하는 상식.

| 상식 | 음~ 역시 이거지, 부장의 품격! |

🏨 4. 공항 - 숙소까지

구름 위를 나는 비행기. 시원한 방콕 하늘. 그 아래 차와 오토바이,
툭툭이가 뒤섞여 달리는 방콕 거리 보인다.
승합차에서 내리는 일행들(이하 오형제). 풀빌라 전경 보인다.

🏨 5. 풀빌라. 외부/ 낮

방 두 개와 거실 하나, 그리고 아담한 풀이 딸려 있는 풀빌라다.

수영장 물은 코발트색으로 시원하게 찰랑거리고, 풀사이드에는 테이블과 의자, 선베드 등이 놓여 있다.
다을과 평화가 우와~ 소리를 지르며 사진부터 찍는데,

원	풀이 작네.
사랑	뭐가 작아요. 이만하면 훌륭하죠.
다을	그러게. 사람이 만족할 줄을 몰라. (상식에게) 부장님, 여기 너무 좋아요.
평화	부장님, 감사합니다!
상식	하하하! 겨우 이 정도 가지고 뭘. 안은 더 좋을 거예요. 들어가 보세요.
사랑	넵!

사랑을 따라 안으로 들어가는 평화와 다을. 삼총사 안으로 들어가면,

6. 풀빌라. 거실 - 여자 방/ 낮

거실을 지나 방으로 들어가는 삼총사. 침대는 두 개고 창밖으로 시원하게 풀이 보인다. 방이 너무 마음에 드는 삼총사, 침대에 몸을 던지며 환호성을 지른다.
거실에 서서 흐뭇하게 웃고 있는 상식. 원을 본다.

상식	들어가지, 노 과장.

상식이 방으로 들어가는데, 원은 도무지 이해가 안 된다.
손으로 꼽아봐도 방은 두 개뿐이다. 황당해서 따라 들어가면,

🏨 7. 남자 방/ 낮

안으로 들어오니 당황스럽다. 퀸사이즈 침대 위에 장미꽃으로 수놓아진 하트가 있고 그 안에 한 쌍의 원앙이 마주 보고 있다. 신혼부부 컨셉이다.

원	사람이 몇인데 겨우 방이 두 개야?
상식	두 개면 충분하죠. (손가락 꼽으며) 남자, 여자, 방 두 개!
원	너는 어디서 자려고?
상식	(침대 가리키며) 저는 여기요.
원	설마 둘이 한 침대를 쓰겠다고? 너랑 나랑?
상식	잠버릇 같은 건 없으니 걱정 마세요. 쓩웅~

침대로 몸을 날리는 상식. 옆에 누우라고 침대를 탁탁 두드린다.

상식	누워봐요. 엄청 푹신푹신하네.
원	당장 숙소 바꿔!
상식	지금 당장 어디로 바꾸라고요.
원	(단호하다) 사람이 다섯이면 방도 다섯. 그게 기본이야. 분명히 말하는데 난 절대 누구랑 한 침대 같이 못 쓰니까 당장 숙소 바꾸든지, 아니면 바로 서울로 돌아가.

다을   (소리) 부장님~

밖에서 다을 목소리 들린다.

🏨 8. 풀빌라. 외부/ 낮

밖으로 나오는 원, 뒤따라 나오는 상식.
삼총사는 벌써 풀장에 뛰어들어 놀고 있다.

평화   부장님, 여기 너무 좋아요. 감사합니다.
다을   어떻게 이렇게 좋은 숙소를 잡으셨어요? 역시 안목이 남다르
           시다니까.
사랑   여기 진짜 최고예요! 정말 좋아요.

사랑이 최고라고 하니 원은 더 할 말이 없다.

상식   (원이 눈치 한번 보고) 물론 나도 최고라고 생각하지만, 숙소에 문
           제가 좀 생겨서,
사랑   예? 무슨 문제요?
원   (상식에게) 다들 좋아하는데 그냥 여기 있죠.
상식   그럼 그냥 여기…

원이 끄덕이자 금방 얼굴이 풀리는 상식.

다을	부장님도 들어오세요. 진짜 시원해요.
상식	그럴까? (신발 벗는데)
평화	노 과장님도 들어와요.
원	전 괜찮습니다.
사랑	얼른 오세요. 다 같이 놀아요.
원	즐기세요. 전 다음에.
상식	다음은 무슨. (큰 소리로) 우리는!
삼총사	(큰 소리로) 하나!

상식이 발로 원을 뻥 차서 밀어 넣더니 자기도 풀장에 뛰어든다.
원이 인상을 쓰며 상식을 보는데 삼총사가 원에게 물을 뿌린다.
질 수 없다. 원도 물을 뿌리고 어느덧 다 함께 물놀이를 한다.

🏨 9. 풀빌라/ 외부

오형제가 풀사이드 테이블에 앉아 있다.
상식이 브리핑을 하고 원과 사랑은 몰래 메시지 주고받는다.

상식	오늘은 요즘 방콕에서 가장 힙하고 화려한 밤을 즐길 수 있는 야시장을 둘러볼 건데…

상식 목소리 점점 작아지며 메시지를 나누는 둘의 목소리 들린다.

〈이하 VO〉

원   이따 상황 봐서 둘이 빠지자.

사랑   단체로 움직이는데 그게 가능하겠어요?

원   당연히 가능하지. 여행은 자유야.

사랑   어디 갈 건데요?

원   가보면 알아.

원이 부지런히 답장을 쓰는데,

다을   노 과장님, (원이 보면) 부장님 말씀하시는데 휴대폰!

모두 원을 보고 있다. 상식도 말을 멈추고 원을 본다.
사랑이 슬그머니 휴대폰을 감춘다.

다을   (상식에게) 계속하세요, 부장님.

상식   그래서 내가 그런 의미로 단체 티를 준비했거든?
       (테이블 위에 티셔츠를 올려놓는다) 이쪽이 여자 거 이쪽은 남자 거.
       다들 갈아입고 10분 후에 여기로 집합!

원   각자의 취향이 있는데 굳이 똑같이 맞춰 입을 필요가…

다을   (말 자르며) 감사합니다, 부장님. (원에게) 집어요.

어쩔 수 없이 티셔츠를 집는 원. 뭔가 싶어 펼치면,

전 신 상식이 나뉘준 단체 티서츠를 입고 있는 오형제.
티셔츠 앞뒤에 '으'와 '쌰'라는 글자가 크게 박혀 있다.
사랑과 다을은 '으' 평화와 상식은 '쌰' 그리고 마지막 원은 '!'다.

상식　　　이번 여행의 컨셉은 으쌰으쌰입니다.
　　　　　회사를 위해 으쌰으쌰! 우리의 단합을 위해 으쌰으쌰! 당연
　　　　　히 아시겠지만 쌰으쌰으! 안 됩니다.

〈인서트〉
나란히 서 있는 오형제. 순서를 잘못 서서 쌰으쌰으!가 됐다.

상식　　　우리는 어디서나 으쌰으쌰 알겠습니까? 정신 바짝 차리고 다
　　　　　시 열을 맞춰서!
삼총사　　네! 으쌰으쌰! (기합을 넣으며 다시 정렬한다)
상식　　　(만족한다) 좋아요! 갑시다! (우렁차게) 으쌰으쌰 오형제 출발~!!
삼총사　　으쌰으쌰! 출발!

씩씩하게 상식을 따르는 삼총사. 원은 다들 왜 저러나 싶다.

🏨 11. 베트남 쌀국수집 앞/ 낮 (쿤댕 꾸웨이짭 유안)

국수집 간판을 올려다보고 있는 오형제. 상식을 빼고는 모두 마음에 들지 않는 눈치다. 화면 넓어지며 작고 아담한 식당 전경 보인다.

원	태국까지 와서 왜 굳이 베트남 국수를 먹어요?
상식	한국에서 중국집 간다고 누가 뭐라고 하는 사람 있어?
사랑	아니 그래도 태국 쌀국수 맛집도 많을 텐데.
평화	저 태국 비행 때마다 들르는 맛집 있어요! 거기로 가요!
다을	그래 여기는 평화가 더 빠삭하지. 평화 아는 데로 가요.
상식	여기가 태국 최고 맛집이라니까! 보세요.

상식이 손짓한다.
〈USERS' CHOICE 2022〉라는 작은 간판 보인다.

상식   나만 믿고 잡숴봐. 태국은 내가 박사야! 모두 안으로!

안으로 들어가는 상식. 아무도 따라가지 않는다. 멈추는 상식, 은근한 협박조로,

상식	우리는!
삼총사	(어쩔 수 없이) 하나.

삼총사는 도살장 끌려가는 소처럼 마지못해 안으로 들어간다.

🏨 **12. 베트남 쌀국수집/ 낮 (쿤댕 꾸웨이짭 유안)**

메뉴를 보는 삼총사. 뭘 시켜야 할지 모른다.

사랑	전부 국수네요.
상식	국수집이니까.
사랑	다을인 국수 별로 안 좋아하는데.
다을	(옆구리 콕 찌르며) 어머 얘 무슨 말 하는 거야? 내가 국수를 얼마나 좋아하는데.
평화	네가? 언제부터?
다을	방콕에 발 딛는 순간부터 국수가 땡기더라고.
상식	역시 다을 팀장이 뭘 좀 아네. 태국 오면 무조건 쿤댕 한 그릇 먹어야지.
사랑	쿤댕이 뭐예요?
상식	일명 끈적 국수라고 하는데 (메뉴판 가리키며) 기본! 1번 이게 최고야.
다을	그럼 저는 1번요.
평화	저도 1번이요.
사랑	저도요. (원이에게) 과장님은 뭐로 드실래요?
원	안 그래도 더운데 굳이 뜨거운 국수를, 전 맥주만 한잔할게요.
상식	오케이. (카운터 향해) 메뉴 넘버원 파이브!
원	전 안 먹는다니까요!
상식	내가 두 그릇 먹을 거야!

맥주잔 5개가 부딪친다. 시원하게 맥주 한 모금씩 하고 국수를 먹기 시작하는 상식과 삼총사.
딱 보기에도 끈적한 비주얼에 인상을 찌푸리는 원, 맥주만 홀짝홀짝 마신다. 하지만 국물 맛을 본 삼총사는 눈이 동그래진다. 정말 맛있다.

평화	우와! 내가 가는 집보다 여기가 훨씬 더 맛있어.
다을	아~ 아쉽다. 여기에 소주 한잔해야 하는데.
사랑	아니지. 이런 덴 술 마신 다음 날 해장하러 와야지. 국물이 장난 아냐.
상식	(뿌듯하다) 그러게 내가 뭐랬어. 나만 믿고 따르면 돼.
다을	역시 부장님 최고!
원	맛있어 봐야 그냥 국수지.
상식	그냥 국수가 아니라니까.
사랑	(국수 한 젓가락 든 채) 본부, 아니, 과장님도 드셔보세요.
원	난 됐어.
사랑	딱 한 입만 드셔보세요.

사랑이 눈을 보니 더 이상 거절을 못 하겠다. 원이 국수를 받아먹는다.
오물오물, 국수 맛을 보는 원. 국수의 신세계를 발견했다.

원	이게… 왜 맛있지??

맛있게 먹는 원을 흐뭇하게 바라보는 사랑. 원도 사랑을 보며 웃는다.

그러다 이상한 느낌에 돌아보면 모두 의심스러운 눈으로 둘을 보고
있다.

아차 싶은 사랑,

다을   방금 뭐야?
사랑   뭐가?
다을   방금 네가 노 과장님 먹여줬잖아.
사랑   내가? 언제?
평화   그랬어 너.
사랑   (원이에게) 제가 그랬어요?
원   그랬나? 난 못 봤는데?

시치미를 떼는 원. 상식이 두 그릇 먹으려고 주문했던 국수 하나를
쓱 잡아당기더니 먹기 시작한다.

원   이 집 국수 잘하네.
상식   그거 내 건데! (카운터를 향해) one more of this please!

〈베트남 쌀국수집〉

빈 그릇이 쌓여 있고, 오형제는 배가 너무 불러 의자에 기대앉아 있
다. 상식이도 배가 부르지만 기운 내서 말한다.

상식   2차 가야지. 요즘 제일 핫한 곳인데 없는 물건 없고 없는 음식
        도 없어. 먹거리 천국이야.
원   뭘 또 먹겠다고요?

상식	태국은 먹으러 오는 거야. 아직 시작도 안 했어.
사랑	근데 진짜 너무 배불러요. 도저히 더는 못 먹을 거 같아요.
다을	그래 여기서 더 먹으면 사람도 아냐. 정말 배가 터질 거 같아.
평화	다이어트고 뭐고 완전 망했어. 나 지금 이 순간부터 아무것도 안 먹을 거야. (사랑과 다을에게) 나한테 뭐 먹으라고 하지 마.
상식	태국까지 왔는데 땡모반 안 마실 거야? 수박쥬~스!
사랑	(눈이 동그래진다) 땡모반! 땡모반은 마셔야지! 가자. (일어선다)
상식	(일어서며) 우리는!
삼총사	하나!

앞장서 나가는 상식. 뒤를 따르는 삼총사. 원이 황당한 얼굴로 바라본다.

| 원 | 배부르다며! 못 먹겠다며! |

그들을 불러보지만 돌아보는 사람은 없다.

🏨 14. 클렁옹앙 야시장. 벽화 앞/ 밤

청계천처럼 작은 강을 사이에 둔 야시장 전경 보인다.
강 양옆으로 예쁜 벽화가 그려진 건물들과 작은 노점상들이 늘어서 있고, 반짝이는 예쁜 조명들과 흥겨운 음악이 기분을 경쾌하게 만든다.
땡모반을 마시며 걸어가는 오형제, 노점에서 파는 액세서리 등을 구경한다.

심드렁하게 서 있는 원이 옆으로 오는 사랑. 한 모금 마셔보라고 땡모반을 권한다. 너무 배불러 더 이상은 못 먹겠다고 신호를 보내며… 고개를 흔드는 원.
안 마시면 혼나! 인상을 쓰는 사랑.
어쩔 수 없이 빨대를 무는 원. 그런데 맛있다! 사랑이 컵을 뺏으려 하자 급하게 쪽쪽 빨아 마신다. 금방 반이나 줄어든 땡모반. 사랑이 기분 좋게 웃으며 빨대를 입에 문다. 빨대 하나로 음료수를 나눠 마시는 것도 이제는 자연스러워졌다.

사랑   와! 아이스크림이다!

🏨 15. 대만 아이스크림집 앞/ 밤

가게 앞 테이블에 앉아 있는 원이와 사랑.
사랑은 맛있게 아이스크림을 먹고 있다.

원   굳이 왜 방콕까지 와서 대만 아이스크림을 먹어?
사랑   굳이 대만까지 가지 않아도 이 먼 방콕 땅에서 땅콩 아이스크림을 만날 수 있다니. 완전 행운이죠. 역시 방콕은 먹거리 천국이라니까.
원   그렇게 맛있어?
사랑   응. 완전 맛있어. 한 입 해볼래요?
원   괜찮아. 근데 배부르다고 하지 않았어?
사랑   원래 태국은 먹으러 오는 거야. 아직 시작도 안 했어.

맛있게 잘 먹는 사랑이 너무도 사랑스러운 원이다.

상식   (소리) 노 과장, 자리 정리해. 음식 갑니다~

돌아보는 원과 사랑. 상식과 다을, 평화가 음식을 한 보따리 싸 들고
오고 있다.

〈대만 아이스크림집 앞〉
야시장에서 파는 각종 태국 요리와 과일까지 테이블이 꽉 찼다.

원   이게 다 뭐예요?
상식   태국에 왔으면 태국 요리를 먹어야지.
원   이걸 다 어떻게 먹어요? 밥 먹은 지 얼마나 됐다고.
사랑   사람이 몇인데요? 한 입씩 하면 얼마 안 돼요. 와~ 뭐부터 먹
          지?
평화   그런 고민 할 시간에 하나라도 더 먹어.
사랑   그렇지? 그럼 시작해 볼까?
다을   부장님, 잘 먹겠습니다.

맛있는 음식에 신이 난 삼총사, 연신 감탄사를 연발하며 먹는다.
시원한 맥주와 반짝이는 불빛들. 첫날 밤이 흥겹게 지나가고 있다.

🏨 16. 킹호텔/ 밤

화란이 최 전무와 함께 호텔 업장을 둘러보고 있다.

수미   오셨습니까?
화란   별일은 없고?
수미   상무님 덕에 모든 것이 잘 돌아가고 있습니다.

화란이 답도 않고 그냥 가는데,

수미   저, 근데 이번에 계열사별로 우수사원들 뽑아서 여행 보내주
          셨잖아요.
화란   여행? 처음 듣는 얘긴데?
수미   본부장님이 킹호텔, 킹에어, 킹패션 우수사원들 데리고 인센
          트립 가셨거든요. 근데 호텔 쪽 우수사원 선정 기준으로 뒷말
          들이 좀 많아서요. 친절사원이랑 우수사원이랑 엄연히 다른
          데 친절사원이 호텔 대표로 뽑히는 게 말이 되냐고,
화란   최 전무! 킹그룹에 내가 모르는 일도 있네요? 그것도 인센티
          브 관련해서?
최 전무   죄송합니다. 바로 알아보겠습니다.

화란은 화가 나지만 꼬투리 잡을 것이 생겨 좋기도 하다.
수미 역시 일러바쳐서 기분이 좋다.

🏨 17. 풀빌라 전경. 원이 방/ 밤

풀빌라 전경 보인다.
코 고는 소리 들린다. 상식이 잠들어 있다.
자는 줄 알았던 원, 눈을 번쩍 뜨더니 몸을 반쯤 일으켜 상식을 살핀
다. 깊은 잠에 빠진 걸 확인한 원, 휴대폰을 들고 메시지를 보낸다.
"자?"

🏨 18. 사랑 방/ 밤

다을과 평화 사이에 끼어 자는 사랑, 휴대폰 진동 소리에 눈을 번쩍
뜬다. 원이 보낸 메시지를 확인하고는 금방 웃는 얼굴이 된다.
"아니요. 안 자요."
"잠깐 나올 수 있어?"
기다리던 말이다. 사랑이 답장을 하려는데 다을이 뒤척인다.
얼른 휴대폰을 내리며 잠든 척을 하는 사랑.
다을 숨소리가 고르게 변하자 답장을 한다.
"지금?"
"당장"
"OK!"
조용히 몸을 일으키는 사랑. 평화가 돌아누우며 사랑을 안는다.
쥐 죽은 듯 가만있다가 평화 팔을 조심스럽게 밀어내는 사랑.
그리고 일어서려는데 이번에는 다을이 다리를 올린다.
이것들이 정말… 사랑은 다을이 깨지 않게 조심조심 다리를 치운다.

침대에서 빠져나가는 것도 쉽지가 않다.

🏨 19. 원이 방/ 밤

원이 조심스럽게 방문을 연다. 끼익! 소리가 나자 동작을 멈추는 원.

상식   아웅~ 본부장님~

상식 목소리가 들리자마자 잽싸게 바닥에 눕는 원. 그렇게라도 자는
척을 하는데, 다시 코 고는 소리가 들린다. 상식이 잠꼬대였다.
일어나 문을 여는 원. 원도 사랑도 방 밖을 벗어나는 것부터 힘들다.

🏨 20. 풀빌라. 거실/ 밤

불 꺼진 거실로 나오는 사랑과 원. 방문을 바라보며 뒷걸음질로 나오
다가 엉덩이끼리 부딪친다.
놀라 소리를 지르려는 원, 쉬! 조용히 하라 손짓하는 사랑. 겨우 어렵
게 만났다.
너무 반가워 몸을 일으키는 원. 그러다 테이블을 건드려 꽃병이 떨어
진다. 꽃병이 바닥에 닿기 직전 잡아내는 원.
둘 다 놀라움과 안도가 뒤섞여 후하! 거친 숨을 내쉰다.
조심스럽게 꽃병을 다시 올리는 원, 그러다 테이블 구석에 있던 소
품, 주먹만 한 쇠구슬을 떨어뜨린다. 바닥에 떨어진 것도 모자라 소

리까지 내며 굴러가는 쇠구슬.

원과 사랑은 주먹을 꽉 쥐고 눈을 질끈 감는다.

구슬은 거실을 가로질러 한참 굴러가 벽에 부딪히고 나서야 멈춘다.

그 자세로 한동안 굳어 있는 원과 사랑. 다행히 아무도 나오지 않는다.

빨리 나가자! 눈빛을 교환하는 두 사람.

🏨 21. 풀빌라. 외부/ 밤

조명은 낮고 사방은 조용하다.

풀 난간에 앉아 발을 담그고 있는 원과 사랑. 길게 심호흡을 한다.

드디어 둘만의 시간이다.

원	안 잤어?
사랑	기다렸어요.
원	돌아가면 노 과장 가만 안 둘 거야.
사랑	왜요. 엄청 열심히 준비한 것 같은데.
원	항상 그게 문제야. 과해도 너무 과해.
사랑	다을이가 더 해요. (다을이 흉내) 느낌표 뒤로~
원	으~ 하지 마. 꿈에 나올 것 같아.

사랑이 웃는다. 눈이 마주치는 두 사람. 서로를 마음에 담는다.

사랑   친구들이랑 이렇게 여행 온 거 대학 때 빼고 처음이에요. 친구들이랑 해외여행 한 번 못 가고, 할머니 모시고 어디 한 번

	못 다니고, 여태 뭐 하고 살았는지 모르겠어요.
원	그래서 지금 왔잖아. 나랑 많이 다닐 거고. 앞으로 그렇게 될 거야.
사랑	좋다. 둘이 있으니까. 이제야 여행 온 거 같네. 방금 전까진 극기 훈련 같았는데.
원	내일은 더 좋을 거야. 하루하루 더 행복하게 해줄게.
사랑	이미 과분할 정도로 행복해.

원이 풀장으로 들어가더니 사랑에게 손을 내민다.
사랑이 손을 잡자 끌어당기는 원. 사랑이 미끄러지듯 풀장 안으로 들어간다. 마주 보고 있는 두 사람. 편안하고 행복하다.

원	보고 싶었어.
사랑	우리 하루 종일 같이 있었는데?
원	뒷모습 말고 앞모습. 사랑스러운 이 얼굴이 너무 그리웠어.

사랑이 웃는다. 그 모습이 너무 사랑스럽다.

사랑	그런데 둘이 가고 싶다는 데 어디예요?
원	내일 가자. 내가 어떻게 하든 둘만의 시간 만들게.
사랑	그게 어디냐니까요. 사람 궁금하게.
원	…
사랑	말 안 해줄 거예요, 진짜?

원은 웃고만 있다. 말해줄 생각이 없어 보인다.

대신 입을 맞추려는 원. 사랑이 장난스럽게 고개를 돌려 피한다.

원   응?

다시 입을 맞추려는 원. 또 피하고 웃는 사랑.

원   어어?
사랑   그니까 거기가 어디냐니까.
원   비밀!

번쩍 사랑을 들어 안는 원. 사랑도 원이 목을 감싸 안는다.
서로를 끌어안은 두 사람, 평온하고도 소중한 둘만의 시간을 만끽
한다.

원   좋다. 행복하다는 게 이런 거겠지? 행복하다는 말을 내가 하
           게 될 줄은 몰랐어… 사랑해.
사랑   나도 사랑해.

서로를 바라보던 두 사람, 서로에게 이끌리듯 천천히 입술이 닿는다.
잘게 부서지는 물결이 조명을 받아 반짝반짝 빛난다.

🏨 22. 수완나품 공항. 비행기 갤리/ 낮

기내 면세품 판매 준비를 하는 로운과 승무원들. 로운이 휴대폰을 꺼

내 평화 SNS를 보는데 미나가 슬쩍 옆으로 온다.

미나	로운 씨 이따 비행 끝나고 뭐 해? 둘이 저녁이나 먹을까?
로운	약속 있어요.
미나	진짜? 오늘 약속이 있다고?
로운	네. 오늘요.

기상나팔 소리 선행되며,

🏨 23. 풀빌라 곳곳/ 낮

고요한 풀빌라 위로 요란한 기상나팔 소리가 들린다.
남자 방도, 여자 방도 나팔 소리로 시끄럽다.
인상을 쓰며 깨는 윤, 시계를 본다. 아침 7시다.

🏨 24. 풀빌라. 거실/ 낮

잠이 덜 깬 얼굴로 거실로 나오는 삼총사. 짜증 나는 얼굴로 나오는 윤.
상식이 블루투스 스피커를 든 채 웃고 있다.

상식	싸와디캅! 좋은 아침!
다을	(하품하며) 네 부장님, 좋은 아침요.
상식	오늘 일정 발표하겠습니다. 첫 일정은 왓포 사원 투어로 시작

해서 중간중간 맛집 탐방과 더불어 방콕의 아이콘인 아이콘 시암에서 쇼핑을 마친 다음 선상 디너파티로 멋진 밤을 마무리하도록 하겠습니다.

원   자유시간은요?

상식   단체 여행에 그런 게 어딨어?

원   자유시간 없는 여행이 어딨어요?

사랑   맞아요. 독재도 아니고 너무해요.

상식   자유가 있어서 여행을 온 건데 왜 여행을 와서 그걸 또 찾아?
        그럼 30분 뒤에 집합!

다을   (씩씩하게) 넵!

더 말할 필요가 없다는 듯 빠르게 돌아서는 상식.

🏨 25. 사원 앞/ 낮

사원 앞에 승합차가 서고 오형제가 내린다.
사원 입구 쪽으로 걸어가는 오형제.
원은 자연스럽게 사랑 옆으로 간다. 원이 오자 사랑도 좋은데,

상식   어이 노 과장, 뒤로!

원   지금 딱 좋은데 굳이 왜요?

상식   순서가 안 맞잖아. 먹을 때도 으쌰으쌰, 놀 때도 으쌰으쌰!

원   오늘은 그 옷 안 입었잖아요.

상식   옷은 갈아입었어도 우리는 영원한 오형제야. 한번 느낌표는

영원한 느낌표! 얼른 제자리로 가!

자꾸 방해를 하는 상식이 너무나도 알미운 원, 상식 옆으로 가더니
은근한 말투로 협박을 한다.

원   지금 뭐 하자는 거야?

상식   어허! 감히 과장이 부장한테!

원   회사 그만 다니고 싶어? 그게 소원이면 그렇게 해줄게.

상식   (원이 슬슬 무서워진다) 그게 아니라 단합대회를 왔으니까 단합된
           모습을 보이고자 저도 노력을 하는 중인데요,

원   단합대회가 아니라 여행이야. 여행은 자유고.

다을   (상식과 원 사이로 끼어들며) 느낌표 씨 자리 안 지키고 여기서 뭐
           하세요?

원   굳이 걸어갈 때까지 자리를 지켜야 하나요?

다을이 원을 슬금슬금 밀어 둘만 이야기할 수 있는 공간을 만든다.
둘만 따로 떨어지자 다을 말투가 바뀐다. 얼굴은 웃고 있지만 원이
상식에게 했던 것처럼 은근히 압박하는 말투다.

다을   노 과장님 사회생활 얼마나 했어요?

원   저요?

얼마나 했나… 손가락을 꼽는 원. 여섯에서 손가락 멈추면,

다을   6년?

원	6개월…?
다을	(기가 막혀 웃는다) 내가 사회생활 선배로서 한마디만 할게. 괜히 부장님 심기 건드리지 마요. 그럼 모두가 피곤해져.
원	(서운하다) 근데 다을 씨 우리 편 아니었어요?
다을	우리 편이니까 이러지 남 같으면 얘기도 안 해요. 좋은 말로 할 때 느낌표 뒤로!

입을 삐죽이며 뒤로 가는 원.
앞에는 사랑과 평화가, 뒤에는 다을과 상식이 짝을 맞춰 걸어가고 느낌표 원이 혼자 뒤에서 따라간다. 사랑이 뒤를 돌아본다.
가까이하기엔 너무 먼 두 사람. 슬픈 눈으로 서로를 바라본다.

🏨 26. 몽타주

왓포 사원 전경 보인다.
우뚝 솟은 탑, 징을 치며 소원을 비는 사람들, 사진을 찍는 관광객들. 사원 주변의 노천 식당들과 짜오프라야강을 오가는 많은 배들을 배경으로 아이콘시암 전경 보인다. 해가 지자 방콕 최고의 이벤트라 불리는 아이콘시암 분수 쇼가 시작된다.

밤이 되자 짜오프라야강은 더욱 화려해진다.
특히 온갖 현란한 조명으로 장식한 유람선들이 강을 더욱 활기차게 만들고 있다. 유람선들이 정박하거나 떠나는 선착장으로 가면,

📠 27. 선착장/ 밤

유람선 탑승 대기 줄에 서 있는 오형제. 상식은 여전히 가이드 역할을 하고 있다.

상식 자, 그럼 오늘의 하이라이트! 선상 디너파티로 여러분을 초대합니다.

오오~ 사랑과 다을, 평화가 박수를 쳐준다.

평화 와~ 대박. 방콕 올 때마다 꼭 한번 타보고 싶었는데.
다을 부장님, 최고!

뒤에 있던 원, 사랑에게 슬쩍 다가와 귓속말을 한다.

원 우리는 여기서 빠지자.
사랑 지금요?
원 조금 있다가.
사랑 그게 가능하겠어요?
원 나만 믿고 따라와. (눈을 찡긋한다)

유람선 연결 다리가 열린다.

상식 자, 모두 탑시다!

줄지어 있던 대열이 앞으로 조금씩 이동한다.

주변을 살피는 원, 어디로 뛰어서 어디로 빠져나갈지 다시 한번 계산을 해본다.

심호흡을 하는 원. 지금이다!

사랑 손을 확 잡더니 휙 돌아서 뛰기 시작한다.

해방이다! 자유다! 더없이 기쁜 얼굴로 죽어라 달리는 원.

28. 선착장 근처/ 밤

사람들을 비집고 복잡한 길을 뚫으며 힘차게 달려가는 원.

드디어 해냈다! 이제 둘만의 시간이다! 원이 기쁜 마음으로 돌아본다.

상식이 숨을 헐떡이며 원을 보고 있다.

원   (놀라 손 놓는다) 으악!!!! 네가 왜 여기 있어?

상식   잡고 뛴 사람이 알겠죠. 배 타기 싫으면 혼자 타지 말든가 왜
            나까지…

원이 허탈한 표정으로 유람선 쪽을 바라본다.

29. 선착장/ 밤

원을 바라보며 유람선에 오르는 사랑, 황당한 얼굴이다.

30. 유람선 곳곳/ 밤

유람선 내부 보인다.
1층은 뷔페 음식이 차려진 레스토랑이고, 2층은 지붕이 없는 야외 레스토랑이다.

 31. 유람선. 갑판/ 밤

탈출 작전에 실패한 원, 홀로 갑판에 서서 강을 바라보고 있다.
톡톡, 누군가 어깨를 친다. 돌아보면 사랑이다.

사랑	(캔 음료를 건네며) 시원하게 한잔해요.
원	고마워.
사랑	아직도 속상해요?
원	바보같이…
사랑	갑자기 노 과장님이 끼어드는 바람에, 어쩜 타이밍이!
원	노 과장! …저걸 데리고 오는 게 아니었는데.
사랑	그래도 멋졌어요. 자유를 향해 달리는 탈옥수 같기도 했고.

빙긋 웃는 사랑. 원도 허탈한 웃음이 나온다.
사랑 머리가 바람에 날린다. 원이 헝클어진 사랑 머리를 매만져 준다.
멀리 강가에 아시아티크 야시장 대관람차가 보인다.
아름다운 야경만큼 서로를 보는 둘의 눈길도 예쁘다.

| 원 | 좋다. 둘이 있으니까. |

사랑도 고개를 끄덕하는데,

| 상식 | (소리) 노 과장~! |

상식이 목소리만 들어도 진절머리가 나는 원. 주먹을 꽉 쥐어 캔을 구긴다.

🏨 32. 유람선. 야외 레스토랑/ 밤

오형제는 테이블에 앉아 맥주를 마시고 있다.
으쌰으쌰! …이번에도 원은 사랑과 떨어져 앉았다.
다을은 사진을 찍고, 평화는 누군가와 메시지를 하고 있다.

사랑	태국은 정말 밤이 너무 아름다운 거 같아요. 마음도 편안해 지고.
다을	맞아. 여기 사람들 표정도 다 밝고 여유로워 보여.
사랑	태국에 싸바이~ 라는 말이 있대. 너무 급하게 살지 말고, 너무 정신없이 다니지 말고, 조금만 천천히, 조금만 편안하게, 싸바이 싸바이~
다을	싸바이 싸바이~ 좋다! 근데 매출 싸바이 싸바이 하면 우리 다 쫓겨날걸?
평화	비행도 싸바이 싸바이 하면 제시간에 서비스 다 못 끝내.

사랑	호텔도 마찬가지야. 우리한텐 택도 없는 꿈의 싸바이다.
원	그럼 우리 내일은 방콕에서만이라도 자유시간을 즐기는 건 어때요? 각자 자유롭게 싸바이 싸바이.
상식	이번 여행은 마지막까지 으샤으샤! 입니다! 싸바이는 집으로 돌아가서 개인적으로 즐겨주세요~

꼴 보기 싫은 눈으로 상식을 보는 원.
웃으며 맥주를 마시던 평화가 놀라 멈춘다. 보면 로운이 웃으며 걸어
오고 있다. 테이블 앞에 멈추는 로운. 다들 누군가 싶어 바라본다.
눈치 빠른 다을은 평화와 로운을 번갈아 보며 빠르게 상황 파악을
한다.

평화	로운 씨가 여긴 어떻게?
로운	(웃는다) 지나가는 길에 우연히.
	(오형제에게 인사한다) 안녕하세요. 이로운이라고 합니다. 방콕에 비행 왔는데 레이오버라 평화 선배님 보고 싶어서 왔습니다. 잘 부탁드립니다.
평화	(일행들에게) 우리 비행팀 후밴데, (로운에게) 진짜 어떻게 온 거야.
로운	아까 뭐 하실 거냐고 물어봤더니 여기서 식사하신다고 해서.
평화	그게 아니라…

로운은 너무나 당당하지만 평화는 반가움보다 당황스러운 게 크다.
다을, 평화와 로운을 번갈아 살피다가,

다을	부장님, 합석해도 되죠?

상식	당연하지. 평화 씨 비행팀이면 우리 킹에어잖아.
다을	인사 나누시죠. 이쪽은 킹그룹 본사 최고 유상식 부장님. 여긴 노 과장님, 킹호텔 천사랑, 저는 알랑가 강다을이에요.
상식	우리 모두 한 식구네. 잘 왔어요. 앉아요.
로운	감사합니다.

의자를 가지고 와서 평화 옆에 앉으려는데,

상식	우리 이로운 씨? 자리가 거기가 아닌데?
로운	네?
상식	자네는 이 모임 깍두기잖아. 저기 느낌표 옆으로! 우리가 또 규칙이 있거든.

무슨 말이야? …로운이 뭔가 싶어 원을 바라보면,

원	깍두기, 컴온!

일찌감치 포기한 원. 로운에게 손짓한다.
저 자리 앉으려고 여기까지 온 게 아닌데… 로운이 평화를 보는데,

사랑	(원이 쪽 가리키며) 얼른 가세요. (턱으로 다을이 가리키며) 안 그럼 쟤 한테 혼나요.

보면 다을이 어서 앉으라고 눈짓으로 압박한다.
어쩔 수 없이 원이 옆에 앉는 로운,

로운   으쌰으쌰가 뭐예요?

원   아주 지독한 태국의 저주라고나 할까.

상식   자, 새 시구도 왔는데 다들 잔 들고, (모두 잔 들면) 으쌰으쌰!

삼총사 파이팅!

모두 맥주를 마신다. 이런 분위기인가… 눈치를 보는 로운.
원이 로운의 잔에 짠을 하고 맥주를 마신다.
로운도 맥주잔을 비운다.
강바람도 맥주도 시원하다!

🏨 33. 아시아티크 야시장. 대관람차 가는 길/ 밤

맨 앞에 걷고 있는 다을과 상식, 그리고 사랑이와 평화. 그 뒤로 원이
와 로운이 걷고 있다. 원이는 사랑 옆으로, 로운은 평화 옆으로 슬쩍
간다.

다을   (뒤를 돌아보고) 느낌표, 깍두기 뒤로!

원은 미련 없이 뒤로 가는데, 로운은 발길이 떨어지지 않는다.

원   깍두기, 컴온!

로운   왜 이렇게 다녀야 합니까?

원   포기해요. 여긴 말이 안 통하는 곳이니까.

상식   우리는 으쌰으쌰! 오형제거든.

116

로운	저는 평화 선배 보러 온 건데 둘이 따로 시간 좀 가지면 안 됩니까? 저는 어차피 오형제도 아니잖아요.
상식	같이 합류했으면 한 식구지. 우린 이제 오형제가 아니라 육남매일세! 나도 말 놓을 테니까 (원과 로운 손짓하며) 자네들도 형 동생 해.
로운	다 좋은데 저는 그래도,
다을	(말 자른다) 깍두기, 부장님 말씀 들으세요~ 느낌표, 깍두기 경고 하나씩! 경고 3번이면 퇴장입니다.
원	(억울하다) 전 아무 말도 안 했는데요.
다을	느낌표는 원래 삼진 아웃인데 그간 정을 봐서 봐준 거예요. 이제 국물도 없으니 조심하세요!

평화가 로운에게 뒤로 가라고 눈짓한다. 로운이 어쩔 수 없이 원이 옆으로 가는데,

원	부장님. 그럼 지금부터 우리는 오형제가 아니라 육남매인 거죠?
상식	그렇지. 우리 노 과장이 태국 와서 처음으로 맞는 말 하네.
원	그러면 육남매 옷을 입어야죠. 육남매에게도 새 옷을!
로운	그렇네요! 맞습니다. 역시 훌륭하십니다. 과장님 최고!
상식	좋아, 가자고! 내가 여행 온 기념으로 옷 한 벌씩 쏜다!

다들 환호를 한다!

상식이 척척척! 옷을 고른다. 착착착! 옷을 갈아입고 나오는 삼총사.
코끼리, 호랑이, 꽃무늬 등 화려함의 끝을 보여주는 태국 시장 패션
이다. 서로의 옷을 보며 웃음이 터진다.

다을	너네 진짜 죽인다.
평화	너야말로 거울 좀 봐. 네가 제일 웃겨.
사랑	나름 괜찮은데? 언제 이런 걸 입어보겠어! 즐겨! 패숀은 자신 감이야!

사랑이 어깨를 펴고 모델 워킹으로 걷는다. 다을과 평화도 사랑을 따
라 걷는다. 포즈를 취하는 삼총사. 상식이 만족하는 표정으로 힘차
게 박수를 친다.
잠시 후 로운이 나오고, 마지막으로 원이 나온다.
원이와 로운, 이게 아닌데… 후회하는 얼굴이다.
모두 원이 옷을 보고 웃는다. 그중 가장 화려한 옷을 입었다.

상식	제일 잘 어울리네. 아주 베스트 드레서야. (원이 노려보자 무시하고 돌아선다) 육남매 출발!
삼총사	으쌰으쌰.

상식이 돌아서고. 삼총사가 씩씩하게 그 뒤를 따른다.
원과 로운, 상식의 눈을 피해 사랑이와 평화 옆에 딱 붙어 걷는다.

관람차를 타려고 기다리고 있는 육남매. 관람차가 도착하고 문이 열린다.

상식 (평화에게) 코끼리 먼저 타시고. (코끼리 무늬 옷. 의상에 맞춰 대사 변경)

로운 (앞으로 나선다) 부장님 저는 평화 선배 때문에 여기 왔습니다. 관람차는 평화 선배와 단둘이 타겠습니다.

상식 오, 박력 좋아! 남자가 그래야지. 그런데 우리 평화 씨 의견도 들어봐야 되지 않을까? (평화에게) 평화 씨는 어때?

평화 네? 저는…

로운 평화 선배 의견은 안에 들어가서 직접 듣겠습니다. (평화에게) 가요 선배.

평화 손을 잡고 안으로 들어가는 로운.
오오~ 다을과 사랑이 박수를 쳐준다.

밤이 깊어지자 야경이 더 예뻐졌다.
라이브 밴드가 공연을 시작한다. 생전 처음 듣는 음악이지만 신난다.
공연을 관람하는 사람들이 흥에 겨워 몸을 흔들고 있다.

한 곡이 끝나고 바로 다음 곡을 부른다.

방금 전보다 더 신나는 노래다. 눈빛이 통하는 삼총사, 슬금슬금 리듬을 타기 시작하더니 신나게 춤을 춘다.
어느새 상식이와 로운이도 삼총사들 틈에 끼어 춤을 추기 시작한다. 다들 그 분위기를 바랐던 것일까, 어깨만 까딱이던 다른 관광객들도 함께 춤을 추기 시작한다.

원은 자리에 앉아 사랑을 보고 있다. 즐겁게 노는 사랑을 보니 기분이 좋다. 사랑이 원과 눈이 마주친다.
리듬을 타며 사뿐사뿐 다가오는 사랑, 원에게 손을 내민다.

사랑	Shall we dance?
원	(오늘만큼은 사랑이 기분을 맞춰주고 싶다) 영광입니다.

사랑이의 손을 잡고 중앙으로 나가는 원. 무도회에 나가는 왕자와 공주 같다. 사랑과 마주 보며 춤을 추는 원. 때마침 분수대가 터진다. 흥겨운 음악과 반짝이는 불빛들. 아름다운 밤이 흥겹게 지나가고 있다.

🏨 37. 풀빌라/ 밤

풀사이드에 모여 있는 육남매. 시원하게 맥주잔을 비우고,

상식	(로운에게) 가긴 어딜 가. 이렇게 모인 것도 인연인데 자고 가야지.

로운	그래도 돼요?
평화	안 돼요. 레이오버 때 승무원은 정해진 숙소만 사용해야 돼요.
	(로운에게) 로운 씨 더 늦기 전에 가.
상식	아냐. 그런 건 우리 노 과장이 처리하면 돼. (원에게) 노 과장,
	되지? 할 수 있지?
원	할 수는 있는데 방이 없잖아요.
상식	방이 왜 없어. 여자 방, 남자 방, 두 개나 있는데. 킹베드라 셋
	이 자도 충분해.
원	킹이 아니라 퀸이죠!
로운	저는 바닥에서 자도 괜찮습니다.
상식	아냐 아냐. 침대 커. 셋이 굴러다녀도 충분해.
로운	(평화 한 번 보더니 상식에게) 그럼 자고 갈게요. 감사합니다.
상식	자자! 육남매 결성 기념으로 전부 건배!

맥주잔 6개가 부딪친다.

🏨 38. 남자 방/ 밤

원이 가운데 누워 있고 양옆으로 상식과 로운이 누워 있다.
퀸베드에 남자 셋이 누워 있으니 좁다. 온갖 인상을 쓴 채 천장만 바
라보고 있는 원.

상식	그러고 보니 이렇게 남자끼리 한방에서 잔 건 대학교 이후로
	처음이네.

로운	친구들끼리 놀러 가면 이거 반만 한 방에서 대여섯 명씩 겹쳐서 자기도 하잖아요. 그때는 불편한 것도 모르고 잤는데.
상식	친구니까 그렇게 잘 수 있었던 기지.
원	이제 그만들 자죠.
상식	먼저 자. 우린 아직 할 얘기가 많아.
원	그럼 나가서 떠드세요. 전 피곤해요.
상식	없다고 생각하고 편히 쉬어. 안 들린다 생각하면 정말 안 들린다니까.
원	그걸 말이라고.
로운	두 분 보기 좋아 보여요. 꼭 친구 같고.
원	잘못 봤어. 난 부장님 같은 스타일 정말 딱 질색이야.
상식	노 과장이 좀 나한테 질척거리긴 하지. 성격이 저래서 친구도 없고, 나라도 보살펴야지 하는 마음으로 붙어 있는 거지. 나 아님 누가 곁을 지켜?
원	(벌떡 일어나 불을 끈다) 불 끕니다. 주무세요!
상식	어딜 감히 상사 허락도 없이! 다시 켜!
	(원이 그냥 돌아와 누우면) 어쭈! 못 켜겠다! 얼른 켜지 못할까!
	(원이 코 고는 소리를 낸다) 당장 불을 켜란 말이다, 노 과장!

로운이 웃음소리가 울려 퍼진다.
누군가와 함께 같은 침대에 누운 게 처음인 원, 나쁘지만은 않다.

삼총사, 각자 쇼핑한 것들을 정리하고 있다.
다을은 영상통화로 초롱이 선물 산 것을 보여주고 있다.

다을	이거 봐! 이쁘지?
초롱	응. 이쁘다! 완전 이뻐!
다을	이건? 어때?
초롱	그것도 진짜 귀엽다. 근데 다 내 것만 샀어? 엄마 껀 없어?
다을	엄만 필요한 거 없는데?
초롱	꼭 필요해야 사나? 이쁜 거 있음 사는 거지. 내일은 내 것만 사지 말고 엄마 것도 꼭 사! 알았지? 약속!
다을	알았어. 약속.
초롱	차 조심하고. 나쁜 사람 따라가지 말고. 이모들 잘 따라다니고.
다을	응. 조심히 다닐게. 잘 자 사랑해.
초롱	나도 사랑해. 잘 자.

전화를 끊는 다을.

사랑	초롱이 없음 어쩔 뻔했어? 결혼한 건 안 부러운데 초롱이 같은 딸 있는 넌 너무 부러워.
다을	낳아서 키워봐라. 마냥 이쁘기만 한가. 그래도 태어나서 제일 잘한 일이 초롱이 낳은 거긴 해.
사랑	(작은 쇼핑백을 건네며) 자! 받아!
다을	이게 뭐야?

사랑	뭐긴. 너 아까 계속 들었다 놨다 했던 섀도지.
다을	이런 거 바르고 나갈 데도 없는데. 잘 보일 사람도 없고.
사랑	꼭 누구 보여주려고 하나? 내 만족이시. 가끔씩은 화려하게 화장도 하고 꾸미고 기분 내.
평화	맞아! 기분 전환이 필요해. (쇼핑백을 내밀며) 이건 내 선물.
다을	뭐야~!

쇼핑백을 열어보면 예쁜 원피스가 들어 있다.

다을	(예쁘다) 너희 진짜 이러기야? 막 사람 감동시키고.
사랑	초롱이 말대로 너도 좀 챙기라고 말해봐야 안 들을 테고. 어쩌겠어. 우리라도 챙겨야지.
다을	고마워. 진짜. (고마운 마음에 눈물이 핑 돈다)
사랑	야! 촌스럽게 울지 마라! 지금 울면 평생 놀림감이야.
다을	몰라! 역시 너희들밖에 없어. 너희가 최고야.

고마운 만큼 사랑이와 평화를 꼬옥 안는 다을. 그 마음이 고스란히 전해진다.

평화	나도 너희들밖에 없어.
사랑	넌 아니지. 로운 씨도 있잖아. 오로지 너를 보기 위해 태국까지 날아온.
평화	(밀쳐내며) 아냐. 진짜 그런 거 아냐.
사랑	(로운 흉내) 평화 선배님 보고 싶어서 왔습니다.
평화	하지 마라.

사랑	그니까 말해봐. 둘이 무슨 사이야?
평화	아무 사이 아니라니까? 진짜 아무 사이 아니야.
다을	무슨 사이길래 그렇게 예민해? 진짜 수상하네.
평화	…너 원피스 내놔. 선물 취소.
다을	(슬금슬금 도망가며) 왜! 한번 줬으면 끝이지.
평화	(쫓아가며) 내놔. 안 내놔?

쫓아가는 평화. 장난스레 소리를 지르며 도망가는 다을. 얼마 못 가 평화에게 잡혀 침대로 넘어지는데, 원피스를 뺏길까 품에 꼭 안고 있다.

평화	(사랑에게) 사랑아, 얘 팔 잡아.
사랑	근데 난 로운 씨 괜찮더라. (로운 흉내) 저는 바닥에서 자도 괜찮습니다. 얼마나 좋으면 그래? 딱딱한 바닥에서 등이 배기더라도 너와 함께라면~
평화	진짜 이것들이!

사랑이를 향해 베개를 집어 던지는 평화. 사랑이 소리를 지르며 도망간다.

🏨 40. 풀빌라. 남자 방/ 새벽

원을 가운데 두고 뒤엉켜 자는 세 사람.
눈을 뜨는 로운, 다들 깰까 조심히 일어난다. 창밖은 아직 어둡다.

41. 풀빌라. 거실/ 새벽

로운이 캐리어를 끌고 조용히 나온다.
아무도 없는 줄 알았는데 평화가 테이블에 음식을 차리고 있다.

평화 　　　잘 잤어?
로운 　　　벌써 일어났어요?
평화 　　　뭐라도 먹고 가.

테이블에 앉는 로운. 빵과 과일, 커피 등 간소하지만 정성이 보인다.
감동이다.

로운 　　　직접 준비한 거예요?
평화 　　　아침 비행은 늘 허기지잖아. 어서 먹어. 늦겠다.
로운 　　　고마워요. 내 생각 해줘서.
평화 　　　나야말로 고마워. 여기까지 보러 와줘서.

마주 보며 웃는 두 사람.
하지만 거기까지다. 평화는 금방 눈길을 돌려버린다.

🏨 HOTEL **42. 남자 방/ 낮**

침대에서 일어난 상식, 기지개를 켜며 창문을 여는데, 살금살금 대문
밖으로 나가려는 원이 보인다.

상식   노 과장, 어디 가?

흠칫 놀란 원, 슬그머니 돌아선다. 원 앞에는 사랑이 있지만 상식 시선에는 보이지 않는다.

상식   어디 가냐니까?
원   …저는 갑니다. 자유를 찾아서.
사랑   (원이 뒤에서 빼꼼 고개 내밀며) 저두요.
상식   안 돼! 그건 아니지! 으쌰으쌰 해야지!

여자 방 창문이 열리며 다을과 평화가 고개를 내민다.

다을   야 천사랑, 이 배신자!
평화   잠깐 기다려. 나도 데려가!
사랑   (일행들에게 손을 흔들며) 안녕히 계세요 여러분! 우리는 자유를 찾아 떠납니다~
원   가자.

밖으로 나가는 두 사람. 대문이 쾅 닫힌다.

43. 방콕 왕궁 곳곳/ 낮

하얀 건물, 짙은 색의 지붕과 금빛 찬란한 장식으로 마감된 탑, 나뭇잎 하나 흐트러지지 않게 조형물처럼 전시된 나무들 보인다. 전체적으로 유럽과 아시아가 묘하게 어우러진 느낌이다.

🏨 44. 왕궁. 회랑/ 낮

태국 왕국의 장대한 스토리가 담긴 그림들 보인다.
팔짱을 끼고 왕궁을 거니는 두 사람. 왕자와 공주 같다.
왕궁 경비병 교대식이 열린다. 신기한 듯 바라보는 사랑.

🏨 45. 왕궁. 정원/ 낮

정원으로 들어온 사랑과 원. 근처에 있던 사진사가 말을 걸어온다.

사진사	코리아?
사랑	예스.
사진사	(한국말) 오! 뷰티풀. 둘이 너무 예쁘다. 너는 왕자 너는 공주.
사랑	감사합니다.
사진사	사진 한 장 찍어. 싸게 해줄게. 원 플러스 원, 어때?
사랑	괜찮아요.
원	(사랑에게) 찍자. 우리 사진 갖고 싶어. (사진사에게) 찍어주세요.
사진사	오케이. 이쪽으로 서봐. 여기가 잘 나와.

사진사의 요구에 따라 자리를 잡는 두 사람, 사진을 찍는다.
왕궁 곳곳에서 다정한 포즈로 찍은 사진들이 계속 나온다.

🏨 46. 왕궁. 기념품 가게 앞/ 낮

벤치에 앉은 두 사람.
시원한 음료를 마시며 아름다운 왕궁 경치를 감상하고 있다.

사랑   고요하고 좋다. 마음이 편안해지는 것 같아.
원   응. 돌아다니면서 구경만 할 때는 몰랐는데 이러고 있으니 다르게 보이네.
사랑   한국 가면 지금 이 순간이 너무 그리울 것 같아요.
원   그리워지기 전에 또 오자.
사랑   진짜?
원   응. 둘이 꼭 오자.

크게 끄덕이는 사랑. 앞으로 함께할 날들이 떠올라서인지 둘은 행복한 얼굴이다.

🏨 47. 레스토랑 앞/ 저녁

도무지 뭐가 있을 것 같지 않은 평범한 길이다.

사랑   여기가 어디예요?
원   둘이 꼭 가고 싶은 데가 있다고 했잖아. 여기였어.

때마침 직원이 나와서 격조 높게 인사를 한다.

🏨 48. 레스토랑 들어가는 길/ 저녁

양쪽으로 하얀 돌기둥이 서 있는 작은 길. 길 끝에 강이 보인다.

🏨 49. 레스토랑/ 해 질 녘

레스토랑으로 들어간 사랑은 다시 한번 놀란다.
"우와!" 감탄을 하며 창가에 서는 사랑.

사랑   정말 너무 예뻐요. 그림 같아. 매일 이런 풍경을 보고 살면 정
           말 행복할 거 같아요.
원   여기서 같이 살까?
사랑   (웃는다) 꿈같은 얘기네요.
원   그럼 꿈처럼 살지 뭐.

원도 웃어준다. 둘은 꿈처럼 아름다운 풍경 속에 있다.

🏨 50. 레스토랑/ 해 질 녘

태국 전통 코스 요리가 서빙된다.
겨우 전식 하나 나왔을 뿐인데 손대기 아까울 정도로 아름답다.
사랑이 아이처럼 박수를 치며 좋아한다.

사랑	와!
원	그렇게 좋아?
사랑	태국 요리 많이 먹어봤는데 이런 건 처음이에요. 너무 예쁘다. 맛있을 거 같아.
원	먹어봐. (포크로 찍어 먹여준다) 아~
사랑	(받아먹고) 오! 맛있어. 대박! (원이에게 먹여준다) 먹어봐요.

원도 사랑이가 준 음식을 먹는다.
메인 요리와 후식까지 차례로 요리가 나오는데, 음식 모두가 화려하다. 둘은 서로 먹여주기도 하고 사진도 찍으며 예쁘고 행복한 식사를 한다.
노을이 점점 짙어지고 있다.

🏨 51. 레스토랑/ 밤

밤이 되자 강에 화려한 야경이 비친다.

사랑	낮에도 예뻤는데 밤이 되니까 더 예뻐요. 정말 아름답다.
원	마음에 드신다니 다행입니다.

웃고 있는 원. 그 모습을 보던 사랑이 고개를 숙인다.
사랑이 왜 그러는지 원은 알지 못한다.
다시 고개를 드는 사랑. 표정도 분위기도 달라지지 않았다.

사랑   나… 어릴 때부터 아무것도 바라지 않았어요. 뭔가 바라고 욕
        심내면 소중한 것들이 사라질까 봐. 그런데 자꾸 욕심이 나
        요. 이렇게 행복해도 되나 싶을 만큼 너무 행복해서, 계속 행
        복해졌으면 좋겠다, 그랬으면 좋겠다, 하고.

원   더 욕심내도 돼. 하고 싶은 거, 가지고 싶은 거, 되고 싶은 거,
        다 욕심내고 살아. 그래도 돼.

알았어요, 그렇게 할게요. 고개를 끄덕이는 사랑.

사랑   야경 예쁘다. 나갈까요?

🏨 52. 테라스/ 밤

원과 사랑이 테라스 테이블에 앉아 차를 마신다.

원   누나랑 난 엄마가 달라. 아버지가 재혼을 하셔서 나를 낳으셨
        거든.

처음 듣는 말이다. 사랑은 모르고 있었다.

원   어릴 때 엄마가 사라졌어. 어느 날 갑자기, 아무 말도 없이.
        나는 울며불며 엄마를 찾는데 다른 사람들은 모두 웃고 있
        더라.

〈인서트〉과거 : 구 회장 집

　　　어린 원이 울면서 엄마를 찾는다.
　　　집에서 일하는 직원들이 모두 웃으며 원이에게 인사한다.

원　　　　웃는 얼굴이 괴물 같다는 생각을 그때 처음 했어. 내 주위에
　　　　　는 진짜 얼굴을 가진 사람이 아무도 없구나…
　　　　　(사랑을 보고 웃는다) 그런데 천사랑이 나타났어. 진짜 얼굴을 가
　　　　　지고.

　　　원이는 웃고 있지만 사랑은 그럴 수 없다.

사랑　　　지금도… 어디 계신지 몰라요? 소식도 없으시고요?
원　　　　응. 아무리 찾아봐도 아무 흔적도 없어. 마치 세상에 처음부
　　　　　터 존재하지 않은 사람처럼. 나를 버린 건지, 무슨 사정이 있
　　　　　었는지, 그걸 모르니까 그리워해야 하는지, 원망해야 하는지
　　　　　조차 모르겠어.

　　　원이 안쓰럽다. 사랑은 금방이라도 울 것 같다.

사랑　　　아무 흔적도 없는 사람은 없어요. 어딘가에 분명 있을 거예
　　　　　요. 같이 찾아봐요.
원　　　　안 그래도 돼. 그냥 궁금했던 거지 보고 싶었던 건 아냐. 이젠
　　　　　궁금하지도 않고.

　　　사랑은 그 말이 진심이 아닌 걸 알아 자꾸 눈물이 나려 한다.

원은 웃으며 사랑 어깨를 감싼다.

원 　　　계속 안아주고 싶었어. 그래야 기대도 된다는 걸 알 거 같아서.
　　　　그런데 나도 기대게 될 줄은 몰랐어. 고마워, 내게 와줘서.
사랑 　　고마워요. 나한테 와줘서.

사랑도 원에게 기댄다.

HOTEL **53. 레스토랑 정원/ 밤**

밤을 맞은 정원은 다른 모습이다. 예쁜 홍등이 걸려 있어 동화 속 숲
길 같다. 사랑과 원이 손을 잡고 걸어간다.

원 　　　이곳을 다녀간 커플은 천년의 사랑을 얻는다고 했어. 그래서
　　　　함께 오고 싶었어.
사랑 　　겨우 천년만 사랑할 거예요?
원 　　　아니, 죽어서도 다시 태어나더라도 사랑할 거야.
사랑 　　그 말 꼭 지켜요.

그들 뒤로 반딧불 한 마리가 지나간다. 잠시 후 열 마리… 백 마리…
그들의 앞날을 기원하듯 어느새 정원이 반딧불로 가득 찬다.

🏨 54. 레스토랑 앞/ 밤

사랑은 웃고 원은 황당한 얼굴로 서 있다.
분명 최고급 차량으로 예약했는데 툭툭이가 서 있다.

〈이하 영어〉

원   분명 최고급 VIP 차량으로 예약해 달라고 했는데요.
직원   최고급 차량입니다. VIP!

직원은 이번에도 격조 높은 손짓으로 가리킨다. 툭툭이 등받이에
VIP라고 적혀 있다.

🏨 55. 거리 곳곳 - 왕궁 근처/ 밤

툭툭이를 타고 가는 사랑과 원. 기분도 상쾌하고 모든 것이 아름다워
보인다. 툭툭이가 속력을 낸다.
사랑이 신나 "야아~" 소리를 지르고. 원도 소리를 지른다.
골목을 돌자 화려한 야경의 왓포 사원이 보인다.

사랑   우와! 우리 여기 잠깐 내려요.

왕궁과 왓포 사원 사이로 난 길을 걸어가는 원과 사랑.
사랑은 연신 감탄을 하며 홀린 듯 담 너머로 사원을 바라본다.

사랑 　　　(까치발을 들며) 와 너무 좋다. 우와.
원 　　　좋다는 소리만 백번 한 거 알아?
사랑 　　　진짜 좋은 걸 어떡해. 우와 보름달이다! 우리 소원 빌어요.

사원 처마 끝에 보름달이 걸려 있다. 사랑이 눈을 감고 두 손을 모은다.
원도 달을 본다. 잠시 눈을 감는 원. 짧은 기도를 마치고 사랑을 본다.
사랑은 아직까지 두 손을 모으고 있다. 간절히 바라는 무엇인가 있는
것처럼 소원을 비는 사랑. 오랜 기원의 시간이 끝나고 원을 보는 사랑.

원 　　　소원 다 빌었어?
　　　　　(사랑이 끄덕이면) 그만 갈까? (시계 보고) 늦었다.
사랑 　　　우리 어디 또 가요?
원 　　　우리 밤은 이제부터 시작이야. (사랑이 손을 잡고) 가시죠.

품격 있게 툭툭이로 안내하는 원.

드레스코드를 갖추지 않으면 들어오지 못하는 태국 최고의 루프탑이다.

멋지게 차려입은 원이 야경을 바라보며 칵테일을 마시고 있다.

서 있는 것만으로도 모든 사람들의 이목을 끄는 원.

원이 계단 쪽을 보면 아름다운 드레스를 입은 사랑이 내려오고 있다.

〈계단 위〉

동화 속의 공주님처럼 아름다운 자태로 계단을 내려오는 사랑이 순간 걸음을 멈춘다.

구름 위로 올라온 것처럼 지평선 멀리까지 방콕 야경이 끝없이 펼쳐져 있다. 너무나도 아름다운 풍경에 사랑은 말을 잊고 야경을 바라본다.

계단 아래에 있던 원이 사랑에게 다가간다.

멋진 슈트로 갈아입은 원이 모습에 사랑도 환하게 웃는다.

공주를 에스코트하듯 손을 내미는 원.

원   가실까요?

환하게 웃으며 원이 손을 잡는 사랑, 계단을 내려온다.

곳곳에 있던 남녀 손님들이 하나둘씩 계단 쪽을 본다. 마치 파티장에 들어오는 왕과 왕비를 보는 것처럼.

〈계단 아래〉

와인과 예쁜 안주가 세팅되어 있다.

가볍게 잔을 부딪치고 와인을 마시는 두 사람. 사랑은 자꾸만 웃음이 나온다.

원	아까 달 보면서 무슨 소원 빌었어?
사랑	지금 이대로만 행복하게 해달라고 빌었어요.
원	지금 이대로 괜찮겠어? 비는 김에 크게 빌어야지. 그깟 욕심 마음껏 부리라니까.
사랑	본부장님은 뭐라고 빌었어요?
원	난 아무것도 안 빌었는데?
사랑	왜요?
원	더 이상 바랄 게 없으니까. 이렇게 사랑스러운 사람이 나한테 왔는데 더 이상 뭐가 더 필요해?
사랑	… (감동이다) 고마워요.
원	아! 귀한 사람 주셔서 감사하다고 인사는 드렸어.

사랑은 와인잔을 만지작거린다. 이 순간이 깨질까 봐 불안할 정도로 행복하다. 음악 소리 커진다. 원이 빙긋 웃더니,

원	나 부탁할 게 하나 있는데.
사랑	뭔데요?

일어서는 원, 사랑에게 가더니 매너 있게 인사를 하고 손을 내민다.

원	**Shall we dance?**
사랑	… (활짝 웃는다) 영광입니다.

사랑이 원이 손을 잡고 일어선다. 조금은 어설프지만 우아한 춤을 추는 두 사람. 둘의 미소는 방콕 야경보다 더 반짝거린다.

먼 하늘에 불꽃이 터진다.

〈 END 〉

11부

킹더랜드

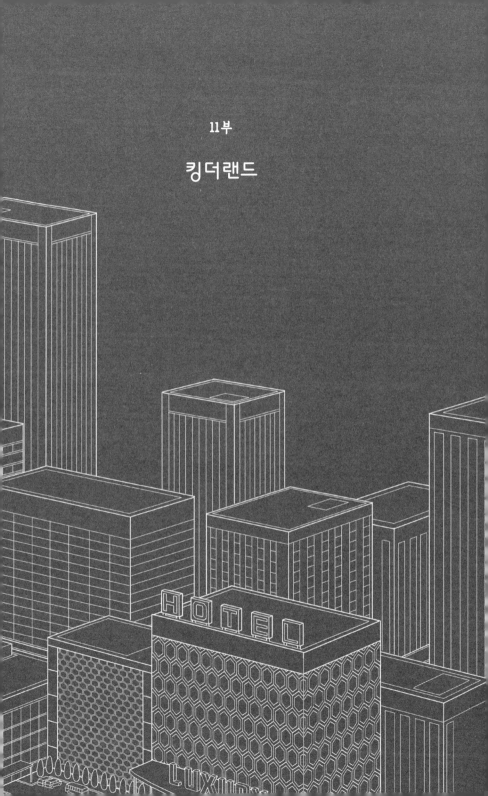

🔔 1. 시로코. 루프탑/ 밤

사랑과 원이 춤을 추고 있다.
야경보다 더 반짝거리는 둘의 미소. 먼 하늘에 불꽃이 터진다.

🔔 2. 풀빌라. 외부/ 아침

풀장에 햇빛이 반사되어 빛이 난다.
풀사이드 테이블에 모여 있는 일행들. 각자 캐리어를 옆에 두고 커피
나 음료를 마시고 있다. 출발할 시간이지만 모두 일어나기 싫은 얼굴
이다.

다을	가기 싫다. 그냥 여기 푹 눌러살고 싶어. 나 완전 방콕 체질인 듯 싶은데.
평화	초롱이는 어쩌고? 엄마만 눈 빠지게 기다리고 있을 텐데?
다을	맞다. 나한테 딸이 있었지? 깜박했네.
평화	초롱이 어머니 왜 또 그러세요? 정신 차리세요.
사랑	(웃는다) 그러게 가려니까 정말 아쉽긴 하다. 꿈꾼 거 같아.
원	또 오면 되지. 다음엔 더 좋은 곳으로 가자.
사랑	그 약속 잊으면 안 돼요.
원	네. 꼭 모시겠습니다. (웃는다)
상식	(시큰둥한 얼굴로 툴툴거린다) 같이 여행 와봤자 각자 자유를 찾아 떠날 거면 같이 올 필요가 없지.
다을	맞아. 그건 너무했어. 부장님 심기 불편하시게.

원	그래서 제가 마지막 이벤트를 준비했습니다.
사랑	뭔데요?
원	(약 올리며) 비밀!

"뭐야" 하며 입을 삐죽이는 사랑. 그런 사랑이 너무 귀여운 원이다.

| 원 | (일어서며) 그럼 갑시다. 으쌰으쌰! |

🛎 3. 비행기. 비즈니스석/ 낮

한쪽 복도로는 사랑과 원이, 건너편 복도로는 다을, 평화, 상식이 들어온다. 놀라 멈추는 일행들. 원은 그들을 보며 웃는다.

사랑	(원이 돌아보며) 전부 다 비즈니스라니, 이게 말이 돼요?
원	당연하지. 전부 킹그룹 VIP 직원들인데 당연히 VIP로 모셔야지. 맘에 들어?
사랑	응. 완전! 완전 맘에 들어! (활짝 웃으며 엄지 척을 한다)

평화와 다을도 신나서 자리에 앉는다. 둘 다 실감이 나지 않는 표정이다.

평화	항상 여기 앉은 손님들한테 서비스만 했지 내가 여기 앉을 거라는 생각은 한 번도 안 해봤는데.
다을	그러게 이게 무슨 일이야? 진짜 넓다~ (건너편에 앉은 상식에게)

부장님, 정말 감사합니다. 매출 팍팍 올리겠습니다.

상식   누리세요! 여러분은 그럴 자격 충분합니다.

물개 박수를 치는 다을과 평화.
원과 사랑은 그들과 떨어진 곳에 함께 앉아 있다.

사랑   정말 마지막까지 완벽한 여행이네요. 고마워요.
원   고맙단 말은 내가 해야지. 덕분에 즐거웠어.
사랑   나 이렇게 행복해도 되는 건가?
원   이제 시작이야. 앞으로 더 행복할 거야. 기대해.

손을 주는 원. 사랑이 꼭 잡는다.

🛎 4. 활주로/ 낮

비행기가 이륙한다.

🛎 5. 킹호텔 전경 – 킹더랜드 휴게실/ 낮

킹호텔 전경 보인다.
휴게실 벽 한쪽에 연회장 테이블 배치도가 붙어 있는데, 서비스 동선까지 모두 그려져 있다. 민서는 브리핑을 하고 사랑 등 직원들은 메모를 하고 있다.

민서	이번 100주년 행사는 100년에 한 번 있는 중요한 행사인 만큼 사소한 실수도 있어선 안 돼. 만찬은 총 10개의 코스로 구성될 예정이고, 우리는 주요 인사 의전이랑 (배치도 가리키며) 제일 앞쪽에 배치된 VVIP 테이블 총 5개를 담당하게 될 거야. 최고 VVIP만 모시는 자리니까 킹더랜드 이름을 걸고 최고의 서비스를 보여주자.
모두	네. 최선을 다하겠습니다.
민서	초청 명단 나오면 손님들 특이사항이랑 사이사이 준비해야 할 것들 놓치는 거 없도록 하나 씨가 체크해 줘.
하나	네. 책임지고 확인하겠습니다.
민서	변경사항 있으면 바로 전달할게. 그럼 오늘 회의는 이만. (사랑에게) 그리고 우리 우수사원님, 잘 다녀왔어?
사랑	네. 덕분에 잘 다녀왔습니다.
민서	계열사별로 딱 한 명씩이던데, 호텔 대표가 우리 킹더랜드 소속이라 너무 좋아. 자랑스러워. (직원들에게) 다음에도 킹더랜드에서 우수사원 나올 수 있게 다들 열심히 하자.
모두	네에~

대답은 잘하지만 하나, 두리 등은 표정이 별로 안 좋다.

사랑	(민서에게 쇼핑백 준다) 지배인님, 이거 별건 아닌데요,
민서	이게 뭐야?
사랑	입욕제요. 퇴근하시면 항상 거품 목욕하신다고 하셔서. 향 좋은 거로 몇 개 골라봤어요.
민서	(감동이다) 멀리까지 가서 내 생각해 주니 감동인데? 고마워. 잘

쓸게.

모두, 사랑을 곱지 않은 시선으로 본다. 두리가 하나에게 귓속말을
한다.

두리   하여튼 아부하는 거 봐요. 지배인님 것만 딱 챙기고.

사랑이 의자 밑에서 쇼핑백을 꺼낸다. 쇼핑백이 한두 개가 아닌데,
백마다 이름을 메모해 두었다. 두리에게 '두리 선배님♡'이라 적힌 쇼
핑백을 주며,

사랑   (두리에게 쇼핑백 준다) 이건 두리 선배님 꺼요.
두리   뭐, 뭐야? 내 꺼도 있어?
사랑   그럼요. 치약인데 쓰시는 제품이 이거 맞죠?
두리   (열어보면 치약 대여섯 개가 들어 있다) 어 맞아 이거야. 어떻게 알았
           어?
사랑   동남아 가실 때마다 사 오는데 다 떨어졌다고 하신 거 같아
           서요.
두리   (살짝 감동한다) 그걸 어떻게 알고… 고마워. 무거웠을 텐데.
세호   뭐야, 내 껀 없어?
사랑   (쇼핑백 내밀며) 당연히 있죠. 짜잔! 마그네틱이랑 머그컵!
세호   대박! (꺼내보면, 툭툭이 모양 마그네틱이다) 이거 레어템인데? 너 좀
           센스 있다.
하나   세호 씨 이런 거 좋아해?
세호   네. 저 여행 갈 때마다 나라별로 머그컵이랑 마그네틱 모으거

	든요.
두리	진짜? 언제부터?
세호	옛날부터요.
사랑	그리고 이건 하나 선배님 꺼. (쇼핑백을 건넨다)
하나	내 꺼까진 안 챙겨도 되는데…
사랑	환절기 때마다 고생하시잖아요. 태국 국민 약품이라는데 비염이나 코 막힐 때 효과 좋다고 해서 사봤어요.
하나	고마워. 잘 쓸게. 근데 나 비염 있는 거 알았어?
세호	너 우리 몰래 뒷조사하고 다니니? 모르는 게 없네.
사랑	뒷조사라니요? 관심과 사랑이죠. (웃는다. 쿠키 상자 몇 개를 꺼내며) 그리고 이건 휴게실에 놓고 다 같이 먹어요.

하나, 두리, 세호 등이 선물을 나눠주는 사랑을 보고 있다.
작은 선물이지만 모두 사랑이의 세심함에 놀란다.

🔔 6. 호텔 주방/ 낮

애피타이저부터 후식까지 모든 코스 요리가 일렬로 늘어서 있다.
원이 하나씩 시식을 하고, 그 뒤로 호텔 총주방장, 주방장, 부주방장
등이 수첩을 들고 따라온다. 그 뒤로 상식도 시식을 하며 따라온다.

총주방장	서해안 자연산 굴만 사용해 만든 지중해식 애피타이저입니다. 펜넬을 사용해 상쾌한 풍미를 더했습니다.
원	산뜻하니 입맛 돋우기 좋네요.

총주방장	메인 디시는 동물복지 농장에서 유기농 방사한 한우 중에서도 투플러스 등급, 마블링 스코어도 9로만 구성된 프리미엄 안심으로 준비했습니다.
원	전체적으로 훌륭하네요. 준비하시느라 고생 많으셨어요.
총주방장	감사합니다. 3개월 전부터 각 업장 수석 셰프들과 함께 최고의 식자재로 준비하였습니다.
원	연세 드신 분들도 계실 겁니다. 좀 더 소화하기 부드러운 메뉴들도 있으면 좋겠어요. 그리고 양식보다 한식을 선호하는 분들을 위해 한식 코스도 같이 준비해서 선택하실 수 있게 하는 건 어떨까요?
총주방장	알겠습니다. 다 같이 상의해서 준비하겠습니다.

🔔 7. 사무실/ 낮

수미가 케이스를 열어 금으로 만든 호텔 기념 명함을 원이에게 보여준다.

수미	행사에 참석하시는 귀빈들 선물로 준비한 호텔 명함입니다.
원	생각보다 훨씬 좋네요. 고생하셨어요.
수미	마음에 드신다니 정말 다행입니다. 제가 기획하고 준비했습니다.
상식	이거 진짜 금이에요?
수미	네. 청탁금지법에 따라서 순금 세 돈, 11.25그램으로 맞췄어요.

원	직원들 선물도 따로 준비해 주세요.
상식	전 직원 다요?
원	당연하지.
상식	직원이 몇 명인데 감당되시겠어요?
원	정 부담스러우면 노 과장만 빼도 좋고.
상식	킹호텔에 이 노상식이 빠지는 건 말도 안 되는 소리죠.
수미	전 직원 다 주시려면 호텔 숙박권이나 뷔페 이용권이 좋을 것 같습니다.
원	주기 편한 선물 말고 직원들이 받고 싶은 선물이 뭔지 조사해서 준비해 주세요.
수미	네. 직원들 의견 들어보고 만족할 수 있는 선물로 잘 준비해보겠습니다.
원	네. 그럼 잘 부탁드립니다.

🔔 8. 킹더랜드/ 낮

각종 서류들을 쌓아놓고 검토하며 노트북으로 기획안을 정리하는 원.
누군가 원이 옆에 선다. 사랑이다. 사무실인 줄 알았는데 킹더랜드
였다. 원은 사랑이 서빙을 하러 온 줄도 모르고 일에 집중하고 있다.

사랑	본부장님… 본부장님… (귀에 대고 조금 더 크게) 본부장님!

돌아보면 사랑 얼굴이 코앞에 있다.

원	왜? 무슨 일 있어?
사랑	몇 번을 불렀는데 대답이 없으셔서요.
원	미안. 못 들었어.
사랑	일은 사무실 가서 하시는 게 어떠실까요?
원	괜찮아, 바쁜데 나 신경 쓰지 말고 일 봐.
사랑	이 바쁜 와중에도 계속 신경이 쓰여서 하는 얘기거든요? 여기가 사무실도 아니고, 남의 영업장에 와서 이러시면 안 됩니다, 손님.
원	그래? 진짜 안 돼?
사랑	그럼요. 당연히 안 되죠.
원	여기 사장 누구야? 사장 나오라고 그래.

웃음이 터지는 사랑.

사랑	왜 저래 진짜.
원	보고 싶어서 그래. 할 일은 많고 짬은 안 나고, 잠깐이라도 같은 공간에 있으니 좋잖아. (사랑을 쳐다보며) 나만 그래?
사랑	물론 저도 같은 맘이겠죠? 마실 거라도 더 준비해 드릴까요?
원	네. 아무거나 주시고 싶은 거로 주세요.
사랑	그럼 오후엔 커피보다는 티를 주로 드시니까 얼그레이 티로 준비해 드릴까 하는데 어떠세요?
원	저에 대해 아주 세세히 잘 아시네요. 혹시 저한테 관심 있으세요?
사랑	손님의 취향을 기억하고 있는 건 킹더랜드 직원의 기본입니다.
원	단지 그런 이유라면 좀 서운한데?

사랑	내 말이. 불러도 대답도 안 하면서.
원	상당히 뒤끝 있으시네. 방금 사과한 거 같은데.
사랑	서운하다 하셔서 얘기한 것뿐입니다.
원	알겠어. 서로 서운하니까 퇴근은 같이 하자.
사랑	보는 눈이 얼만데 같이 퇴근을 해요?
원	우리 뭐 죄지었어? 사랑하는 게 죄야?
사랑	남 얘기 좋아하는 사람들 안줏거리 되고 싶진 않아서 그래요. 퇴근은 각자 하고 만나요.
상식	(소리) 본부장님.

돌아보면 상식이 급히 오고 있다.

상식	상무님이 찾으십니다. 굉장히 급하게.

🔔 9. 회의실 가는 길. 복도/ 낮

원과 상식이 걸어가고 있다.

상식	100주년 행사 초청 명단 아직 확정 안 됐던데요?
원	확정했어. 결정만 하면 돼.
상식	그게 무슨 차이래? 이렇게 여유 부릴 시간 없어요. 회장님 비서실에서도 명단 올리라고 난리예요.
원	여유 부리는 게 아니라 신중하려는 거야.
상식	신중하게 빨리 결정하시죠. (태블릿 PC 건네며) 최근 5년간 킹그룹

주요 행사 때마다 모셨던 VIP 리스트예요. 참고로 구화란 상무
님은 국회 국토위 의원 같은 정치인들을 주로 초대하세요.

원   그래서? 우리도 그렇게 하자고?

상식   우리는 앞으로 킹그룹을 이끌어갈 주역으로서 젊고 미래지향
        적이며 글로벌한 이미지로 가야죠. 요즘 제일 핫한 K-POP
        아이돌 초대하시죠. 물론 섭외는 제가 진행하겠습니다.

원   누가 너보고 행사 준비하랬지 욕망 채우래? 내가 알아서 할
        테니까 넌 리허설만 체크해 줘.

원이 임원 회의실로 들어간다.

🔔 10. 회의실/ 낮

화란이 명단을 준다. 자기가 꼭 초대해야 하는 사람들 명단이다.

화란   여기 리스트에 있는 분들 모셔. 박 의원한테 100주년 기념 축
        사 부탁했으니까 회장님 다음으로 순서 마련해 두고.

원   행사는 내 담당인데?

화란   도와줄 때 고맙다 해.

원   내가 맡았으니까 내가 알아서 할게. 누나가 맡게 되면 그때
        누나가 하고 싶은 대로 해.

화란   까부는 것도 자리 봐가면서 해. 100주년 행사가 애들 장난인
        줄 알아? 앞으로의 100년을 누구와 함께 만들어 나갈지 선보
        이는 자리야. 무게 있는 인사들이 와줘야 되는 행사라고.

원	(리스트 본다) 국회의원, 경제 부처 고위 공직자… 누나는 이 사람들이랑 앞으로 100년을 만들 생각인가 봐?
화란	호텔, 항공, 유통에 꼭 필요한 사람들이야.
원	난 이 사람들이랑 뭘 만들어 갈 생각은 없는데? 권력에 빌붙어 얻어낸 성과는 결국 권력에 무릎 꿇게 만드는 구실밖에 안 돼.
화란	(어이없다는 듯 웃는다) 그럼 넌 누구랑 뭘 만들 건데?
원	'지금 이 자리에 있게 만들어 준 사람을 잊는 순간 몰락이 시작된다'라는 말이 있어. 앞으로의 100년 또한 지금 이 호텔을 만들어 준 사람들과 함께해야지.
화란	영웅 놀이 한번 하더니 재미있나 봐? 임원들만 타는 비즈니스까지 태워 가면서 직원들 환심 사려고 애쓰던데, 걔네들 네 편으로 만들면 뭐라도 될 수 있을 거 같아?
원	환심 사려고 한 게 아니라 당연한 일 한 거야. 앞으로 임원이든 직원이든 회사를 위해 열심히 일하면 똑같은 대우 해줄 거야.
화란	네가 뭔데?
원	나? 양심 있는 사람. 내가 여기 있는 한 회사가 직원들 뒤통수치는 일은 절대 없게 할 거야. 최소한 회사와 직원 간에 신뢰는 있어야지. 그게 인간의 도리고.
화란	(기가 막히다) 너 진짜 사람은 다 똑같다고 생각해? 풍선이 다 똑같이 보여도 안에 뭐가 들었는지에 따라 하나는 위로 올라가고 하나는 밑으로 내려가. 그 안에 들어 있는 거, 그게 피야. 똑같이 보여도 절대 그렇지 않아, 피가 다르니까. 너랑 나처럼.

원	내 피가 어떻게 다른데?
화란	그냥 모른 채로 살아. 그게 네 운명이니까.

화란은 언제나처럼 이 상황을 즐긴다.
원은 차분한 얼굴로 화란을 보고 있다. 그게 더 무서워 보인다.

🔔 11. 알랑가 창고/ 낮

라희가 판매 목표가 적힌 종이를 창고 벽에 탁탁 붙이고 돌아선다.

라희	팀별, 개인별 데일리 목표야. 매일매일 계산해서 업데이트하고 달성했는지 퇴근할 때 보고해.
다을	목표액이 너무 높은데요?
라희	그래서? 못 하겠다고?
다을	네. 사실 원래 목표였던 지난달 매출 대비 10프로도 벅차요.
라희	알았어. 그럼 본사에 인원 감축한다고 보고할게.
다을	네? 인원을 감축한다고요?
라희	매출은 늘어도 임대료랑 부대비용이 너무 높아져서 알랑가 전체 영업이익은 적자야. 지금 이 매출로는 인원 유지 못 하니까 이번 달까지만 하고 막내 잘라.
다을	갑자기 그게 말이 돼요?
라희	(판매 목표 가리키며) 그러니까 내가 해결 방법 제시했잖아. 그걸 다을 팀장이 거부한 거고. 그럼 수고! (돌아서는데)
다을	할게요. 하면 되잖아요.

라희	진작 그랬어야지. 얼마나 평화롭고 좋아? 난 평화주의자야.

당장이라도 뒤통수 한 대 갈겨주고 싶지만. 이를 악물고 참는 다을.

라희	그리고 다을 팀장 조만간 좋은 데 가서 한턱 크게 사.
다을	제가 왜요?
라희	내 덕에 방콕까지 다녀와 놓고 입 싹 닦을 거야?
다을	과장님 덕이 아니라 제가 열심히 해서 다녀온 건데요.
라희	동기부여 해준 게 누군데. 내가 열심히 하라고 부채질해 준 덕에 최고 매출 기록하고 우수사원 된 거잖아. 요즘 오마카세 그런 게 핫하다던데 다음 주에 예약 잡아놔. 그럼. 난 이만 외근.

라희가 휙 돌아 나간다. 다을은 화도 나고 어이도 없다.

🔔 12. 공항/ 저녁

평화 등 비행팀이. 캐리어를 끌고 출국장으로 나온다. 병구가 슬쩍 평화 옆으로 온다.

병구	진급 심사 또 떨어졌다며?
평화	(누가 들을까 조용히) 남 일에 관심 꺼.
병구	그렇게 곰탱이처럼 죽어라 일만 하면 뭐 하냐? 미나 좀 보고 배워. 때마다 바리바리 선물 사다 바치고 김장까지 돕는데 누가 안 이뻐하겠어? 한잔하러 가자. 위로주 사줄게.

평화	됐거든?
병구	그래? 싫으면 어쩔 수 없지. (뒤따라오는 사무장에게) 사무장님. 미나 씨 승진 축하 겸 다 같이 좋은 데 가서 술 한잔하죠.
사무장	좋아요! 기장님이 쏘시는 거예요?
병구	인원이 몇인데. 특별히 사무장님 건 내가 쏴줄게.
사무장	오홍홍홍. 가요. (승무원들 둘러보며) 얘들아 들었지?
미나	네! 너무 좋아요.

미나를 뺀 나머지 승무원들은 억지웃음을 짓는다.
화가 난 얼굴로 병구를 보는 평화. 그 모습을 로운이 지켜본다.

로운	죄송하지만 오늘 저는 참석 못 할 거 같습니다.
미나	로운 씨, 기장님이 가자고 하면 가는 거야.
로운	선약이 있습니다.
미나	여기 선약 없는 사람이 어딨어?
사무장	됐어. 요즘 회식 강요하고 그러면 욕먹어. (기장에게) 괜찮죠, 기장님?
병구	응. 가! 가! 나는 뭐든 자율적으로 하는 사람이야.
사무장	역시 우리 기장님이 최고야. 오홍홍홍.
로운	그럼 먼저 가겠습니다. (평화에게) 가요 선배.
평화	응?
사무장	로운 씨 뭐야?
로운	평화 선배랑 선약이 있었습니다. 그럼 저희 먼저 가보겠습니다. (평화 캐리어 훅 뺏으며) 짐은 제가 끌겠습니다. 선배님.

병구와 미나, 사무장 모두 황당한 얼굴로 로운을 바라본다.
로운은 가고 평화는 남아 어쩔 줄 몰라 하다가,

평화   그럼 가보겠습니다. 즐거운 시간 보내세요. (돌아선다)

모두 어이없다는 듯 보고 있는데. 은지가 조용히 손을 든다.

은지   그럼 저도 자율적으로 먼저 들어가겠습니다. 안 그래도 피곤
했는데 배려 감사합니다. (꾸벅 인사하고 돌아선다)

사무장을 비롯한 모두 말문이 막히는 얼굴이다.

🛎 13. 바닷가 카페/ 저녁. 노을

바다 위로 노을이 지고 있다.
평화와 로운이 테라스에 앉아 있다. 바다가 눈높이에 있다.

평화   우리 오늘 선약 있었어?
로운   예. 원래 선배랑 여기 오려고 했거든요. 방콕에서 너무 아쉬
웠잖아요. 여기 좋죠?

해맑게 웃는 로운의 모습에 평화도 웃음이 나온다.

평화   기장님이 부르면 무조건 전원 참석이야. 내일 어떻게 될지 걱

정도 안 돼?

로운   내일은 내일의 내가 알아서 하겠죠. 오늘의 나는 선배랑 여기
         있는 게 좋아요.

평화   …혹시나 해서 물어보는 건데. 나 좋아해?

로운   네. 좋아해요.

평화   …미안하지만 난 그 마음 받아줄 수가 없어.

로운   괜찮아요. 그냥 제 마음 물어보셔서 말한 거예요. 선배 마음
         은 선배가 알아서 하세요. 내 마음은 내가 알아서 할게요.

로운이 웃는다. 맑고 순수한 웃음에 한쪽 마음이 시려오는 평화.

🔔 14. 호텔 정문/ 낮

차가 서고. 원이 내린다. 도어맨이 인사를 한다.

원   잠시 얘기 좀 할 수 있을까요?

도어맨   죄송하지만 지금은 중요한 손님이 오셔서 자리를 비울 수가
         없습니다.

원   잠시면 됩니다.

도어맨   죄송합니다, 본부장님. 제가 꼭 맞이해야 하는 손님이라서요.

원   그럼 기다릴게요. 킹더랜드 괜찮을까요?

도어맨   네. 이따 뵙겠습니다.

그때 택시가 도착한다. 가서 문을 열어주는 도어맨. 어떤 할머니가

택시에서 내린다.

도어맨	어서 오세요. 기다리고 있었습니다.
할머니	잘 지내셨어요?
도어맨	덕분에 잘 지내고 있습니다. 들어가시죠.

도어맨은 할머니를 부축해 호텔 안까지 모셔드린다. 그 모습을 바라보는 원.

15. 킹더랜드/ 낮

사랑이 원의 자리로 도어맨을 안내하고 있다.
먼저 앉아 있던 원, 일어서서 도어맨을 맞이한다.

도어맨	기다리시게 해서 죄송합니다.
원	아닙니다. 저야말로 갑자기 시간 내달라고 해서 죄송합니다.
사랑	음료는 뭐로 드릴까요?
도어맨	따뜻한 커피 한잔 부탁해도 될까요?
사랑	네. 바로 준비해 드리겠습니다.
도어맨	입사한 지 7년 넘었죠? 그때나 지금이나 웃는 모습은 그대로네요.
사랑	저 7년 넘은 거 어떻게 아셨어요?
도어맨	이 호텔 수문장이니까요.
사랑	그러네요. 여기서 뵈니 더 반가워요, 선배님. 커피 준비하겠

습니다.

사랑이 밝게 인사하고 간다.
원은 둘의 모습이 보기 좋아 절로 미소가 지어진다.

원   아까 그분은 누구세요?
도어맨   한 달에 한 번, 꼭 이 시간에 오셔서 곰탕 한 그릇 드시고 가
         시는 손님이세요. 예전엔 늘 남편분이랑 함께 오셨는데 돌아
         가신 후로는 혼자 오십니다. 저라도 대신 자리를 지키고 있어
         야 덜 쓸쓸하실 거 같아서요.
원   호텔 분들을 보면 볼수록 존경스러워요. 진심으로 대단하다
         느낍니다.
도어맨   아닙니다. 제가 좋아서 하는 일인걸요. 그런 고객을 모실 수
         있는 게 저의 기쁨입니다.
원   우리 호텔에서 제일 오래 근무하신 분이라고 들었습니다. 킹
         호텔과 오랜 세월 함께 걸어오신 분과 이야기 나눠보고 싶어
         뵙자고 했습니다.
도어맨   제가 무슨 도움이 될지 모르겠습니다.
원   혹시 기억에 남는 손님이 있나요?
도어맨   음… 호텔 정문에 제일 큰 나무가 있어요. 킹호텔 초대 멤버
         십을 가지신 분이 기증하신 나무거든요. 호텔 경영 위기 때도
         많이 도와주신 걸로 알고 있습니다. 그분 돌아가시고 난 후에
         도 자제분은 계속 오셨는데 요즘은 통 뵐 수가 없네요. 기회
         가 된다면 다시 한번 모시고 싶은데요.
원   그런 분이 계셨군요. 전혀 몰랐어요.

사랑이 서빙을 준비하며 원을 본다. 잔잔하게 웃으며 대화를 나누는 둘의 모습이 좋아 보인다.

원   앞으로 호텔을 이끌어갈 후배들에게 꼭 해주고 싶은 말이 있으신가요?

도어맨   (웃는다) 호텔은 경영진이 이끌어가는 거 아닌가요?

원도 웃어준다. 그 말도 맞지만 그쪽도 주인이라는 뜻이 전해진다.

도어맨   여기 근무하는 직원 모두 어떤 식으로든 생계를 책임져야 하는 사람들이에요. 먹고살기 위해 모인 사람들끼리 상처 주지 말고 서로 아껴주라는 말은 꼭 하고 싶어요.

원   저도 후배니까 새겨들을게요. 그런데 원래부터 꿈이 호텔리어셨어요?

도어맨   아니요. 그냥 행복을 찾아서 왔지요.

원   그래서 찾으셨나요?

잠시 생각하는 도어맨.

16. 엘리베이터 앞/ 낮

상식이 엘리베이터를 대기시켜 놓고 있다.
도어맨이 엘리베이터에 타고 원이 공손하게 인사를 한다.
덜 공손하게 인사하던 상식이 원이 모습을 보고 더 공손하게 인사를

한다. 엘리베이터 문이 닫히자,

상식   누군대 그렇게 인사를 공손하게 하십니까?
원   리허설 준비는 됐어?

🛎 17. 연회장/ 낮

사랑 등 킹더랜드 직원들이 접시를 들고 서빙 리허설을 하고 있다.
민서는 전체적인 상황을 보고 있고, 그 옆에 원과 상식이 있다.

민서   접시 평행 유지하세요. 쏠리면 안 됩니다. 물 흐르듯이 나갈
        수 있도록 등퇴장 동선 확인하고, 서빙 시간은 1분도 어긋나
        선 안 됩니다.
원   보통 이 정도까지 리허설을 하나요? 접시까지 들고 무거울
        텐데.
민서   킹호텔에서 열리는 모든 연회는 식 전날 리허설을 진행하고
        있습니다. 아무래도 이번 행사는 VVIP분들을 모시는 행사라
        더 세세하게 준비하고 있습니다.
원   생각 이상으로 고생들이 많네요. 그래도 정말 중요한 분들이
        니까 잘 부탁드릴게요.
민서   네. 한 분 한 분 최선을 다해 정성껏 모시겠습니다.

원은 사랑을 본다. 사랑도 원을 본다.
눈이 마주치는 두 사람. 다른 사람 모르게 웃음을 교환하고 돌아선다.

🔔 18. 버스 정류장/ 밤

정류장에 앉아 버스를 기다리는 사랑. 하루의 고단함이 몰려온다.
슬금슬금 뒤에서 나타난 남자가 사랑을 뒤에서 안는다.
깜짝 놀란 사랑이 팔꿈치로 남자의 가슴팍을 가격한다.
갈비뼈를 움켜쥐고 뒤로 쓰러지는 남자.
사랑, 벌떡 일어나 가방으로 힘껏 내리치려는데. 원이다.

원	잠깐! 나야! 나! 나라고!
사랑	어머! 괜찮아요?
원	괜찮겠어? 무슨 힘이! 소도 때려잡겠어.
사랑	그러게 왜 사람 놀라게 뒤에서 나타나? 심장 떨어질 뻔했네.
원	서프라이즈 하려고 했지. (벤치에 앉으며) 이렇게 격하게 반길 줄은 몰랐네.
사랑	미안해요. 많이 아파요?
원	앞으로 밤길은 걱정 안 해도 되겠어. 일당백도 가능하겠어.
사랑	(허공에 펀치를 날리며) 휙휙! 이건 입으로 내는 소리가 아니야. 바람을 가르는 소리지! 음하하하!
원	(웃는다) 좋아?
사랑	응! 뭔가 인정받은 기분이랄까? (웃는다)

원이 사랑이 어깨를 안아준다. 놀란 사랑이 원의 팔을 치운다.

사랑	여기서 이러면 안 되지.
원	(바짝 앉으며) 잠깐 충전 좀 하자. 방전되기 일보 직전이야.

사랑이 주변을 돌아보며 직원들이 있나 없나 살피더니 원이 볼에 입을 쪽 맞춘다.

사랑 　　이제 됐어?
원 　　　1%? 됐나?
사랑 　　뭐? 겨우?

더 해달라고 볼을 내미는 원. 사랑이 다시 주변을 살피는데, 원이 사랑이 입술에 뽀뽀를 한다.

원 　　　이제 됐다! 100% 충전 완료!
사랑 　　(웃음이 나온다) 암튼 못 말려.

그때 멀리서 걸어오는 킹더랜드 직원들이 보인다.

사랑 　　(발딱 일어나 도망가며) 얼른 숨어요!
원 　　　(사랑을 따라가며) 왜! 뭔데? 무슨 일인데?

사랑은 빠른 걸음으로 걸어가며 숨을 곳을 찾아보지만 마땅한 곳이 없다.

사랑 　　직원 직원!

돌아보는 원. 킹더랜드 직원들이 보인다.
바로 앞에 버스가 천천히 움직이고 있다. 사랑이 손을 잡고 버스로

뛰어가는 원, 문을 두드린다. 버스 출입문이 열리면,

🔔 19. 버스/ 밤

원을 따라 버스에 오르는 사랑. 지갑을 꺼내 카드를 찍으려고 하는데 단말기가 보이지 않는다. 뭔가 싸한 느낌. 원이 굳어버린 나무처럼 서 있다.
원이 시점으로 버스에 탄 사람들 보인다.
중간중간 유니폼도 보이고 많이 보던 얼굴도 보인다.
버스 맨 뒷자리에 앉아 있던 세호가 뒤늦게 원을 알아보고 벌떡 일어난다.

세호   안녕하십니까. 본부장님!

힘차게 인사하는 세호. 나머지 직원들도 자리에서 일어나 인사를 하기 시작한다.
안녕하십니까… 안녕하십니까… 안녕하십니까, 본부장님…
뒤에서부터 파도타기를 하듯 차례로 일어나 인사를 하는 직원들.
너무 황당해 인사도 하지 못하고 서 있는 원. 버스가 신호에 걸려 멈추며 원이 넘어질 듯 휘청한다.

기사   안녕하십니까, 본부장님.

기사도 일어나 인사를 한다.

〈인서트〉 버스 앞, '킹호텔 셔틀버스' 안내문이 붙어 있다

　　　어쩔 줄 모르는 원, 혹시 사랑에게 피해가 갈까 봐 사랑을 돌아본다. 낭황해 어쩔 줄 모르던 사랑, 이내 웃는 얼굴로 입을 여는데 관광 가이드처럼 말이 술술 나온다.

사랑　　　본부장님, 킹호텔 직원들의 출퇴근을 책임지고 있는 셔틀버스입니다. 호텔은 3교대라 교대 시간에 맞춰 하루 총 6회에 걸쳐 운행되고 있습니다. 회사에 여러 복지 프로그램이 있지만 그중 직원들에게 가장 필요한 것 중 하나가 바로 이 셔틀버스입니다. 저희 모두 정말 감사드립니다.

원　　　　제가 감사하죠. 앞으로도 잘 부탁드립니다.

　　　박수를 치는 사랑. 직원들도 따라서 박수를 치기 시작한다.

세호　　　감사합니다, 본부장님~

　　　우렁찬 목소리를 따라 감사합니다… 감사합니다… 감사합니다… 인사가 파도처럼 몰려온다. 사랑이 다른 직원들 들리지 않게 원에게 속삭인다.

사랑　　　인사해요. (원이 꾸벅 인사하면) 손 흔들고. (원이 손 흔들면) 웃어요. (굳은 표정을 풀고 미소를 지으며 손을 흔든다)
　　　　　(기사에게) 기사님, 본부장님 내리시겠습니다~

　　　버스가 멈추며 원이 다시 휘청한다.

🔔 **20. 노천카페 (라빌리체. 김포)/ 밤**

사랑이 웃는다. 그냥 웃는 정도가 아니라 배가 당길 정도로 웃고 있다.
원도 웃고 있다. 자기가 생각해도 기가 막히다.

사랑   아. 진짜 웃겨. 둘이 손잡고 불구덩이로 뛰어들었어.

원   그런데 어떻게 그런 말 할 생각을 했어? 난 아무 생각도 안
            나던데.

사랑   나도 몰라. 그냥 위기는 넘겨야 되니까.

원   어차피 비밀이라는 건 없어.

사랑   그래도 조심해야지.

원   혹시 나라서 그래? 내가 회장님 아들이라?

사랑   그런 거 신경 쓰였으면 애초에 만나지도 않았지. 사내 연애는
            보안이 필수야. 여기가 얼마나 말이 많은데.

원   사내 연애 많이 하셨나 봐? 아주 전문가시네.

사랑   설마 또 질투하는 거야?

원   내가 왜? 굳이? 다시 말하지만 난 질투 같은 거 모르는 사람
            이야. 해본 적도 없고.

사랑   네네. 그러시겠죠.

원   (입을 삐죽이고) 뭐지? 이 찜찜한 기분은?

사랑   (웃는다) 그런데 이런 델 어떻게 알았을까? 데이트도 안 해봤다
            는 분이?

눈을 동그랗게 뜨고 놀리듯 원을 보고 있는 사랑.

원	방콕에서 달 보고 좋아하길래 검색해 봤지. 달이 제일 많이 뜨는 강이라길래.

사랑이 강을 본다. 초승달을 단 보트(달 보트)가 강을 가득 메우고 떠 있다. 초승달 색깔이 제각각이라 강이 다 반짝이는 것 같다.

사랑	여기 너무 예쁘다. 좀 걷자.

🔔 21. 강변 산책로/ 밤

사랑과 원이 손을 잡고 강 옆을 걷고 있다. 그들 옆으로 달 보트가 떠 있다.

사랑	아까 도어맨 선배님은 왜 만난 거야?
원	행사 준비 때문에 제일 오래 근무하신 분 의견 듣고 싶어서.
사랑	30년 넘게 근무하셨다고 들었어. 킹호텔의 살아 있는 역사라던데.
원	응…

사랑이 원이 눈치를 살핀다. 꺼내기 힘든 말이지만 결국 물어본다.

사랑	혹시 안 물어봤지?
원	뭘?
사랑	…엄마 얘기. 분명 아실 것 같은데.

원	굳이?
사랑	응. 굳이.
원	물어봐도 소용없어. 어차피 대답은 뻔하니까.

〈인서트〉 5부 #3

원	(침대에 앉아 울고 있다) 엄마 어디 있어? 어제도 없고. 오늘도 없어.
가정부	(웃는다) 얼른 일어나세요. 회장님 기다리세요.

원	내가 물어보면 모두 입을 다물고 더 꼭꼭 숨기더라고. 겨우 찾아냈던 흔적마저도 지워지고.
사랑	그래도 혹시 얘기해 줄 수도 있잖아.
원	괜찮아. 어차피 나 혼자 해결해야 할 숙제였어. 그리고 이젠 더 이상 궁금해하지 않으려고.

원이 웃어준다. 사랑은 그 웃음이 진심이 아닌 걸 안다.

🔔 22. 사랑이 집/ 밤

집으로 들어오는 사랑. 평화와 다을이가 술상을 차리고 있다. 초롱이도 와 있다.

평화	왔어? 얼른 앉아.
사랑	뭐야? 이 시간에? (초롱이를 보고 뛰어간다) 초롱아～

초롱이를 꼭 안고 흔드는 사랑. 예뻐 죽겠다는 얼굴이다.
초롱이는 어른처럼 사랑이 등을 토닥거려 준다.

초롱	이모 돈 버느라 고생했어. 내가 양념치킨 사 왔으니까 먹고 힘내.
다을	네 돈으로 샀냐? 내 돈으로 샀지.
초롱	내가 사자고 한 거잖아. 그러니까 내가 산 거지.
사랑	역시 우리 초롱이밖에 없네. 고마워.
초롱	뭐 이런 걸로. 내가 나중에 크면 이모들 맛있는 거 많이 사 줄게.
사랑	아이고 우리 초롱이 땜에 오래 살아야겠네.
초롱	그럼! 당연한 소릴. 엄마랑 이모랑 나 백 살까지 살아야 돼. 알았지?
사랑	응 약속!

초롱이와 새끼손가락을 걸면,

〈사랑이 집, 시간 경과〉

닭 뼈가 수북하게 쌓여 있고 안주 접시도 바닥을 드러냈다.
초롱이는 엎드려 스케치북에 그림을 그리고 삼총사는 술을 마시고 있다.

사랑	초롱이 아빠는 또 야근이야?
다을	회사가 많이 바쁜가 봐. 요새 얼굴 보기도 힘들어.
사랑	옛날엔 맨날 뺀질뺀질 놀러만 다니더니 그래도 처자식 먹여

살리느라 애쓰는 거 보니 다 컸다.

평화	철들었지.
다을	내가 사람 만들었지.
평화	사랑이 너, 노 과장님이 그거 했어?
사랑	뭘?
다을	뭐긴 뭐야? 고백이지!
사랑	아니! 우리 그런 사이 아니야!
평화	왜 아니야? 노 과장이 어때서? 남자가 그만하면 됐지.
사랑	그런 거 아니라니까!
다을	그런 거 아닌데 태국에서 둘만 도망가? 부장님 심기 불편하게?
사랑	(일어나며) 나 좀 씻어야겠다. 먹고들 있어.

벌떡 일어나는 사랑. 도망치듯 욕실로 들어간다.

🛎 23. 로비 데스크/ 낮

로비 데스크에 기대 있는 상식. 수미는 전산을 두드리며 눈길도 주지 않고 있다.

상식	지배인님 저 좀 보시자니까?
수미	바쁘니까 용건만 간단히 하세요.
상식	이번 100주년 행사에 저랑 같이 직원 대표로 진행합시다.
수미	과장님 나 싫어하잖아요.

상식　　　　공과 사는 구별해야죠. 취임식 때 보니 사회도 잘 보시던데.

수미가 한숨을 쉬며 상식을 본다.

수미　　　　내가 큰 행사에 직원 대표로 진행하는 건 당연하지만 과장님
　　　　　　이랑은 아니죠. 급이 안 맞는데.
상식　　　　사람이 참 못된 것만 빼면 괜찮을 텐데. 심보 좀 곱게 써요.
수미　　　　남이사 심보가 착하든 못됐든 그게 무슨 상관인데요?
상식　　　　안타까워서 그래요. 이렇게 미모도 출중하고 최연소 지배인
　　　　　　을 달 만큼 능력도 있고, 근데 뭐가 부족해서 본인을 그렇게
　　　　　　깎아 먹어요?
수미　　　　(혼란하다) …욕이야? 칭찬이야? 뭐… 딱히 내키진 않지만 이렇
　　　　　　게 애원하시니 킹호텔 최고 능력자로서 눈 딱 감고 돕죠.
상식　　　　잘 생각했어요. 잘해봐요, 우리!

상식이 파이팅! 주먹을 불끈 쥐며 웃어준다. 상식 뒤로 환하게 빛이
나는 것 같다. 뭔가 정신을 뺏긴 것 같은 수미, 자신도 모르게 같이
웃으며 주먹을 들어준다.
상식이 돌아선다. 그를 밝히던 빛도 사라진다.
뒤늦게 놀란 수미가 얼른 손을 내린다.

수미　　　　미쳤어. 뭐 저런 남자를 보고, 미친 거 아냐? 몸이 허해졌나?
　　　　　　보약 한 제 먹어야겠어.

정신을 차리려 고개를 흔드는 수미.

🔔 24. 국밥집 홀 - 주방/ 낮

문을 열고 들어오는 할머니. 주방 쪽에서 "톡톡… 쩔그렁" 부스럭 소리가 난다.
조심스레 주방 쪽으로 다가가는 할머니. 장바구니에서 파 한 단을 꺼내 든다. 보면, 웬 남자가 싱크대 밑에 쭈그려 앉아 있다.
할머니가 옆에 있던 프라이팬을 들어 머리를 후려친다.
비명을 지르며 일어서는 남자. 원이다.

〈국밥집〉

입을 삐쭉 내밀고 있는 원. 할머니가 얼음주머니를 머리에 대주고 있다.

할머니	많이 아파?
원	그럼 안 아프겠어요? 쇳덩이로 맞았는데.
할머니	그라게 왜 말도 없이 도둑넘모냥 몰래 들어와서.
원	선물 드리러 왔죠. 저번에 보니 물이 잘 안 내려가길래 기다리는 동안 싱크대 좀 손보려고.
할머니	진즉 말을 하지.
원	(억울하다) 말할 시간이나 있어요? 어쩜 할머니나 손녀나 똑같아요? 말보다 주먹이 먼저야.
할머니	그러니 내 새끼지. 갸가 왜 이쁘겠어? 다 날 쏙 빼닮아 그라지. (테이블 위에 있는 쇼핑백들 보며) 그건 다 뭐시여?
원	(상자 열며) 사랑이가 우수사원으로 뽑혀서 태국 여행 다녀왔잖아요. 태국 실크가 유명하다고 해서 제일 좋은 거로 골랐어요.

상자를 열면 실크 스카프가 들어 있다. 할머니가 들어서 요리조리 살피더니,

할머니   이런 거 하고 나갈 데도 없는디 뭐 허러 돈을 써? 돈이 썩어나?

원   앞으로 많이 놀러 다니면 되죠. 제가 모시고 다닐게요. 줘보세요. (할머니 목에 둘러준다) 어때요? 색 이쁘죠? 거울 보세요.

거울 쪽으로 할머니를 모시고 가는 원. 할머니가 요리조리 비춰본다. 마음에 드는 모습이다.

할머니   곱긴 허네. 허긴 나가 뭐든 잘 어울리긴 하제.

원   제가 센스가 있는 거죠. 잠시만요. (쇼핑백 꾸러미 가져와 테이블 위에 하나씩 펼친다) 이건 얼굴에 주름이란 주름은 다 싹 펴준다는 기적의 크림이고요. 이건 호랑이 연고인데 쑤시고 결리는 데 바르면 좋대요. 아! 두통에도 좋다고 했다.

할머니   뭐 만병통치약이여?

원   어르신 분들에게 최고래요.

할머니   이게 다 몇 개여? 보따리장수 해도 되겠어.

원   시장 친구분들이랑 나눠 가지시라고 넉넉히 사 왔어요.

할머니   내 친구들까정 챙기고, 싹수는 있구만.

원   지난번에 친구분들께 요구르트랑 녹즙 얻어먹었잖아요.

할머니   네 아부지한테나 잘해. 아부지 선물은 사 왔어?

원   아니요.

할머니가 원이 등짝을 팍 때린다. 여전히 힘이 좋으시다.
할머니는 연고를 몇 개 집어 원이에게 건넨다.

할머니   자식 키워봤자 소용없다니까. 아버지 갖다드려.
원   네.
할머니   밥은 먹었어?
원   아직이요.

🔔 25. 가게 앞/ 낮

스카프를 맨 할머니와 원이 걸어간다. 무릎이 안 좋아 걸음걸이가 뒤
뚱거리는 할머니, 원이 팔짱을 끼고 부축을 한다.

할머니   아직까정 멀쩡햐. 혼자서도 거뜬해.
원   제가 힘들어서 그래요. 머리가 아직도 띵한 게 어질어질하니.
할머니   남자가 그거 하나를 못 이겨내고, 땡이여 땡!

🔔 26. 백숙집/ 낮

식당에 앉은 두 사람. 주인아주머니가 물과 컵을 가져다준다.

주인   아이고. 우리 차여사 아주 멋쟁이네.
할머니   우리 손주사위 후보가 태국서 젤루 좋은 거로다 사 왔다네.

주인	받을 거 다 받고 아직도 후보여? (원에게) 후보 때려치워.
원	안 돼요! 어떻게 얻은 자린데.
할머니	이거나 받아. 바르는 순간 얼굴에 주름이란 주름은 다 펴준다는 기적의 크림이래. (원이에게) 맞지?
원	네. 맞습니다.
할머니	그라고 요거시 호랑이 연고. 쑤시고 결리는 곳 있음 발라. 동네 사람들이랑 나눠 가지라고 엄청 사 왔어. 손도 커.
주인	아이고 고마워. 잘 쓸게. 차여사 덕에 내가 호강하네. 오늘은 내가 특별히 제일 튼실한 놈으루다가 해줄게.
원	감사합니다.

〈백숙집〉

원	사랑이한테 얘기 들었어요. 할머님이 다 키워주셨다고.
할머니	내가 뭐 한 게 있나? 지 혼자 컸지. 엄마랑 떨어져 지내면서도 땡깡 한번을 안 부리고. 참다 참다 같이 살고 싶다고 딱 한번 어리광 부린 게 그만 사고가 나서… 그래서인지 뭐 한번 해달라는 법도 없어.
원	앞으로는 제가 옆에 있으면서 마음껏 땡깡도 피우게 하고 투정도 부리게 할게요. 할머니랑 사랑이 둘 다 제가 든든하게 지킬게요.
할머니	(말만 들어도 든든하다) 나는 됐으니까 사랑이한테나 잘해.
원	둘 다 잘할게요. 우리 사랑이 예쁘게 키워주셔서 감사해요.

환하게 웃는 원을 보는 할머니. 사랑이가 좋은 짝을 만난 것 같아 안심이다.

주인	자, 야들야들 폭 고았으니 잡숴들 봐.
원	감사합니다. 잘 먹겠습니다.

주인이 백숙을 놓고 간다. 다리를 쭈욱 찢어 원이에게 주는 할머니.

할머니	먹어.
원	(다리 한쪽을 뜯어 건넨다) 할머니도 드세요.

웃으며 먹는 원. 흐뭇하게 보는 할머니.

🛎 27. 호텔 정문/ 낮

근무를 마친 도어맨이 교대를 하고 직원 출입구로 들어간다.
그 뒤를 따라가는 사랑.

사랑	선배님 잠시만요.
도어맨	(돌아보면) 아, 안녕하세요.
사랑	갑자기 죄송합니다. 뭐 하나 여쭤봐도 될까요?
도어맨	네. 물어보세요.
사랑	혹시 아주 예전에 근무하셨던 분 중에 한미소 씨라고 아세요?
도어맨	…알죠.
사랑	혹시 연락처나 지금 계신 곳을 아실까 싶어서요.
도어맨	어느 분인지는 알고 있지만 그게 다예요.
사랑	…네. 시간 내주셔서 감사합니다.

정중히 고개 숙여 인사하는 사랑. 돌아서는데,

도어맨   혹시 내 친구는 나보다 많은 걸 기억하고 있을지도 모르겠네요.

🔔 28. 객실/ 낮

객실 문을 연 채로 마지막 객실 점검을 하고 있는 김옥자 할머니.
사랑이 노크를 하고 객실 안으로 들어간다.

사랑   저… 혹시 객실 점검 담당하시는 김옥자 선배님 맞으십니까?
옥자   (뭔가 싶어 사랑을 훑어보다가) 뭐 하는 짓이야? 손님도 들어오지 않은 객실에 어디 감히 신발을 신고, 당장 나가!
사랑   네. 죄송합니다.

객실 밖으로 한 발 물러서는 사랑. 보면 할머니는 맨발인 채로 서 있다.

옥자   객실은 고객님을 위해 준비된 상품이야. 호텔리어가 상품을 함부로 짓밟다니, 기본이 안 돼 있네.
사랑   죄송합니다. 여쭤볼 게 있어서,
옥자   뭔지 모르지만 기본도 안 된 사람이랑 얘기하고 싶지 않으니 돌아가요.

돌아서는 할머니. 자기 발자국을 지우며 뒷걸음질을 친다.

| 사랑 | 결례를 끼쳐 죄송합니다. 다음번에 다시 찾아뵙겠습니다. |

사랑이 인사를 하고 돌아서려는데 옥자 신발이 눈에 들어온다.
신발을 신기 편하게 문 쪽을 향하게 바꿔놓고 돌아선다.
일을 마친 옥자, 방을 나오려는데 신기 편하게 놓인 신발을 본다.

🔔 29. 킹더랜드/ 밤

구 회장과 화란이 앉아 있다. 손님은 없고 둘만 있어 조용하다.

화란	원이 정말 이대로 두실 거예요?
구 회장	겨우 뭐라도 하겠다고 마음먹었는데 그냥 둬봐야지.
화란	중요한 행사잖아요.
구 회장	너 알랑가 처음 런칭할 때 회사 임원들 전부 반대했어. 그런데 내가 왜 해보라고 했는지 알아? 기회는 한번 줘야 되니까. 원이한테도 기회는 한번 주는 게 공평해.
화란	알랑가는 성공이 보장된 사업이었고, 원이가 하는 짓은 실패가 뻔히 보이는 일이에요.
구 회장	실패를 하면 그때 책임을 물어도 안 늦어. 지금은 꺾을 때가 아니야.

뭐라 해도 말을 듣지 않을 거 같다.

| 화란 | 원이 하는 짓이 꼭 걔 엄마 닮았어요. 안 그래요? |

구 회장이 무서운 눈으로 화란을 노려본다.

화란   걔네 엄미 버린 것도 모자라 원이까지 버리게 되면 아버지 힘
       들어질까 봐 그래요.
구 회장 다 컸구나. 네가 애비 걱정을 다 하고.

구 회장이 일어선다. 혼자 남은 화란, 피식 웃음이 나온다.
어쩌면 아버지에 대한 비웃음일지도 모른다.

🔔 30. 구원 집. 다이닝룸/ 밤

원이 들어온다. 혼자 술을 마시는 구 회장을 보고 멈추는 원.

구 회장 왔냐.
원   예.
구 회장 올라가 쉬어.
원   예.

대답은 했지만 움직이지 않는 원. 머뭇거리다 앞에 앉는다.
뭔 일인가 싶어 구 회장이 원을 본다. 원은 아무 말 없이 술 한 잔을
따라준다.

구 회장 왜? 할 말 있어?
원   아뇨.

구 회장	그 큰 행사 기획하는데 아버지 의견은 안 물어봐?
원	여쭤보고 싶은 게 하나 있긴 했어요.
구 회장	그래. 뭐냐.
원	지금 킹호텔이 아버지가 바라던 호텔이에요?
구 회장	나도 한때는 꿈을 꿨지. 우리 호텔에 들어오는 사람은 모두 다 행복하게 만들겠다고. 고객은 물론이고 직원들까지 전부 다. 그런데 꿈은 말 그대로 꿈일 뿐이야.
원	시도는 해보셨어요?
구 회장	내가 하는 선택에 회사 직원은 물론이고 그 가족들 생계까지 걸려 있어. 무모한 시도를 하지 않은 덕에 지금의 100년이 있는 거겠지. 후회는 없어. 꿈 대신 킹호텔을 지켰고 킹에어에 유통까지 키웠으니까.
원	그래도 다행이네요. 아버지가 꿈도 없었으면 어쩌나 걱정했거든요.
구 회장	네가 뭘 하고 싶은지 알아. 뭘 원하는지도 알고. 그런데, 하지 마. 그냥 하는 말이 아니라 경고하는 거야. 알아들었어?
원	아버지,
구 회장	(원이 말을 들을 생각이 없다) 힘들면 네 누나한테 도와달라고 해. 도움받는 것도 능력이야.
원	…호랑이 연고예요. 쑤시고 결리는 데 바르면 좋대요.

호랑이 연고를 쓱 밀어놓고 일어서는 원.
구 회장이 연고를 집어 든다. 이게 뭔가 싶다.

🔔 31. 행사 준비 몽타주

〈주방〉

직원들에게 출발 신호를 주는 동시에 휴대폰 타이머를 켜는 셰프.

착착착, 빈 접시를 커다란 서빙 카트에 올리는 직원들, 서빙 카트가
엘리베이터로 들어가면 타이머를 멈춘다.

〈연회장〉

엘리베이터가 열리자 휴대폰 타이머를 켜는 민서.

카트를 끌고 나와 주차를 하듯 벽면에 차례로 멈추면 사랑 등 직원들
이 접시를 들고 이동한다.

파티션을 돌아 나오면 행사 준비가 한창인 홀 보인다.

홀 곳곳에 꽃장식이 시작됐고, 무대 조명도 마무리 단계인 듯 테이블
곳곳에 스포트라이트가 비친다.

1번 테이블에 접시를 놓아주는 사랑과 직원들, 민서가 타이머를 멈
춘다.

멀리서 지켜보던 원, 사랑과 눈이 마주치자 엄지손가락을 올려준다.

🔔 32. 원 사무실/ 낮

멋지게 차려입은 상식, 머리에 기름도 과하게 발랐다.

편하게 대본을 검토하고 있는 원과 달리 상식은 잔뜩 긴장한 얼굴
이다.

상식   드디어 D-Day네요. 최고의 행사가 될 거니까 절대 긴장하지
          마세요. 지금까지 잘해왔고, 앞으로도 다 잘될 겁니다. 그럼
          요. 아무 문제 없습니다. 리허설도 수십 번이나 했으니까요.

원   왜 이렇게 떨어?

상식   네? 제가 무슨, 전 촌스럽게 긴장하고 그런 사람 아닙니다.

픽 웃는 원. 자기 옷에 있던 꽃을 빼서 상식 가슴에 달아주며,

원   긴장하지 마. 파티잖아. 즐겨.

그러고는 책상에 있던 생수 한 병을 따서 상식에게 준다.

원   마셔.

원이 상식 어깨를 팍팍 두들겨 주고 나간다.

🛎 33. 원 사무실 앞 복도/ 낮

걸어가며 회중시계를 보는 원.
회중시계를 탁 접어 주머니에 넣고 씩씩하게 걸어간다. 우아한 클래
식 음악 흐른다.

🔔 34. 행사장 앞/ 낮

왕 회장과 하 회장이 각자 비서들을 대리고 행사장 쪽으로 가다.
행사장 앞에 있던 상식과 수미가 공손하게 인사를 한다.
수미는 앞만 보고 웃는 얼굴로 상식을 구박한다.

수미　　직원 대표로 꼭 할 일이 있다더니 겨우 이거예요?

상식　　이게 왜 겨우예요? 우리 호텔 백 살 생일잔치에 손님을 맞이
　　　　하는 일인데 제일 중요하죠.

금빛 배지를 단 국회의원(박 의원)이 보좌관들과 함께 들어온다.
수미가 공손하게 인사하고 다시 상식을 구박한다.

수미　　그쪽한테는 이 정도 일이 중요할지 몰라도 나한테는 아니라구
　　　　요.

상식　　손님한테 제일 먼저 인사하는 사람이 주인이잖아요. 오늘만
　　　　큼은 우리가 파티의 주인이에요.

오! 약간 멋진 듯. 수미가 상식을 힐끔 보더니 손수건을 꺼내준다.

수미　　땀이나 닦아요. 온갖 폼은 다 잡더니 잔뜩 긴장해서는.

상식　　아닌데? 나 긴장 안 했는데?

허름하고 캐주얼한 양복을 입은 중년의 아저씨(최영수)가 걸어온다.
뭔가 어색한 듯 주변을 둘러보며 쭈뼛거리는 모습이다.

🛎 35. 행사장/ 낮

화란 테이블에는 국회의원들과 관련 부처 고위 공직자들이 앉아 있고, 회장 테이블에는 한 회장, 왕 회장 등 재계 회장들이 앉아 있다.

잔잔하던 클래식이 점점 웅장한 음악으로 바뀐다.
암전 속, 행사장 전면 스크린에 킹호텔 전경 사진이 뜬다.
그 뒤로 호텔 임직원 사진들이 한 장씩 나온다.
출근을 하는 구 회장, 로비를 걸어가는 화란과 최 전무, 킹더랜드에 앉아 있는 원, 사랑과 팀원들, 수미와 로비 직원들, 객실을 점검하는 직원들, 호텔 주방 직원들 사진.

왕 회장	오프닝 신선한데? 사회는 누가 봐?
한 회장	뻔하지 뭐. 어디 방송국 아나운서들 불렀겠지.

수많은 사진들이 모자이크되며 '100'이란 숫자로 바뀐다.
숫자가 잘게 부서지며 킹호텔 로고로 변하더니 행사장의 음악과 모든 조명이 꺼진다.

잠시 후, 무대 위로 핀 조명이 떨어지며 음악이 다시 시작된다.
누가 나오나 싶었는데, 원이 등장한다. 어둠 속에서 박수와 환호 소리 들린다.
구 회장은 만족한 듯 박수를 치지만 화란은 못마땅한 표정이다.
무대 중앙에 서는 원. 떨리는 모습은 하나도 없고 편안한 얼굴이다.

원	킹호텔, 100주년 축하드립니다.

음익이 질징으로 올라가며 행사장에 조병이 들어온다.
아까보다 박수와 함성 소리가 더 크게 들린다.
연회장 한쪽, 파티션 안쪽에서 서빙을 준비 중인 사랑이도 박수를 치고 있다.

원	안녕하십니까. 킹호텔 본부장 구원입니다.

한 회장은 구 회장 귀에 대고 소곤소곤 심기를 긁는다.

한 회장	동네 칠순 잔치도 사회자 부르는데, 아나운서 부를 돈도 없어?

구 회장 심기가 불편한데,

원	킹호텔 100주년 행사에 참석하신 귀빈 여러분께 감사 인사드립니다. 그리고 이 자리를 빛내기 위해 지금도 파티션 뒤, 보이지 않는 곳에서 부지런히 움직이고 있는 직원 여러분들께 진심으로 감사드립니다.

구 회장 등 손님들이 파티션 쪽을 돌아본다.
파티션 뒤, 대기하고 있는 사랑과 팀원들, 서빙을 준비하고 있던 직원들이 소리 나지 않게 박수를 친다. 모두들 자신을 언급해 준 구원이 고맙다.

| 원 | 그럼 구일훈 회장님의 축사로 행사를 시작하도록 하겠습니다. |

구 회장이 무대로 올라간다.
화란이 일어서 박수를 치고, 뒤를 따라 모든 사람들이 기립박수를 친다. 연단에 선 구 회장, 감격한 얼굴로 행사장을 둘러본다.

| 구 회장 | 저희 증조할아버지이신 구현우 회장님께서 이곳에 4층짜리 작은 호텔을 세우셨습니다. 그 이후 100년이 흘러 제가 이 자리에 섰습니다. 제가 오늘 축사를 하기 위해서 연설 전문가를 불렀어요. '호텔 100주년 기념행사를 맞아 역사에 길이 남을 명연설을 하고 싶은데 어떻게 하면 될까요?' 물어봤더니 아주 명쾌하게 대답을 해주더군요. '짧게 하시면 됩니다.' |

곳곳에서 터지는 웃음소리, 박수 소리…

🛎 36. 파티션 뒤/ 낮

킹더랜드 직원들, 웃음소리에 연회장 상황이 궁금해진다.

두리	뭐야? 누구 온 거 아니야? 뭐 재미난 일 있나?
세호	우리는 맨날 행사는 못 보고 발에 땀나게 뛰어다니니 원.
사랑	그래도 이번 행사는 뭔가 우리가 주인 같아요. 우리 집 잔치에 오신 손님들 대접하는 기분이고.
하나	맞아. 100년에 한 번 있는 중요한 날이잖아. 다들 멋지게 마

	무리하자. 킹더랜드 이름 걸고.
모두	네!
하나	다음, 사랑이 순서지?
사랑	네. 다녀오겠습니다.

후! 사랑이 짧게 호흡을 다지고 파티션 밖으로 나간다.

🔔 37. 행사장/ 낮

구 회장이 축사를 마무리하고 있다.

| 구 회장 | 지금까지의 100년을 토대로 앞으로의 100년을 만들어 가길 기원합니다. 다음 200주년 행사 때는 더 짧은 축사를 준비하도록 하겠습니다. |

가벼운 농담으로 축사를 마무리하는 구 회장. 박수를 받으며 내려온다. 이번에도 화란이 가장 먼저 일어서고 모두 기립박수를 쳐준다. 구 회장이 자리에 앉자 한 회장이 또 빈정댄다.

한 회장	무슨 행사가 꽃다발 하나도 준비를 안 했어?
왕 회장	마음에 안 들면 집에 가. 남 집 잔치 와서 분위기 깨지 말고.
원	다음은 특별 초대 손님의 축하 인사 말씀을 듣도록 하겠습니다. 정말 어렵게 모셨습니다. 호텔 임직원을 대표해 감사드립니다.

화란이 옆에 있는 박 의원에게 귓속말을 한다.

화란　　　의원님 순서네요. 잘 부탁드립니다.

박 의원이 양복 안주머니에서 연설문을 꺼내는데,

구원　　　최영수님, 앞으로 나와주시겠습니까?

최영수가 누구야? 구 회장은 물론 아무도 그가 누구인지 모른다.
어느 자리에 앉았다가 일어나는지도 몰라 두리번거리는 사람들.
박 의원은 똥 씹은 얼굴이고 화란은 박 의원에게 민망한 웃음을 짓
는다.
핀 조명이 행사장 뒤쪽을 비춘다.
모두 바라보면, 최영수가 사랑의 안내를 받아 연단 쪽으로 걸어온다.
쭈뼛거리는 걸음걸이, 자신감 없는 모습. 원이 연단에서 내려와 직접
그에게 다가간다. 사랑과 눈인사를 나누는 원. 원은 최영수를 직접
안내한다.

원　　　　와주셔서 감사합니다.
최영수　　제가 감히 서도 되는 자린지…
원　　　　오늘 주인공이세요. 올라가시죠.

무대로 안내하는 원. 최영수는 눈치를 보다가 올라선다.
연단에 서서도 말이 잘 안 나오는 최영수.
저 사람이 누구지… 호기심 가득한 시선도 부담스럽다.

헛기침을 몇 번 하고 떨리는 목소리로 입을 연다.

최영수   안녕하세요. 최영수… 라고 합니다. 저는 대전에서 작은 피자 가게를 하고 있습니다. 사실 오늘 저를 이 자리에 왜 불렀는지 잘 모르겠습니다.

침묵이 흐르는 행사장. 화란은 원이 하는 꼴이 우스워 헛웃음이 난다. 구 회장이 걱정되는 얼굴로 원을 본다. 하지만 원은 웃는 얼굴로 최영수를 보고 있다.
행사가 잘못되는 건지, 아니면 잘되는 건지 구 회장도 갈피를 잡을 수가 없다.

최영수   저를 부른 건 아마도 제 아버지 때문인 것 같습니다. 저희 아버지가 킹호텔 멤버십 클럽 초대 회원이셨거든요. 호텔 정문 앞에 나무도 아버지가 심어준 걸로 기억하고 있습니다.

구 회장이 놀란 얼굴로 최영수를 본다.

최영수   어렸을 때는 아버지를 따라 참 많이 왔습니다. 킹호텔은 제게 제일 재미있는 놀이터였어요. 그때 기억에는 호텔 사장님도 저를 예뻐해 주신 것 같습니다. 그런데 아버지 사업이 기울면서 그 뒤로는 한 번도 못 와봤어요. 가끔 이 근처를 지날 때 들어가서 밥이나 한 끼 먹을까 싶다가도 그냥 돌아갔어요. 갈비탕 한 그릇에 3만 원이 넘으니까요. 사실 어렵게 살다 보니까 어느새 희망이라는 것도 사라지고, 점점 포기하는 게 많아지더라구요. 그런데 여길 다시 와보니 괜히 꿈이 생기는 거 같네요. 내년 크리스마스에는 꼭 가족들 다 데리고 킹호텔에 올 생각입니다. 그때까지 정말 열심히 살자, 라는 생각이 들었어요. 아무것도 아닌 저를, 직접 대전까지 찾아와 불러주신 구원 본부장님께 진심으로 감사드립니다. 그리고… 끝인사를 어떻게 해야 되나… 킹호텔 대박 나세요!

90도로 허리를 숙여 인사를 하는 최영수. 원에게도 허리 굽혀 인사를 한다.
사람이 박수를 친다. 파티션 안쪽에서 시작된 박수가 행사장 뒤쪽을 지나 앞으로 번져온다. 원은 최영수를 무대 아래까지 직접 안내한다. 무대 아래, 어느새 구 회장도 와 있다. 구 회장은 반가움에 눈물이 날 것 같다.

구 회장   네가 영수구나. 우리 최장수 대표님 큰아들.
최영수   저 기억하세요?
구 회장   내가 어떻게 너를 잊을 수 있겠니? 내가 아버지한테 도움도 많이 받고 신세도 많이 졌는데… 미안하구나. 그런 줄도 모르고.

말을 잇지 못하는 구 회장이 최영수를 안아준다.

구 회장   아무 때나 와. 언제든지 너를 위해서 객실이랑 레스토랑 비워놓고 있을 테니까 가족들 데리고 꼭 와.

최영수 등을 토닥거리는 구 회장.

독한 눈으로 바라보는 화란과 달리 원은 따뜻하게 웃고 있다.

🛎 38. 행사장

최영수가 구 회장 옆자리에 앉아 있다.

원	꽃은 자기에게 물을 준 사람을 잊지 않는다고 했습니다.

이번 행사를 준비하면서 그 말을 잊지 않으려 노력했습니다. 여기에는 킹호텔 100년을 만들어 주신 분들과 앞으로의 100년을 만들어 가실 분들이 함께 있습니다. 그중 가장 최고의 VIP를 소개해 드릴까 합니다.

화란 (박 의원에게) 순서 늦어서 죄송해요, 의원님. 멋진 축사 부탁드려요.

박 의원이 괜찮다는 듯 고개를 끄덕이고 안주머니에서 연설문을 꺼내는데,

원 우리 킹호텔의 뿌리 깊은 나무, 김봉식님 인사 말씀 듣겠습니다.

김봉식은 또 뭐야. 사람들이 주위를 둘러본다.
화란은 당혹스럽고 박 의원은 짜증 나서 연설문을 구겨 주머니에 넣는다. 행사장 뒤쪽 테이블에서 김봉식이 나온다. 도어맨이다.
저 사람이 여길 왜 왔나 싶어 박수 소리도 간헐적으로 들린다.

🛎 39. #15 연결

원과 김봉식이 앉아 있다.

원   제약회사 영업맨이셨다고요?

김봉식   예. 주로 킹호텔 바에서 접대를 했는데 점심, 저녁, 밤까지 하루 세 번씩 술자리를 갖기도 했어요. 그러다 언제였나, 술에 너무 취해서 새벽에 호텔 로비 소파에서 잠들었다가 아침에 눈을 떴는데, 전혀 다른 세상이었어요.

〈인서트〉행사장

김봉식이 연단에 서서 말을 이어간다.

김봉식   직원들이 다 웃으면서 일하고 있는 거예요. 여긴 뭔데 다들 저렇게 행복한 얼굴을 하고 있지? 그때 꿈이 생겼어요. 나도 이곳에서 일하면 행복한 얼굴로 살 수 있지 않을까, 하고. 그래서 호텔에 취직하게 됐죠.

원   그 말씀을 이번 행사 때 해주실 수 있나요?

김봉식   무슨 행사요?

원   호텔 100주년 행사요.

김봉식   (말도 안 된다는 듯 웃는다) 말도 안 돼요. 그런 귀한 자리에 제가 어떻게 섭니까.

원   부탁드리겠습니다.

김봉식   …저한테 왜 그러세요?

원   호텔 수문장이잖아요. 30년 동안 킹호텔 문을 지키신 분이에요. 우리 호텔에 그런 귀한 분이 또 있나요?

김봉식   (믿기 힘들다) 진심… 이세요?

원   그때 꾸셨던 꿈, 지한테도 나눠주세요.

〈인서트〉 행사장

김봉식   킹호텔에 와서 저는 꿈을 이뤘습니다.

하루 대부분을 호텔 문밖에서 일하지만, 저는 킹호텔의 자랑스러운 수문장, 도어맨 김봉식입니다.

인사를 하는 김봉식. 박수 소리가 들리기 시작한다.

🔔 40. 호텔 창고/ 낮

온갖 전등과 전선, 전등 갓, 사다리, 수리 공구 등이 놓여 있다.
오래된 전파상 같지만 깔끔하게 정리되어 박물관 같기도 하다.
원이 낡은 테이블에서 전기 수리기사와 이야기를 나누고 있다.

원   (오래된 전등 가리키며) 저게 20년 전에 우리 호텔에서 쓰던 전등이에요?

기사   예. 맞습니다. 제가 입사하고 처음 교체한 객실 전등인데… 그런데 왜 본부장님께서 이런 데까지 다 오시고.

원   부탁드릴 게 있어서 왔습니다.

🛎 41. 호텔 주방/ 밤

원이 주방 한쪽에서 건장한 체격의 중년 남자와 이야기를 나누고 있다. 호텔 정육 담당이다.

정육   10년 넘게 고기만 썰었는데 VIP라뇨. 저 같은 게 어떻게 VIP
         입니까. 사람들은 호텔에 저 같은 정육 담당이 있는지조차 모
         른다니까요?

원   그래서 보여주고 싶습니다. 평생 유니폼 한번 못 입어도 호텔
         리어로 사는 사람들이 있다는 걸요.

🛎 42. 객실/ 낮

원과 마주하고 있는 김옥자, 다정하게 웃고 있다.

김옥자   뜻은 좋은데 걱정이 되네요. 제가 직급은 낮지만 호텔 선배니
         까 그냥 얘기할게요. 최고의 호텔이 어떤 호텔인지 아세요?

원   어떤 호텔입니까?

김옥자   저 같은 사람이 고객분들과 마주치지 않는 호텔이에요. 그래
         서 저희는 늘 고객과 마주치지 않게 피해 다녀요. 그런 사람
         한테 연단에 오르라니요. 우리 같은 사람을 그런 중요한 자리
         에 세우면 본부장님이 욕먹어요.

원   제가 생각하는 최고의 호텔이 뭔지 아세요?

김옥자   매출이 잘 나오는 호텔 아닐까요?

원   네 맞아요. 매출이 많고 영업이익 높은 호텔이 최고죠.
     그래서 선생님 같은 분이 가장 소중합니다. 최전방에서 최고
     의 호텔을 만들어 가는 분이니까요. 식원들 동원해 이벤트 할
     거였으면 인사과에 지시했을 겁니다. 하지만 제일 중요한 분
     들이라 직접 모시러 온 겁니다. 킹호텔 100주년입니다. 주인
     공이 빠진 행사로 만들고 싶지 않습니다.

     김옥자가 시선을 내린다. 자기처럼 원도 신발을 벗고 있다. 원의 마
     음이 가짜가 아니다, 라는 생각이 든다.

🔔 43. 행사장/ 낮

김옥자가 연단에 서 있다. 조금 긴장하고 약간 쑥스러운 얼굴이다.

김옥자   저는 객실 점검팀에 근무하는, 입사 27년 차 되는 김옥자입
         니다.

인사를 하는 김옥자. 원이 웃으며 바라보고 있다.
객석에 인사를 마친 김옥자가 원에게도 인사를 한다.
사람들이 박수를 치는 사이, 박 의원이 연설문을 구겨 테이블에 던지
고 불쾌한 얼굴로 일어선다. 화란이 따라 일어서고,

🔔 44. 연회장 앞/ 낮

연회장을 나서는 박 의원과 보좌관들.

화란	의원님.
박 의원	구 상무 오늘 나한테 실수했어. 나중에 봅시다.

걸음을 멈추지도 않고 얘기하는 박 의원, 그냥 가버린다.
화란이 화난 얼굴로 연회장 쪽을 돌아본다.

🔔 45. 연회장/ 낮

사랑과 팀원들이 음식을 서빙하고 있다. 할머니 앞에 음식을 놓아주는 사랑.

사랑	정말 멋있으셨어요. 선배님들을 모시게 되어 영광입니다.
옥자	고마워요.
사랑	그땐 정말 죄송했어요. 많은 걸 배웠습니다.
옥자	아니에요. 생각해 보니 객실 담당이 아니면 모를 수 있는 건데 내가 너무 예민하게 군 거 같아 사과하고 싶었어요. 다음에 한번 다시 와요. 차분하게 얘기 들어줄 테니.
사랑	네, 감사합니다. 꼭 찾아뵐게요.

환하게 웃는 사랑. 사랑은 서빙을 마치고 돌아서다 원을 본다.

원은 구 회장 테이블에 인사를 마치고 다른 테이블로 가고 있다.
그러다 사랑을 보는 원. 둘의 눈이 마주친다.
사랑은 원을 향해 손을 높이 들어 엄지 척!을 해준다. 원이 환하게 웃
는다.

🛎 46. 구 회장 집/ 밤

책상에 앉은 구 회장. 서랍 안에서 낡은 서류 한 장을 꺼내 든다.

〈인서트〉 과거 회상
구 회장, 한미소가 쓴 기획안을 들고 있다.

구 회장   모두가 행복한 호텔? 이게 정말 가능하다고 생각해?
미소   당신이라면 충분히 만들 수 있어요. 제가 옆에서 도울게요.
      (환하게 웃는다)

화란   (소리) 아버지!

화란 목소리에 고개를 드는 구 회장, 서류를 덮는다. 화란은 서류 표
지를 본다.

화란   뭐 하세요? 행사 다 망쳤는데 추억 놀이라도 하세요?
구 회장   다음에 얘기하자.
화란   저런 유치한 감성 놀이 때문에 지금 저희 그룹에 제일 필요한

박 의원을 놓쳤어요. 내년에 면세점 사업권 만료라 재허가받아야 되고, 항공 노선 확장도 해야 되는 거 모르세요?

구 회장　　그렇지. 그렇게 할 일이 많아서 소중한 것을 많이 놓치고 살았어.

화란　　아버지도 못 믿게 하지 마세요. 킹그룹은 아버지만의 것이 아니에요.

화란, 인사도 안 하고 나가버린다.

🔔 47. 킹더랜드/ 밤

사랑스러운 눈으로 어딘가를 바라보는 사랑.
사랑의 시선을 따라가면 원이 김봉식, 김옥자, 전기기사, 정육 아저씨 등과 함께 와인을 마시고 있다. 사랑이와 눈이 마주치는 원. 양해를 구하고 사랑이 쪽으로 간다.

사랑　　축하해요. 오늘 진짜 멋있었어요.

원　　나야 늘 멋지지.

사랑　　(웃는다) 이번 주 일요일에 우리 집에 올래요? 평화도 비행 가고 없어서…

원　　응 갈게. 무슨 일이 있어도 꼭 갈게.

사랑이 말이 끝나기도 전에 대답하는 원. 설렘 가득한 얼굴로 활짝 웃는다.

🔔 48. 사랑이 집/ 밤

요리를 하느라 정신이 없는 사랑. 딩동, 벨 소리가 울린다.

사랑   잠시만요!

거울로 외모를 체크하고. 머리를 푼다. 문을 열면 원이 서 있다.

원   초대해 주셔서 감사합니다.

등 뒤에 숨겨놓았던 꽃다발을 짠! 하고 내주는 원. 사랑이 환하게 웃는다.

〈사랑이 집 식탁〉
식탁에 음식이 가득 차려져 있다.

원   이걸 혼자 다 준비했어?
사랑   별로 차린 건 없지만 정성 듬뿍 담았습니다.
원   별로 차린 게 없다니 진수성찬인데?
사랑   그냥 집밥 한번 해주고 싶어서.

원이 전화벨이 울린다. 상식이다. 고민도 없이 휴대폰을 뒤집어 놓는 원.

사랑   안 받아도 돼요?

원	방해받고 싶지 않아. 뭐부터 먹지? (불고기를 집어 먹는다)
사랑	어때요? 괜찮아?
원	괜찮은 정도가 아니라 아주 훌륭해. 우리 호텔 총주방장 해도 되겠어.
사랑	불러만 주신다면! (전을 입에 넣어준다) 이것도 먹어봐요. 아!
원	(받아먹고) 와! 이건 정말 감동이다! 최고야. 먹어봐.

서로 먹여주는 원이와 사랑. 알콩달콩 재미있는 시간이다.

🛎 49. 베란다/ 밤

블루투스에서 감미로운 음악이 흘러나온다.
캠핑 의자에 앉아 캔맥주를 마시는 두 사람.
사랑이 원이 어깨에 기댄다. 서로에게 기대 있는 시간이 좋다.

원	고마워. 정말 맛있었어. 이런 대접을 받아도 되나 할 정도로 과분한 저녁이었어.
사랑	다음에 또 해줄게.
원	좋지.
사랑	좋다. 음악도 좋고.

맥주를 마시는 사랑, 하지만 비었다.

사랑	(일어선다) 맥주 가지고 올게.

원	(일어선다) 내가 가져다줄게.
사랑	우리 집인데? 내가 가져와야지.
원	언어먹는데? 내가 가져와야지.

장난스레 웃는 원. 사랑도 웃고 있다.

사랑	그럼 같이?
원	갈까요?

팔짱을 끼라는 듯 팔을 내미는 원. 사랑이 원이 팔에 매달리듯 두 팔로 팔짱을 낀다.
서로를 보며 웃는 두 사람. 가볍게 뽀뽀를 하고 돌아선다.
거실에서 평화, 다을, 상식, 로운이 놀란 얼굴로 둘을 바라보고 있다.
상식은 기절을 하듯 털썩 쓰러지고, 다을과 평화는 동시에 소리를 지른다. 사랑이 있는 힘껏 원을 밀쳐내며,

〈 END 〉

12부

킹더랜드

🧳 1. 편의점 앞/ 밤

다을과 상식이 양손에 봉투를 들고 나온나.
빵빵 소리에 돌아보면 차가 멈추고 평화와 로운이 내린다. 둘 다 유
니폼 차림이다.

로운	늦어서 죄송합니다, 부장님. (다을에게) 팀장님, 안녕하세요.
상식	죄송하긴, 갑자기 불렀는데 와준 것만으로도 감사하지. 근데 옷도 안 갈아입고 왔어?
평화	결항되는 바람에 곧바로 왔어요. (다을에게) 사랑이는?
다을	전화 안 받던데?
로운	노 과장 형님은요?
상식	몇 번을 했는데 전화를 안 받네. 한 번 더 해볼까?

🧳 2. 사랑 집. 거실/ 밤

거실 테이블에 놓인 원이 전화가 울린다.
한참을 울리다 멈추는 진동, '부재중 전화 3통' 알림이 뜬다.

🧳 3. 로운 차/ 밤

로운과 평화가 앞자리에, 다을과 상식은 뒷자리에 타고 있다.
상식이 휴대폰을 집어넣는다.

상식	우리 노 과장 많이 바쁜가 보네. 오늘은 사남매끼리 오붓하게 마시고 방콕 동지회는 다음에 다시 모이는 걸로 하자고.
다을	근데 왜 둘 다 전화를 안 받지? 우리 몰래 둘이 놀러 간 거 아니야?
평화	드디어 둘이 사귀기로 한 건가?
로운	진짜요? 역시 형님! 대단하시네. 역시 한 방이 있어.
상식	(비웃는다) 친구라면서 아무것도 모르네.
다을	뭘요?
상식	둘이 이미 끝났어.
다을	예에? 언제요?
평화	둘이 시작은 했어요?
상식	시작도 못 해보고 끝났다니까. 두 사람 태국에서 몰래 둘이 빠져나갔잖아. 그날 고백하고 차인 거 같아.
로운	진짜요? 노 과장 형님이 그래요?
상식	그걸 뭐 하러 물어봐. 괜히 말해봐야 노 과장 속만 쓰리지.
평화	하긴 둘이 잘 안된 건 맞는 거 같아.
상식	난 애초에 잘 안될 줄 알았어. 내가 노 과장을 잘 아는데, 그 친구는 절대 연애 같은 거 못 해. 1:1 과외로 최고급 연애 스킬을 알려주면 뭐 하나? 따라오질 못하는데. 연애도 기본이 있어야 하는 거지.
로운	부장님은 연애 경험 많으세요?
상식	날 좋아하는 여자들이 엄청 많았지. 근데 다들 고백을 못 하더라고. 나 그렇게 어려운 남자 아닌데. 다들 너무 부담을 가져.

저게 무슨 말이지? 다들 잠깐 생각해 보니.

다을	그니까 연애는 한 번도 못 해봤다는 얘기죠?
상식	그게 아니라, 인기는 많은데 다들 나한테 고백을 못 한다는 소리지.
로운	부장님이 먼저 고백하면 되잖아요.
상식	레이디 퍼스트! 신사의 기본! 몰라?

뭐야… 다을과 평화가 인상을 쓰며 상식을 본다. 하지만 로운은 아니다.

로운	그나저나 우리 형님 속상하시겠어요. 시작도 못 해보고 끝나다니 나중에 둘이 술 한잔해야겠어요.

평화가 로운을 슬쩍 본다. 하지만 혹시나 눈이 마주칠까 얼른 시선을 돌린다.

🧳 4. 사랑이 집/ 밤

사남매가 들어온다. 앞서 들어오던 평화가 멈춘다.

평화	어? 누구지?
다을	뭐가?
평화	(신발을 가리키며) 남자 신발이 왜 우리 집에 있지?

눈빛을 나누는 평화와 다을, 다을이 먼저 조르르 거실로 들어간다.

베란다 쪽을 보고 놀라 멈춰 서는 다을.

평화   (따라 들어오며) 왜? 뭔데 뭔데!

평화도 놀라 멈춘다. 입을 반쯤 벌린 채 나무처럼 서서 베란다 쪽을 보는 두 사람 옆으로 로운과 상식이 온다. 그들도 놀라기는 마찬가지다.
영화를 보듯 나란히 서 있는 네 사람.
베란다 창문 너머로 너무도 다정하게 서 있는 둘의 모습 보인다.

🧳 5. 베란다. 거실 교차

장난스레 웃는 원. 사랑도 웃고 있다.

사랑   그럼 같이?
원   갈까요?

팔짱을 끼라는 듯 팔을 내미는 원. 사랑이 원이 팔에 매달리듯 두 팔로 팔짱을 낀다.
서로를 보며 웃는 두 사람. 가볍게 뽀뽀를 하고 돌아선다.

거실에서 평화, 다을, 상식, 로운이 놀란 얼굴로 둘을 바라보고 있다.
상식은 기절을 하듯 털썩 쓰러지고, 다을과 평화는 동시에 소리를 지른다. 사랑이 있는 힘껏 원을 밀쳐내며,

🧳 6. 베란다. 거실 교차

상식은 충격에 빠져 버린다 칭에 기대시 있다.
소파에는 로운, 평화, 다을이 앉아 있고, 사랑과 원은 바닥에 앉아 있다. 뭔가 취조를 당하는 죄인 느낌이다.

다을	뭐야 두 사람? 언제부터야?
사랑	얼마 안 됐어.
평화	그렇게 아니라고 잡아떼더니.
사랑	미안. 그렇게 됐어.
평화	그냥 솔직하게 말하면 되지. 뭐 하러 우리한테까지 속여?
원	속인 게 아니라 말을 안 했을 뿐입니다.
다을	그게 속인 거예요.
로운	분위기 왜 이래요? 이게 축하할 일이지 혼낼 일은 아니잖아요.
평화	혼내는 거 아냐. 놀래서 그렇지. 우린 진짜 숨기는 거 없이 다 얘기하고 살았는데.
사랑	그래서 이제 얘기하잖아. (뻘쭘한지 배시시 웃으며) 봐주라~
다을	애교 집어넣으세요. 어디서 얼렁뚱땅 넘어가려고.

사랑이 입을 삐죽하는데,

로운	(원이에게) 축하드려요, 형님. 두 분 너무 잘 어울리세요.
원	고마워. 역시 보는 눈이 있네.
다을	그나저나 더 속이는 건 없죠?
원	굳이 속이려고 한 적은 없는데.

다을	진짜 한 번만 더 속이면 우리 육남매 해체예요. 나중에 가서 사실은 내가 회장님 숨겨둔 아들이다, 그런 말 해도 안 통해요. 알았죠?

원이 사랑을 본다. 사랑이도 곤란한 얼굴로 원이를 본다.
원은 다을과 평화를 본다. 이 사람들이라면 솔직해지고 싶다.

원	전부 사실대로 말할게요. 저는 회장님 숨겨둔 아들이 아닙니다.
다을	당연히 그렇겠죠. 예를 들어 하는 말이에요.
원	그냥 아들입니다.
다을	아들인 거 알아요. 우린 다 딸이고… (느낌이 이상하다) 누구 아들이라고요?
사랑	…맞아. 회장님 아들.

무슨 말을 하는 거야. 멀뚱멀뚱 바라보는 다을, 평화, 그리고 로운.
상식은 올 것이 왔다 싶어 입맛을 다시며 구경하듯 보고 있다.
곰곰 생각하던 다을이 웃는다.

다을	뭐야~ 깜짝 놀랐잖아요. 속일 걸 속여야지. 우리 회장님 구 씨거든요? 과장님은 노 씨고.
로운	(다행이다. 웃는다) 아 맞네! 뭐예요 형님. 진짜 속을 뻔했잖아요.
평화	그래, 회장님 아들이면 본부장이잖아. 그 인간 완전 망나니에 인간성도 발바닥이라며? 싹수 노란 낙하산이랑 우리 노 과장님은 완전 차원이 다르지.

원	그 싹수 노란 망나니 낙하산이 바로 접니다.

진짠가… 의심 반 놀람 반으로 보는 다을과 평화, 말해달라는 듯 상식을 바라보면 상식도 고개를 끄덕인다.

원	본의 아니게 속여서 죄송합니다. 저는 본부장 구원이고 저쪽은 유 부장이 아니라 노상식 과장입니다.
다을	(믿기지 않는다) 사랑아… 진짜야?
사랑	정식으로 소개할게. (원이와 상식 번갈아 가리키며) 이쪽은 구원 본부장님, 그리고 저쪽은 노상식 과장님.
상식	(인사한다) 과장, 노상식입니다.

기가 막혀 헛웃음을 짓는 다을과 평화. 그러다 웃음이 사라지더니 둘 다 슬그머니 일어선다. 로운도 어물쩍 따라 일어서는데, 평화가 방석을 가지고 원이에게 간다.

평화	본부장님, 바닥이 차요. 여기 앉으세요.
원	괜찮아요. 따뜻해요.
평화	아니에요. 편하게 앉으세요. (사랑이 등짝 때리며) 좀 비켜봐! 본부장님 방석 좀 하시게!
다을	(어느새 주스를 가져왔다) 마땅히 드릴 게 없어서, (평화에게) 야! 무슨 방석이야. 소파로 모셔야지. 본부장님, 위로 앉으세요.

로운은 소파에 대충 놓여 있던 쿠션들을 깨끗하게 정리하고 있다.

원	아닙니다. 지금이 편해요.
평화	올라앉으세요. 저희가 불편해서 그래요.
사랑	적당히들 좀 해. 이럴까 봐 얘기 안 한 거야. 너네 불편해할 까 봐.
다을	불편한 게 당연하지. 무려 회장님 아들인데.
평화	그럼 편한 게 더 이상하지.
원	다들 편히 앉으세요. 그게 제가 편해요.

원이 말 한마디에 모두 바닥에 앉는다. 다을은 무릎 꿇고 앉았다가
사랑에게 허벅지 한 대를 맞고 다시 편하게 앉는다.

다을	(원이에게) 본부장님, 제가 혹시 실수한 거 있으면 부디 용서해 주세요.
원	아닙니다. 그냥 예전처럼 막 대해주세요. 그게 편해요.
다을	어머, 제가 막 대했어요? 설마요. 그럴 리가.
평화	막 대했지! 그것도 아주 그냥 막!
사랑	방콕 있는 내내 군기 잡는다고 끌고 가서 협박도 했잖아.
다을	내가 언제? (원에게) 절대 아니에요. 오해세요.
사랑	(다을 흉내) 느낌표 뒤로~
다을	야아!
원	괜찮습니다. 사회 초년생 걱정되는 마음에 그러신 거 다 압 니다.
다을	죽을죄를 지었습니다. 부디 용서해 주세요.

그러다 상식을 보는 다을. 저 인간이 엄청 미워 보인다.

다을	본부장님. 정말 죄송한데 잠시 좀 다녀오겠습니다.
사랑	어딜?
다을	(상식 보며) 저기.

일어서는 다을. 성큼성큼 상식에게 걸어간다.

다을	(상식이 어깨에 팔을 두르며) 잠깐 저 좀 보시죠.
상식	여기서 평화롭게 얘기하시죠.

상식을 베란다로 끌고 나가는 다을.

🧳 7. 사랑 집. 베란다/ 밤

상식을 몰아세우듯 쏘아대는 다을.

다을	아니 부장 흉내를 내도 적당히 냈어야죠. 다 같은 처지에 어쩜 그래요?
상식	내가 무슨 힘이 있겠어요. 나도 시키는 대로 하라면 하는 사람이에요.
다을	아무리 그래도 살짝 귀띔이라도 해줬어야죠. 한 식구라면서 너무한 거 아니에요?
상식	힘없는 사람들끼리 이해 좀 합시다. 본부장을 본부장이라 부르지 못하는 내 마음은 오죽했겠어요?

상식이 변명을 하지만 먹히지는 않는다.

8. 사랑 집. 거실/ 밤

원과 사랑, 평화와 로운이 베란다를 보고 있다. 무슨 말을 하는지 들리지는 않지만 분위기를 보면 상식이 당하고 있다.
맥주 캔 따는 소리에 돌아보는 세 사람. 로운이 원에게 맥주를 든다.

로운	드세요, 본부장님.
원	5분 전까지만 해도 형님이라더니.
로운	죄송합니다.
원	그게 왜 죄송해. 난 형제도 없고 친한 동생도 없어. 형 노릇 잘하진 못하겠지만 그래도 열심히 해볼게. 형이니까.
로운	예… 형님.

원이도 로운도 기분 좋게 웃는다.

원	평화 씨도 편하게 대해주세요.
평화	(긴장해서) 네 알겠습니다, 본부장님! 마실 거 더 드릴까요?
원	진짜 그러지 마세요. 저는 본부장이 아니라 사랑이 남자친구잖아요.
평화	예. 사랑이 남친님! 앞으로 도와드릴 일 있으면 물심양면으로 도와… (사랑에게) 근데 내가 도와줄 일이 있을까?
사랑	가만있는 게 도와주는 거야. 이상한 소리 좀 하지 말고.

평화	알았어. 일단 다 같이 건배하고 이 사태를 슬기롭게 극복하는, 나 뭐래니. 다을이 데려올게. (일어서는데)
로운	(평화 잡으며) 앉아 있어요, 선배. 내가 갈게요.
원	아냐. 이 사태를 책임지고 내가 데리고 올게.

원이 일어선다. 원이 베란다로 가는 사이 평화는 입 모양과 표정만으로 사랑에게 온갖 욕을 한다.

🧳 9. 사랑 집 앞. 거리/ 밤

터덜터덜 걸어가는 상식. 아무리 생각해도 말이 안 된다. 돌아보면 원이 따라오고 있다.

상식	아니 어떻게 이럴 수가 있어요?
원	뭐가?
상식	어떻게 본부장님이 나보다 먼저 연애를 할 수 있지? 인기도 없는 사람이?
원	난 정말 모르겠어.
상식	뭘요?
원	네가 왜 그렇게 생각하는지.

원이 상식 어깨를 톡톡 쳐주고 먼저 걸어간다.
모든 걸 다 말하고 나니 오히려 속이 시원해 기분이 좋다.

10. 사랑이 집. 거실/ 밤

주방 정리를 마친 사랑이 거실로 나온다.
사랑이가 나온 줄도 모르고 심각한 얼굴로 얘기를 하고 있는 평화와
다을.

사랑	뭐야? 둘이 무슨 얘기 하는데? 내가 말 안 해서 화났어?
다을	아니! 그럴 수도 있지. 우리가 뭐 그 정도도 이해 못 하겠어?
사랑	그럼 걱정돼서 그러는 거야? 나 상처받을까 봐?
평화	네가 왜 상처를 받아? 노 과장님, 나쁜 남자야?
다을	본부장님.
평화	그러니까 본부장님 나쁜 남자 스타일이야?
사랑	아니, 절대 그런 타입 아니지. 그런 사람이면 만나지도 않았지.
평화	그럼 왜? 네가 왜 상처받아?
사랑	그냥 혹시 신분의 차이 뭐 그런 걸로 미리 걱정하는 건 아닌가 하고.
평화	사람이 다 거기서 거기지 신분의 차 그런 게 어딨어?
다을	그럼! 물론 있을 수는 있지만 그런 게 있어도 사랑 앞에선 아무것도 아니지.
사랑	그럼 둘이 무슨 얘기 한 거야? 그것도 아주 심각하게.
다을	진지하게 상의 좀 하느라고. 네가 너무 성급하게 결정한 거 아닌가 해서.
사랑	성급하게 결정한 거 아냐. 오래 생각했어. 정말 좋은 사람이야.
다을	그래도 왕자님 기다리실 텐데 두바이 다녀온 다음에 결정해도 되지 않을까 해서.

사랑	(황당하다) 왕자님?
평화	전세기 보내준다고 했잖아. 가서 만나보고 천천히 결정해도 아 늦을 것 같아시.
사랑	(기가 막히다) 왜 그걸 너네가 상의해?
다을	우리가 남이냐?
평화	그럼! 이 언니들은 충분히 그럴 자격이 있지.
사랑	까분다 또. 쓸데없는 생각들 좀 하지 마.
다을	뭐야? 본부장님으로 완전 결정한 거야?
사랑	처음부터 그 사람이었어.
평화	오~ 어디가 그렇게 좋아?
사랑	음… 내가 바랬던 사람이야.

평화와 다을이 사랑이 말을 기다려 주고 있다.

사랑	날 불안하게 하지 않고 서운하게 하지도 않고 필요한 순간에 항상 곁에 있어주는 사람. 정말 힘들 때마다 짠 하고 내 앞에 나타났어.
평화	노 과장님 보기보다 사랑꾼이네.
다을	본부장님!
평화	아 몰라, 입에 붙었어. (사랑에게) 암튼 딱 봐도 좋은 사람 같더라. 축하해.
다을	그래. 우리 사랑이 사랑 듬뿍 받으며 예쁘게 사랑하자.
사랑	고마워.
평화	(벌떡 일어나며) 그런 의미에서 오늘 밤 찐하게 달려볼까?
다을	좋~지!

사랑	(파티 흔적 가리키며) 지금까지 달린 건 뭔데?
다을	무슨 소리야? 아직 시작도 안 했어. (일어나며) 신나게 달려볼까?

평화와 다을, 몸을 흔들며 주방 쪽으로 간다.

🧳 11. 킹호텔 복도/ 낮

상식이가 태블릿을 들고 기사를 읽어주고 있다. 기분 좋은 기사지만 어제 일 때문인지 표정은 퉁명스럽다.

상식	'킹호텔이 전 세계 메이저 호텔들을 누르고 국내 호텔 최초로 월드 오브 베스트 탤런트 상을 수상하는 쾌거를 이루었다. 100주년의 역사를 함께한 직원들에게 모든 공을 돌린 킹호텔, 국내 최고의 호텔다운 품격을 전 세계에 보여주었다.' 봤어요? 역시 내가 회사 대표로 나서니까 호텔 품격이 올라가잖아요.
원	네가 회사 대표였어? 언제?
상식	제가 손님맞이했잖아요. 어서 오시라고 제일 먼저 인사하는 사람이 회사 대표인 거 몰라요? 그 어려운 걸 제가 해냈어요.

걸음을 멈추는 원. 상식도 멈춘다.

원	그 어려운 걸 해냈네. 고생했어. 그래 네가 최고야.

원이 말을 마치자마자 돌아선다. 상식이 마음이 풀리며 얼굴도 풀린다.

상식   무슨 칭찬을 정색하고 해 사람이…

원을 따라가는 상식. 목소리도 한 톤 올라간다.

상식   본부장님도 정말 잘하셨어요. 이대로만 하시면 사장 자리도 곧이에요.

원   쓸데없는 소리 하지 마.

상식   이미 대세는 기울었어요. 이렇게 호텔부터 항공, 유통까지 하나하나 접수하시면 됩니다. 이제는 본부장님 세상입니다.

원   누구 세상이냐가 뭐가 중요해? 살 만한 세상인가 생각해야지.

상식   그룹만 손에 넣으면 살 만한 세상이죠.
        (두 손으로 길을 안내하며) 가시죠! 앞으로 가시는 길 제가 꽃길 깔아드리겠습니다. 저만 믿으세요. 하하하!

진절머리가 난다는 표정으로 상식을 피해 돌아가는 원.

🧳 12. 회의실/ 낮

화란과 최 전무, 임원들 대여섯이 앉아 있다.
회의 시작 전, 가볍게 이야기를 나누는데 이곳도 사무실처럼 분위기가 좋다.

임원1	이번 행사 정말 감동이었어. 옛 생각도 나고 울컥하더라니까.
임원2	구 본부장 다시 봤어. 행사 망칠 줄 알았는데. 이렇게 대박을 터뜨리다니. 광고 효과가 어마어마해.
임원3	전 세계 호텔에서 행사 영상 보내달라고 난리예요. 월드 럭셔리 트래블 가이드에서도 취재 요청이 왔구요.
화란	(웃으며) 다들 만족하시나 봐요?
최 전무	임직원들 모두 만족하고 사기도 오른 것 같습니다.
화란	내가 여러분들을 너무 과대평가했나 봐요. 그런 감성팔이 쇼에 감동의 눈물이나 흘리고. 이제 저는 누굴 믿고 이 회사를 끌고 가야 되죠?

최 전무를 비롯한 임원진들 그제야 분위기 파악하고 자세를 고쳐 앉는다.

| 화란 | 감성을 팔면 박수는 쉽게 받아요. 하지만 그게 우리한테 돈이 돼요? 그게 우리 항공, 유통, 호텔의 경영 위기를 돌파해 주나요? |

임원들 모두 말이 없다.

| 화란 | 지금이 감동경영을 얘기할 때인가요? 다른 그룹은 비상경영을 넘어 생존경영을 얘기하고 있어요. 며칠 전에 회장님께도 말씀드렸어요. 나 아버지 못 믿는다고. 여러분들까지 못 믿게 하지 마세요. |
| 최 전무 | 네. 알겠습니다. |

화란   긴말 안 할게요. 나를 따를 사람만 오늘 회의 참석하세요.

화린이 일어난다. 최 전무 등 모든 임원들이 일제히 일어선다.

🧳 13. 회의실/ 낮

구 회장과 화란, 원, 그리고 임원들 10여 명이 한자리에 모여 있다.
기존에 했던 회의보다 크고 중요한 자리로 보이는데, 구 회장 표정이
밝아 분위기는 좋아 보인다.

구 회장   이번 100주년 행사는 정말 잘했어. 몇 주년 몇 주년 하면서
          우리한테 힘이 될 만한 사람들 모시는 남의 집 잔치였는데 이
          번에야말로 우리 잔치였어. 본부장이 아주 잘했어.
원   아닙니다. 모두 직원들 덕입니다.

구 회장은 흡족하지만 임원들은 아무 반응이 없다. 눈치를 보던 최
전무가 나선다.

최 전무   행사는 잘 끝났지만 아직 샴페인을 터뜨릴 때는 아닌 것 같습
          니다, 회장님.
구 회장   무슨 말이야?
최 전무   그룹 전체를 볼 때 매출, 이윤, 주가, 모두 정체되어 있어요.
구 회장   이렇게 경제가 어려울 때 이 정도 방어하고 있으면 훌륭하지
          않나?

임원1	사실 물가 상승이나 금리 인상을 반영하면 정체가 아니라 후퇴라고 보는 게 맞습니다.
구 회장	구 상무 생각은 어때?
화란	같은 생각입니다. 지금 10대 그룹 중에 6개 기업이 비상경영 체제에 돌입했어요. 우리도 더 늦지 않게 비상경영 선언하고 그룹 혁신을 해야 할 때예요.
구 회장	다른 임원들은?

모두 아무 말이 없다. 화란 말에 동조하는 분위기다.

구 회장	모두 같은 생각인가 본데… (임원들을 하나씩 보다가 화란에게) 너 단단히 준비했구나.
화란	저라도 정신 차려야죠. 지금 시작해도 늦어요.
원	지금 그럴 때는 아닌 것 같은데?

모두 원을 본다. 화란도 어디 얘기해 보라는 듯 등받이에 몸을 기대고 느긋하게 바라본다.

원	비상경영은 쇼 아닌가? 회사가 비상이니까 직원들 허리띠 졸라매라고 공식적으로 협박하는 거잖아.
화란	단기 수익 올리는 데는 매출 증대보다 비용 절감이 더 효과적인 거 몰라?
원	알아. 회사 통장에 돈 쌓아두려고 매번 쓰는 카드라는 것도.

원과 화란, 눈싸움을 하듯 바라보고 있다.

구 회장은 중재할 생각이 없어 보인다. 원이 임원진들을 돌아본다.

원	임원분들 모두 그렇게 생각하세요? 그게 정상인가요?
최 전무	본부장도 알다시피, 비용 절감은 우리뿐 아니라 세계 모든 기업들의 화두입니다.
원	킹그룹을 세계적인 기업으로 만들겠다는 분들이 모여서 겨우 한다는 소리가 직원들 쥐어짜 낼 생각들뿐이네요. 더 좋은 서비스를 제공해서 이익을 낼 생각은 못 합니까?
최 전무	서비스 교육은 분기별로 계속하고 있습니다.
원	서비스는 교육이나 지시에서 나오는 게 아닙니다. 직원이 회사에 만족하고 자부심을 느낄 때, 그때 진심으로 나오는 겁니다. 그게 명품 서비스고요. 명품이 있는 이유는 그 안에 역사가 함께하기 때문입니다. 우리가 세계적인 기업이 되려면 그에 맞는 히스토리를 만들어야 합니다. 직원들 고혈 짜내서 단기 이익만 좇아갔다는 역사를 만들고 싶으세요?
화란	역사를 만들고 싶으면 살아남아야지, 죽은 자한테는 역사도 없어.
원	어떻게 살 것인가, 그게 살아남는 것보다 중요해.
화란	걱정이다. 그런 정신으로 경영이란 걸 한다니.
	(구 회장 본다) 아버지, 결정 못 하시면 제가 할게요.
구 회장	(화란에게) 지금 회사 잘되는 길이 비용 절감밖에 없어?
화란	네.
구 회장	(원에게) 비용 절감 없이 회사 잘되게 할 자신 있어?
원	있습니다.
구 회장	(기분 좋다) 아주 좋은 소식이네. 비용 절감을 하든 안 하든 우

리는 잘된다는 거잖아. (정색한다) 다음 회의 때까지 킹그룹을 어떤 회사로 만들 건지 기획안 가져와. (화란과 원 차례로 가리키며) 너랑 너, 둘 다!

🧳 14. 회의실 앞 복도/ 낮

복도를 걸어가는 화란. 최 전무 등 10여 명의 임원진들을 거느리고 위풍당당 걸어간다. 제일 뒤에 원과 상식이 걸어간다.
달랑 둘뿐이니 화란과 세력 차이가 확실히 느껴진다.

상식   본격적으로 전쟁이 시작됐는데 저쪽은 백만대군이고 이쪽은 달랑 저 하나네요.
원   왜 하나야. 너랑 나 둘이지.

걸음을 멈추는 상식. 원이 돌아보면 상식은 격한 감동에 눈물이 글썽글썽해서 원을 보고 있다.

상식   그렇죠. 우린 언제나 둘이었죠…
원   (잠깐 바라보다가) 아니다. 그냥 혼자가 낫겠다. (돌아서면)
상식   본부장님, 같이 가요. 우리는 우리잖아요~ 우리 만남은 우연이 아니야. 몰라요?
원   몰라! 알고 싶지도 않고.

달려가 원이 어깨동무를 하는 상식.

상식	그래도 이거 하나는 알고 계세요. 본부장님 곁엔 항상 제가 있다는 거. 백만대군 아니라 천만대군이 와도 끄떡없어요. 우리는 하나!
원	우린 둘이라며? 저리 좀 가!

상식 팔을 걷어내고 걸어가는 원. 행동은 그렇게 해도 언제나 내 곁을 지키는 내 편, 상식이 있어 든든하다.

🧳 15. 킹더랜드/ 낮

화란과 (킹호텔 100주년 파티에 참석했던) 박 의원이 식사를 하고 있다. 박 의원은 불쾌한 티를 숨기지 않고, 화란은 사과는 해도 굽신거리지는 않는다.

박 의원	사람을 불러놓고 말이야, 아니, 그냥 불렀나? 축사 한번 해달라고 사정해서 와줬더니 그렇게 찬밥 취급을 해?
화란	저도 그렇게 될 줄 몰랐어요.
박 의원	구 상무가 모르면 누가 알아. 내가 너무 창피를 당해서 밑에 애들 볼 낯이 없어.
화란	언제 의원님께서 아랫사람 눈치 보셨나요. 그날 실수는 제가 차차 갚을 테니까 너무 서운해하지 마세요.
박 의원	나 정말 너무 서운한데 표현을 못 하겠네.

사랑이 박 의원 왼쪽으로 와서 간단한 요리를 서빙한다.

사랑	전 세계 단 5%만 있는 100% 순종 이베리코 베요타로 만든 최상급 프리미엄 하몽입니다. (접시를 놓는데)
박 의원	야. 너는 왜 이쪽에서 서빙하다 저쪽에서 서빙하다 왔다 갔다 해? 정신 사납게.
사랑	죄송합니다. 어느 쪽에서 서빙을 해드리는 게 더 편하실까요?
박 의원	정신 사납게 왜 왔다 갔다 하냐고 물어보는데 죄송합니다가 대답이야? 귓구멍이 막혔어? 왜 말귀를 못 알아먹어?

사랑은 불쾌한 티를 내지 않으며 최대한 목소리 톤을 유지한다.

사랑	저희 킹더랜드는 유럽 왕실 서비스 스타일을 기본으로 와인 등 음료는 오른쪽에서, 요리는 왼쪽에서 서빙을 하고 있습니다. 혹시 불편하시면 원하시는 쪽에서 서빙을 하도록 하겠습니다.
박 의원	(더 화가 난다) 아이구 대단해! 아주 잘나셨어 응? 그냥 죄송합니다~ 한마디면 끝날 거 가지고 나를 가르쳐? 강의해?
사랑	아닙니다. 죄송합니다.
박 의원	죄송하다면 다야? (화란에게) 구 상무, 직원들 교육을 어떻게 하는 거야? 내가 구 상무한테 무시당한 것도 모자라서 이런 애한테 이런 대접 받아야 돼? (사랑이한테 냅킨 툭 던지며) 쟤 잘라. 안 그럼 나 구 상무 안 봐요.

화란이 가볍게 손을 든다. 민서가 빠른 걸음으로 온다.

민서	부르셨습니까?

화란	여기 직원들 모두 재교육 프로그램 들어가고 (사랑 가리키며) 쟤는 치워.
민서	네?
화란	치우라고.
민서	네. 알겠습니다.
원	(소리) 치우긴 뭘 치워? 직원이 물건이야?

돌아보는 사람들. 원이 오고 있다.
사랑을 보호하듯 사랑과 박 의원 사이로 들어오는 원.

화란	너 낄 자리 아냐. 나가.
원	내가 나서야 할 자리 맞는데?
	(박 의원에게 깍듯이) 안녕하십니까. 킹더랜드 책임자 구원입니다.
박 의원	응. 근데?
원	의원님. 격식을 갖춘 식사 예절은 19세기 빅토리아 여왕 때 완성되었다고 합니다. 그걸 보통 매너라고 합니다. 나이프는 결투용 칼을 축소시킨 것이니 칼날이 상대를 향하지 않게 해라, (박 의원이 사용한 나이프 칼날 방향을 돌려놓는다) 손수건을 던진다는 것은 결투를 의미하는 것이니, 손수건 대용인 냅킨은 던지는 게 아니다. (박 의원이 던졌던 냅킨을 집어 원래 자리에 놓는다) 매너는 법과 달라서 반드시 지킬 필요는 없지만 사람의 가치는 충분히 가늠할 수 있죠. 박 의원님 지위에 맞는 매너, 부탁드려도 될까요?
박 의원	자네가 킹그룹 외동아들이지?
원	네.

박 의원	자네는 사업하면 안 되겠어.
	(일어선다. 화란에게) 킹호텔 나한테 큰 실수 자주 하네.
화란	다음에 다시 자리 만들게요.
박 의원	(돌아서며) 내가 밑에 애들 볼 낯이 없어 내가. 가자!

그대로 나가버리는 박 의원. 옆 테이블에 있던 보좌관들이 따라 나간다. 화란은 황당한 얼굴로 원을 보고 있다.

화란	그깟 직원 하나 보호하자고 이렇게까지 해? 감히 나한테? 지금 우리한테 박 의원이 얼마나 중요한 사람인지 몰라?
원	그깟 직원 아냐. 소중한 직원이지. 내가 여기 책임자로 있는 이상 내 사람들 내가 지켜.

기가 막힌 화란. 그러다 문득 이상한 생각이 든다. 사랑을 본다.

화란	그냥 직원 맞아? 그 이상 아니고?
원	무슨 말이야?
화란	(비웃는다) 피는 못 속이니까 혹시나 해서. 너 쟤 때문에 헬기도 띄웠잖아.

화란이 비웃고 나간다. 사랑이 주위를 둘러본다.
손님들은 물론 직원들도 모두 자기를 보고 있다.

사랑	죄송합니다. 괜히 저 때문에.
원	아니에요. 잘했어요. (민서에게) 앞으로 이런 일 생기면 직원 먼

	저 보호하세요. 그게 지배인님이 할 일이에요.
민서	알겠습니다.
원	무슨 일이 생기든 책임은 내가 질게요.

원이 말을 마치고 돌아선다.

🧳 16. 킹더랜드/ 밤

일을 마치고 마무리 정리를 하고 있다. 사랑이 하나 등에게 사과를 한다.

사랑	죄송합니다.
하나	왜 그게 사랑 씨 잘못이야? 오늘 누구 하나 걸려라 하고 작정한 사람을 무슨 수로 감당해?
두리	암튼! 저 박 의원 재수탱! 괜히 상무님한테 뺨 맞고 애먼 데 화풀이야.
세호	그래도 오늘은 본부장님 덕에 다들 살았지, 지난번에 술 취해 난리 핀 거 기억 안 나?
하나	그 얘기 꺼내지도 마. 생각도 하기 싫다.
사랑	왜요?
두리	직원 모두 일렬로 집합시키고 정신 교육 시킨다고 한 시간을 넘게 설교했어. 만만한 게 우리지 뭐. 암튼 진짜 꼴값이야.
세호	똥 밟은 셈 치고 맥주나 한잔하러 가요.
하나	그래. 똥 밟았으니 소금 뿌리러 가자!

사랑	제가 마무리할 테니까 어서들 가세요.
세호	사랑 씨는 안 가?
사랑	저도 가요?
하나	사랑 씬 우리 팀 아니야? 다 같이 마감하고 빨리 가자.
모두	네!

모두 각자의 자리로 돌아간다.
이제 한 팀이 된 거 같은 느낌에 사랑도 표정이 풀린다.

🧳 17. 술집/ 밤

다 같이 맥주잔을 부딪친다.
오늘따라 맥주가 더 시원한 사랑, 막힌 속이 뻥 뚫리는 거 같다.

하나	사랑 씨, 그 약 좋더라. 덕분에 고생 덜하고 있어.
사랑	효과 있어서 다행이에요.
두리	참 속도 좋아. 나 같으면 우리 선물 같은 거 안 챙길 텐데.
세호	그니까요. 우리가 좀 구박을 했어요?
두리	우리가 아니라 특히 네가 그랬지.
세호	이제 와서 발 빼기 있어요?
하나	(사랑에게) 솔직히 말하면 맘에 안 들었어. 우리는 진짜 열심히 노력해서 올라왔는데 사랑 씨는 회장님 말 한마디에 그냥 왔잖아. 그런데 겪어보니까 올 만한 사람이 왔구나 싶더라. 고마워. 형편없는 사람이 아니어서.

사랑	아니에요. 오래전부터 내려오던 룰이 있는데 제가 들어왔으니 얼마나 황당할까 이해도 됐어요. 그래서 진짜 열심히 했어요. 이 자리에 어울리는 사람이 되려고요.
하나	충분히 보여줬어. 잘하고 있어.
사랑	감사합니다.

두리는 웃어주고 세호는 엄지손가락을 올려준다. 모두 따뜻하다.

두리	근데 아까 본부장님 진짜 멋있지 않아요? 임원이 우리 편을 들어주다니, 상상도 못 했어요.
하나	그러게. 고객이 뭐라 하면 무조건 잘못했다고 빌라는 사람들만 있었는데, 솔직히 나도 놀랬어.
세호	확실히 본부장님은 진심 같은 게 있는 것 같아요. 다들 통장 확인했어요?
사랑	아니요. 아직.
두리	이번 100주년 기념 선물로 상여금 나왔어. 30만 원씩.
사랑	정말요? 보통은 숙박권이나 뷔페 식사권 주지 않았어요?
세호	원래 그랬는데, 이번에는 본부장님 지시로 무슨 선물 받고 싶은지 전 직원 설문조사 했잖아. 현금이 압도적으로 1위 하니까 바로 쏘신 거지.
두리	회사가 언제 우리 받고 싶은 거 준 적이 있어요? 항상 그랬던 것처럼 보여주기식으로 조사한 줄 알았는데.
하나	그러게. 윗분이 바뀌니 세상이 바뀌네.
세호	이름 자체가 구원! 이잖아요. 역시 남달라.
두리	그렇게 뒤에서 욕하더니?

세호	내가 언제?
사랑	관상은 과학이라며 딱 뒤통수치게 생겼다고도 했죠.
세호	그건 잘 몰랐을 때 얘기고. 겪어봐야 알지 처음부터 어떻게 알아? 아무튼 좋은 사람 같아. 세상에 없는 상사라고나 할까?
사랑	맞아요. 알면 알수록 정말 좋으신 분이신 거 같아요.

모두가 칭찬하는 사람이 내 사람이라 기분 좋은 사랑. 원이 보고 싶다.

18. 술집 앞/ 밤. 비

비가 내리고 있다. 갑자기 내리는 비라 우산 없이 뛰어가는 사람들이 많다. 사랑과 팀원들이 술집 앞 처마에서 비를 피하고 있다.
팀원들이 하나둘 택시를 타고 처마 밑에 사랑 혼자 남는다.

잠시 비 구경을 하던 사랑, 사람들 사이에서 언뜻 원을 본 것 같다.
원이 여기 있을 리가 없지. 가방을 머리 위로 올리고 달리는 사랑, 저 앞에 보이는 버스 정류장이 목표다.
달리던 사랑이 멈춘다. 누굴 보고 멈췄는지 모르겠다.
사람들 사이로 우산을 쓰고 걸어오는 원이 보인다.
웃는 얼굴로 다가온 원, 우산을 씌워준다. 사랑은 그가 나타날 줄 몰랐다.

| 사랑 | 어떻게 온 거야? |
| 원 | 비는 오는데 회식은 안 끝났다고 해서. 걱정하지 마. 사람들 |

안 보이게 멀리서 있었어.

사랑   미리 전화를 하지.

원   내 욕심 재우려고 즐거운 시간 방해할 수는 없지. 길까요?

안내를 하는 원. 한 우산 아래 꼭 붙어 걸어가는 두 사람.

원   재미있었어?

사랑   응. 드디어 나도 한 팀으로 인정받은 거 같아서 좋았어.

원   인정은 이미 받았을 거야. 알면서도 벽을 허무는 데 시간이
           걸렸을 뿐이지.

사랑   다들 고맙더라. 나 때문에 회식 잡은 것 같고.
           근데 괜찮아? 상무님 많이 화나신 것 같던데.

원   고객이 왕이라면 왕이 될 자격을 갖춰야지. 그런 무례한 사람
           들한테까지 친절을 베풀기엔 우리 호텔 품격이 너무 높아서
           말이야.

빙긋 웃는 원. 그러다 갑자기 사랑을 잡아끌며 자리를 바꾸는 원. 동
시에 우산을 내린다. 차 한 대가 지나가며 물이 튄다. 사랑은 놀라고
원은 으쓱한다.

사랑   오오! (엄지 척)

원   봤어? 나의 순발력!

촥! …
말이 끝나자마자 다시 차가 지나가며 물이 튄다. 미처 막지도 못한

채 물을 모두 뒤집어쓴 원. 원은 인상을 쓰고 사랑은 웃음이 터진다.

🧳 19. 사랑이 집. 욕실/ 밤

샤워를 하는 원. 따뜻한 수증기가 욕실에 가득하다.
밖에서 여자 비명소리가 들린다.

🧳 20. 사랑이 집/ 밤

여자 비명소리가 계속된다.
욕실 문이 열리고 원이 뛰어나오며 소리를 지른다.

원 뭐야? 무슨 일이야?

사랑 (덩달아 놀라) 왜! 뭔데, 뭐가?

보면 TV에서 나오는 비명소리다. 다행이다. 안도의 한숨을 쉬는 원.
리모컨을 들어 TV를 끈다. 차를 타던 사랑도 원이에게 온다.

사랑 뭐야. TV 소리에 놀란 거야?

TV를 끄고 돌아서는 원. 바지에 드레스셔츠를 입었는데, 물기도 닦
지 못하고 셔츠 단추도 다 채우지 못했다.
가슴이 콩! 떨어지는 사랑, 쑥스럽기도 해서 괜히 시선이 돌아가는

사랑. 원과 눈을 마주치지 못한다.

사랑   왜 옷도 다 안 입고 나와? 사람 놀래게.
원   급하게 나오느라.

전기주전자에 물 끓는 소리가 난다.

사랑   차 끓여놓을게 얼른 말리고 나와.

돌아서는 사랑. 주방으로 가서 전기주전자를 내려놓고 티백을 꺼낸다.
뛰는 가슴을 진정시키느라 길게 숨을 내쉬는데 뭔가 옆에 있는 것
같다. 돌아보면 원이가 서 있다.
머리에서 떨어진 물기에 셔츠가 젖고, 풀어헤쳐진 옷 사이로 근육질
몸이 드러난다.
조금 전에는 마주 보기가 어려웠는데, 이제는 시선을 돌리기가 힘들다.
심장이 터질 듯 뛰어 원이에게 들킬 것 같다는 생각 든다.

사랑   단추…
원   풀어?
사랑   채워.
원   (웃는다) 뚫어지게 볼 거 다 봐놓고 부끄러워하는 건 뭐야?
사랑   내가 또 얼마나 봤다고? 얼른 들어가. 감기 걸려.
원   뭐지? 이 수줍은 아가씨는?
사랑   내가 뭐? (얼굴이 더 빨개진다)
원   이렇게 사랑스러우면 가만 놔둘 수 없잖아. 책임져.

사랑을 확 끌어안는 원. 여느 때보다 깊고 진한 키스를 나누는 두 사람.

🧳 21. 화란 사무실/ 밤

여유 있게 앉아 커피를 마시는 화란. 뭔가 꿍꿍이가 있는 얼굴로 웃고 있다. 맞은편에 군기가 바짝 든 얼굴로 공손히 손을 모으고 앉아 있는 상식이 보인다.

화란	편하게 들어요.
상식	네. 감사합니다. (커피를 마시려는데)
화란	궁금하죠. 내가 왜 불렀는지.

상식은 한 모금도 마시지 못하고 다시 커피잔을 내려놓는다.

상식	네. 여쭤봐도 되겠습니까?
화란	자리 욕심이 좀 있다고 하던데.
상식	자리 욕심이야 완전 있죠. 그거 하나 보고 본부장님 밑에 있는 건데. 저 아니면 그 성격 아무도 못 맞춰요.
화란	노 과장은 내가 끌어줄 테니까 앞으로 구 본부장에 관한 것 모두 보고하세요.

반응이 없는 상식. 표정이 없으니 무슨 생각인지도 보이지 않는다. 커피를 한 모금 마시고 내려놓는다.

상식	어디서 어디까지 말씀입니까?
화란	전부 다. 공적인 업무부터 사적인 동선까지 전부, 하나도 빠짐없이 보고해요.
상식	그러면 저를 어디까지 끌어주실 수 있나요?

진지한 상식. 뭔가 큰 거 한 방을 노리는 것처럼 보이기도 하는데,

🧳 22. 브리핑실/ 밤

사무장의 마지막 비행이다. 이번 비행을 끝으로 사무장은 선임 사무장이 되어 다른 비행팀으로 자리를 옮긴다.

사무장	오늘 비행을 끝으로 전 본사로 갑니다. 여러분들과 함께한 아름다운 비행 잊지 않고 마음속 깊이 간직하겠습니다.
미나	정말 수고 많으셨습니다. 사무장님. 이건 제가 준비했어요.

미나가 사무장에게 꽃과 선물을 건넨다.

사무장	고마워. 역시 미나 씨밖에 없네. 앞으로 팀원들 잘 부탁해.
미나	네. 팀장님께 배운 대로 최선을 다하겠습니다.

박수를 치는 팀원들과 달리 평화 얼굴은 어둡다.

📄 23. 브리핑실/ 밤

모두 나가고 평화와 사무장만 남아 있다.

평화	나한테 할 말 없어?
사무장	응? 없는데?
평화	최소한 미안하게 됐다는 말 한마디는 해야 하는 거 아냐?
사무장	내가 왜?
평화	그걸 몰라서 물어? 처음부터 나 사무장 올려줄 생각 없었지? 매출 올리려고 나 이용한 거잖아.
사무장	너 정도 경력이면 승진 상관없이 매출 올려야 하는 거 아냐? 그리고 어차피 사무장 되기 힘든 거 니가 더 잘 알잖아.
평화	뭐?
사무장	너 이혼한 거 내가 모를 줄 알았어?
평화	…
사무장	이혼하면 인사고과 불이익 생길까 다들 숨기니까 그건 오케이. 근데 주제 파악은 하자. 응? 동기니까 소문 안 내고 이 정도로 끝내는 줄 알아. 오늘 비행 잘하자.

사무장이 나간다. 평화 눈물이 왈칵 차오른다.

📄 24. 공항/ 밤

캐리어를 끌고 혼자 걸어가는 평화.

🧳 25. 과거 : 동사무소/ 낮

스물한 살, 스물두 살 정도의 평화, 사랑, 다을이 동사무소 직원과 한 바탕하고 있다.

사랑   아니, 얘가 헤어지자고 하니까 얘 남친이 몰래 혼인신고 낸 거라니까요?

직원   그래도 신고는 했으니까 어쩔 수가 없어요.

다을   뭐가 어쩔 수가 없어요. 완전 사긴데.

직원   법이 그래요. 본인이 작성하신 거 맞잖아요.

평화   (울먹이며) 그게 100일 기념으로 쓰자고 해서. 장난으로 쓴 건데.

직원   그 중요한 걸 함부로 써주면 어떡해요? 암튼 혼인신고는 취소가 불가능해요.

평화   그럼 전 어떡해요?

직원   혼인 무효 소송하는 방법이 있는데 사실 거의 불가능하고요, 이혼하는 방법밖에 없어요.

평화   (놀란다) 이혼이요?

사랑   아니, 결혼도 안 했는데 이혼이 말이 돼요?

다을   취소해 주세요. 네? 제발 취소해 주세요.

직원   여기선 해줄 수 있는 게 없다니까요. 가서 변호사 알아보세요.

평화   나 어떡해.

세상이 모두 끝난 듯 바닥에 주저앉아 우는 평화.

🧳 26. 공항/ 밤

눈물을 참으며 걸어가는 평화. 힘들게 마음을 잡고 있는데 뒤따라오던 남자 일행 중 하나가 한눈을 팔다가 카트로 평화를 친다.

평화   아!

비명을 지르며 주저앉는 평화. 발목 뒤쪽이 까져 피가 비친다.

남자   아이고 죄송… (유니폼 확인하고) 조심해야지. 어디 정신을 팔고
          다녀?
평화   (어이가 없다) 네?
남자   보고 다니라고.

퉁명스럽게 말하고 지나치려는데 로운이 온다.

로운   저기요, 사과 안 하십니까?
남자   뭐?
로운   뒤에서 오시는 분이 조심하셔야죠. 그리고 괜찮은지 물어보
          고 사과부터 하시는 게 맞지 않습니까?
남자   너 뭐야?
평화   아니에요. 저 괜찮아요. 그냥 가세요. (로운에게) 그만해.

남자가 다가오더니 로운 가슴에 단 명찰을 확인한다.

남자   이로운. 내가 킹에어 프리미엄 골드 회원인데, 그 이름 기억할게.

휙 돌아서는 남자를 따라가 한마디 하려는 로운. 평화가 로운을 잡는다. 하지 말라는 듯 고개를 흔드는 평화.

🧳 27. 공항 벤치/ 밤

평화가 다친 부위에 밴드를 붙이고 있다. 자세가 어설퍼 붙이기가 쉽지 않다. 지켜보던 로운이 한쪽 무릎을 꿇고 앉더니 평화가 들고 있던 밴드를 뺏는다.

평화   아냐, 내가 할게.
로운   (밴드와 방수포를 붙이며) 비행 괜찮겠어요?
평화   응. 괜찮아.

밴드를 다 붙인 로운, 떨어지지 않게 꼭꼭 눌러주고 일어선다.

로운   무슨 일 있어요?
평화   응? 아니? 왜?
로운   아까부터 좀 이상해서요.

티가 났나… 들킨 게 싫으면서도 누군가 알아주는 것 같아 다행이다.

| 평화 | 아무 일 없어. 가자. 늦겠다. |
| 로운 | 무슨 일인지는 모르지만 제가 항상 곁에 있을 거니까 그렇게 아세요. |

로운이 평화 캐리어까지 끌며 먼저 걸어간다.
로운의 뒷모습을 바라보는 평화. 마음이 복잡스럽다.

28. 다을 집/ 밤

양손 가득 장바구니를 든 다을, 피곤한 얼굴로 들어온다.
식탁에 장바구니를 놓고 돌아서는데 옷방 쪽에서 부스럭 소리가 들린다. 조심스럽게 옷방 쪽으로 다가가 문을 살짝 열어보면 방 안이 온통 난장판이다.
옷장을 뒤지고 있는 누군가의 뒷모습이 보인다. 놀라 입을 막는데 소리가 새 나갔다. 돌아보는 그 사람, 시누이 보미다.

보미	왔어요?
다을	뭐 하는 거예요?
보미	간만에 동창회라 뭐 좀 입을 만한 게 있나 봤는데, (걸려 있는 옷을 뒤적거리며) 월급 받아 다 뭐 해요? 궁상맞게 굴지 말고 옷 좀 사요. 이게 다 언제 적 패션이야?
다을	왜 남의 옷장을 뒤져요?
보미	가족끼리 네 꺼 내 꺼가 어딨어요?
다을	가족끼리라도 네 꺼 내 꺼는 확실히 해야죠.

태리	엄마~ 나 밥! 배고파!
보미	외숙모가 차려줄 거야. (다을에게) 언니, 태리 밥 좀 차려줘요.
다을	네?

📦 29. 주방 - 거실/ 밤

다을은 식탁에 밥을 차리고 보미는 신발장에서 신발을 꺼내 이것저
것 신어본다.

보미	어쩜 면세점 다니면서 명품까진 아니더라도 제대로 된 신발 하나 없냐? (하나 골라 신으며) 이거라도 신어야겠다. 언니 저 가요.
다을	(급히 현관으로 나오며) 태리는요? 안 데리고 가요?
보미	언니 있는데 뭐 하러 그래요? 저 늦어요. 기다리지 말고 재워요.
다을	아가씨!!

빠르게 도망치듯 나가는 보미.

📦 30. 거실/ 밤

충재, 소파에 누워 TV를 본다.
다을, 안방에서 빨랫감을 가지고 나온다.

다을	아가씨 너무한 거 아냐? 자기가 뭐라고 얘기 좀 해. 도둑고양이처럼 몰래 들어와 내 옷에 신발에 가방까지. 방은 온통 난장판을 만들지 않나.
충재	가족끼리 네 꺼 내 꺼가 어딨냐? 같이 쓰는 거지.
다을	가족끼리라도 지켜야 할 선은 있는 거야.
충재	야박하게 굴지 좀 마. 뿌린 대로 거둔다.
다을	야박? 솔직히 아가씨가 초롱이 한번 봐준 적 있어? 아님 장난감 하나 사줘 봤어? 아버님이랑 어머님도 초롱이 용돈 한번, 옷 한 벌 안 사주고.
충재	뭐가 그리 바라는 게 많아? 너 그러다 벌 받아.
다을	(어이없다) 벌 같은 소리 하고 있네. 나만큼만 하라고 해.
충재	밥이나 줘.
다을	밥 맡겨놨냐? 직접 차려 드세요.

현관 비밀번호 누르는 소리가 들리고. 시부모가 들어온다.

시모	밥 차려라. 배고프다.
시부	소고기 있지? 고기 좀 굽고 자반고등어도 있으면 좀 구워봐. 요즘 통 입맛이 없어. 아! 얼큰하게 된장찌개도 끓이고.
다을	네. 금방 차릴게요. (억지웃음을 짓는다)

돌아서며 인상을 구기는 다을. 한숨만 나온다.

다을이 거실 바닥에 대자로 누워 있다.

사랑	침대 가서 누워. 바닥 차.
다을	다 귀찮아. 꼼짝도 하기 싫어. 넌 절대 결혼 같은 거 하지 마.
사랑	얼른 결혼하라 할 땐 언제고.
다을	미안해. 내가 잘못 생각했어. 그냥 연애만 하면서 즐겨. 먹고 싶을 때 먹고 눕고 싶을 때 눕고 아무것도 안 할 수 있는 자유가 얼마나 소중한지 넌 모를 거다.

평화가 절뚝이며 집으로 들어온다.

사랑	뭐야? 다리 왜 그래? 다쳤어?

〈사랑 집〉
　　　　잔뜩 화가 난 사랑.

사랑	야! 그걸 그냥 놔뒀어?
평화	먼저 잘못해 놓고 직원인 거 아니까 사과는커녕 되려 큰소리치는데, 그런 사람이 말이 통해? 뭐라 해봤자 컴플레인만 걸리지.
다을	비행기에서나 승무원이지. 비행 중도 아닌데 어쩜 그러냐?
사랑	유니폼 입었잖아. 사람들 직원들한테는 사과 안 해.
다을	하여튼 그놈의 유니폼이 문제야. 완전 족쇄라니까. 입는 순간

만인의 종이지 뭐.

평화　　그래도 너흰 퇴근하면 벗기라도 하지. 우린 출퇴근 때도 회사
　　　　이미지 생각하며 품위 유지하라고 벗지도 못해. 비행기 밖에
　　　　서도 불특정 모든 잠재고객에게 충성하라는 거지 뭐.

다을　　가만 보면 옛날에 왜 하녀 옷을 입힐까 궁금했었는데, 이제
　　　　알 거 같아. 마음껏 부려 먹어도 되는 사람이라고 알려주는
　　　　표식 아닐까?

사랑　　주홍글씨도 아니고 끔찍하다. 처음부터 그러려고 유니폼을
　　　　입힌 건 아닐 텐데.

다을　　(한숨 쉬며) 에휴 빌어먹을 세상. 언제나 돼야 당당히 맞설 수
　　　　있으려나.

다을이 다시 바닥에 눕자 평화도 다을이 다리를 베고 눕는다.

평화　　그만둘 각오하고 이름표 떼면 한판 붙을 수 있겠지?

사랑　　(사랑이도 눕는다) 바른말 한마디 하려면 회사까지 그만둬야 하
　　　　는 우리가 슬프다.

다을　　그래도 다 같은 처지라 욕이라도 실컷 같이 할 수 있는 너희
　　　　가 있어 좋아.

사랑　　그건 그렇지. 안 겪어본 사람들은 모른다니까. 너희가 있어
　　　　다행이야.

평화　　나도 너희가 있어 행복해~!

바닥에 누워 부둥켜안는 세 사람. 고단한 삶일지라도 동지가 있어 행
복하다.

🧳 32. 킹더랜드/ 낮

테이블에 앉은 엄마가 대여섯 살 정도의 어린 여자아이(6세)를 토닥이고 있다.
아이는 계속 훌쩍이고, 엄마는 부탁을 반복하고, 수미는 친절하지만 협조적이지 않다.

엄마   한 번만 더 찾아주시면 안 될까요? 애기가 정말 좋아하는 인형이라서요.

수미   제가 직접 가서 확인해 봤는데 객실 안에는 없습니다.

엄마   분명히 침대 위에 놓고 나온 것 같은데. 혹시 치운 건 아닐까요?

수미   객실에 고객님 물건이 있으면 저희는 임의대로 치우지를 못합니다.

엄마   마지막으로 딱 한 번만 더 확인해 주세요. 애기가 그 인형 아니면 잠을 못 자서요.

수미   (정말 안타까운 듯) 정말 죄송합니다. 혹시라도 찾게 되면 고객님 연락처로 바로 연락드리겠습니다.

엄마   정말 방법이 없을까요? 당장 오늘 밤이 문제라.

수미   지금으로서는 기다리는 수밖에 방법이 없을 거 같습니다. 죄송합니다.

옆에서 힐끔힐끔 보던 사랑, 안 되겠다 싶었는지 쓰윽 수미 옆으로 간다.

사랑	혹시 괜찮으시다면 제가 한 번 더 찾아볼까요?
수미	(웃으며 얘기하지만 짜증을 감출 수는 없다) 우리 객실팀에서 없다고 하면 없는 거야.
사랑	그래도 혹시 침대 시트에 딸려 갔을지 모르니까 리넨실 한번 가볼게요.
엄마	정말 그래 주실 수 있어요?
사랑	(엄마에게) 네. 그런데 시간이 좀 걸릴 거 같은데 괜찮으시겠어요?
엄마	네. 괜찮아요. 얼마든지 기다릴 수 있어요.
사랑	따님분이 좋아하는 인형이 무슨 인형이죠?
아이	제니요! 제 친구예요. 꼭 찾아주세요.
엄마	토끼 인형이에요.
사랑	최대한 빠르게 찾아보겠습니다.
엄마	네. 정말 감사합니다.

🧳 33. 세탁실 가는 길/ 낮

사랑이 급하게 뛰어간다. 비상계단을 탁탁탁 뛰어내려 복도를 지나 다시 비상구로 들어간다. 한없이 밑으로 내려가는 느낌이다.

🧳 34. 리넨실/ 낮

수십 대의 세탁기 옆으로 수십 개의 다림질 대가 놓여 있다.

직원들은 세탁물을 빨고 다리고 접고 정리하느라 정신이 없다.
리넨실 한쪽에 서 있는 사랑, 당황스러운 얼굴이다.
세탁을 기다리는 침대 시트, 이불 커버, 수건, 가운 등이 산처럼 쌓여
있다. 살면서 이렇게 많은 세탁물을 본 적도 없고, 거기에서 인형을
찾기란 불가능할 것 같다.
후~ 시합 직전의 선수처럼 심호흡을 하는 사랑. 세탁물로 뛰어들어
하나씩 헤집어 찾기 시작한다.
지나가던 김옥자 할머니가 사랑을 본다. 옆에 있던 직원에게,

옥자	저 친구 뭐야?
직원	킹더랜드 직원인데요, 객실에서 인형 잃어버렸다고 해서 찾는 거래요.
옥자	객실팀은 뭐 하고?
직원	객실팀에서 분명 없다고 했는데 그래도 찾아보겠다고, 30분째 저러고 있어요.

가만 보던 할머니, 돌아선다.
리넨실을 나가려다 다시 돌아보는 할머니, 안 되겠다 싶었는지 사랑
에게 간다.

옥자	이봐요.
사랑	(돌아본다) 어? 안녕하세요!
옥자	(사랑을 알아본다) 누군가 했네. 이 많은 데서 그걸 어떻게 찾아. 객실팀에서 확인했다니까 나중에 찾으면 연락드린다고 말씀드려요.

사랑	정말 소중한 친구라고 해서요. 마지막으로 한 번만 더 찾아볼게요.

밝게 웃으며 말하는 사랑, 빨래 더미로 가다가 돌아선다.

사랑	선배님, 저 진짜 꼭 여쭙고 싶은 게 있는데 언제라도 좋으니 잠깐 시간 내주실 수 있을까요?

헝클어진 머리, 땀에 젖은 얼굴, 삐져나온 옷자락. 열심히 하느라 망가졌다. 그 모습을 보던 할머니, 가만 고개를 끄덕인다.

옥자	그래요.
사랑	감사합니다!

환하게 웃으며 인사하는 사랑, 빨래 더미로 뛰어간다.
할머니는 자리를 뜨지 않고 한참 동안 사랑이를 바라본다.

🧳 35. 킹더랜드/ 낮

아이를 안고 무료하게 기다리고 있던 엄마, 반가워 일어선다.
보면 사랑이가 인형을 가지고 다가오고 있다.
땀투성이 얼굴에 머리는 헝클어졌지만 환하게 웃고 있는 사랑, 엄마보다 아이가 먼저 달려간다.

아이	제니야~

🧳 36. 리넨실/ 낮

사랑이 김옥자와 마주 앉아 있다.

옥자	고객한테 함부로 약속하면 안 되는 거 몰라요? 찾는다고 했다가 못 찾으면 뒷감당은 어떻게 하려고?
사랑	그런 거 무섭다고 찾아보지도 않는 게 더 이상하지 않아요?
옥자	잘못했다는 얘기가 아니에요. 뭐든 열심히 하려는 사람이 오히려 더 곤란해지는 걸 많이 봐서 그렇지. 누가 알아주는 것도 아니고.
사랑	저는 알잖아요. 내가 정말 최선을 다했는지 아닌지.
옥자	네 일 내 일 미루지 않고 뭐든 열심히 하는 모습이 꼭 닮았네.
사랑	저요? 누구랑요?
옥자	내가 제일 좋아했던 친구. 물어보고 싶다는 게 뭐예요?
사랑	예. 아주 예전에 킹호텔에 근무하셨던 직원인데요, 인사 기록도 없고 아무도 모른다고 해서요.

김옥자 표정이 바뀐다. 누구 이야기인지 말을 안 해도 알 것 같다.
싸늘해진 표정에 눈치를 보는 사랑,

사랑	한미소, 라는 분인데요.
옥자	너… 누구니?

| 사랑 | 킹더랜드에 근무하는 천사랑입니다. |
| 옥자 | 그걸 몰라 묻는 게 아니야. 그걸 왜 물어보냐는 거지. |

사랑은 잠시 망설인다. 남자친구 때문이라고 말을 할 수는 없다.

| 사랑 | 아시는 거죠? |

뚫어지게 보는 할머니, 고개를 끄덕인다.

옥자	내 제일 친한 친구였어.
사랑	어떤 분이셨어요?
옥자	누구보다 더 용감하고 정말 아름다운 사람이었지. 정말 좋은 사람이고.
사랑	아… 다행이다. 그럴 줄 알았어요.

할머니는 사랑이 웃음이 진심인 걸 안다. 정말 좋은 사람이길 바랐던 것 같다.

옥자	좋은 사람이길 바랬어?
사랑	네.
옥자	천사랑 씨도 좋은 사람 같네.

할머니 표정이 풀어진다. 한미소에 대해 물어보는 사람이 좋은 사람이라 다행이다.

🧳 37. 커피숍/ 낮

커피숍으로 뛰어 들어오는 원, 두리번서리다 사랑을 찾는다.
한달음에 달려가 사랑을 뒤에서 안아준 다음 옆자리에 앉는 원.

사랑	뛰어왔어? 차는?
원	너무 막히길래 달려왔어.
사랑	힘들게! 근데 무슨 일 있어? 기분이 엄청 좋아 보이는데?
원	당연하지. 먼저 보고 싶다고 나 기다리는 거 처음이잖아.
사랑	그랬나?
원	그랬죠. 내가 늘 기다렸죠. 뭐 먹으러 가자고 한 것도 나였고, 어디 가자고 먼저 말한 것도 항상 나였고.
사랑	(웃는다) 그랬나? 나 오늘 가고 싶은 데가 있는데.
원	가자.
사랑	어딘지 안 물어봐?
원	어디든 상관없으니까. 갔다 올게. (일어난다)
사랑	어딜?
원	차 가지러. 잠깐만 기다려.

원이 뛰어간다.

🧳 37-1. 도로 (해안도로)/ 낮

원과 사랑을 태운 차가 달리고 있다.

날은 화창하고, 원은 사랑과 함께 가는 길이 좋아 들떠 있다.
원이 밝은 모습을 보니 사랑도 더 웃는 얼굴이 된다. 둘의 눈이 마주
친다.

원   달릴까?
사랑   좋아!

스포츠 모드로 바꾸는 원. 차 배기음이 바뀌며 시원하게 달린다.
원을 보고 있는 사랑. 얼굴이 점차 어두워진다.

38. 탄도항/ 저녁

늦은 오후, 바다는 찰랑거리고 풍력발전기가 돌고 있다.
바다 위에 아주 큰 바람개비를 꽂아놓은 것처럼 보인다.
손을 잡고 바닷가를 걸어가는 원과 사랑.

원   바다 보고 싶었어?
사랑   아니. 엄마가 보고 싶었어.

원이 사랑을 바라본다.

사랑   엄마 보고 싶을 때마다 할머니랑 바다 보러 왔어. 저 수평선
        끝에 엄마가 있는 거 같아서.
원   그런 마음으로 여기 왔었다고 생각하니 마음이 아프네.

사랑	다 옛날 얘긴데 뭘. 그런데 어느 날 저 풍력발전기가 생긴 거야. 어린 내 눈엔 커다란 바람개비로 보였어. 저 바람개비라면 날 엄마한테 날려줄 수 있지 않을까 하고… 근데 뭐 바다 위를 걸을 수도 없고, 돌아서려는데.

사랑은 아픔이 하나도 남아 있지 않은 먼 옛날 이야기를 하듯 웃으며 말한다. 원은 그런 사랑 모습이 오히려 더 마음이 아프다.
사랑이 바닷길 입구에 선다.

사랑	갑자기 하늘이 붉게 물들고 거짓말처럼 바닷길이 열리는 거야. 바로 지금처럼.

바다를 보는 사랑. 원도 따라 본다.
붉게 물드는 하늘 아래, 썰물이 시작되며 바닷길이 열리기 시작한다.
원은 놀란다. 이대로 물이 빠진다면 저기까지 걸어갈 수도 있을 것 같다.

원	정말… 길이 생겼어.
사랑	하늘이 내 소원을 들어준 거 같았어. 진짜 엄마를 만날 수는 없지만 그날 이후로 저 길은 언제나 나에게 엄마에게 가는 길이 됐어. (원이 손을 잡으며) 같이 가자.
원	응.

사랑이 원의 손을 끌고 바닷길로 들어간다.

🧳 39. 탄도항/ 저녁

사랑과 원이 손을 잡고 바닷길을 걸어간다.
사랑이 멈춘다. 원도 멈춘다. 원은 분위기가 좀 이상해진 것을 느낀다.

사랑   마음에 길이 있으면 어디든 닿을 수 있대.

사랑이 원이에게 사진을 준다. 할머니에게서 받았던 사진이다.
사진을 보는 원. 김옥자와 함께 찍은 사진인데, 전신사진이라 얼굴도
작게 나왔고, 너무 오래되어 또렷하지도 않다. 하지만 원은 사진 속
인물이 엄마라는 것을 직감한다.

〈인서트〉
사진 속 인물이 한미소 인사카드 사진으로 변한다.

사랑   김옥자 선배님이라고, 리넨실에 계신 오랜 친구분이 주셨어.
원   …
사랑   참 용기 있고 아름다운 분이셨대. 그리고 정말 좋은 분이셨
고. 서울 가면 꼭 만나서 얘기 들어봐.

헛웃음을 짓는 원. 대수롭지 않게 웃음으로 넘기려고 했는데 안 된
다. 금방 다시 심각해진다.

사랑   나처럼 후회할까 봐 그래. 난 엄마랑 마지막 인사도 못 했거
든. 이젠 할 수도 없고… 엄마랑 천천히 시간 보내고 와.

사랑이 돌아선다.
원은 한동안 제자리에 있다.
멀어지는 사랑과 풍력발전기를 번갈아 본다.
아직 마음을 정하지 못했다.

40. 탄도항/ 저녁

한참 고민하던 원이 돌아선다.
바람개비를 향해 천천히 걸어가는 원,
멀리서 그를 지켜보는 사랑.
바람은 잔잔하고 둘의 머리가 사뿐 흩날린다.
원이 뒷모습을 보고 있자니 그의 마음이 어떨까 싶어 사랑은 눈물이
난다.
바람개비를 향해 걸어가는 원도 눈물을 글썽인다.
원은 엄마 사진을 한 번 더 보고 싶지만 용기가 나지 않는다.
바람은 심하고, 들고 있는 사진도 파르르 떨리고 있다.

41. 공항/ 낮

입국장으로 지후(8세)가 홀로 캐리어를 끌고 나온다.
스리피스에 반짝이는 구두. 슈트에는 회중시계가 걸려 있다. 마치 원
의 미니미 같다.

📦 42. 킹더랜드. 룸/ 낮

남편 윤 박사와 마주 앉은 화란. 윤 박사는 아무 감정 없는 얼굴로 이혼 서류를 내민다.

화란	그만하라고 했지?
윤 박사	계속 피한다고 해결될 거 같아?
화란	피한 적 없어. 상대할 가치가 없을 뿐이지. 그만 가. 나 바빠.

화란이 일어서는데,

윤 박사	소송까지는 가지 말자. 기사 나 봐야 좋을 것 없잖아.
화란	내가 지금은 안 된다고 했지?
윤 박사	나도 지금 아니면 안 돼.
화란	꼭 이래야겠어?
윤 박사	응. 부탁할게.

일어서는 윤 박사. 방을 나간다.
먼저 일어서 있던 화란만 혼자 남아 있다. 힘없이 자리에 앉는 화란, 전화가 온다. 아들 지후다.

화란	엄마 바쁘니까 나중에 전화할게. (놀란다) 뭐라고?

43. 구 회장 집/ 밤

거실 소파에 혼자 앉아 있는 지후.
화란이 들어온다. 반가운 마음에 일어나 달려가려는데.

지후   엄마~
화란   왜 왔어?
지후   (걸음을 멈추고) 보고 싶어서.
화란   지금 얼마나 중요한 땐데 너까지 왜 이래? 너라도 좀 맘 편히
         해주면 안 돼? 그게 그렇게 어려워?
지후   ···미안해.
화란   미안한 거 알면 돌아가. 가서 너 할 일 해. 그게 엄마 위하는
         거야.
지후   ···네.

풀이 죽은 지후, 방으로 들어간다.
화란, 힘이 빠진 듯 소파에 털썩 앉는다.

44. 직원 휴게실/ 낮

사랑이 킹더랜드 직원들과 커피 한잔하고 있다.
킹더랜드 직원들과 함께 커피를 마시고 있는 사랑, 쿠키를 꺼내 상자
를 연다.

두리	오! 맛있겠다.
사랑	제 친구가 비행 가서 사 온 건데 너무 맛있어서 같이 먹으려고 부탁했어요.
세호	역시 센스쟁이. 잘 먹을게. (하나 집어 먹으며) 오~ 맛있다.
하나	그러게 너무 달지도 않고 커피랑 먹기 딱 좋다.

민서는 밝게 웃으면서 들어온다. 모두 일어나 인사를 한다.

민서	사랑 씨 드림팀이라고 들어봤어?
사랑	아뇨. 처음 들어봐요.
민서	킹호텔에 입사한 호텔리어가 올라갈 수 있는 최고 자리가 뭐라고 들었어?
사랑	우리 킹더랜드요.
민서	그 위가 드림팀이야.
사랑	진짜요? 그게 무슨 팀인데요?
민서	회장님 개인 행사 같이 수행하는 팀이야.
세호	일종의 고품격 출장 서비스 같은 거지 뭐.
하나	너는 어쩜 말을 해도 그렇게 수준 떨어지게 하니?
세호	왜요? 맞잖아요.
민서	최고 중에 최고로 엄선된 직원들만 선발되고. 대부분 그런 팀이 있다는 걸 모르지만, 아는 사람들한테는 발탁되는 게 꿈이야. 그래서 드림팀이고.
사랑	아… 네.
민서	이번 주말에 일정이 있는데, 회장님 비서실에서 연락 왔어. 사랑 씨 합류하라고.

사랑	(놀란다) 예? 제가요? 왜요?
민서	최고 중에 최고니까?
세호	오! 천사랑 드디어 드림팀 데뷔하는 거야?
두리	출세했다, 천사랑. 축하해.
사랑	아직 뭔지는 잘 모르겠지만 감사합니다. 누가 되지 않게 열심히 하겠습니다.

모두가 축하해 주지만 사랑은 여전히 실감이 나지 않는다.

🧳 45. 도로/ 낮

최고급 브랜드 승합차에 타고 있는 사랑.
내부를 둘러본다. 하나, 두리, 세호 정도만 아는 얼굴이고 나머지 반은 처음 보는 사람들이다. 창문도 커튼으로 다 가려져서 어디로 가는지도 모른다.
사랑이 조용히 하나한테 물어본다.

사랑	지금 어디 가는 거예요?

쉿! 하나가 아무 말도 하지 말라고 눈치를 주는데, 앞자리에 앉았던 팀장이 돌아본다.
훤칠한 키, 시원시원한 눈매를 가진 드림팀 팀장이다.

팀장	네가 천사랑이니? 처음이지?

사랑	네.
팀장	나 회장님 비서실 소속이고 드림팀 팀장이야. 서약서 쓴 대로 지켜. 궁금해하지도 말고 호기심도 갖지 마. 품위 지키자.
사랑	네.

말투는 부드럽지도 않고 딱딱하지도 않다. 그냥 서늘할 뿐이다.

🧳 46. 구 회장 집. 로커룸/ 낮

로커룸을 열면 최고급 명품 원피스 정장에 앞치마가 걸려 있다.
원피스 로고를 보고 한 번 놀라고, 헤르메스 앞치마를 보고 두 번 놀라는 사랑.

두리	앞치마부터 어마어마하지?
사랑	김치 국물이라도 튈까 무섭네요.
두리	차라리 나한테 튀면 고맙지. 회장님 쪽으로 튄다고 생각만 해봐.
사랑	생각만으로도 너무 끔찍한데요? (유니폼 몸에 대보며) 고급스럽긴 한데 뭔가 하녀복이 생각나는 건 왜일까요?
두리	우리가 드레스 입는다고 공주 되니? 비싼 앞치마 입는 것만으로도 황송해야지.

📦 47. 구 회장 집/ 낮

유니폼으로 갈아입은 사랑이와 드림팀 직원들이 긴장된 얼굴로 서 있다. 최고급 명품 유니폼이지만 묘하게 하녀 유니폼 느낌이 난다.
팀장이 짧게 브리핑을 한다.

팀장　　　우리가 왜 드림팀인 줄 알죠?
모두　　　예.
팀장　　　드림팀은 지금까지 단 한 번의 서비스 실수도 없었어요. 물론 오늘도 그럴 거예요. 표정은 기품 있게, 행동은 품위 있게! 우리 품격은 우리가 만듭니다. 와인 서빙 먼저 나갈게요.

일제히 맡은 구역으로 흩어지는 드림팀. 사랑은 긴장감에 짧은 한숨이 나온다.

📦 48. 구 회장 집. 주방 - 다이닝룸/ 낮

사랑을 포함한 네댓 명이 접시를 들고 나간다.
주방을 나와 거실을 지나 다이닝룸으로 가는 동안, 사랑은 주변을 둘러보지도 못하고 앞만 보고 걸어간다.

다이닝룸에는 구 회장과 원, 한 회장과 유리가 앉아 있다.
하나가 구 회장의 빈 와인잔을 채우고 뒤로 물러나면 두리가 한 걸음 다가선다.

262

두리	식사 올리겠습니다.

두리 뒤로 사랑이 보인다.
원이 놀란 눈으로 사랑을 본다. 사랑 역시 놀라긴 마찬가지다.

한 회장	오! 우리 1등 직원 오랜만이야.
사랑	(웃는) 네. 안녕하세요. 잘 지내셨어요?
유리	1등이란 수식어까지 붙는 거 보니 엄청난 능력자인가 봐요.
사랑	아닙니다. 좋게 봐주셔서 그렇습니다. 수프부터 놓아드리겠습니다.

사랑이 한 회장 앞에 접시를 놓은 다음 빈 접시를 수거해 원이 쪽으로 가는데,

구 회장	이미 결정된 거니까 길게 얘기할 거 없잖아.
	이제 원이도 자리 잡았으니 더 늦지 않게 올해 안에 유리랑 결혼해.

사랑, 놀란 눈으로 원을 본다. 원도 마찬가지다.

〈 END 〉

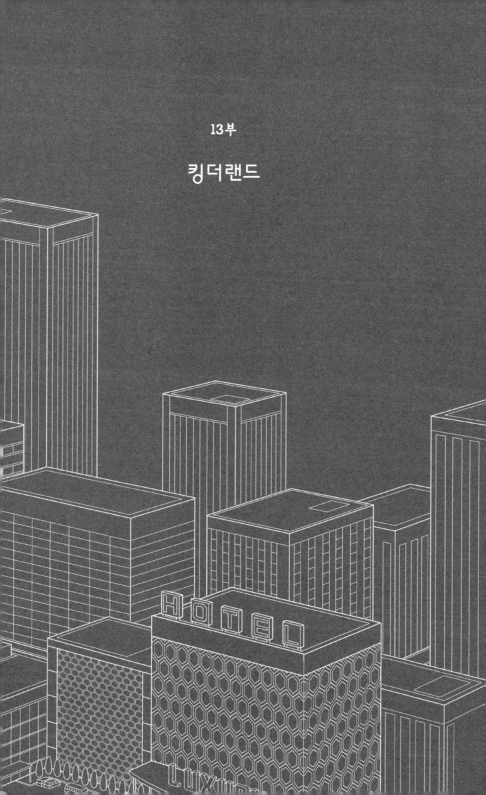

13부

킹더랜드

🛏 1. 구 회장 집. 다이닝룸/ 낮

원, 구 회장, 한 회장, 유리가 긴 테이블에 앉아 대화를 나누고 있다.
유리는 어려운 기색 없이 대화를 주도해 나가고 구 회장과 한 회장은
그 모습이 귀여워 웃는 얼굴로 보고 있다.
표정이 없는 사람은 원뿐이다. 어찌 보면 구경꾼 같다.

유리　　　그래서 사실 생일날 엄청 기대했거든요. 오빠가 말 한 마리쯤
　　　　　은 사주겠지 하고요.
구 회장　안 사줬어?
유리　　　네. 그렇게 눈치를 줬는데 말안장을 주더라니까요?
한 회장　남자는 좀 그래도 돼. 눈치만 빠르면 큰 사업 못 해. 기껏해야
　　　　　장사꾼이나 되는 거지.
유리　　　아빠는 누구 편이에요?
한 회장　내가 누구 편인 게 중요해?
유리　　　사실 안 중요해요. (구 회장에게) 아저씨만 제 편 들어주시면 돼
　　　　　요.
구 회장　집이 너무 조용해서 절간 같더니 유리 이놈 오니까 사람 사는
　　　　　곳 같네. 내 집이다, 생각하고 자주 좀 놀러 와.
유리　　　저야 그러고 싶지만 (원을 본다) 오빠 눈치 보여서요. 미국에서
　　　　　돌아오고 전화 한번 없었어요.
한 회장　그럴 만도 하지. 지금 지 누나랑 킹그룹 놓고 먹느냐 먹히느
　　　　　냐 전쟁 중인데 한눈팔 새가 어딨어?
구 회장　거참 그 쓸데없는 소리.
한 회장　나랑 내기할까? 쓸데없는 소리인지 아닌지.

| 두리 | (소리) 식사 올리겠습니다. |

보면, 두리 뒤를 따라 접시를 든 사랑이 따라오고 있다.
원은 사랑을 보고 놀란다. 사랑이 여기 있을 줄은 몰랐다.
사랑도 마찬가지다. 여기서 원을 만날 줄은 상상도 못 했다.
놀란 눈맞춤도 잠시, 사랑은 고품격 헤르메스 미소로 돌아간다.

| 사랑 | 수프부터 놓아드리겠습니다. |

사랑이 한 회장 앞에 접시를 놓은 다음 빈 접시를 수거해 원이 쪽으로 가는데,

| 구 회장 | 이미 결정된 거니까 길게 얘기할 거 없잖아.
이제 원이도 자리 잡았으니 더 늦지 않게 올해 안에 유리랑 결혼해. |

사랑, 놀란 눈으로 원을 본다. 원도 마찬가지다.
얼른 시선을 거두는 사랑, 그러다 접시를 놓친다.
바닥에 떨어져 깨지는 접시. 눈살을 찌푸리는 구 회장, 허허 웃는 한 회장, 짜증 나는 눈으로 보는 유리.
사랑은 정신을 차리려 하지만 정신이 없다.

사랑	죄송합니다. 정말 죄송합니다.
원	다친 데 없어?
사랑	예 죄송합니다. 바로 치우겠습니다.

얼른 주저앉아 접시를 치우려는데 원도 사랑과 눈을 맞추고 앉는다.

| 원 | 다친 데 없냐고 물어보잖아. |
| 사랑 | 네? |

사랑이 그제야 원이 눈을 본다.
짧은 시간이지만 수많은 감정이 오가다.

사랑	네… 괜찮습니다.
원	위험해. 저리 가 있어. 내가 치울게.
사랑	제가 하겠습니다.
원	(부드럽지만 단호하게) 내가 할게.

원이 깨진 접시를 줍는데 하나와 세호 등이 얼른 앉아서 치우기 시작한다.

| 세호 | 죄송합니다, 본부장님. 저희가 하겠습니다. (사랑에게) 사랑 씨는 들어가요. |
| 사랑 | 아닙니다. 제가, |

찌릿! 째려보는 세호. 사랑이 조용히 인사하고 일어선다.
따라 일어서는 원. 사랑을 따라갈 수는 없다.

🛏 2. 다이닝룸 - 주방/ 낮

걸음걸이가 흐트러지지 않게 정신을 바짝 차리고 걸어가는 사랑.
주방에 들어가자 막힌 숨을 토해낸다.
손을 본다. 아직도 손이 떨린다. 손을 맞잡고 주물러 본다.

🛏 3. 다이닝룸/ 낮

세호 등이 행주로 바닥까지 빠르게 닦고 물러난다.
원이 뒤를 돌아본다. 사랑은 보이지 않는다.

한 회장	원이 100주년 행사 하는 거 보고 쇼맨십이 대단하다 생각했는데 오늘 보니 쇼맨십이 아니네. 진심으로 직원들 걱정도 할 줄 알고.
유리	그래서 제가 원이 오빠 좋아하는 거잖아요. 저런 애들까지 챙기는 거 보면 겉멋 잔뜩 든 사람들이랑은 다르다니까요.
구 회장	그런 모습까지 좋아해 주는 유리 네가 더 멋진 거야. 준비는 한 회장이랑 나랑 알아서 할 테니까 너희들은 그렇게 알고 있어.
유리	네 아버님.

흔쾌하게 대답하는 유리. 하지만 원은 대답이 없다.
모두 기다리지만 그래도 원은 대답하지 않는다.

구 회장	원이 넌 왜 대답이 없어?
원	저는…

원이 한 회장, 유리, 그리고 구 회장을 한 번씩 본다. 그렇게 해야 더 정확히 자기 마음이 전달될 것 같다.

원	저는 사랑하는 사람이 있습니다.

다들 의외라는 눈으로 원이를 본다. 그렇다고 놀란 얼굴은 아니다.

🛏 4. 구 회장 집. 주방/ 낮

팀장이 사랑이를 몰아세우고 있다. 목소리는 낮지만 망치로 때리듯 따박따박 혼을 내고 있다.

팀장	정신 어디다 둔 거니?
사랑	죄송합니다.
팀장	너 그 실력으로 킹더랜드는 어떻게 올라갔어?
하나	죄송합니다. 제가 메인 하고 사랑 씨는 서브 하도록 하겠습니다.
팀장	회장님 앞에서 접시 깬 애를 또 내보내라고? (사랑에게) 서빙은 내가 할 테니까 넌 2층 맡아.
하나	2층은 신입이 맡기가 까다롭지 않을까요? 그래서 팀장님이 전담하시잖아요.

팀장   하나 씨, 언제부터 킹더랜드가 그렇게 허술해졌어? 나 있을
            땐 안 그랬는데? (사랑에게) 2층 제일 끝 방이야. 실수 없이 해.

사랑은 뭐라 대꾸도 못 하고 고개만 꾸벅 숙여 대답을 대신한다.

🛏 5. 구 회장 집. 다이닝룸/ 낮

원이만 심각한 건지도 모른다. 회장들은 물론 유리도 대수롭지 않게
듣는다.

한 회장   원이가 마냥 애인 줄 알았는데 다 컸네. 사랑하는 사람도 생
            기고. 많이 사랑해?
원   네.
한 회장   그래. 남자가 사랑도 할 줄 알아야지.
구 회장   여긴 네가 누굴 사랑하는지 물어보는 자리가 아니야. 결혼을
            얘기하는 자리지. 유리랑 너, 두 사람 얘기만 하면 돼.
원   처음부터 말씀드렸어요. 저는 한 번도 유리를 마음에 둔 적이
            없어요. 앞으로도 마찬가지고요.
구 회장   원이야!
유리   (구 회장에게) 괜찮아요. 다들 사랑도 하고 이별도 하잖아요. 흔
            한 일이니까 너무 신경 쓰지 마세요. (원에게) 오빠. 사랑하고
            싶은 만큼 충분히 하고 깨끗하게 정리해. 어차피 우린 결혼해
            야 되니까.
한 회장   내 딸이지만 참 대장부야.

구 회장   그래서 내가 유리를 점찍어 뒀잖아. 그릇이 커.

원   저…

모두 원이를 본다. 하고 싶은 말 있으면 하라는 눈빛이다.

원   제가 사랑하는 사람이 있다는데 다들 관심이 없으시네요.
            잠시 서운했는데, 생각해 보니 그럴 필요가 없는 거 같아요.
            저도 여기서 오가는 결혼 이야기에 전혀 관심이 없거든요. 먼
            저 일어나겠습니다.

자리에서 일어나는 원. 그래도 마지막까지 예의는 지킨다.

원   (한 회장에게) 즐거운 시간 보내고 가세요, 회장님. 유리 너도.

유리   응. 우린 나중에 따로 봐.

원은 대답 없이 돌아서고 구 회장은 화를 참는다. 한 회장은 원이 뒷
모습만 바라보다가,

한 회장   원이 저거… 물러 터진 줄 알았는데 제법 강단이 있네.

유리   그쵸 아빠. 볼수록 괜찮죠?

한 회장   응. 아주 맘에 들어.

구 회장   (유리에게) 내가 대신 사과하마.

유리   괜찮아요. 어차피 제 사람이에요. 다른 사람한테 보낼 생각
            없으니 걱정 마세요.

272

별일 아니라는 듯 미소 짓는 유리.

🛏 6. 구 회장 집. 원이 방/ 낮

방으로 들어오는 원, 사랑에게 전화를 건다.

〈인서트〉 로커룸
로커 안에서 사랑이 전화가 울리고 있다.
전화가 끊기고. 다시 전화가 울린다.
다시 전화를 해도 여전히 받지 않는 사랑. 원이 방을 나간다.

🛏 7. 구 회장 집. 2층 복도/ 낮

2층 복도를 빠르게 걸어가는 원, 접시를 들고 계단을 올라오는 사랑
과 마주친다.

원	얘기 좀 해. 전화 왜 안 받아.
사랑	일하는 중이잖아요. 휴대폰 로커에 있어요.
원	미안해. 그런 말 듣게 해서,
사랑	(말 자른다) 나중에요.
원	화났어?
사랑	아뇨. 조금 놀랐어요.
원	그런 거 아냐.

사랑	나 지금 일하는 중이에요. (음식 접시 살짝 들어 보이며) 그것도 일이라고 할지 몰라도, 오늘 제가 맡은 일이니까 조금만 존중해 주세요.
원	그런데 왜 여기서 일을 해? 여긴 호텔도 아닌데.
사랑	그러게요, 전 분명 호텔에서 일하는 사람인데.

원은 더 이상 말을 하지 못한다. 그렇다고 쉽게 자리를 벗어나지도 못하는데.

사랑	잠시 비켜주실까요, 본부장님?
원	알았어. 일 끝나면 전화 줘. 기다릴게.

원이 계단을 내려간다.
원을 돌아보는 사랑, 어지럽던 마음이 조금은 가벼워지며 미소가 자연스러워진다.
씩씩하게 걸음을 옮기는 사랑. 복도는 길고 화려하다.

8. 구 회장 집. 지후 방 앞/ 낮

제일 끝 방문 앞에 선 사랑. 노크를 한다.

사랑	식사 준비됐습니다. (아무 대답이 없다. 다시 노크를 하고) 식사 준비됐습니다. (여전히 대답이 없자) 식사 준비하겠습니다.

방문을 여는 사랑.

🛏 9. 지후 방/ 낮

조심스레 들어오는 사랑. 방 안이 깜깜하다.

사랑   식사 올리겠습니다.

희미한 불빛에 의지해 테이블로 가는 사랑. 조심히 식사를 올려놓는다. 뭐가 튀어나와도 이상하지 않은 분위기.
사랑이 포크와 나이프 등을 세팅하며 주변을 둘러보는데, 갑자기 테이블 아래서 손이 불쑥 나와 사랑 발목을 잡는다.

비명을 지르며 물러나는 사랑. 곧이어 식탁 아래서 괴물이 불쑥 튀어나온다. 사랑이 비명을 지르며 얼굴을 감싸 안고 주저앉는다.
잠시 후 킥킥거리는 웃음소리 들린다.

아직도 무서워 손가락 사이로 상황을 살피는 사랑.
이미 불은 켜졌고, 지후가 괴물 가면을 벗고 있다.
스리피스 양복에 회중시계까지 원이와 똑같은 차림의 꼬마 신사지만 짓궂기가 보통이 아니다.

지후   바보냐? 너 완전 재밌다. 표정 봐. 진짜 웃겨.
사랑   너 뭐야?

지후	감히 너라니. 도련님이라고 불러.
사랑	(어이가 없다) 도련님 좋아하네. 사과해. 지금 사과하면 용서해 줄게.
지후	그런 건 너네들이나 하는 거지. 나는 그런 거 하는 사람이 아니야.
사랑	뭐 이런 애가 다 있어? 마지막 기회야. 셋 셀 때까지 사과해.
지후	굳이? 내가 왜?
사랑	하나, 둘,
지후	(비웃는다) 셋! 네가 뭘 어쩔 건데?

이게 진짜! 성큼성큼 걸어온 사랑, 지후는 훅 다가오는 사랑 때문에 흠칫 놀라는데. 사랑은 틈을 주지 않고 지후 겨드랑이와 옆구리에 마구마구 간지럼을 태운다. 자지러지게 웃으며 도망가려는 지후. 하지만 사랑은 놓치지 않는다. 그러다 잠시 멈추고,

사랑	사과해.
지후	내가 왜? 너 내가 누군지 알아?
사랑	누군지 알 필요 없고, 너같이 버르장머리 없는 앤 혼 좀 나야 돼.

다시 간지럽히는 사랑. 지후는 잡혀 도망도 못 가고 온몸을 비틀며 웃기 시작한다.

지후	그만하라고! 지금 안 멈추면 용서 안 한다.
사랑	용서는 내가 하는 거고, 너는 사과나 해.

지후	(못 참겠다) 쏘리, 아임 쏘리! 됐냐?
사랑	(계속 간지럽히며) 한국말로!
지후	미안해! 미안하다고!

사랑이 동작을 멈추고 씩 웃는다.
드디어 풀려난 지후. 약이 바짝 오른 얼굴로 사랑을 노려본다.

지후	두고 봐 너! 내가 가만 안 둬! 후회하게 만들 거야.
사랑	사람 잘못 봤어. 난 절대 후회 같은 거 안 하거든?

그때 "천사랑 씨~" 무전이 온다. 사랑이 얼른 정색을 하고 무전을 받는다.

사랑	네. 천사랑입니다.
하나	(소리) 도련님 식사 마치셨지? 모시고 내려와. 회장님이 찾으셔.
사랑	네? 누구요?
하나	(소리) 지후 도련님 말이야. 상무님 아드님.

망했다. 지후를 본다. 지후는 분하고 억울해 아직도 씩씩거리는 중이다. 허나 이미 돌이킬 수 없는 일.
가면을 바꿔 쓰듯 순식간에 세상 가장 환한 미소의 얼굴로 바꾼다.

사랑	회장님께서 찾으십니다. 같이 내려갈까요. 도련님?

🛏 10. 다이닝룸/ 낮

사랑이 지후를 데리고 온다. 그냥 가도 되는지, 아니면 다시 데리고 2층으로 가야 하는지 몰라 그냥 지후 뒤에 서 있는 사랑.
지후는 구 회장, 한 회장, 유리를 향해 공손하게 인사를 한다.

지후	오랜만에 뵙습니다. 그간 안녕하셨습니까?
한 회장	네가 지후구나. 의젓하게 잘 컸어.
유리	그러게요. 클수록 점점 삼촌 닮아가네.
지후	과찬이십니다.
구 회장	어릴 때부터 어리광 한 번을 안 피웠다니까. 내가 손주 하나는 잘 뒀어.
지후	제가 할아버지 손자로 태어난 게 영광입니다.
구 회장	말하는 거 봐. 이러니 내가 안 이뻐할 수가 있겠어?

흐뭇하게 웃는 구 회장.
사랑은 방금 전까지 버릇없이 굴던 꼬마가 맞는지 도무지 믿기지 않는 얼굴이다.

🛏 11. 승합차/ 밤

승합차에 타고 있는 사랑과 팀원들. 팀장이 봉투를 나눠준다.

팀장	다들 수고했어. 감사한 마음으로 받아.

| 모두 | 감사합니다. |

세호는 봉투 안 금액을 확인하고는 기분 좋게 안주머니에 넣는다.
사랑에게 봉투를 주는 팀장.

| 사랑 | 감사합니다. |

사랑이 받으려 하자 봉투를 까딱 움직여 빼는 팀장.

팀장	본인 스스로도 받을 자격 없다는 건 알지?
사랑	죄송합니다.
하나	아무 탈 없이 넘어갔으니 봐주세요. 2층 맡느라 고생했는데.
팀장	혹시라도 드림팀에 다시 뽑히게 되면 기본부터 연습하고 와.
	(봉투 준다)
사랑	네. 감사합니다.
팀장	집에 가서 봉투 열어봐. 왜 모두가 드림팀을 꿈꾸고, 왜 아무나 드림팀이 못 되는지 알 수 있을 테니까.
사랑	네.

봉투를 가방에 넣을 생각도 못 하고 꼭 쥐고 있는 사랑. 생각이 많아
진다.

🛏 12. 사랑 집. 거실/ 밤

사랑이 집에 들어온다. 코트를 벗는데 주머니에서 봉투가 툭 떨어진다. 봉투를 보던 사랑, 집어 들어 금액을 확인한다. 100만 원짜리 수표 2장이 들어 있다.

사랑   하… 무슨 하루 일당이 한 달 치 월급이네.

후우~ 한숨을 쉬는 사랑.
봉투를 테이블에 툭 던져놓고 소파에 눕는다.
누워 있자니 봉투가 너무 잘 보인다. 보기 싫은 듯 돌아눕는 사랑.
몸을 웅크리고 누워 있는 모습이 쓸쓸하기도, 처량해 보이기도 한다.

🛏 13. 다이닝룸/ 밤

구 회장과 원이 마주 앉아 있다. 구 회장은 혼자 술을 마시고 있다.

구 회장   사랑을 한다고.
원   네.
구 회장   길게 말 안 한다. 정리해.
원   그럴 생각 없습니다.
구 회장   나는 네 아버지이기도 하지만 킹그룹의 아버지이기도 해. 너 역시 내 아들인 동시에 킹그룹의 아들이고. 우리한테 결혼은 사랑보다 더 큰 가치가 있다. 네가 누굴 사랑하던 넌 그 사람을 지키지 못할 거야. 그 사람 또한 결국 너를 떠나게 될 거고.

원   아니요. 그럴 일 없어요. 무슨 일이 있어도 제가 사랑하는 사람은 지킬 거예요.

구 회장   누구나 다 그렇게 얘기하지. 지금은 내 이야기가 무슨 뜻인지 모르겠지만 곧 알게 될 거야. 내 얘긴 끝났다.

구 회장이 일어선다. 혼자 앉아 있는 원, 술을 마시고 빈 잔에 다시 술을 채운다.

🛏 14. 사랑 집 앞/ 밤

전화를 하고 있는 원. 통화 연결이 되지 않는다.

〈인서트〉 사랑 집
사랑은 소파에 누워 잠들어 있고, 휴대폰은 코트 안에서 진동을 한다.

'고객이 전화를 받지 않는다'는 멘트가 나온다.
사랑 집을 올려다보는 원. 불이 켜져 있다.
다시 한번 전화를 걸어볼까, 그냥 기다려 볼까, 핸드폰을 만지작거리며 서성인다.
온갖 생각이 마음을 괴롭힌다. 힘없이 털썩 계단에 걸터앉는 원.
고민 끝에 다시 전화를 하는데, 경광등 불빛이 비친다.
보면 순찰차에서 남녀 경찰이 내리고 있다.

남경	선생님, 여기 사세요?
원	아니요.
남경	수상한 사람이 자꾸 서성거린다고 신고가 들어와서요.
원	수상한 사람요? (주변을 둘러본다) 어디요? 여긴 나밖에 없는데.
남경	예. 그래서 출동한 겁니다. 신분증 좀 보여주시겠습니까?
원	누가 오해한 것 같은데, 저는 수상한 사람이 아닙니다.
남경	그럼 왜 여기 계시는 건데요?
원	(사랑 집 가리키며) 저기가 여자친구 집인데 전화를 안 받아서요.

원과 사랑이 집을 번갈아 보는 남경, 대충 상황 파악이 된다.

남경	(여경에게) 스토커라고 신고 들어올 만하네. 임의동행해서 귀가 시키지.
여경	확인도 안 해보고 무조건 스토커라고 단정 짓기는 좀 그렇죠.
남경	뭘 확인해? 여자친구가 전화도 안 받는다잖아. 싫다고 피하는 사람 집까지 쫓아와 이렇게 괴롭히는 거 보면 딱 봐도 스토커지.
원	(욱한다) 사람을 뭘로 보고, 내가 어딜 봐서 스토커로 보여요?
남경	어딜 봐도 그렇게 보여요.
여경	(남경에게) 선배님은 그게 문젭니다. 얘기도 안 들어보고 로맨스인지 스토커인지 어떻게 알아요? (원에게) 안 그래요 선생님?
원	네? … 네…

〈사랑 집 앞〉
    원을 가운데 두고 양쪽에 남경과 여경이 앉아 있다.
    얘기를 마친 듯 번갈아 둘을 보는 원.

남경과 여경이 번갈아 한숨을 쉰다.

여경 (안타깝다) 역시 로맨스네. 여자친구 마음 아플까 봐 여기까지
찾아온 거잖아요. 올라가서 초인종도 못 누를 만큼 미안한 거
고. (원이 보고) 맞죠?

원   그렇죠.

남경 (한심하다) 로맨스는 무슨, 넌 짬밥이 얼만데 아직도, 봐! (사랑이
방을 가리키며) 집에 불 켜 있지? 그런데 왜 전화를 안 받겠어?
꼴도 보기 싫은 거야. 그런데 계속 전화해 대고, 집에 찾아오
고, 누가 좋아하겠어. 스토커는 그게 스토킹인지 모른다니까.

여경 선배님은 그래서 나 화났을 때 전화 한 통 안 했습니까?

남경 (당황) 여기서 왜 그 얘기가 나와?

여경 싸우고 울고 있을 때 집에 한 번이라도 찾아온 적 있어요?

남경 간다니까 오지 말라며!

여경 (버럭) 오지 말란 소리가 진짜 오지 말라는 말로 들립니까? 이
러니까 선배가 안 되는 겁니다.

남경 근데 왜 다 지난 얘기를 또 꺼내? 너 보기보다 상당히 뒤끝
있다.

여경 누가 절 이렇게 만들었는데요?

양쪽을 번갈아 보던 원, 둘의 손을 동시에 잡더니 끌어당겨 맞잡게
한다. 경찰들이 놀라 바라보면,

원   화해하세요. 전 갑니다.

일어서는 원, 둘이 손을 맞잡고 있어 앞이 막혀 나갈 수가 없다.

원   손 좀…

경찰들이 손을 놓으면 앞으로 가는 원.
한참 걸어가다 돌아보는 원. 불 켜진 사랑이 집을 보고 있다.

15. 갤리/ 낮

평화와 로운이 뒷정리를 하고 있다.

로운   제가 마무리할 테니까 가서 좀 쉬고 오세요. 아직 식사도 못
               하셨죠?
평화   괜찮아. 정리하고 먹을게.
로운   제가 안 괜찮아서 그래요.

L1 자리(사무장 자리)에 앉아 두 사람을 지켜보는 미나, 못마땅한 표정
이다.

미나   (평화에게) 선배 커피 한잔 부탁해.
로운   제가 드리겠습니다.
미나   (못 들은 척) 선배. 커피!
평화   네. 알겠습니다.

〈갤리〉

평화가 미나에게 커피를 준다.

평화	커피 준비했습니다.
미나	고마워. 선배 여기 한번 앉아볼래?
평화	아니요, 괜찮습니다.
미나	(일어선다) 앉아봐. 여기 앉고 싶어 했었잖아.
평화	정말 괜찮습니다.
미나	그래? (다시 앉아서) 근데 진짜 이상하다? 똑같은 커피인데 여기 앉아서 마시니까 향이 달라. 이래서 다들 여기 앉고 싶어 그렇게 기를 쓰나 봐.

커피 향을 맡는 미나. 골고루 얄밉다.

🛏 16. 기내 통로/ 낮

은지가 기내 면세품 판매 책자를 들고 복도를 걸어간다.

| 은지 | 면세품 판매 중입니다. 필요하신 거 있으시면 말씀해 주세요. |

🛏 17. 갤리/ 낮

은지가 갤리로 들어온다.

미나	뭐야? 왜 벌써 들어와?
은지	이제 곧 소등 시간이라서요.
미나	그런 거 딱딱 지키면 매출은 어떻게 올려? 그만하라고 할 때까지 계속 돌아.
은지	네. 알겠습니다. (은지 나가려는데)
평화	기판 때문에 손님들 휴식까지 방해하는 건 아닌 거 같습니다.
미나	그렇게 열정이 없으니 아직 그 모양이지. 내가 그만하라고 해도 선배가 먼저 나서야 되는 거 아냐? (은지에게) 나가. 가서 하나라도 더 팔아.
평화	죄송하지만 그건 아닌 것 같습니다.

미나, 어이없다는 표정으로 바라본다.

미나	선배. 여기 책임자가 누구야?
평화	사무장님이십니다.
미나	그런데 내 지시를 거부하겠다고?
평화	승객 휴식과 직원 안전을 위해 규정대로 운항하시라는 겁니다.
미나	승객과 직원을 위한 마음이 그렇게 대단하신 줄 몰랐네? 선배 품격에 걸맞은 일 드려야지.

미나, 뭔가 꿍꿍이가 있는 웃음이다.

🛏 18. 화장실/ 낮

티슈를 뜯어 거울과 세면대에 묻은 물기를 깨끗이 닦는 평화.
화장실 청소를 마무리하고 문을 열면, 미나가 화장실 앞에 서 있다.

미나   다 했어?
평화   네.

손가락을 까딱! 하면 평화가 나온다. 미나가 화장실을 쓱 둘러보며,

미나   역시 시니어야. 이래서 다들 경력직 선호하나 봐. 앞으로 기
내 모든 화장실은 선배 담당이니까 반짝반짝 잘 부탁해. (다른
화장실 손가락으로 가리키며) 자, 다음 화장실로!

콧노래를 부르며 화장실로 들어가는 미나. 문이 철컥 잠긴다.

🛏 19. 킹더랜드/ 낮

원이 사랑을 찾아온다. 사랑은 언제나처럼 영업용 미소로 맞이한다.

사랑   혼자 오셨습니까?
원   네.
사랑   자리 안내해 드리겠습니다.

창가로 자리를 안내하는 사랑.
아무렇지 않은 듯 평소처럼 행동하는 사랑이 모습에 생각이 많아지
는 원이다.

〈킹더랜드〉
창가에 앉아 있는 원. 커피를 든 사랑이 다가온다.

사랑	커피 준비되었습니다.
원	전화했었는데.
사랑	어제 일찍 잠들었어요. 일어나 보니 너무 늦은 시간이라 연락 못 했어요.
원	퇴근하고 얘기 좀 할 수 있을까?

사랑이 대답하려는데,

유리	(소리) 오빠.

유리가 들어와 원이 맞은편 자리에 앉는다. 사랑이 인사를 하지만 거
들떠도 안 보고,

유리	여기 있었네. 왜 전화 안 받아.
원	일하는 데는 안 왔으면 좋겠는데.
유리	손님으로 온 거야. (사랑에게) 나 커피.
사랑	따뜻한 거로 드릴까요?
유리	응.

사랑	바로 준비하겠습니다.

카운터로 돌아오는 사랑. 원은 이게 아닌데 싶어 한숨이 나온다.

원	무슨 일이야?
유리	본론만 이야기할게. 나 오빠 말고도 결혼하자는 데 많아.
원	알아. 그래서 굳이 사과 안 하려고.
유리	역시 쿨해. 그래서 좋고.
원	유리야. 나는 네가 사랑이란 걸 해봤으면 좋겠어.
유리	나 사랑 많이 해봤어.
원	진짜 사랑 얘기하는 거야. 그래야 사랑하는 사람이 있다는 말이 무슨 뜻인지 알게 될 거니까.
유리	그래서 이제부터 해보려고. 오빠랑.
원	다른 사랑 찾아봐. 정말 너를 아끼고 사랑해 주는 사람 만나.
	(일어선다)
유리	잘 생각해. 지금 돌아서면 두 번 다시 기회 없어. 내가 도와주면 킹그룹 확실히 손에 넣을 수 있는 거 알잖아.
원	커피값은 내가 낼게. 천천히 즐기다 가.

돌아서는 원. 유리는 기가 막혀 헛웃음이 나온다.
원은 나가며 사랑을 본다. 사랑은 웃는 얼굴로 다른 테이블 손님을 응대 중이다.
자기만 심란한 것인지, 너무 아무렇지도 않은 모습에 마음이 더 복잡해진다.

🛏 ## 20. 철판 야끼집/ 밤

북적이는 사람들로 생기가 도는 가게 안. 바 테이블에 앉아 있는 원이 주위로만 암흑이 짙게 깔린 것처럼 어두운 기운이 감돌고 있다.
원이 앞으로 생맥주 한 잔이 불쑥 들어온다.
셰프가 안쓰러운 얼굴로 보고 있다.

원	안 시켰는데요?
셰프	제가 사는 거예요. 드세요.
원	왜요?
셰프	보아하니 싸운 거 같은데, 시원하게 한잔 하시라고요.
원	싸운 거 아닙니다.
셰프	그럼 벌써 차인 거예요? 와 속도 한번 빠르네.

화가 확 오르는 원, 강하게 한마디 한다.

원	아니라고요! 왜 다들 아니라는데 왜 자꾸 나한테, 왜 그러는 건데요?
셰프	(다 안쓰럽다. 맥주 밀어준다) 아이고~ 드세요. 제 마음이에요. 파이팅!

주먹을 불끈 쥐어 보이고 돌아서는 셰프.
더 열받는 원, 맥주를 들어 벌컥벌컥 마시기 시작한다.
사랑이 가게 안으로 들어온다.

🛏 21. 철판 야끼집/ 밤

빈 철판만 보며 맥주만 홀짝홀짝 마시는 두 사람. 평소와 다르게 분위기가 무겁다. 원은 구 회장이 했던 결혼 이야기 때문에 사랑이 기분이 안 좋다고 생각한다.

하지만 정작 사랑은 드림팀 때문에 호텔리어로서의 삶에 회의가 들어 힘들다. 요리도 시작하지 않아 더욱 가라앉은 분위기.

사랑이 기분을 살피던 원이 조심스레 말을 꺼낸다.

원	괜찮아?
사랑	머리는 괜찮다 괜찮다 하는데 마음은 그게 아닌 거 같아.
원	그게 안 괜찮다는 말이야. 굳이 괜찮은 척 안 해도 돼.
사랑	천천히 생각 좀 해보려고.
원	그래, 아무래도 생각할 시간이 필요하겠지.

또다시 말 없어진 두 사람. 대화가 어긋나는 걸 모른 채 원이는 사랑이가 한 걸음 멀어졌다고 느낀다.

원	그래도 너무 신경 안 썼으면 좋겠어.
사랑	어떻게 신경을 안 써?
원	물론 신경 쓰이는 건 알아. 그래도 나를 믿어줬으면 좋겠어. 내가 알아서 잘 해결할게.
사랑	내 일이야. 앞으로 어떻게 해야 할지는 내가 결정해.

원이는 사랑이가 백 걸음 멀어진 것 같은 느낌이다.

원	그래도 헤어질 생각 같은 건 안 했으면 좋겠어.
사랑	내가 왜 헤어질 생각을 해? 설마 나랑 헤어질 생각 했어?
원	아니! 내가 왜? 난 절대 그런 생각 자체를 안 하지. 어떻게 만난 사랑인데.
사랑	그런데 왜 그런 말을 해? 사람 서운하게.
원	(억울하다) 아니, 마음이 안 괜찮다고, 천천히 더 생각해 보겠다 그러니까 그 얘기 듣고 그런가 싶어서.
사랑	그 결혼 얘기? 당연히 놀랐지. 근데 뭐 어른들의 반대 같은 거야 당연히 있을 수 있는 거니까. 근데 뭐, 본부장님도 아직 우리 할머니한테 허락 못 받았잖아.
원	그건 아니지. 할머니 마음속에 난 항상 1번인데.
사랑	(놀린다) 후보 1번이겠지.

반박할 수 없는 사실에 말문이 막히는 원. 순간 사랑이 얄미워 보인다.

원	아무튼! 한번 1번은 영원한 1번이야. 내가 그 1번이라는 게 중요한 거고.
사랑	1번인 게 그렇게 좋아?
원	그럼. 누구도 넘볼 수 없는 독보적인 1번, 그게 바로 나야.
사랑	그게 뭐라고 그렇게 뿌듯한 얼굴로.
원	그게 뭐라니! 내가 가지고 있는 타이틀 중에 최고인데.

심란한 와중에도 원이 때문에 웃음이 나는 사랑이다.
사랑이 웃는 걸 보니 원이도 이제야 긴장이 풀리는 거 같다.

원	이제야 웃네… (한숨 돌리며) 그 얼굴이 보고 싶었어.
사랑	(더 웃는다) 웃는 얼굴 그렇게 싫어하더니. 그러게 왜 그런 걱정을 해? 내 마음 다 알면서.
원	그 마음 아니까 더 걱정했지. 그래도 아버지 말 신경 쓰지 마. 분명히 말씀드렸어. 사랑하는 사람 있다고.
사랑	놀라긴 했지만 괜찮아. 그런 거에 흔들릴 사람 아니잖아. 다 아니까 크게 생각 안 하려고 했어.
원	그럼 아까 천천히 생각해 보겠다는 말은 뭐야?
사랑	드림팀이라고 알아?
원	아니. 그런 팀이 있었어?
사랑	호텔리어라면 모두가 꿈꾸는 팀이래. 처음엔 잘 몰랐는데 막상 가보니까 그런 생각이 들었어. 정말 열심히 일해서 제일 높이 올라가면 부잣집 하녀가 되는구나, 하고. 내가 꿈꾸던 호텔 일은 그게 아닌데.
원	그때 서빙하던 직원들이 혹시,
사랑	응. 드림팀이야. 최정예 직원들로만 꾸려진. 킹호텔 모든 이들의 꿈이래.

원이 잠시 생각을 한다.

원	회사 직원들을 사적인 행사에 동원시키는 줄은 몰랐어. 그날도 왜 거기 있는지조차 몰랐으니까. 드림팀 하지 마. 하기 싫은 건 억지로 안 했으면 좋겠어.
사랑	일인데 싫고 말고가 어디 있어? 절이 싫으면 중이 떠나는 거지.

원	떠나고 싶은 생각 안 들도록 내가 바꿔나갈 테니까 지켜봐 줘. 시간이 걸리더라도 꼭 바꿔볼게. 드림팀이라는 것도 없앨 거고.
사랑	뭐가 맞는지 모르겠어. 다들 돈 많이 번다고 엄청 좋아했거든. 그냥 내가 그랬다는 거야. 나 싫다고 다른 사람 돈 버는 것까지 막으면 안 되잖아?

사랑이 편안하게 웃는다. 셰프가 쓱 들어온다.

셰프	오래 기다리셨습니다.
	(인사하고 원이 보더니) 이제야 남자친구분 얼굴에 생기가 도네.
	(사랑에게, 고자질하듯) 아깐 아주 울기 직전이었다니까요.
원	제가 언제요?
사랑	아깝다! 울렸어야 했는데.
원	(사랑에게) 그런 거 아니었다니까?
셰프	그럼 죽기 직전이었나?
원	사장님!
셰프	오늘은 특별히 두 분을 위해서 마지막 코스부터 시작할게요.

현란하게 칼을 놀리기 시작하는 셰프. 칼 위에서 계란이 현란하게 움직이다가 깨지며 철판에 하트가 그려진다.

🛏️ 22. 다을 집. 방/ 낮

다을이 초롱이 등원 준비를 하고 있다.

초롱   아빠, 오늘 우리 뭐 먹어?

돌아보면 충재가 침대에 누워 있다.

충재   아빠 오늘 바쁜데? 엄마랑 둘이 치킨 시켜 먹어.
다을   무슨 소리야? 오늘 외식하기로 했잖아.
충재   안 돼. 오늘 회의 있어.
초롱   오늘 엄마 아빠 결혼기념일이잖아. 설마 또 까먹은 거야?

충재가 벌떡 일어난다. 완전 까먹고 있었다.

초롱   까먹었네. 까먹었어!
충재   아니거든? (다을에게) 부장님이 오늘 팀 전체 다 모이라고 해서.
다을   하필 오늘? 무슨 날인지 말했는데도 그래?
충재   당연히 했지. 근데 뭐, 회사가 개인 사정 봐주나.
초롱   어쩜 아빤 맨날 그러냐? (한숨) 역시 사람은 고쳐 쓰는 거 아니
           라더니 옛말 틀린 거 하나도 없다니까.

침대에서 빠져나오는 충재, 슬금슬금 방을 나서며,

충재   아무튼 우린 주말에 하자고. 그리고 이따 마트 가서 장 좀 봐.

	반찬이 이게 뭐냐고 아빠가 뭐라 하시더라.
다을	네가 좀 해드려, 효도는 셀프! 모르세요?
충재	(시계 보고) 이우! 늦겠다. 초롱이도 얼른 준비해.

어쩜 저리도 얄미운지. 한숨만 나오는 다을이다.

🛏 23. 마트 앞/ 밤

마트 앞에 서 있는 다을. 비가 내리고 있다.
그냥 가자니 비가 많이 내리고, 택시를 타자니 너무 아깝고…
다을은 후드를 척 뒤집어쓰고 빗속으로 뛰어든다.
비바람을 맞으며 걸어가는 다을. 양손 가득 무거운 장바구니가 오늘
따라 더 무겁게 느껴진다. 걸음을 재촉하는데, 장바구니가 툭 터져
내용물이 모두 쏟아진다.
양파 하나가 도르르 굴러간다.

🛏 24. 스크린 골프장/ 밤

골프공이 도르르 굴러가 홀컵에 쏙 들어간다.
사람들이 박수를 치고 충재는 퍼터를 번쩍 들고 승리의 세리머니를
한다.
충재와 친구, 낯선 여자 둘이 함께 골프를 치는 중이다.
자리에 앉는 충재, 친구가 낮게 속삭인다.

친구	어떻게 왔어? 오늘 결혼기념일이라며?
충재	그 입 조심해라. 공식적으로 난 결혼 안 한 거다.
친구	장사 한두 번 해보나. (타석을 향해) 누님 파이팅!

풀 메이크업에 골프웨어로 쫙 빼입은 누님이 타석에 들어선다.
온갖 폼을 잡은 다음 시원하게 스윙을 하는 누님.
충재가 벌떡 일어나 박수와 함께 환호를 날려준다.

충재	누님 나이스 샷! 스윙 예술이다!

그런데 누님 표정이 이상하다.
불안한 얼굴로 천천히 뒤를 돌아보는데, 누군가 대파 한 단으로 시원하게 충재 머리를 내리친다. 놀라 보는 충재, 비에 쫄딱 젖은 다을이 서 있다.

다을	뭐 나이스 샷? 스윙이 예술이야?

다시 한번 대파로 충재 머리를 힘껏 내리치는 다을.

25. 스크린 골프장/ 밤

모두 도망가고 다을과 충재만 남았다.
다을은 소파에 앉아 있고 충재는 눈치를 보며 서 있다. 은근슬쩍 다을 옆에 앉으면,

다을   누가 앉으래? (충재 일어서면) 누가 일어서래?

앉지도 서지도 못하고 어정쩡한 자세로 굳어 있는 충재.

충재   근데 여긴 어떻게 왔어?

다을이 찌릿! 째려본다.

〈인서트〉 #23 연결
양파를 집어 드는 다을, 그러다 고개를 들면 길 건너편에 충재가 보인
다. 일행들과 함께 안으로 들어가면, 다을이 양파를 들고 일어선다.
세상이 무너지는 얼굴이다.

다을   팀 회의 있다며.
충재   …
다을   부장님한테 전화해 봐?
충재   원래 회의가 있었는데,
다을   (휴대폰 든다) 알았어. 부장님한테 전화할게.
충재   (다급하게) 회사 그만뒀어!

생각도 못 했던 대답이다. 다을이 황당해 바라보면,

충재   거래처 계약 하나 잘못됐다고 아주 잡아먹으려고 하잖아. 사
          람이 실수 좀 할 수 있지.
다을   (버럭) 미친 거 아냐? 언제 그만뒀는데!

충재	얼마 전에.
다을	얼마 전 언제!
충재	작년 봄… 즈음에.
다을	거의 1년 전이잖아! 그럼 그동안 출근하는 척 쇼한 거야? 돈은? 돈이 어디 나서 골프를 쳐?
충재	(해맑게 웃으며) 퇴직금 있잖아. 돈이 꽤 되더라고. 그거 없었으면 어쩔 뻔했나 싶어.

벌떡 일어서는 다을, 충재가 말을 멈춘다.

| 다을 | 서충재, 이 살충제 같은 시끼! 넌 오늘 내 손에 죽었어. |

다을은 골프채 하나를 빼 들고, 충재는 뒤도 안 돌아보고 도망친다.
흥겨운 음악 선행되며,

🛏 26. 몽타주

호텔 앞 거리 (밤)
사랑이 야식과 간식을 사 들고 종종종 뛰어간다.

원이 사무실 (밤)
수북하게 쌓인 서류들 위로 야식 봉투를 올려주는 사랑. 원이 고개를 든다. 원이 얼굴에 미소가 떠오른다.
새벽 2시가 지났다. 원은 두바이 호텔 관계자와 전화를 하고 있다.

통화를 마치고 길게 기지개를 켜는 원. 상식은 소파에 앉아 서류를
든 채 졸고 있다.
커피를 내리는 원. 창가로 가서 커피를 마신다. 폭풍 같은 시간들이
지나간 것 같다.

🛏 27. 회의실 복도/ 낮

원과 상식이 걸어간다. 원은 아무렇지도 않은데 상식은 걱정되는 얼
굴이다.

상식   저쪽은 기획서 쓴다고 그룹 임직원들 다 동원해서 일주일 동
안 밤새웠다던데, 이길 수 있죠?

원은 별말 없이 걸어간다.

상식   이번엔 진짜 정면 대결이라고요. 오늘 지면 답 안 나와요.
원   회사는 싸우는 데가 아니야. 일하는 데지.
상식   아니, 저쪽에서 싸움을 걸었잖아요.
원   그래서 일하려고. 다녀올게.

원이 웃어주고 회의실로 들어간다.

🛏 28. 회의실/ 낮

구 회장, 화란, 원, 그리고 임원진들이 회의실에 앉아 있다.
구 회장이 웃는 얼굴로 여유 있게 임원진들을 둘러본다.

구 회장   오늘 내가 아주 기대가 커. 비용 절감을 해도 회사가 잘되고,
안 해도 잘된다니까 이렇게 좋은 일이 어딨어. 시작들 해봐.

화란   (최 전무에게) 올리세요.

최 전무가 구 회장 앞에 기획안을 올려준다. 책 한 권 정도 되는 분량
이고, 표지에 〈생존경영 실행 방안〉이라고 적혀 있다.

구 회장   준비 단단히 했구나.

화란   핵심은 간단해요. 고정비와 변동비를 전체적으로 줄이는 내
용입니다. 첫 번째는 인건비 부분이에요. 정규직 채용을 획기
적으로 줄이고 계약직으로 바꾸는 겁니다.

구 회장   성수기나 대형 연회 때 인력이 부족할 텐데.

화란   실습생이나 아르바이트직으로 대체하면 됩니다.

구 회장   서비스는 문제가 없나?

최 전무   연회 전에 기본 서비스 교육을 마친 후 투입되고, 업무 범위
도 간단한 서빙 정도라 문제는 없습니다. 그리고 앞으로는 스
마트 시스템을 도입해 무인 체크인 및 체크아웃을 시작하면
단계적으로 더 많은 인력을 감축시킬 수 있습니다.

구 회장   (서류를 몇 장 넘겨보며) 셔틀버스 폐지, 직원식당 메뉴 축소, 직원
휴게실 생수랑 간식 제공도 금지… 안 건든 곳이 없구나.

화란	생존경영이니까요.
구 회장	기대 효과는 어느 정도야?
화란	월 10억 내외, 연간 100억 이상의 비용 절감이 가능합니다.
구 회장	100억… (잠시 생각하다가 원이에게) 구 본부장, 100억이면 일반 객실 몇 개를 팔아야 되는지 알아?
원	스탠다드룸 기준으로 34,000개 정도입니다.
구 회장	정확하군. 이래도 비용 절감이 효과가 없다고 생각해?
원	네.

화란을 포함해 모든 임원들이 원이를 주목한다.
구 회장은 자신만만한 대답이 좋아서인지 허허 웃는다.

구 회장	본부장이 아주 자신만만하네. 무슨 얘기를 하든 100억 이상 가는 얘기를 해야 될 거야. 해봐.
원	호텔은 단순히 객실을 판매하는 것을 넘어 감동을 선물하는 곳입니다. 직원들이 진심을 가지고 서비스를 할 수 있도록 회사가 지원을 해줘야.
구 회장	(말 자른다) 원론적인 얘기는 그만하고 돈 얘기를 하라고, 돈.
원	그럼 100억의 열 배 정도인 천억부터 말씀드릴까요?

생각지도 못한 금액에 모두 놀란다.
원이 임원진들을 돌아본다. 모두 자기에게 집중하고 있는 것을 확인하고는,

원	전 세계 170개 로컬 호텔을 대상으로 경영 컨설팅을 제안했

고, 그중 21개 호텔과 위탁 경영 계약을 체결하기로 했습니다. 추가 협의 중인 호텔을 포함하면 30개 호텔과 계약이 될 예정입니다. 위탁 경영은 잘 아시다시피 우리 킹호텔 이름과 서비스를 제공하고 매출의 일정 부분을 컨설팅료로 받는 것입니다. 예상 기대 수익은 연간 350억 이상입니다.

임원진들이 웅성거린다. 화란 얼굴이 굳어진다.

구 회장   일을… 언제 그렇게 만든 거야?

원   그리고 두바이에서 건설 중인 6성급 호텔에서는 킹호텔 체인을 제안받았고, 호텔업에 신규 진출하는 벨기에 콩포따블레 (comfortabele) 리조트 그룹과도 체인 협약을 맺었습니다. 이제 킹호텔은 국내에만 있지 않을 겁니다. 세계 어디를 가든 우리 호텔을 만날 수 있습니다.

모두 아무 말이 없다. 화란조차 입을 열지 못할 정도로 엄청난 일이다. 이 발표 하나로 호텔은 원이에게 확실히 돌아가는 느낌이다.

구 회장   내가 그렇게 하고 싶었던 걸 네가 해냈구나.

원   이번에 킹호텔이 월드 베스트로 선정됐기 때문에 가능했던 일입니다. 결국 제가 한 게 아닙니다. 100년 동안 킹호텔을 만든 사람들이 한 거죠. 여기 계신 임원분들을 포함해서요.
회사는 직원을 만들고 직원은 회사를 만듭니다. 계약직, 일용직 말씀하셨죠. 그런 고용 형태가 쓰고 버리기는 편합니다. 하지만 그들도 회사를 버리기 편하겠죠. 언제든 서로 버릴 준비가 된 사람끼리 일하는 겁니다. 그러지 마시죠.

구 회장 내 생각에 그 정도면 천억이 아니라 그 이상인 것 같은데, (화란에게) 구 상무는 어떻게 생각해?

화란 비용 절감은 전 세계 모든 기업의 지향점인 것은 분명합니다. 매출 규모가 아무리 오른다고 해도 말이죠.

구 회장 그렇지. 구 상무 말도 맞는데…

화란과 임원들 모두 구 회장을 보고 있다. 무슨 말이 나올까 기다리고 있는데,

구 회장 그런데 말이야, 나는 외국에 갈 때마다 그런 생각을 했어. 이 나라에는 왜 우리 호텔이 없을까. 우리는 왜 세계적인 호텔 체인이 못 될까. 우리가 돈이 없는 것도 아닌데 말이야. (원에게) 구 본부장. 이유가 뭐야?

원 킹호텔만이 가진 이미지가 없어서라고 생각했습니다. 그저 그런 수많은 고급 호텔 중에 하나일 뿐입니다. 하지만 이미지는 쉽게 만들어지지 않습니다. 수많은 시간 동안 차곡차곡 쌓아야 완성됩니다. 다행히 우리는 100년 호텔이라는 스토리가 있습니다. 이번 100주년 행사를 기점으로 킹호텔만의 이미지가 생겼다고 분석하고 있습니다.

구 회장 구 본부장! …다음 달부터 호텔 사장직 맡아. 전면에 나서서 우리 킹호텔, 세계 최고의 호텔로 만들어 봐.

화란 아버지!

구 회장 (화란에게) 너도 도울 수 있는 거 있으면 돕고. (원에게) 할 수 있지?

원	네. 하겠습니다.

화란은 절망보다는 분노가 치민다. 임원진들은 화란 눈치를 살피고 있다.

🛏 29. 화란 사무실/ 낮

화란이 컵에 위스키를 따른다. 술잔을 들고 돌아서면 최 전무가 서 있다.

최 전무	호텔은 포기하시죠, 상무님. 지금은 항공과 유통에만 전념하시는 것이 좋겠습니다.
화란	그게 더 실속 있을지 모르죠. 호텔 해봐야 항공이나 유통에 비하면 규모도 작고요. 근데 어쩌죠? 나는 하나도 주기 싫은데?
최 전무	혹시 호텔을 포기하지 못하는 이유라도 있으신지요.
화란	원이가 이 호텔을 좋아하니까요. 그래서 더 주기 싫어.

최 전무가 가정법원에서 온 서류 봉투를 본다.

최 전무	이혼 서류입니까?
화란	언제부터 나한테 그런 거 물어봤어?
최 전무	이혼을 하시더라도 지금은 안 됩니다. 시기가 안 좋아요. 나중에 좋은 날 잡아서 하시죠.

최 전무를 보는 화란, 소파에 앉으며 따라 앉으라는 듯 손짓한다.

화란	전무님 나 오래 봤죠?
최 전무	어릴 때부터 모셨죠.
화란	살면서 내가 포기한 게 있었나요?
최 전무	(곰곰이 생각하다) 없습니다.
화란	그걸 뻔히 아는 사람이 왜 그런 말을 해요? 호텔을 포기하라니? 원이가 호텔 가질 수 있는 방법은 딱 하나밖에 없어요. 내가 이 호텔 버렸을 때, 그때는 가능하겠지.
최 전무	…알겠습니다.
화란	나가보세요.

최 전무가 일어선다. 그가 나가자 화란은 술잔을 집어 던진다.

🛏 30. 킹더랜드/ 낮

사랑이와 킹더랜드 직원들이 뒷정리를 하고 있다.

세호	들었어? 방금 들어온 따끈따끈한 소식!
사랑	뭔데요?
세호	본부장님이 상무님 밀어내고 드디어 사장님이 되신대.
하나	(놀란) 진짜?

사랑도 놀라 세호를 본다.

세호	그렇다니까. 아! 이럴 줄 알았으면 본부장님 라인으로 줄 섰어야 하는데.
두리	우리 같은 나부랭이한테 줄이 무슨 의미가 있다고.
민서	(소리) 사랑 씨. 잠깐 나 좀 봐.
사랑	네. 지배인님!

〈킹더랜드〉

　　사랑이 카운터 쪽에서 민서와 이야기를 나누고 있다.

민서	사랑 씨는 특별 임무가 있어서 당분간 킹더랜드 업무에서 빠지기로 했어.
사랑	네? 저만요?
민서	응. 회장님 특별 지시사항이야.
사랑	회장님이요?

　　놀라고 궁금한 사랑.

🛏 31. 구 회장 집/ 낮

　　구 회장이 소파에 앉아 있고 맞은편에 사랑이 서 있다.

구 회장	미안하게 됐네. 지후가 콕 찝어서 자넬 얘기해서 말이야. 한국에 있을 동안만 부탁 좀 할게. 하여간 녀석이 보는 눈이 있다니까. 자네가 우리 호텔 1등 직원인지 한눈에 알아본 거지.

사랑	죄송하지만 이 일이 킹호텔 직원으로서의 업무인지 여쭤봐도 되겠습니까?
구 회장	음… 개인적인 부탁이라면 어떤가. 저 녀석이 나한테 뭘 부탁한 적은 처음이야. 할아버지로서 손자 소원 한번 들어주고 싶어서 그런데, 너무 무리한 부탁인가?
사랑	알겠습니다. 그런데 조건이 하나 있습니다.
구 회장	뭔데?
사랑	친누나처럼 돌봐줘도 되겠습니까?
구 회장	그럼 더 이상 바랄 게 없지. 지후가 혼자라 외롭게 컸어.

흐뭇하게 웃는 구 회장.

🛏 32. 구 회장 집. 지후 방/ 낮

깜깜한 방 안, 괴물 가면을 쓰고 책상 아래에 숨어 있는 지후.
문이 열렸다 닫히는 소리 들린다.
사랑이 다가오기만을 기다리는 지후. 하지만 아무리 기다려도 인기척이 없다. 그냥 나간 건가… 책상 아래서 나오며 가면을 벗는 지후. 방에 불 켜러 가다가 이상한 느낌에 돌아본다. 방 한구석에 머리카락으로 얼굴을 가린 처녀 귀신이 서 있다. 비명을 지르며 주저앉는 지후.
사랑이 웃으며 불을 켜고 머리를 쓸어올린다.

지후	뭐야? 너였어?
사랑	어때? 너도 당해보니까?

지후	감히 나한테 이런 짓을 하고 무사할 줄 알아? 각오해. 지옥을 맛보게 해줄 테니까.
사랑	그니까 나한테 복수하고 싶어서 부른 거야? 괴롭히려고?
지후	왜 무서워?
사랑	아니 전혀. 남자라면 정정당당하게 승부를 해야지 숨어서 가면이나 쓰고, 꼬맹이라 그런가 신사답지 못하네.
지후	꼬맹이라고 하지 마! 나 꼬마 아니거든?
사랑	그래? 하긴 유치한 거 보니까 꼬맹이는 아니고, 애기네. 완전 애기.
지후	애기 아니라고! 덤벼!

사랑이 씩 웃는다. 계획대로 되고 있다.

🛏 33. 운동장/ 밤

사랑과 지후가 신발 던지기를 하고 있다.
세상 진지한 얼굴로 발끝에 신발을 걸치고 있는 지후. 운명을 걸고 마지막 승부를 펼치는 것처럼 힘차게 발을 쭉 뻗는다.
신발이 앞으로 나가지 않고 위로 뿅~ 솟았다가 떨어진다.

사랑	내가 이겼으니까 이제 누나라고 불러.
지후	(분하다) 한 판 더 해.
사랑	10 대 빵인데? 이번이 마지막이라고 했잖아.
지후	한 번만 더 하자고!

사랑	그러고 싶어?
지후	응.
사랑	그럴 땐 어떻게 얘기하라고 했지?
지후	··· (정말 그 말은 하고 싶지 않지만) 누나 한 판만 더 하면 안··· 돼요?
사랑	알았어. 마지막으로 딱 한 판만 더 하는 거야.

지후가 신나서 신발을 주우러 간다. 그런 지후를 보니 아직 애는 애구나 싶다.

🛏 34. 운동장. 몽타주

지후가 다시 신발을 던진다. 이번에도 멀리 날아가지 않고 위로 솟기만 한다. 사랑이 요령을 가르쳐 준다.
다시 신발을 던지는 지후. 이번엔 하늘 높이 날아간다.
방방 뛰며 기뻐하는 지후. 사랑이도 웃는다.

🛏 35. 운동장/ 밤

나란히 그네에 앉아 아이스크림을 먹는 사랑이와 지후.

사랑	진짜 궁금해서 그러는데 도대체 왜 그러는 거야? 어른들 앞에선 착한 척하면서 뒤로는 약한 사람들 괴롭히고. 그러는 게

	재미있어?
지후	내 맘이야!
사랑	너 친구 없지?
지후	친구 같은 건 별 볼 일 없는 애들이나 만드는 거야. 그딴 거 필요 없어.
사랑	그럴 줄 알았어. 너같이 심술만 부리는 애랑 누가 놀고 싶겠어?
지후	아니거든. 굳이 필요 없어서 안 만드는 것뿐이라니까.
사랑	그렇게 생각하고 싶겠지.
지후	아니라니까!
사랑	친해지고 싶으면 잘해줘야지. 괴롭히고 못살게 굴면 친구 못 사귀어. 앞으로는 그러지 마.
지후	…
사랑	이제 그만 들어가자.

사랑이 일어서려는데. 지후가 옷 끝을 잡는다.

지후	…조금만 더 놀면 안 돼?
사랑	부탁하는 거야? (지후가 끄덕이면) 부탁했으니까 들어줄게. 조금만 더 놀자.
지후	오~ 예!
사랑	그네 또 밀어줄까?
지후	응! 더 높이 아주 높이! 밀어줘.
사랑	알았어! 하늘 끝까지 날려줄 테니까 각오해!

그네를 타는 지후. 사랑이 밀어준다.
하늘 높이 그네가 올라가고 지후도 사랑이도 환하게 웃는다.

🛏 36. 구 회장 집. 거실/ 밤

신이 난 얼굴로 뛰어 들어오는 지후. 그 뒤로 사랑이 들어온다.

구 회장	아주 신나게 놀았구나.
지후	네 할아버지. 내일 또 누나랑 놀기로 했어요.
사랑	(지후에게) 먼저 올라가서 손 먼저 닦아. 간식 챙겨 올라갈게.
지후	응 누나!

지후가 신나게 계단을 뛰어 올라간다. 사랑도 인사를 하고 가려는데,

구 회장	저렇게 신난 얼굴은 처음이야. 진짜 누나가 생긴 것 같네. 고마워.
사랑	아니에요. 저도 즐거웠어요.

🛏 37. 구 회장 집. 2층 복도/ 밤

지후 간식 트레이를 들고 복도를 지나가는 사랑.
복도를 지나가는데 방 밖으로 손이 튀어나오더니 사랑을 끌고 들어간다.

🛏 38. 원이 방/ 밤

놀란 사랑, 원이다.

원	왜 여기 있어?
사랑	당분간 여기로 출근하기로 했어. 회장님이 지후 좀 돌봐달라고 하셔서.
원	(한숨) 내가 가서 말할게. 내일부터 안 와도 돼.
사랑	정중하게 부탁하셨어. 회장님으로서 지시가 아니라 손주 생각하는 할아버지 마음이 담긴 부탁이라 내가 하겠다고 했고.
원	그래도.
사랑	이왕 맡은 일, 내 방식대로 즐기고 있으니 너무 걱정하지 마.
원	알았어. 대신 힘들면 바로 얘기해.
사랑	응. 그럴게.

사랑, 방을 둘러본다. 원이 방은 처음이다.

사랑	근데 여기가 본부장님 방인가?
원	언제까지 본부장님이라고 할 거야? 회사도 아니고.
사랑	알겠네. 원이 군.
원	원이 군은 또 뭐야? (어이가 없어 웃는다)

방을 둘러보는 사랑. 책상 위 장식장에 깨진 엿이 붙어 있다.

사랑	어? 대왕 잉어다.

간식 접시 내려놓고 잉어 집어 드는 사랑. 자세히 보면 깨져 있다.

사랑   이거…
원   응. 조각조각 맞추느라 꽤 힘들었어.
사랑   (놀란다) 이걸 다 맞춘 거야? 뭐 하러 그랬어, 힘든데.
원   내가 좋아하는 것들은 항상 부서졌어. 우리 추억이잖아, 첫
               데이트였고.

함께한 순간을 소중히 생각하는 원에게 감동한 사랑. 얼굴에 미소가
번진다. 옛 뒤에 숨어 있던 사진을 본다. 제주도에서 찍었던 사진이다.

사랑   뭐야, 이 사진. 이때부터 나 좋아한 거야?
원   내놔! 이리 줘!
사랑   싫은데?
원   사진 구겨져. 이리 줘.
사랑   싫다니까?

사진을 두고 실랑이를 하던 두 사람, 그러다 둘이 침대 위로 넘어진다.
원이 위로 넘어진 사랑, 방금 전까지 개구쟁이처럼 장난을 치던 사랑은
부끄러워서 일어나려고 하는데, 원은 오히려 사랑을 확 안아버린다.
놀라는 사랑, 하지만 이 시간, 이 느낌이 좋다.
사랑도 더 이상 버티지 않고 힘을 풀고 원이를 안는데, 노크 소리 들
린다. 금방 일어날 수 있는 자세가 아니다.
원은 사랑을 안은 채 한 바퀴 굴러 침대 반대편으로 굴러떨어진다.
그와 동시에 문이 열리고 지후가 들어온다. 방에 아무도 보이지 않

는다.

| 지후 | 누나 여기 있어? |

침대 반대편에서 사랑이 발딱 일어난다.

지후	거기서 뭐 해?
사랑	…숨바꼭질? 이번엔 지후가 숨을 차례야. 10… 9…
지후	잠깐만 잠깐만, 천천히 세. (자기 방 쪽으로 뛰어가고)
사랑	(카운트다운을 하며 나간다) 8… 7…

원이 이따 전화하라고 수신호를 하고, 사랑은 고개를 끄덕인다.

39. 원이 차/ 밤

집에 가는 차 안, 사랑이 지친 얼굴로 앉아 있다.

원	많이 힘들었지?
사랑	세상에서 제일 힘든 일이 애 보는 거라고 하더니 맞는 말 같아. 지후랑 같이 시간 보내본 적 있어?
원	지후가 어릴 땐 내가 외국에 있었고, 내가 한국 왔을 땐 지후가 나가 있어서 별로 마주친 적이 없어. 왜?
사랑	아직 어린데 너무 외로워 보여서.
원	지후가?

사랑	응. 마치 주변에 아무도 없는 아이 같아서.
원	워낙 얌전하고 어른스러워서 전혀 몰랐어.
사랑	애들은 어른스러우면 안 돼. 어른이 어른스러워야지.
	어른이 되는 게 얼마나 힘든데…

잠시 생각하는 원. 그러고 보니 지후에 대해 아는 것이 하나도 없다.

🛏 40. 구 회장집. 거실/ 밤

원이 들어온다. 텅 빈 거실, 소파에 홀로 잠이 든 지후가 보인다.
지후를 깨우는 원.

원	지후야. 들어가서 자자.

부스스 눈을 뜨는 지후. 원을 보자마자 발딱 일어서더니 공손하게 인
사를 한다.

지후	다녀오셨어요, 외삼촌.
원	올라가서 자.
지후	엄마 아직 안 오셨어요.
원	엄마 늦을 것 같은데. 일찍 자고 내일 보는 건 어때?
지후	어제도 못 보고 엊그제도 못 봐서요. 오늘은 꼭 보고 싶은데.
	기다려도 될까요?

아이답지 않게 공손한 모습에 원이 빙긋 웃는다. 사랑이 한 말이 무슨 말인지 알 것 같다.

원   그래. 그렇게 해.
지후   네. 감사합니다.

그때 문 열리는 소리, 그리고 발소리 들린다.
기대감을 가지고 바라보는 지후, 화란이 들어오고 있다.
지후가 얼른 뛰어가더니 화란 앞에 선다.

지후   다녀오셨어요, 엄마.

오랜만에 엄마를 봐서 한껏 들뜬 지후. 하지만 화란은 차갑다. 아니, 화가 난다.

화란   너 왜 아직 여기 있어? 미국 안 갔어?
지후   (금방 얼어붙는다) 조금만 더 있으면 안 돼요?
화란   너까지 신경 쓰게 하지 말라고 했지? 왜 말을 안 들어?
지후   …죄송합니다.
화란   올라가 있어.
지후   네.

풀이 죽은 지후. 공손히 인사하고 돌아선다. 화란은 지후를 보지 않고 주방으로 간다. 방으로 올라가는 지후의 뒷모습을 바라보는 원. 예전의 자기를 보는 것만 같다.

🛏 41. 구 회장 집. 주방/ 밤

화란이 위스키를 따르는데 원이 온다. 원이 앉기도 전에 먼저 공격을 하는 화란.

화란   야금야금 뒤에서 잘도 준비했더라.
원   말했잖아. 누나 같은 사람이 오너가 되면 안 된다고.
화란   다 이긴 사람 같다? 이걸로 끝났다고 생각하는 거야? 순진
          하게?
원   누나한테는 회사가 전부야? 지후는 안 보여? 애가 얼마나 기
          다리고 있었는지 알아?
화란   (비웃는다) 왜? 너 어렸을 때 생각나? 맨날 엄마 어디 갔냐고 울
          었잖아. 근데 지후는 네가 아냐. 나도 네 엄마 같은 사람이 아
          니고. 네 수준에서 충고하지 마. 건방지게.

화란이 술잔을 비우고 나가버린다.

🛏 42. 구 회장 집. 지후 방/ 밤

책상 밑에 쪼그리고 앉아 울고 있는 지후. 노크 소리가 들리자 얼른 눈물을 닦고 침대에 앉아 이불을 덮는다. 마치 누웠다가 일어난 것처럼…

지후   네.

318

문이 열리며 원이 들어온다. 엄마가 아니라 지후는 서운하다.
침대에 걸터앉는 원. 원은 아이랑 놀아본 적도 없고 위로를 해준 적
도 없다.
지후는 삼촌이 왜 왔을까 궁금해 눈치만 보고 있다.

원   (방을 둘러본다) 지후 방은 처음이네?

이 양반이 왜 이리 다정하지? 지후는 잘 적응이 되지 않는다.

원   오랜만에 한국 왔는데 뭐 해보고 싶은 거 없어?
지후   그걸 왜 물어보세요?
원   궁금해졌어.
지후   괜찮아요. 그냥 집에서 책이랑 뉴스 보면 돼요.
원   그래도 혹시 하고 싶은 거 생기면 얘기해. 삼촌이 같이 놀아
            줄게.

어른스러운 게 안쓰러운 원. 지후 머리를 쓰다듬어 준다.
원이 돌아서려는데 느낌이 이상하다. 보면 지후가 원이 옷을 잡고
있다.

🛏 43. 한강/ 낮

돗자리에 앉아 있는 원과 지후.
지후는 기대 가득한 얼굴이고, 원은 그런 지후 모습이 귀엽다.

사랑   (소리) 치킨 왔어요!

돌아보는 지후. 사랑이 피크닉 가방을 들고 온다. 우와! 신나서 벌떡
일어나는 지후.
피크닉 가방을 여는 사랑. 김밥과 과일, 음료수 등이 가득하다.
사랑이 도시락 하나를 열면,

지후   우와, 김밥이다!
원   직접 싼 거야?
사랑   당연하지. 피크닉의 완성은 직접 싼 김밥이야.
원   (과일 도시락 등을 꺼내며, 지후에게) 한국에서 꼭 해보고 싶었던 게
           겨우 이거야?
지후   엄마 아빠랑 피크닉 가서 돗자리 깔고 김밥 먹는 거 꼭 해보
           고 싶었어요. 삼촌은 해봤어요?
원   나도 첨이야.
사랑   처음이에요?
원   굳이 할 이유가 없었지.
사랑   꼭 이유가 있어야 하나. 그냥 날씨가 좋으면 나오는 거지.

김밥 하나를 집어 드는 사랑.
원이 입에 넣어주는 척하다가 지후에게 준다.
지후가 신나서 연을 날리고 있다. 사랑이 옆에서 가르쳐 주고 있다.

사랑   (연줄을 살짝살짝 당겨주며) 이렇게 이렇게, 바람을 타게 이렇게 이
           렇게.

지후   이렇게 이렇게! 이렇게 이렇게!

잘 따라 하는 지후, 사랑이 다른 쪽을 본다. 원이도 연을 날리고 있다.

사랑   그게 아니라니까. 이렇게 이렇게!
원   하고 있어.
사랑   지후 보고 배워요.

힐끔 지후를 보는 원, 지후가 하는 대로 따라 해본다.
지후를 가운데 두고 나란히 서서 연을 날리고 있는 세 사람.

사랑   바람 온다! 줄 풀어~

연줄을 푸는 세 사람. 얼레가 파라라락 빠르게 돌아가고 연은 하늘
높이 올라간다.

지후   우와~

지후는 신나 소리를 지르고 원도 활짝 웃고 있다.
사랑은 자리를 비웠고 원과 지후 둘이 누워 있다.
지후는 어느덧 원이 편해졌는지 원이 위에 자기 다리를 얹어놓고
있다.

지후   나는 커서 삼촌처럼 될 거야.
원   왜?

지후	멋있잖아. 난 이 세상에서 삼촌이 제일 멋있어.
원	고맙네. 좋게 봐줘서. 그런데 절대 삼촌처럼 살면 안 되는 게 있어.
지후	그게 뭔데?
원	울고 싶을 때 울고, 웃고 싶을 때는 웃어야 돼. 화도 내고 투정도 부리고, 제일 중요한 건 보고 싶을 때 보고 싶다고 말해. 엄마나 아빠나.
지후	(일어나 앉는다) 그래도 돼?
원	그럼. 솔직히 말하는 건 나쁜 게 아니야. 용기 있는 거지. 삼촌은 지후가 용기 있는 사람이 됐으면 좋겠어. 용기 있는 사람이 제일 멋진 사람이야. 삼촌보다 더.
지후	그럼… 나 한국에 조금만 더 있다 가도 돼?
원	그러고 싶어?
지후	응. 엄마랑은 한 번도 못 놀았어.
원	그래. 삼촌이 그럴 수 있게 도와줄게.
지후	진짜요? 감사합니다.

앉은 채로 꾸벅 인사를 하는 지후.

사랑	(소리) 지후야~

돌아보는 지후와 원. 사랑이 회오리 감자 두 개를 들고 오고 있다.
지후는 발딱 일어나 사랑에게 뛰어간다.
원이 그 모습을 보고 있다. 마치 엄마에게 뛰어가는 아이 같다.
웃고 있던 원이 얼굴이 쓸쓸해진다.

🛏 44. 리넨실/ 낮

원이 복도 코너 벽에 기대 있다.

회중시계를 만지작거리고 있는 원. 어찌할까 망설이다가 회중시계를 집어넣고 걸어간다. 코너를 돌자 김옥자 할머니가 기다리고 있다. 원을 보자 인자하게 웃으며 공손하게 인사하는 김옥자. 머뭇거리던 원도 인사를 한다.

리넨실 한쪽 구석 테이블에 앉아 있는 원과 김옥자. 둘 다 말이 없다. 김옥자가 일어서더니 의자를 끌어당겨 원이와 간격을 조금 더 좁힌다.

김옥자	오늘은 일 때문에 온 거 아니죠?
원	네.
김옥자	그럼 말 편하게 해도 될까요?
원	네. 편하게 하세요.
김옥자	기다리고 있었어. 언제쯤 네가 찾아올까 하고.
원	저한테 엄마 인사카드 보내신 분 맞으시죠?

다정한 얼굴로 고개를 끄덕이는 옥자. 다음 말을 기다린다. 입을 열기까지 몇 시간이 걸려도 재촉을 하지 않고 기다려 줄 것 같은 얼굴이다. 원이 어렵게 입을 연다.

원	여쭤보고 싶은 게 있습니다.

🛏 45. 리넨실/ 낮

이야기를 다 마친 옥자가 원을 보고 있다.
원은 감정의 동요가 없는 것처럼 아무 표정이 없다.

김옥자	이제 엄마를 이해할 수 있겠어?
원	아뇨. 굳이 이해를 하고 말고 할 필요는 없는 것 같아요. 이미 너무 오래된 일이라서요.
김옥자	엄마 있는 곳 알려줄까?
원	괜찮습니다. 보고 싶은 게 아니라 그냥 알고 싶었던 것뿐입니다. 얘기해 주셔서 감사합니다.

일어서는 원. 인사를 하고 돌아선다.
김옥자는 아까와는 달리 얼굴이 어두워진다.

🛏 46. 원 사무실/ 낮

원이 창가에 서 있다. 김옥자를 만날 때보다 얼굴이 더 무겁다.
꼭 쥐고 있던 주먹을 풀어본다. 회중시계를 쥐고 있다.
시계를 보고 있던 원, 돌아서더니 서랍을 연다.
잠시 고민하던 원이 서랍 안쪽에 시계를 넣는다.
늘 자신을 붙잡고 있던 엄마를 보내주듯 시계를 넣고 서랍을 닫는다.
휴대폰을 든다. 사랑에게 전화를 하는데 평소처럼 밝은 목소리다.

원	배고파. 밥 먹자.

🛏 47. 사랑이 집/ 밤

커플 잠옷을 입은 사랑이와 원.
사랑이 요리를 하고 원은 테이블 세팅을 하는 모습이 깨가 듬뿍 쏟아
지는 신혼부부 같다.

🛏 48. 베란다/ 밤

원과 사랑이 맥주를 마시며 달을 보고 있다. 달빛이 베란다를 꽉 채
울 정도로 밝다.

사랑	엄마 안 만나볼 거야?
원	왜 날 떠났을까 그게 너무 궁금했는데, 알았으니 됐어.
사랑	피치 못할 사정으로 떠나신 거잖아.
원	사랑한다면 그럼에도 불구하고 함께 있어야지. 이유가 어떻든 나를 떠났다는 건 내가 소중하지 않다는 거니까.
사랑	너무 사랑하니까, 어떻게든 지켜야 하니까 그러셨을지도 모르잖아. 그래서 만나봤으면 했고. 그래야 엄마 마음을 알 수 있을 거 같아서.
원	이제 더 이상 엄마 생각은 안 하고 싶어. 이제야 엄마로부터 벗어난 거 같아.

원이 아무렇지도 않게 웃고 있다. 그 웃음이 너무 자연스러워서 정말
아무렇지도 않은 것 같다. 사랑도 더 이상 말을 하지 못한다.

사랑   마음 편해졌으면 그걸로 됐어.
원   고마워. 여기까지 오게 해줘서.

원이 사랑 어깨를 감싼다. 사랑이 원이 어깨에 머리를 기댄다.
셔터 소리가 들린다.

🛏 49. 사랑 집 앞 - 카메라 시점/ 밤

어둠 속에서 누군가 원과 사랑을 찍고 있다.
카메라 시점으로 둘의 모습이 잡힌다.
원이 어깨에 머리를 기대고, 그러다 웃으며 서로를 바라보고, 가볍게
입을 맞추는 장면까지 연속으로 찍히며,

〈 END 〉

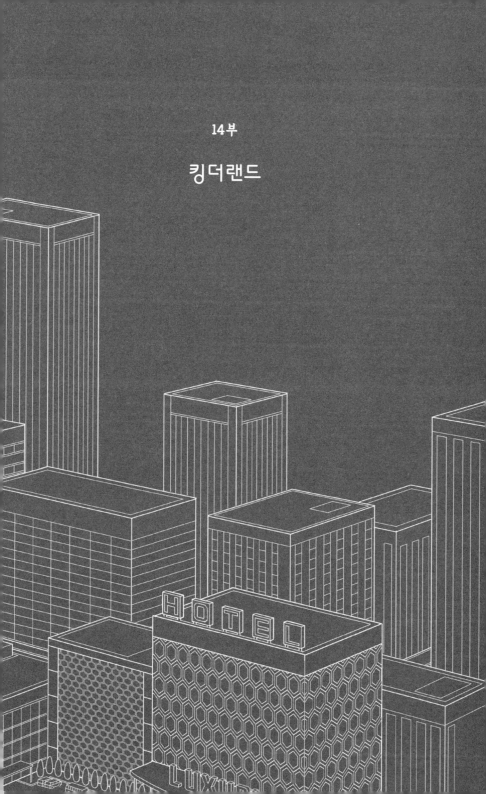

14부

킹더랜드

☕ 1. 사랑이 집 앞/ 밤

어둠 속, 한 남자가 사랑이 집을 올려다보고 있다.
카메라를 들고 줌을 당겨 포커스를 맞춘다. 둘의 얼굴이 선명하게 보인다. 카메라를 내리고 화란과 통화를 한다.

남자 (통화) 네. 둘이 같이 있습니다. 그림은 괜찮게 나올 것 같아요.
     걱정 마세요. 취재원 보호는 확실하니까.

남자가 다시 카메라를 들고 사진을 찍기 시작한다.
어둠 속에서 셔터 소리가 끝없이 이어진다.

☕ 2. 사랑이 집. 베란다/ 밤

원   이제 더 이상 엄마 생각은 안 하고 싶어. 이제야 엄마로부터
    벗어난 거 같아.

원이 아무렇지도 않게 웃고 있다. 그 웃음이 너무 자연스러워서 정말 아무렇지도 않은 것 같다. 사랑도 더 이상 말을 잇지 못한다.

사랑 응. 마음 편해졌으면 그걸로 됐어.
원   고마워. 날 여기까지 오게 해줘서.

원이 사랑 어깨를 감싼다. 사랑이도 원이 어깨에 머리를 기댄다.

사랑스러운 눈길로 사랑을 바라보는 원. 입을 맞춘다.

☕ 3. 사랑이 집 앞/ 밤

남자가 사진을 확인한다. 모두 마음에 든다.

☕ 4. 구 회장집 전경. 거실/ 낮

구 회장이 호랑이 연고를 들고 요리조리 보고 있다. 처음 보는 물건
이다.

〈인서트〉 11부 #30

원   쑤시고 결리는 데 바르면 좋대요.

목덜미에 연고를 발라본다. 싸하게 퍼지는 느낌이 좋아 절로 미소가
번진다.

구 회장   오, 좋네.

빠른 걸음으로 들어오는 비서실장. 구 회장 앞에 서서 정중하게 인사
를 한다.

구 회장   응 한 실장, (호랑이 연고 준다) 이거 한번 발라봐. 원이가 준건데

아주 시원하고 좋아.

비서   (난감하다) 회장님, 기자들이 구 본부장님 기사를 낸답니다.

구 회장   (아주 좋다) 내야지! 당연히 내야지! 한국에서도 드디어 세계적인 호텔 체인을 낸다는데 이만한 기삿거리가 어딨어.

비서   그게 아니라…

그럼 뭔데? 라고 묻는 얼굴로 비서를 바라보는 구 회장.

비서   열애 기사라고 합니다.

구 회장   열애? (웃는다) 한 회장 이 사람 이거, 먼저 손썼구만. 괜찮아, 어차피 조만간 결혼할 거야.

비서   그게 아니라… 보시죠.

비서실장이 태블릿을 보여준다.
〈킹호텔 후계자, 일반인 여성과 은밀한 열애 중〉 기사 헤드라인이 보인다. 원이 얼굴은 선명하지만 사랑이 얼굴은 모자이크가 되어 있다.

비서   잠시 후에 온라인부터 먼저 풀겠답니다.

구 회장   당장 기사 막아. 광고를 주든 광고를 끊든 무슨 방법을 써서라도 막아. 알았어?

☕ 5. 화란 사무실/ 낮

화란도 태블릿으로 기사를 보며 통화를 하고 있다.

화란	광고를 주든 광고를 끊든, 뭘 해도 아버지가 하는 거에 두 배를 줄 테니까 기사 푸세요.

전화를 끊는 화란, 웃는 얼굴이 섬뜩하다.
화란이 보고 있는 태블릿에 둘의 기사가 떠 있다.

☕ 6. 사무실/ 낮

수미가 지배인들과 회의를 하고 있다.

수미	오늘은 직원 복지 개선 방안에 대해 의견을 모아볼 건데요. 뭐든 괜찮으니까 편하게 의견 주세요.
직원1	직원 휴게실이 부족해서 쉴 곳이 없어요.
수미	회사에 쉬러 왔니? 그런 거 위에 보고하면 맨날 노는 줄 알고 괜한 오해만 받아. 생각 좀 하고 말해. (다른 직원들 둘러본다) 다른 의견 없어요? 편하게들 얘기하세요.
직원2	직원식당이 외주업체로 바뀌고 너무 맛이 없어졌어요. 예전에 이모님들 계실 땐 밥 먹는 시간이 유일한 낙이었는데.
수미	회사에 밥 먹으러 왔니? 식권 주는 것만으로도 감사한 줄 알아야지. 자기 돈 내고 사 먹어봐야 고마운 걸 안다니까. (직원들 돌아보며, 다정하게) 또, 좋은 의견들 있으면 말씀하세요.
직원3	(놀란다) 엄마야!
수미	누구니? 누가 매너 없이 회의 중에 소리 질러?
직원3	본부장님… 기사 나서요. (핸드폰을 보여준다)

수미	무슨 기산데 그렇게 호들갑을, (핸드폰을 보고 소리 지른다) 엄마 야!

다들 핸드폰을 꺼내 본다.

☕ 7. 킹더랜드/ 낮

휴대폰 화면, 〈재벌 3세 스캔들. 킹호텔 후계자 일반인 여성과 은밀한 열애 중〉이라는 스캔들 기사가 떠 있다…
기사를 보고 있는 킹더랜드 직원들. 사랑은 가시방석이다.

세호	재벌 3세의 은밀한 열애! 타이틀 너무 후끈하게 뽑았다.
두리	상대가 일반인이래. 신분을 뛰어넘는 사랑이라니, 완전 멋있어. 역시 상남자라니까.
하나	아무리 일반인이라고 해도 중소기업 따님 정도는 되겠지. 우리랑은 차원이 다른데.
두리	그렇다 쳐도 부럽지 않아요? 완전 신분 상승인데.
하나	어차피 우리 같은 사람들은 오르지도 못할 나문데 부럽긴 뭐가 부러워? 쳐다도 보지 마.
두리	누구든 꿈은 꿀 수 있잖아요. (사랑에게) 안 그래 사랑?
사랑	네? 그걸 왜 저한테 물어요?
두리	질문은 할 수 있잖아. 다들 왜 이리 팍팍해?

휴대폰과 사랑을 번갈아 보던 세호.

세호   근데 잠깐만…

아예 휴대폰을 들어 모자이크된 얼굴과 사랑을 비교해 본다. 사랑은 뜨끔한데,

세호   (동료들에게) 이 모자이크된 여자 사랑이랑 닮지 않았어?
사랑   (올 것이 왔다!) 어디가요? 전혀! 하나도, 안 그런데요?
세호   아니야. (사랑이 얼굴을 손으로 가려본다) 헤어스타일도 그렇고, 뭔가 느낌이 닮았어.
두리   어디 어디? (세호 따라 하며) 그러게? 분위기가 비슷한데?
사랑   아니 무슨 매직아이도 아니고, 모자이크 때문에 아무것도 안 보이는데 닮고 말고가 어딨어요?
세호   (금방 수긍한다) 하긴 사랑 씨가 어떻게 본부장님이랑. 말도 안 되는 얘기지.
두리   …가만 보면 신데렐라도 완전 희망 고문이라니까. 현실에서 그게 말이 돼?
하나   말이 안 되니까 동화지. 대리만족이라도 하라고 있는 게 동화야. (돌아보며) 근데 어디 가?

사랑이 슬금슬금 자리를 빠져나가고 있는 중이다.

사랑   …화장실이요!
두리   화장실은 이쪽인데?
사랑   오늘은 왠지 저쪽에, 멀리 있는 화장실이 가고 싶어서요. 다녀오겠습니다.

사랑, 빠른 걸음으로 도망치듯 간다.

☕ 8. 원이 사무실/ 낮

기사를 보고 있는 원. 얼굴이 굳어진다.
벌떡 일어나 사무실을 나가려는데, 문 앞에 사랑이가 서 있다.

사랑   혹시 바빠? 어디 가는 길이야?

사랑 손을 잡는 원, 사무실로 끌고 들어오자마자 꽉 안는다.
놀란 새를 꼭 안고 안심시키는 것 같다.

사랑   우리 사진 찍혔어.
원   지금 봤어. 그래서 괜찮은지 걱정돼서 가려고 했어.

포옹을 풀고, 사랑이 얼굴을 본다.

원   미안해, 나 때문에.
사랑   우리 뭐 잘못했어?
원   아니. 전혀.
사랑   그니까. 잘못한 거 없잖아. 미안해할 일 아냐.
원   그래도 기사가 났잖아. 괜찮아?
사랑   음… 아직은 잘 모르겠어. 정신도 없고. 그래도 걱정하지 말
              라고 아직은 괜찮다고 말해주러 왔어.

원	이 와중에 내 걱정 한 거야?
사랑	당연하지. 제일 사랑하는 사람인데.
원	(역시 사랑이답다) 그래. 앞으로도 무슨 일 있으면 아무 생각 하지 말고 나 찾아와. 지금처럼. 만약 오기 힘들면 나 부르고.
사랑	부르면 뭐 바로 달려오나?
원	그럼. 언제든, 어디든 가지!

사랑이 웃는다. 언제나 원은 그런 사람이다.
사랑이 원을 안아주려 하는데, 노크도 없이 문이 열리며 상식이 들어온다. 놀라 얼른 떨어지는 두 사람.

상식	본부장님, 큰일 났어요. (사랑에게) 사랑 씨 여기 있었어?
원	노크 좀 하고 들어와! 여기가 네 방이야?
상식	이 난리 통에 둘이 이러고 있으면 어떡해요? 나만 발등에 불 떨어졌지. 나만!
원	알았으니까 나가 있어.
상식	못 나가요. 안 나가. 지금 완전 위급 상황이라니까!
사랑	제가 갈게요. 일하다 잠깐 나온 거라 빨리 가야 돼요. (상식에게) 갈게요, 부장님. 아니, 과장님.

사랑이 인사하고 돌아서면,

원과 상식이 소파에 앉아 있다.

상식   일단 일은 벌어졌으니까 이 사태를 슬기롭게 해결하는 게 먼
               저예요.

원   사태는 사건, 사고에나 쓰는 말이야. 이건 사태가 아니라 팩
               트라고 하는 거고. 다른 건 몰라도 사랑이 얼굴은 설대 안 나
               오게 해. 나야 어쩔 수 없지만 사랑이는 안 돼.

상식   이미 홍보실장 만나고 오는 길이에요. 후속 기사 더 안 나오
               게 모든 역량 동원해서 막겠다고 하니까 그건 걱정 안 하셔도
               될 것 같은데, 문제는 이게 아닌 것 같다는 말이죠.

원   그게 무슨 말이야?

상식   왜 이 시점에 갑자기 이런 기사가 났을까…

혼자 심각한 상식, 말을 할까 말까 망설이다가 입을 연다.

상식   아무리 생각해 봐도 상무님 짓이 분명해요.

아무리 그래도 가족이고 누나다. 원이 얼굴이 굳는다.

원   확실한 거 아니면 입 밖으로 꺼내지 마.

상식   확실히 짚이는 게 있어서 그렇다니까요. 며칠 전에 상무님이
               절 부르셨어요.

☕ 10. 화란 사무실 (12부 #21 연결)/ 밤

화란   노 과장은 내가 끌어줄 테니까 앞으로 구 본부장에 관한 것
        모두 보고하세요.

상식   어디서 어디까지 말씀입니까?

화란   전부 다. 공적인 업무부터 사적인 동선까지 전부, 하나도 빠
        짐없이 보고해요.

상식   그러면 저를 어디까지 끌어주실 수 있나요?

진지한 상식. 뭔가 큰 거 한 방을 노리는 것처럼 보이기도 하는데,

화란   본부장 어때? 그 정도면 꽤 괜찮은 거래 같은데.

상식   그 정도 가지고는 어림도 없죠.

화란   뭐?

상식   계열사 사장 자리 정도는 주실 줄 알았는데 겨우 본부장 자리
        가지고는 친구 뒤통수 안 칩니다.

화란   (어이가 없다) 그깟 친구가 뭐라고.

상식   그깟이라는 말로 담기에는 과분한 친구라서요. 지금 얘기는
        못 들은 거로 하겠습니다.

일어서는 상식, 공손히 인사를 한다.

상식   사생활까지 다 보고하면 본부장 자리 준다고 했거든요. 제가 흔들리지 않으니까 다른 사람 시켜서 본부장님 뒷조사를 한 게,

말이 끝나기도 전에 일어서는 원. 창가로 간다. 마음이 복잡하다.
상식이 원을 따라간다. 상식도 분위기가 심각함을 느낀다.
뭔가 말을 하려다 말고, 입을 열려다 말고… 그냥 입을 닫고 가만있는데, 원이 돌아선다.

원   본부장 자리, 받지 그랬어?
상식   그러니까요. 그때 받았어야 했는데, 그놈의 의리가 뭔지.
원   그깟 의리가 뭐라고. 그 좋은 기회를 놓쳐?
상식   완전 판단 미스였다니까요. 미쳤지 내가.
원   …고마워.
상식   (놀란다) 예?
원   못 들었으면 됐어.
상식   방금 고맙다고 한 거 맞죠? 와, 본부장님 입에서 그런 소리가 나오다니. 어떻게 사람이 이렇게 변하지? 역시 사랑은 위대하다니까.
원   나가.
상식   나갈 건데, 하나만 약속해요.
원   뭘?
상식   사장님 되시면 본부장 자리는 저 주시는 겁니다. 뭐 사람이

양심이란 게 있으면 당연히 그렇게 하겠지만.

진지한 얼굴로 상식을 보는 원. 그 모습을 보니 진지하게 약속이라도
해줄 것 같아 상식이 자세를 고친다. 손을 드는 원. 문을 가리킨다.
나가라는 뜻이다.
입을 삐죽이는 상식. 인사하고 돌아선다.
원은 다시 창밖을 본다. 진흙탕 싸움이 되어가는 느낌이다.

☕ 12. 사랑이 집. 거실/ 밤

삼총사도 모여 회의를 하고 있다.

평화	아무 걱정 하지 말라고 했다며? 홍보실에서 막는다고.
사랑	그러긴 했는데. 괜찮겠지?
다을	대기업 홍보실인데 이런 일 한두 번 해보겠어? 어련히 잘하겠지.
평화	(SNS 알림 확인하며) 그럼. 큰 회산데 기사 막는 건 아무것도 아니지. (휴대폰에 얼굴을 박을 듯 보며) 어머, 이게 뭐야!
다을	왜? 뭔데? (평화 휴대폰 보더니) 어머!
사랑	뭔데 그래?

휴대폰을 보는 사랑, 놀라 눈이 동그래진다. 또 뉴스가 나왔다.
〈제2의 신데렐라 탄생. 비극으로 끝나버린 러브 스토리, 또다시 반복
되나?〉

자극적인 타이틀 아래 원과 사랑의 사진이 떠 있다. 모자이크도 없이
사랑 얼굴이 또렷하게 잘 나왔다.

☕ 13. 화란 사무실/ 밤

창밖으로 풍경을 내다보는 화란. 그 뒤에서 최 전무가 기사를 읽어주
고 있다.

최 전무	킹그룹 제2의 신데렐라 탄생. 비극으로 끝나버린 러브 스토리, 또다시 반복되나? 그룹 내 평사원과 결혼했다가 결국 파국 맞은 구일훈 회장. 이번에는 아들 구원 본부장이 같은 길을 걷고 있다. 아버지가 못 이룬 일반인과의 열애. 과연 아들은 해피엔딩으로 만들 수 있을까?
화란	기사 누가 썼어요?
최 전무	(눈치 본다) 뭐가 잘못됐습니까?
화란	아뇨. 너무 마음에 들어서요.
최 전무	(다행이다. 뿌듯하다) 초안은 제가 잡았습니다. 기사 반응이 뜨거워요.
화란	잘했어요. 사람들 흥미 떨어지지 않게 계속 후속 기사 내보내세요. 그쪽 집안 얘기가 좀 재밌잖아요.
최 전무	예 알겠습니다.

화란 얼굴이 오랜만에 흐뭇하다.

☕ 14. 사랑 집. 거실/ 밤

평화는 휴대폰으로 기사를 확인하며 중얼거리고, 다을은 흥분한 목소리로 기자와 통화를 하고 있다. 사랑은 번갈아 둘을 보고 있는데, 전체적으로 정신없고 산만하다.

다을   (통화) 아니 기자님, 허락도 없이 얼굴을 내보내면 어떡해요? 이거 초상권 침해예요.

평화   (휴대폰 확인) 그사이에 기사 또 났어, 또.

다을   (통화) 저요? 친구라고 했잖아요. 제일 친한 친구요… 친구 일이니까 나서죠! (사랑에게) 물 좀. (사랑이 물을 따서 주면)

평화   (휴대폰 페이지 넘기며) 사진을 도대체 몇 장을 찍은 거야.

다을   (물 마시다 말고) 일반인 얼굴을 이렇게 모자이크도 없이 내보내는 경우가 어딨어요? 지금 당장 기사 내려주세요. 우리 정말 가만 안 있을 거예요.

다을이 전화를 끊으면 평화가 휴대폰 보여준다.

평화   대박, 계속 메인화면에 떠 있어.

다을   아니. 무슨 유명인도 아니고 쉴 새 없이 기사가 쏟아져 나와?

평화   무슨 연예인 스캔들보다 더 난리인 거 같아.

사랑   사람들 물어뜯기 좋은 기삿거리잖아. 그나저나 괜찮으려나 몰라.

다을   누구? 느낌표 씨?

사랑   응.

다을	저기요. 본인 걱정이나 하세요. 너님 코가 석 자라고요.
사랑	걱정해서 뭐 해? 이미 다 알려졌는데. 걱정하면 뭐 달라지나?
평화	(다른 사진 보여주며) 그래도 다행인 게 사진은 잘 나왔다.
다을	그러게. 무슨 드라마같이 나왔네.
사랑	야! 지금 이 상황에 그게 중요해?
다을	안 그래도 신데렐라니 뭐니 떠들어 대는데 얼굴까지 까이면 답도 없어.
평화	그럼! 뭘 해도 욕먹는데 하나라도 덜 먹는 게 낫지.
사랑	근데 왜 내가 욕을 먹어? 남녀가 사귀는 게 욕먹을 짓이야?
다을	뭐든 나보다 잘되면 배 아픈 법이야. 아마 다들 벌써 언제 헤어질까 내기하고 있을걸?
평화	맞아. 나보다 못한 사람 동정하는 건 쉽지만 나보다 잘되는 사람한테 박수 보내는 건 어렵지.
다을	(끄덕인다) 그런 의미에서 박수! 축하해.
평화	축하해!

다을이 박수를 치고 평화도 따라 친다. 사랑은 웃어버리고 만다.

사랑	그래도 진심으로 박수 쳐주는 너희가 있어 다행이다.
다을	(뜬금없이) 근데, 아랍 왕자도 뉴스 봤을까?
평화	한국 뉴스까지는 안 챙겨 보지 않을까?
다을	그렇겠지?
사랑	암튼 이것들은 아직도 아랍 왕자 타령이야? 미련 버리라고 했지?
다을	무려 두바인데, 그리 쉽게 미련이 버려지겠니?

| 사랑 | 그래. 너네들을 누가 말리겠어? |

평화 SNS 알림 울린다. 확인을 하고는,

평화	(사랑에게) 너 당분간 SNS 보지도 마. 기사 댓글도 보지 말고.
다을	맞아. 얼굴도 모르는 사람들이 하는 말 신경 쓸 거 없어.
사랑	응. 알았어.

흔쾌히 대답하는 사랑. 그래도 마음이 답답해 천장을 보며 한숨을 쉰다.

15. 호텔 앞/ 낮

사랑이 호텔을 보고 있다. 첫 출근 때보다 더 떨리는 것 같다.
심호흡을 하는 사랑, 호텔로 향한다.

16. 복도/ 낮

직원 두 명이 얘기를 나누며 걸어오다 사랑과 마주친다.
늘 그랬듯 가볍게 목례를 하는 사랑. 두 직원은 인사를 하는 건지 사랑을 훑어보는 건지 모르게 이상하게 인사를 한다.
사랑과 지나쳐 가자 뒤에서 수군거리는 소리 들린다.

직원l   (소리) 쟤지? 본부장님?

직원2   (소리) 완전 별론데. 네가 더 낫다.

직원l   (소리) 당연한 소릴. 어따 비교해?

멈추는 사랑. 휙 되돌아본다.

사랑을 힐끔힐끔 보며 수군거리던 둘이 도망치듯 걸음을 빨리한다.

☕ 17. 엘리베이터 앞/ 낮

직원들로 꽉 찬 엘리베이터. 수미가 사무실 직원들과 소곤거리고 있
다. 아무도 안 들리게 조용조용 말하지만, 다 들린다.

수미   천사랑 걔 내가 처음 봤을 때부터 알아봤다니까. 그렇게 꼬리
         를 치고 다니더니 이럴 줄 알았어.

직원l   진짜요?

수미   그렇다니까. 취임식 때부터 꽃다발 주면서 살살 웃는 거 못
         봤어?

직원2   저도 봤어요. 아주 꼬실라고 작정한 거 같더라니까요.

수미   본부장님만 불쌍하지 뭐. 어쩌다 그런 애한테 넘어가 가지고.

직원2   어차피 오래 못 가지 않을까요?

수미   당연한 소릴. 길어야 딱 한 달이야. 두고 봐.

엘리베이터 문이 열린다. 수군거리다가 사랑을 보자마자 말을 그치
는 사람들.

사랑이 엘리베이터 안을 본다. 모두의 시선이 화살처럼 날아와 박히는 것 같다. 하필 수미가 타 있는 엘리베이터라니, 사랑은 차마 엘리베이터를 타지 못하는데,

수미   (오! 너 잘 걸렸다는 듯) 웰컴~ 어서 타.

하는 수 없이 타는 사랑. 어색한 공기가 흐른다.

수미   사랑 씬 좋겠어.
사랑   네?
수미   초고속 신분 상승이잖아. 인생 엘리베이터 탄 기분이 어때?
사랑   그런 거 아닙니다.
수미   아니긴. 다 노리고 접근한 거지. 우리끼린 솔직해도 돼. 근데 어떻게 꼬신 거야? 기술 좀 공유하자.
사랑   진짜 그런 거 아닙니다. 남의 일이라고 말 함부로 하지 마세요.
수미   아니긴 뭐가 아냐. 기사에 다 나왔는데.
원   (소리) 내가 꼬셨어요.

돌아보는 수미와 직원들. 제일 안쪽에 타고 있던 남자 직원에게 시선이 집중된다. 자기는 아니라는 듯 옆으로 쓱 비켜서는 남자 직원, 그 뒤에 원이 보인다.
원이 타고 있는 줄 몰랐다. 수미 등 직원들이 놀라 인사를 한다.

수미   아, 안녕하십니까 본부장님!
원   내가 노리고 접근했어요. 꼬리도 내가 쳤고요. 꼬리가 있다면

	말이죠. 그러니까 기술 알고 싶으면 저 찾아오세요. 특별히 전수해 드릴게요.
수미	그런 거 아닙니다. 오해세요.
원	오해든 뭐든 이것만 기억하세요. 제가 먼저 좋아했습니다. 알겠어요?
수미	네! 절대 명심하겠습니다!

엘리베이터 문 열린다.

원	먼저 내릴게요. (나가며 사랑 손 잡는다) 가자.

사랑이 손을 잡고 내리는 원.
문이 닫히자 수미는 하늘이 무너진 얼굴로 자기 입을 탁탁탁! 때린다.

☕ 18. 엘리베이터 앞/ 낮

사랑 손을 잡고 걸어가는 원. 사랑이 손을 뺀다.

원	앞으로는 당당하게 말해. 꼬리는 본부장님이 쳤다고.
사랑	꼬리 좀 봐요. 어디 있나? 그런 것도 아무나 하나?
원	사람을 뭘로 보고. 내가 얼마나 계산적인 사람인데. 처음부터 아주 작정하고 계획적으로 접근한 거야. 몰랐어?
사랑	아 그러셨구나. 근데 어쩌죠? 그 말을 누가 믿겠어? 내가 뭐 볼 게 있다고.

원	볼 게 없다니. 처음 본 순간부터 내 모든 세상은 온통 천사랑 이었는데.
사랑	뭐야.
원	그러니까 그런 소리 하지 마. 나한테 너무도 과분한 사람이야.

사랑이 웃는다. 원이도 그제야 굳어 있던 얼굴이 풀어진다.
웃으며 걸어가는 두 사람.
하지만 사랑은 금방 얼굴이 굳어진다. 이제 시작일 뿐이라는 생각이
든다.

☕ 19. 구 회장 집/ 낮

구 회장이 태블릿으로 원과 사랑 기사를 본다. 비서실장은 눈치만 살
피는데,

구 회장	일 처리를 어떻게 한 거야?
비서	죄송합니다.
구 회장	기사 쓰고 싶은 만큼 쓰라고 해. 하지만 원이 엄마 기사는 다 내려. 그룹 차원뿐 아니라 내가 개인적으로도 가만있지 않을 거라고 확실히 전해.
비서	예 알겠습니다, 회장님. 구 본부장이랑 이 직원은 어떻게 할 까요?
구 회장	뭘 어떻게 해? 둘이 사랑한다는데.
비서	네?

구 회장	그냥 둬. 어차피 다 부질없는 짓이라는 거 지들이 깨달아야 지.
비서	예 알겠습니다.

비서실장이 나간다. 계속 기사를 보던 구 회장, 태블릿 PC를 던져버린다.

☕ 20. 브리핑실/ 밤

미나는 앉아 있고 로운은 테이블마다 음료를 세팅하며 브리핑 준비를 하고 있다. 미나가 뮤지컬 티켓을 꺼낸다.

미나	로운 씨, 뮤지컬 티켓 두 장 생겼는데 주말에 같이 볼래?
로운	저는 괜찮습니다.
미나	내가 로운 씨 마음에 두고 있는 거 알지?
로운	죄송합니다. 좋아하는 사람 있습니다.
미나	혹시 그 사람이 평화 선배야?
로운	꼭 대답해야 합니까?
미나	거절하는 이유가 뭔지 확실히 알고 싶어서.
로운	네. 맞습니다.
미나	역시네. 알겠어.

미나가 티켓을 가방에 집어넣는다. 문이 열리며 은지 등 승무원들이 들어온다.

은지   안녕하십니까, 사무장님.

☕ 21. 브리핑실/ 밤

평화 등 비행 팀원들이 모여 있다.

미나   그 얘기 들었어? 내 동기 중에 하나가 이혼했는데, 진급하려
            고 처녀 행세하다 걸려서 난리도 아니었대.
직원1   어머, 무슨 그런 사람이 있어요? 진급이 뭐라고 그렇게까지
            해요?
로운   이혼했다고 인사고과 불이익 주는 게 더 이상한 거 같은데요.
            이혼이 잘못도 아니고.
직원1   아무리 그래도 속이는 거잖아. 가짜로 살면 안 찔리나?
직원2   사기꾼도 아니고 무슨 일이래? 같은 비행팀끼리 어떻게 그렇
            게 속여요?
은지   그래도 우리 팀엔 그런 사람 없어서 다행이에요.
미나   왜? 우리 팀에도 있잖아.
은지   네? 우리 팀이요? 누구요?
미나   뭐야? 아무도 몰라?

아무도 모르는 얼굴들이다. 평화 표정이 굳어진다.
미나가 평화를 본다. 모두 미나를 따라 평화를 보기 시작한다. 모든
시선이 집중되면,

미나   뭐야, 평화 선배 얘기 안 했어? 이혼한 거 비밀인 거야?

다들 놀란 얼굴이다. 대답을 못 하는 평화, 순간 로운을 본다. 잠깐이지만 그의 놀란 얼굴이 못이 박히도록 아프고 미안하다. 미나는 웃음 섞인 사과를 한다.

미나   어떡해 선배, 미안. 난 다 아는 줄 알고.
평화   …
미나   그래도 설마 애는 없지? …있나?

손이 떨리도록 화가 치밀어 오르는 평화, 애써 감정을 누른다.

평화   …재미있니?
미나   뭘 그리 정색을 해? 없는 얘기한 것도 아닌데, 다 사실이잖아. 그리고, 아무리 후배라도 사무장한테 반말하는 건 아니지 않나?
평화   너답다. 나 먼저 갈게.

평화, 일어서 나간다. 뒤따라 나가는 로운.

☕ 22. 브리핑실 앞 복도/ 밤

로운이 급히 평화를 따라간다.

350

로운   잠시만요. 선배!

평화가 돌아본다. 울음을 참으려고 애쓰고 있다.
로운은 무슨 말을 해야 할지 모른다. 괜찮은 건지 아닌지 스스로도
알지 못한다.

평화   모른 척해줄래? 나 지금 무지 창피한데.

평화가 돌아선다. 로운은 잡지도, 따라가지도 못한다.

☕ 23. 다을이 집/ 밤

다을이와 초롱이가 소파에 앉아 TV를 보며 웃고 있다.
씩씩거리며 걸레질을 하는 충재, 소파에 앉아 있던 다을이가 다리를
살짝 들어주자 발밑을 팍팍 닦으며 지나간다. 절로 신세 한탄이 나
온다.

충재   내가 다시 취업하기만 해봐, 가만두나!
초롱   그러니까 엄마가 잘해줄 때 잘했어야지. 뿌린 대로 거둔다고
            다 벌 받은 거야.
충재   너 그런 말 어디서 배웠어?
초롱   아빠가 맨날 엄마한테 하던 말이잖아? 아빠! 저쪽도 닦아야겠
            다. 반짝반짝~ 부탁해요!

걸레를 집어 던지는 충재.

충재   이놈의 집구석. 해도 해도 도무지 끝날 기미가 안 보이네.

다을   원래 집안일이라는 게 그래. 해도 티도 안 나고. 알아주는 사
           람도 없고. 뭐 해? 초롱이가 저쪽 닦으라잖아.

구시렁거리는 충재. 별수 없이 걸레를 집어 드는데, 현관 비밀번호
누르는 소리가 들리고 시부와 시모가 들어온다. 충재가 도와달라는
듯 걸레를 들고 다가간다.

충재   엄마아!

시모   아니, 이게 무슨 일이야? 왜 우리 아들이 걸레를 들고 있어?

다을   오셨어요, 어머님.

시모   오시고 가시고 간에, 왜 가장 손에 걸레가 들려 있냐고 묻잖
           아. 내가 살다 살다 이 꼴을 다 보고, 너무 오래 살았지 내가.

시부   으이구~ 집구석 자알 돌아간다!

다을   아버님, 어머님 잠깐 드릴 말씀 있어요. (충재에게) 나는 커피,
           아버님 어머님은 꿀차에 홍삼 타서 내와.

어이가 없다는 눈으로 다을을 보는 시부모.

〈다을이 집 식탁〉

식탁에 다을과 시부모가 앉아 있다.

다을은 커피를 마시고 있고 시부모는 차를 마시는데,

다을	그렇게 된 거예요.
시모	진짜… 우리 아들이…
다을	예. 어머님 아들이 그랬어요. 회사 그만둔 거 속이고, 퇴직금도 다 날리고, 대출까지 받아서 썼더라구요.
충재	대출 아니고 현금서비스라니까!
시모	이 시끼가! 입 안 다물어?

시모가 째려보자 깨갱하는 충재.

초롱	(멀리 소파에서) 엄마~ 스크린 골프, 나이스 샷!
다을	아! 그 돈으로 골프도 치러 다니시고.
시부	(화난 목소리로) 다을이 너 똑바로 들어라. 이제 넌 우리 집 며느리가 아니다. 우리 집 가장이다.
충재	아빠~
시부	그리고 아무리 못났어도 네 남편이고, 아무리 흠이 많아도 초롱이 아빠야. 환불은 안 된다.
시모	그럼. 절대 환불 안 되지. 네 남편이니까 네가 고쳐 써.
다을	재활용도 안 되는 사람이라 폐기해야 할 거 같은데, 곰곰이 생각해 보고 말씀드릴게요.
시부	밥은?
다을	아직 안 먹었어요.
시부	가장이 굶으면 되나. (충재 돌아보며) 뭐 해? 이 집 가장이 밥을 안 먹었다는데. 밥 차려라.

두 손으로 걸레를 들고 공손하게 서 있던 충재, 그래도 엄마는 자기

편을 들어줄 것 같다.

충재   엄마아~
시모   걸레질 하루 종일 할 거야? 얼른 밥 차려. 가장이 잘 먹어야
           집안이 바로 서지.
충재   아 몰라. 엄마가 차리든지.

시모가 식탁에 있던 물티슈를 집어 던진다. 충재 얼굴에 팍! 맞으면

초롱   할머니 나이스 샷!
시모   밥 차려!! 얼른!
충재   그놈의 밥밥밥!!! 내가 치사하고 드러워서 당장 취업한다!

발악을 하는 충재. 그 누구도 관심을 주지 않는다.

☕ 24. 킹더랜드/ 밤

사랑, 연회가 끝나고 뒷마무리를 하고 있다.
아무렇지 않은 듯 보이지만 고된 하루였다. 고단함이 몰려온다.

하나   사랑 씨,
사랑   (활짝 웃으며) 네. 선배님.

활짝 웃는 얼굴이 안쓰러운 하나다.

하나	내 앞에서까지 그렇게 애쓰지 않아도 돼. 가서 좀 쉬고 와.
사랑	아닙니다. 괜찮습니다.
두리	여긴 우리가 할 테니까 어서 쉬어.
사랑	정말 괜찮습니다.
세호	괜찮긴 뭐가 괜찮아. 이게 무슨 보통 스캔들이야? 가는 데마다 여기저기 수군대는데 멘탈이 정상일 리가 없지.
원	(소리) 기사가 잘못 났습니다.

돌아보면 원이 서 있다. 모두 놀라 인사를 한다.

원	기사가 잘못 나왔어요. 스캔들이 아니라 사랑 이야기입니다.
세호	죄송합니다.
원	아니에요. 제가 미안하죠. 소란스럽게 만들어 죄송합니다.
세호	무슨 별 소릴 다 하세요.
원	(쿠키 세트 준다) 이거 받으세요.
세호	네? 저요?
원	제 여자친구 잘 부탁드릴게요. 본부장이 아니라 남자친구로서 부탁드리는 겁니다. 같이 나눠 드세요.
세호	와, 벌써부터 외조하시는 거예요?

괜한 말 하지 말라는 듯, 두리가 세호 옆구리를 쿡 친다.

하나	본부장님, 한 말씀 드려도 될까요?
원	네. 말씀하세요.
하나	사랑 씨는 킹더랜드 팀원이고 소중한 식구예요. 본부장님 부

탁이 아니어도 다치지 않게 저희가 잘 보살필게요. 너무 걱정하지 않으셔도 됩니다.

사랑이 하나를 본다. 하나의 진심이 전해진다.

원   (하나에게 인사한다) 감사합니다. (사랑에게) 갈게.

원이 사랑에게 웃어주고 돌아선다.
오! 멋져. 모두 웃는 얼굴로 원과 사랑을 번갈아 본다.
사랑은 고맙고 쑥스러워 눈길을 어디에 둬야 할지도 모르겠다.

☕ 25. 화란 사무실/ 밤

화란이 최 전무 등 임직원들과 회의를 하고 있다.

화란   다들 기사 보셨죠? 어떻게들 생각하세요?
최 전무   저는 좀 심각하게 봤습니다. 그냥 스캔들도 아니고 우리 직원이잖아요. 기자들 만나봤는데 여론이 아주 안 좋게 흘러갈 가능성이 높습니다.
화란   어떻게요?
최 전무   호텔 후계자가 여직원들 후리고 다닌다, 뭐 그런 거죠.
임원1   저도 같은 생각입니다. 사실관계야 어떻든 회사 이미지 깎아먹는 건 사실이니까요.
임원2   댓글 중에는 킹호텔이 러브호텔이냐, 뭐 그런 추한 얘기도 오가고 그럽니다. 입에 담기도 그러네.

최 전무　　저희 임원진들은 다 함께 뜻을 모아서 구 본부장의 사장 승진을 반대할 생각입니다.

화란　　　그래야겠네요. 어쨌든 여론이 안 좋으면 주가도 떨어지니까.

노크 소리, 문이 열리며 비서실장과 구 회장이 들어온다. 모두 일어나 인사를 한다.

구 회장　　어쩐 일로 다들 모여 있어. 나도 모르는 회의를 하고 있구나.

화란　　　네. 회사가 비상이라서요.

구 회장은 자연스럽게 상석에 앉고 화란은 한 자리 밑으로 내려앉는다.

구 회장　　경영을 한다는 것은 늘 비상이지. 좋을 때는 나쁠 때를 대비해야 하고, 나쁠 때는 더 나빠질 때를 대비해야 하고. 그래서, 비상 대책 회의는 잘했고?

화란　　　예. 임원진들 모두 아버지한테 드릴 말씀이 있답니다.

구 회장　　그래?

최 전무　　네. 회장님. 이번 구원 본부장 기사로 인해서,

구 회장　　그 전에 잠깐만, 나도 할 말이 있는데 먼저 해도 되나?

최 전무　　예 회장님.

구 회장　　(화란에게) 이번 기사 낸 거, 구 상무 작품이지?

모두 놀라 화란을 본다. 최 전무를 뺀 누구도 화란이 그랬을 거라는 생각을 못 했다. 화란은 표정 하나 변하지 않고 구 회장을 본다.

화란	기자가 물어보길래 사실대로 얘기해 준 것뿐이에요.
구 회장	이러면 내가 원이에게 실망하고 너한테 모든 걸 줄 줄 알았어?
화란	너무 앞서가지 마세요, 아버지.
구 회장	넌 개인의 이익을 위해 더 큰 가치를 훼손했어.
화란	말은 똑바로 하세요. 회사 가치를 훼손한 건 제가 아니라 원이에요.
구 회장	넌 경영보다 정치가 더 어울리는 것 같다.
	오늘부로 킹호텔에 가지고 있는 모든 직책 내려놓고 손 떼.
화란	아버지!
구 회장	응 그래, 내 딸. 하고 싶은 말 있음 다 해봐.

구 회장은 여유가 있다. 자기를 쫓아내고도 아무런 아픔도 없는 그 얼굴이 화란을 미치게 만든다. 화란이 소리를 지른다.

화란	처음부터 이럴 생각이셨어요, 아버진. 어차피 다 아들 거니까.
구 회장	진즉 그랬어야지, 솔직하게. 하고 싶은 말 있으면 더 해.
화란	말하면 뭐 바뀌나요? 어차피 아버지 마음속에 저는 없는데.
	옛날부터 지금까지, 단 한 번도 저는 없었어요.

일어서는 화란, 방을 나가버린다.

☕ 26. 화란 사무실 앞. 복도/ 밤

화란이 빠른 걸음으로 걸어간다.

☕ 27. 화란 회상 : 구 회장 집 - 거실/ 낮

중학생 화란이 집으로 들어온다. 손에 상장이 들려 있다.
가정부가 밝게 웃으며 인사를 한다.

가정부	오셨어요, 아가씨.
화란	아빠는?
가정부	2층에 계세요.

대답도 끝나기 전에 계단으로 뛰어 올라가는 화란. 기대에 찬 얼굴이다.

☕ 28. 화란 회상 : 원이 방 앞. 내부 교차/ 낮

2층 복도를 뛰어가던 화란, 웃음소리에 멈춘다.
뒤를 돌아본다. 자기 방이 아니라 원이 방 쪽에서 들리는 소리다.
원이 방 쪽으로 가는 화란. 살짝 열린 문 사이로 구 회장과 한미소,
원의 웃음소리가 들린다.

방 안쪽을 보는 화란.

어린 원과 구 회장, 한미소가 베개 싸움을 하고 있다.

화란 시점으로 원과 구 회장이 보인다.

화란은 아빠가 저렇게 밝게 웃고 있는 모습을 처음 보았다.

너무 행복해 보이는 세 사람, 화란은 자기만 가족이 아닌 느낌이 든다.

돌아서 방으로 걸어간다. 상장을 찢어버린다.

☕ 29. 화란 사무실/ 밤

표정 하나 변하지 않고 걸어가는 화란. 지나가던 직원들이 인사를 하
지만 받지 않고 앞만 보고 걸어간다.

생각해 보면 늘 언제나 혼자였다. 아무것도 아니다.

☕ 30. 할머니 집/ 낮

사랑이와 원이 식당으로 들어온다. 아직 장사 전이라 식당에는 손님
이 없다.

사랑   할머니, 우리 왔어.

주방 쪽으로 가는 사랑과 원. 할머니가 손에 물기를 닦으며 주방에서
나온다.

할머니	아직 결혼도 안 했는디 우리는 뭔 우리여?
원	(인사한다) 손주사위 왔습니다.
할머니	응, 왔어? 우리 손주사위, 후보 1번.
원	신문에 기사까지 났는데 이제 그만 후보 딱지는 떼주시죠.
할머니	고것은 네 생각이고. 뭐가 이리 당당해? 보아하니 네넘 짓이 고만.
원	아니에요! 제가 뭐 하러 그래요?
할머니	나가 허락을 안 항게 동네방네 다 소문내려고 헌 거 아니여?
원	저 그렇게 약삭빠른 놈 아닙니다.
사랑	그럴 사람 아닌 거 알면서.
할머니	아이고 벌써부터 편들고. 그렇게 좋아?
사랑	응.

배시시 웃는 사랑. 사랑이 웃는 얼굴을 보자 할머니도 웃는다.
할머니가 원에게 손짓한다. 원이 다가오면 다정하게 손을 잡고 인자
하게 말한다.

할머니	사랑이 눈에 눈물 나게 하면… 넌 죽어. 그날이 제삿날잉게 그렇게 알어.
원	절대 그럴 일 없게 제가 잘할게요. (웃는다)
할머니	웃기는. 웃지 마! 정 붙어!
원	뭐부터 할까요? 양파 깔까요?
할머니	징 그리하고 싶음 옷부터 갈아입든가.
원	네.

그때 문이 열리며 녹즙 아줌마 들어온다.

녹즙	밖에 차 서 있는데, 혹시 재벌 사위, (원이 본다) 왔네, 왔어!
사랑	오셨어요?
원	안녕하세요.

녹즙 아줌마, 사랑은 본체만체, 원이에게 종종종 다가와 원이 손을 잡는다.

| 녹즙 | 내가 이렇게 높은 사람인 줄도 모르고, 딱 봤을 때 알아봤어야 되는데. 잠깐만 있어 봐요. |

녹즙을 꺼내는 한편 휴대폰도 꺼내는 아줌마. 어디론가 전화를 걸며,

| 녹즙 | (원에게 녹즙 주며) 마셔. 쭉 해. |
| | (전화 통화) 왔어요 왔어… 누구긴, 우리 동네 재벌 사위지. |

〈할머니 집〉
원이에게 꽃다발을 주는 요구르트 아줌마. 원이는 정신이 없다.

| 요구르트 | 우리 사랑이가 출세해 버렸네. (원이 옆으로 서며) 잘 나오게 찍어봐. |

보면 식당 가득 사람들이 모여 있다. 사랑이 휴대폰을 들고 사진을 찍어주는 동안 모두 입이 쉬지 않는다.

할머니	뭔 사진까지 찍어? 아직 후보라니까.
요구르트	후보든 뭐든, 나 재벌은 실제로 첨 본다니까. (사랑에게) 한 장 더 찍어.
녹즙	어이~ 요구르트! 한 장씩만 찍어. 뒤에 사람들 기다리는데.

사랑이 사진을 더 찍어주려는데 백숙 아주머니가 불쑥 들어온다.

백숙	나 알지? 쪼기 삼계탕.
원	예. 저번에 제일 큰 걸로 잡아주신,
백숙	(말 다 듣지도 않고 종이 내민다) 사인 한 장 해줘. 액자 해서 걸어 둘라니까.
원	저 사인 같은 거 없는데요.
백숙	사인이 뭐 별거 있어? 걍 이름 석 자 적으면 되지. 얼른.

원이 얼떨결에 사인을 하는데,

백숙	고 밑에 '국물이 야들야들하고 고기가 끝내줘요'라고 쓰면 돼.

그게 뭔 말이지? …생각할 겨를도 없이 여기저기 몰려드는 사인 요구에 정신없는 원. 어느새 진 빠진 얼굴로 사인된 종이를 들고 백숙 아주머니와 나란히 사진을 찍고 있다. 그 뒤로 새마을 금고 아가씨, 냉커피 아줌마 등등이 차례로 사진을 찍는다.

〈할머니 식당/ 낮〉
녹즙 아줌마가 휴대폰을 들고 있다.

보면 할머니를 가운데 두고 원과 사랑이 서 있다. 할머니는 미간에 잔뜩 인상을 쓰고 있고, 원이는 반쯤 정신이 나간 얼굴이고, 사랑이만 혼자 활짝 웃고 있다.

사랑   (원이 한번 보고) 이제 마지막이니까 좀만 버텨.

원   …으 …응.

원이 있는 힘을 다해 입꼬리를 올려본다.

사랑   (할머니 한번 보고) 할머닌 또 왜 이렇게 인상을 쓰고 있어? 기왕 찍는 거 웃어 좀.

할머니   빨리 찍어. 장사허게.

녹즙   하나, 둘, 찍어요~

인상을 쓰고 있던 할머니, 어느새 얼굴이 풀어진다.
셋의 웃는 얼굴이 화면에 담긴다.

☕ 31. 구 회장 집. 다이닝룸/ 밤

원과 구 회장이 앉아 있다. 한바탕 난리가 날 줄 알았는데 구 회장은 평소와 다를 게 없다. 원이는 그게 오히려 이상하다.

구 회장   호텔 체인 사업은 하나부터 열까지 네가 직접 진행해.

원   네. 그럴 생각이에요.

구 회장	실무진 보낼 생각 하지 말고 해외 출장도 직접 가고.
원	알겠습니다.
구 회장	그래. 난 좀 쉬어야겠다. (일어서는데)
원	왜 아무것도 안 물어보세요?
구 회장	내가 물어보면 뭐 달라져?
원	아니요.
구 회장	체인 사업, 기대하는 사람들이 많아. 그 말은 곧 질투하는 사람들도 그만큼 많다는 뜻이고. 실수 없이 좋은 성과 내고 와.

먼저 자리를 뜨는 구 회장.
혼자 남은 원, 찻잔을 들다가 테이블에 놓인 호랑이 연고를 본다.
뚜껑을 열어본다. 이미 많이 썼다. 원은 아버지와 거리가 조금 가까워진 느낌이 든다.

☕ 32. 킹더랜드. 룸/ 낮

사랑이 카트를 끌고 룸으로 들어온다.
카트에는 정갈한 한정식 차림의 2인분 식사가 준비되어 있다.

구 회장	오! 우리 1등 사원. 잘 지냈어?
사랑	회장님도 잘 지내셨어요?
구 회장	나야 늘 똑같지.
사랑	식사 올리겠습니다.

언제나처럼 똑같이 인자한 얼굴로 반갑게 사랑을 맞이하는 구 회장.
사랑은 웃고 있는 얼굴과 달리 머릿속으로는 생각이 많아진다.
서빙을 마친 사랑, 2명 상차림이지만 구 회장 맞은편 자리는 빈자리다.

사랑	한 분은 언제 오세요? 많이 늦으시면 국이랑 밥은 따로 데워 올까요?
구 회장	앉아. 거기 자네 자리야.
사랑	저요?
구 회장	오늘은 우리 1등 사원 밥 한 끼 대접하고 싶어서 온 거니까. (사랑이 머뭇거리자) 왜 불편한가?
사랑	…아닙니다.

⟨킹더랜드 룸⟩

마주 앉아 있는 구 회장과 사랑. 구 회장과 달리 사랑은 밥 먹는 게 너무나 조심스럽다.

구 회장	내가 자넬 얼마나 아끼는 줄은 알고 있지?
사랑	네. 항상 감사하게 생각하고 있습니다.
구 회장	원이가 왜 좋아하는지 알겠어. 그걸 아니 더 무섭고.

구 회장이 수저를 놓는다. 사랑도 젓가락을 내려놓는다.

구 회장	애들도 아닌데 헤어져라 마라 하지는 않을게. 대신 조용해질 때까지 잠시 조용한 데 가 있어.
사랑	부탁입니까? 지시하시는 겁니까?

구 회장	지시하는 거야. 킹호텔 회장으로서.
사랑	회장님 지시라면 따르는 수밖에 없네요.
구 회장	당분간 떨어져서 생각해 보면 너도 어떤 게 좋은 결정인지 알 게 될 거야. 밥 먹자. 다 식겠다.

구 회장이 다시 식사를 시작한다. 사랑도 젓가락을 들지만 아무것도 집을 수가 없다.

☕ 33. 광진교/ 밤

난간에 기대 야경을 바라보는 사랑. 바람은 차갑고 마음은 복잡하다.
눈물이 뚝 떨어질 것 같은데, 사랑 뒤에 차가 선다.
돌아보는 사랑, 차에서 원이 내린다. 뛰어와 사랑 앞에 서는 원.

원	오래 기다렸지?
사랑	아니.
원	(사랑 얼굴을 두 손으로 감싸고) 얼굴 차가워진 거 봐. 따뜻한 데서 기다리라니까.
사랑	바람이 시원해서.
원	무슨 일 있었어?
사랑	아니. 왜?
원	그냥. 얼굴이…
사랑	너무 못났어?
원	무슨 말도 안 되는 소릴.

웃는 사랑. 원에게 안긴다.

사랑   포근하니 좋다.
원   나도.

사랑을 안고 토닥여 주는 원.

원   당분간 못 만날 거 같아. (사랑이 바라보면) 해외 출장 가.
사랑   …며칠이나?
원   3주 정도?
사랑   (괜찮은 척) 그 정도야 뭐.
원   3주라니까? 3주면 거의 한 달을 못 보는 건데, 괜찮다고? 난
           벌써부터 보고 싶은데. 나만 그래?
사랑   일하러 가는 거잖아. 열심히 잘하고 와.
원   알겠어. 잘 다녀올게. 그래도 한동안은 못 보니까 집에 갈 생
           각 하지 마.
사랑   뭐 하려고?
원   놀러 가자.
사랑   이 시간에 어딜?

원은 웃고만 있다.

☕ 34. 놀이동산 입구/ 밤

사랑이 불안한 얼굴로 주위를 둘러본다.
영업이 끝나 캄캄한 놀이동산. 동화 속에 나오는 예쁜 성도 공포영화
세트장 같다. 사랑은 은근 무섭기도 하다.

사랑 　　 거봐 내가 뭐랬어? 다 끝났을 거라 했잖아.
원 　　 그러게 다 끝났네.
사랑 　　 가자.

원이 손을 잡고 돌아서려는데, 거짓말처럼 불이 들어온다.
놀라 멈추는 사랑, 놀이동산을 한 바퀴 둘러본다.
공원 곳곳에 차례로 불이 들어오고, 마지막으로 신데렐라 성에 일루
미네이션이 시작된다. 너무 환상적인 모습에 입을 다물지 못하는 사랑.

사랑 　　 …설마 여길 통째로 빌린 건 아니지?
원 　　 당연히 빌렸지. 왜 놀이동산 안 좋아해?
사랑 　　 아니 완전 좋지. 너무 예쁘다. 최고야.
원 　　 가자. 우리 밤은 이제부터 시작이야.

원이 사랑 손을 잡고 돌아선다.
둘이 사라진 자리, 신데렐라 성이 아름다운 빛으로 반짝이고 있다.

☕ 35. 회전목마 앞

회전목마 뒤에서 원이 나타난다. 교복 차림이다.
잠시 후, 원이 앞으로 사랑이 나타난다.
교복을 입고 찰랑거리는 머리를 쓸어 넘기며 모델처럼 걸어오는 사랑.

교복을 입은 둘이 손을 잡고 놀이동산을 걸어간다.
첫 데이트를 나온 듯 설레고 상기된 얼굴이다.

☕ 36. 놀이공원 곳곳

오락실에서 게임도 하고, 커플 머리띠를 하고 간식도 먹고, 예쁜 배경에서 서로 사진도 찍어주며 즐거운 시간을 보낸다.

☕ 37. 바이킹 앞

바이킹 앞에 서 있는 두 사람, 원은 절대 탈 생각이 없다.

원   굳이 저런 걸 뭐 하러 타?
사랑   놀이기구 안 탈 거면 뭐 하러 놀이동산을 와?
원   분위기 즐기러 오는 거지.
사랑   무슨 소리야? 여기 온 이상 놀이기구는 무조건 타야지. 가자.

사랑이 잡아끄는데 원은 꿈쩍도 안 한다. 마치 땅에 박힌 나무 같다.

사랑	설마 무서워서 그래?
원	(말도 안 된다는 듯) 무슨 소릴. 난 무서움이라는 걸 모르는 사람이야.
사랑	(믿을 수 없다) 무서운 것 같은데?
원	나 스카이다이빙도 하는 사람이야. 고도 1,300피트에서 낙하산 하나 믿고 비행기에서 뛰어내리는 사람이 바로 나야.
사랑	(말 자르고, 형식적으로) 우와 멋지다, 그러니까 가자!

원을 끌고 가는 사랑. 끌려가던 원이 바이킹에 타기 직전 멈춘다.

사랑	왜 또!
원	같이 타면 사진을 못 찍잖아. 내가 여기서 사진 찍어줄까?
사랑	(웃는다) 무서우면 안 타도 돼. 나 혼자도 잘 타.
원	무서운 거 아니라니까.

보란 듯 자신만만 바이킹에 오르는 원. 가운데 자리에 앉는다.
원을 보는 사랑, 씩 웃고는 제일 끝자리로 간다.
한숨을 푹 쉬는 원, 별수 없이 일어나 사랑 옆으로 간다.

〈바이킹〉

하늘 높이 치솟았다가 추락하듯 떨어지는 바이킹.
사랑은 신나서 소리를 지르고 원은 무서워 비명을 지른다.
손을 번쩍 들고 타는 사랑, 질 수 없다! 원이도 손을 번쩍 든다.

둘의 비명소리 멀리 퍼지며,

☕ 38. 회전목마 앞. 카페

사랑은 웃고 있고. 원은 넋이 나간 얼굴로 음료를 벌컥벌컥 마신다.

사랑　　　무서우면 안 타도 된다니까.
원　　　　목말라서 그래.
사랑　　　스카이다이빙도 한다는 사람이 겨우 이거 가지고.
원　　　　내 의지로 뛰어내리는 거랑 기계에 내 목숨을 맡기는 거랑은
　　　　　차원이 다르지.

다시 음료수를 마시는 원.
사랑은 구 회장과 있었던 일을 얘기하지 않는다. 출장 가는데 무거운
마음으로 보내기가 싫다.

사랑　　　고마워. 뭐든 같이 하려고 해줘서.
원　　　　우리는 하나, 으쌰으쌰!
사랑　　　…출장 잘 다녀와.
원　　　　보고 싶으면 참지 말고 말하고. 바로 달려올게.
사랑　　　내 걱정 안 해도 되니까 일 다 마치고 천천히 와. 다 마셨으면
　　　　　가자!
원　　　　어딜?
사랑　　　아직 탈 거 많아.

원	뭘 또 탄다고?
사랑	어허! 얼른 일어나시죠!

☕ 39. 후룸라이드

후룸라이드에 타고 있는 두 사람. 사랑이 앞에, 원이 뒤에 앉았다.
손잡이를 꼭 잡는 원. 불안하다.

원	이거 안전한 거 맞겠지?
사랑	그럼. 애들도 타는 건데.
원	그러니까, 굳이, 왜? 이런 걸 타는 걸까?
사랑	지금이라도 안 늦었어. 내릴래?
원	안전한지 궁금했을 뿐이야. 나는 절대 무서움을 모르는 (덜컹! 움직이자) 으허!

운행을 시작하자 자기도 모르게 신음이 새어 나오는 원.
원은 손잡이를 꽉 잡고, 사랑은 신나서 두 손 번쩍 들고 소리친다.

사랑	출발~

신나게 질주하는 놀이기구.
드디어 클라이맥스 구간이다. 아래로 뚝 떨어지며 물이 사방으로 튀고 플래시가 번쩍인다. 둘의 모습이 사진으로 바뀌며,

☕ 40. 원이 방 - 사랑 방 교차/ 낮

원이 전 시 사진을 보고 있다. 서류 가방에 사진을 넣는 원. 긴 출장 기간이지만 늘 그렇듯 짐은 간소하다.

커다란 트렁크에 짐을 꾸리는 사랑.
자꾸 눈물이 나오려고 하지만 꾹꾹 눌러 참으며 짐을 싸고 있다.

☕ 41. 비행기/ 낮

비행기에 앉아 있는 원. 사랑이에게 문자를 보낸다.
"비행기 탔어. 잘 다녀올게. 사랑해."

☕ 42. 고속도로. 버스 안/ 낮

고속버스에 앉아 있는 사랑, 원이 보낸 문자를 보고 있다.
"잘 다녀와"라고 썼다 지우고,
"나도 사랑해"라고 썼다 지우고…
뭐라고 할까 고민하다 결국 답장을 하지 못한다.

☕ 43. 공항/ 낮

비행기가 날아오른다. 하늘은 파랗고 구름 하나 없다.

☕ 44. 고속도로/ 낮

사랑이 탄 버스가 터널로 들어간다. 출구도 보이지 않을 정도로 깊은 터널이다.

☕ 45. 작은 시내 – 킹 관광호텔 전경/ 낮

논밭도 있고 시내도 있는, 전형적인 도농복합도시다.
오래된 시내 중간, 약간 허름해 보이는 호텔 건물이 보인다. '킹 관광호텔'이다.
호텔을 올려다보는 사랑. 짧은 한숨을 토해낸다.

☕ 46. 킹 관광호텔 사무실/ 낮

책상은 너댓 개 정도, 회의실은 따로 없는 듯 사무실 한쪽에 작은 원탁 테이블이 놓여 있다. 빈 사무실 원탁 테이블에 사랑 혼자 앉아 있다.
문 열리는 소리에 사랑이 일어선다.

사랑	안녕하십니까. (인사하고 보면 보연이다) 어? 선배님.
보연	뭐야? 너, 천사랑 아냐?
사랑	네, 잘 지내셨어요?
보연	왜 네가 여기 있어?
사랑	여기로 발령받았어요.
보연	무슨 말 같지도 않은 소리야. 여긴 너 같은 애들이 오는 곳이 아냐.
사랑	(추억이 깃든 말이다) 저 같은 애들이 뭔데요?
보연	너같이 잘나가는 애들 말이야. 너 킹더랜드까지 올라갔다며. 여기는 대역 죄인들만 오는 곳인데.
사랑	그럼 여기가 혹시 그 유명한?
보연	맞아. 여기가 바로 한번 들어오면 절대 나갈 수 없다는 그 유명한 유배지, 킹 관광호텔!
사랑	그런데 선배님은 왜 여기 계세요?
보연	나? 묻지 마. 마음 아파.

☕ 47. 과거 : 킹호텔 복도/ 낮

보연이 후배 직원과 수다를 떨며 걸어가고 있다.

후배	이번에 객실팀에서 또 한 명 짤렸대요.
보연	왜?
후배	뚱뚱하다고요.
보연	그러니까 상무님 납실 때는 짱박혀 있으라고 그리 말했구만.

하여간 요령들이 없어. 상무님도 너무하긴 해. 옷에 사람을
맞추는 게 말이 되니?

앞에서 화란이 수미를 거느리고 오고 있다.
보연과 후배가 복도 옆으로 붙어서 인사를 한다.

보연　　　안녕하십니까.

고개를 깊게 숙이는 순간, 배의 압력을 이기지 못하고 유니폼 단추가
뜯어져 튕겨 나와 화란 발 앞에 떨어진다. 걸음을 멈추는 화란, 보연
을 훑어보고는,

화란　　　(수미에게) 쟤 치워.

☕ 48. 킹 관광호텔 사무실/ 낮

보연　　　(다시 생각해도 서럽다) …따라와.

보연이 돌아선다.

☕ 49. 킹 관광호텔. 복도/ 낮

보연이 앞서가고 사랑은 캐리어를 끌고 따라간다.

보연	일반 호텔이랑 관광호텔 다른 건 알지?
사랑	네. 호텔은 일반 숙박업으로 공중위생법을 따르고, 관광호텔은 관광숙박업으로 등록되어 관광진흥법의 규제를 받습니다.
보연	뭘 물어봐도 술술 나오는 게 역시 너답다.
사랑	처음 들어왔을 때 훌륭한 선배님 밑에서 잘 배워서 그렇죠. 모든 게 다 선배님 덕입니다.
보연	어이구. 못 본 사이에 사회생활 만렙 되셨네. 여기가 킹그룹 계열사 중에 제일 밑바닥이지만 그래도 다행인 건 딱 하나야. 직원 숙식 제공.

보연이 객실 문을 열어준다.

☕ 50. 객실 내외부/ 낮

작은 호텔 방에 싱글 침대 2개가 놓여 있고, 여기저기 빨래가 걸려 있다.

보연	창가 쪽 침대 쓰면 돼. 옷장에 유니폼 있으니까 갈아입고 로비로 와.
사랑	…네. (방으로 들어가는데)
보연	사랑아. 기사 봤어.
사랑	…저도 봤어요. 기사.
보연	여기 다 사지로 쫓겨난 사람들이라 가족같이 지내니까 너무 걱정하지 마.

보연이 문을 닫고 나간다.

혼자 남은 사랑, 옷장을 열어본다. 이름표 없는 유니폼 몇 벌이 걸려 있다. 유니폼 하나를 꺼내 본다.

☕ 51. 킹 관광호텔. 복도/ 낮

유니폼으로 갈아입은 사랑, 복도를 걸어간다.

어떻게 끝날지 모르는 새로운 시간이 시작된다. 씩씩하게 긴장감을 이겨내려고 한다.

긴 복도 끝으로 사라지는 사랑 뒷모습. (F.O)

☕ 52. 사랑 집. 거실/ 밤

골뱅이 소면에 맥주를 먹는 평화와 다을. 평소와 달리 활기가 하나도 없다.

다을	괜찮아? 별일 없어?
평화	회사 사람들 다 알게 됐다는 것 빼고는 별일 없어. 어차피 뭐 비밀은 없으니까. 언제 터지려나 항상 마음 졸이고 살았는데 차라리 잘된 거 같아. 더 이상 병구 놈도 협박 안 할 테고.
다을	로운 씨는?
평화	그냥 후배라니까. 너는 어때? 초롱 아빠는 취직 준비는 하고 있어?

다을	몰라, 지가 알아서 하겠지 뭐. 스크린 근처는 얼씬도 안 하는 거 같고. 초롱이는 사람 고쳐 쓰는 거 아니라고 하는데 뭐 어쩌겠어.
평화	초롱이가 그런 말도 해?
다을	나보다 나아. (소면 돌돌 말며) 이거 사랑이가 좋아하는 건데.
평화	그니까. 밥은 잘 먹고 다니는 건지.
다을	전화해 볼까?
평화	바쁘다고 전화도 잘 안 받더라.
다을	벌써 2주가 넘었는데 서울을 한 번을 안 오냐…

집을 둘러보는 다을, 한숨이 나온다.

다을	우리 집이 이렇게 컸었나? 왜 이리 휑하지?
평화	우리 셋이 살다가 너 시집가고 나서가 딱 이랬어. 휑하고 썰렁하고.
다을	사랑이 금방 오겠지?
평화	모르겠어. 뭔 일이 있는 것 같기는 한데…

〈인서트〉#40 연결

옷장에서 옷을 꺼내 와 짐을 싸기 시작하는 사랑.
자꾸 눈물이 나오려고 한다. 눈물을 참으며 다시 짐을 싸는 사랑.
평화가 들어온다.

평화	뭐야? 어디 이사 가?
사랑	아니 출장.

평화	언제 오길래 짐을 이렇게 싸?
사랑	그러게 언제 오게 되려나?
평화	(뭔가 이상하다) 뭔데?
사랑	다녀올게. 다녀와서 얘기해. (다시 짐을 싼다)

평화	다녀와서 얘기해 준다니까. 기다려야지.
다을	하긴 걔가 뭔 일 생기면 얘기하는 애도 아니고.
평화	그니까 또 괜찮은 척, 혼자 끙끙대고 있겠지?
다을	사랑이한테 가볼까?
평화	그럴까?
다을	가보자. 너 비행 없는 날 언제야? (휴대폰 꺼낸다)
평화	(휴대폰 본다) 너는 휴무 언젠데?

갑자기 생기가 도는 두 사람. 서로 휴대폰을 보며 날짜를 맞추기 시작한다.

☕ 53. 킹 관광호텔. 로비/ 낮

사랑이가 체크인을 하고 있다.

사랑	체크인 마쳤습니다. 즐거운 시간 되세요.

손님에게 키를 주는데 무전이 온다. 동료에게 눈짓을 하고 무전을 받는 사랑.

사랑 네, 천사랑입니다. 네, 알겠습니다.
(동료에게) 지금 레스토랑에 인원 부족하다고 헬퍼 좀 와달라고
요청이 와서요. 디녀오겠습니다.

☕ 54. 킹 관광호텔. 레스토랑/ 낮

작은 레스토랑에 손님들이 꽉 차 있다.
사랑이 한 테이블에 식사 서빙을 마치고 돌아가는데,

아저씨 (소리) 어이 아가씨.

돌아보는 사랑. 다른 테이블에 앉아 있던 아저씨가 손짓으로 사랑이
를 부르고 있다. 일행은 모두 4명. 다들 골프웨어를 입고 있는데, 잘
나가는 시골 유지 같은 느낌이다.
사랑은 웃으며 인사를 한다.

사랑 네.
아저씨 우리가 지금 세 시간 넘게 커피 리필만 두 번 받았는데 뭐 서
비스 없어? 무슨 호텔이 이래?
사랑 다른 주문 안 하시고 커피만 드신 거예요?
아저씨 왜? 커피면 됐지 뭘 더 팔아먹게? 꼴에 호텔이라고 이 쓰디쓴
커피를 만 원씩이나 받아먹으면서. 양심들이 없어.
사랑 그니까요. 이 쓰디쓴 커피만 드시면 속이 얼마나 쓰려요. 따
뜻한 물이랑 쿠키 좀 몰래 챙겨드릴게요.

아저씨   역시 서울 사람이라 그런지 말이 통하네. 아주 센스가 굿이여!

아저씨가 엄지를 척 올려준다. 사랑이 밝게 인사하고 카운터 쪽으로 간다. 사랑이가 활기찬 분위기를 만들어 가는 것 같다.

☕ 55. 인천공항 전경 – 공항 앞/ 낮

원이 공항을 나서고 있다.
원이 뒤를 따라 걸어오는 상식. 멋지게 선글라스를 벗으며 심호흡을 한다.

상식   후아~ 그리운 이 서울 냄새. 보고팠다.

원이 핸드폰을 꺼낸다.

상식   사랑 씨한테 전화하시게요?
원   왔다고 얘기해 줘야지.
상식   잠깐, 스톱!
      얼마 만에 보는 건데 전화를 해요? 서프라이즈로 짠 하고 나타나야지. 이렇게 모른다니까. 연애는 모든 순간이 이벤트여야 해요. 아셨어요?
원   연애 경험도 없는 너한테 그런 소리 듣고 싶지 않거든? 연애부터 해보고 얘기해.
상식   누가 그래요?

원   이미 소문 다 났어.

다 들킨 건가… 입을 삐죽이는 상식.
사랑이한테 전화를 하는 원. 사랑 전화기가 꺼져 있다.
갸우뚱하는 원. 문자를 남긴다.
"공항 도착했어. 보고 싶다."

☕ 56. 킹더랜드 앞. 복도/ 낮

원이 걸어간다. 오랜만에 사랑이를 본다는 생각에 들뜬 얼굴이다.

☕ 57. 킹더랜드/ 낮

킹더랜드로 들어오는 원. 내부를 훑어보지만 사랑이 보이지 않는다.
늘 앉던 자리로 가는 원. 자리에 앉아 다시 살펴봐도 사랑은 보이지
않는다. 잠시 후, 하나가 온다. 언제나처럼 웃는 얼굴이다.

하나   안녕하세요, 본부장님. 출장 잘 다녀오셨어요?
원   네. 사랑 씨는요?
하나   인사 발령 받은 걸로 알고 있습니다.
원   인사 발령을 받아요?
하나   네. 저도 지배인님께 들었습니다.
원   어디로요?

하나   그건 잘 모르겠습니다.

하나는 끝까지 웃는 얼굴이다. 원은 웃는 얼굴을 싫어했던 지난날이
떠오른다.

원   하나 씨. 내가 처음 킹호텔에 왔을 때 그런 얘기를 했던 기억
         이 있어요. 앞으로 거짓 웃음이 없는 호텔을 만들겠다고, 지
         금, 진심으로 웃고 있는 건가요?

웃음을 거두고 고개를 숙이는 하나.

하나   죄송합니다, 본부장님. 사랑 씨 관련해서는 절대 함구하라는
         지시가 내려와서요.
원   천사랑 씨 어디 갔어요? 인사 발령은 누가 냈고요?
하나   발령을 누가 냈는지 저희들은 모릅니다. 킹 관광호텔로 갔다
         고만 들었어요.
원   킹 관광호텔?
하나   예. 3주 정도 됐습니다.
원   3주 전이면…

원이 얼굴이 굳는다.

〈인서트〉 #38
사랑   출장 잘 다녀와.
사랑   내 걱정 안 해도 되니까 일 다 마치고 천천히 와.

385

사랑은 끝까지 아무 내색이 없었다.

☕ 58. 호텔 앞/ 낮

성큼성큼 걸어가는 원, 사랑에게 전화를 걸지만 여전히 전화기는 꺼져 있다.
굳은 얼굴로 걸어가는 원이 앞으로 한 여자가 마주쳐 지나간다.
원을 알아본 듯 돌아서는 여자, 원이 엄마 한미소다. 원은 앞만 보고 걸어가는데,

한미소   (소리) 원아.

돌아보는 원. 낯설지만 낯익은 얼굴이다.
처음 보는 얼굴인데도 이상하게 가슴이 뛰는 원.

〈인서트〉 3부 #11 (회중시계, 혹은 동화책)
원과 눈높이를 맞추고 마주 앉는 엄마. 원에게 회중시계를 달아준다.
실루엣으로만, 혹은 흐리게 보였던 엄마 얼굴이 점점 또렷해진다.

전 신 엄마 얼굴이 한미소 얼굴로 바뀐다.
그때처럼 지금도 엄마는 미소를 짓고 있다.
한미소가 한 걸음 다가온다. 원이는 말도 못 하고 눈도 돌리지 못한다.

한미소   원아⋯ 엄마야⋯

얼굴이 굳어 있는 원.

〈 END 〉

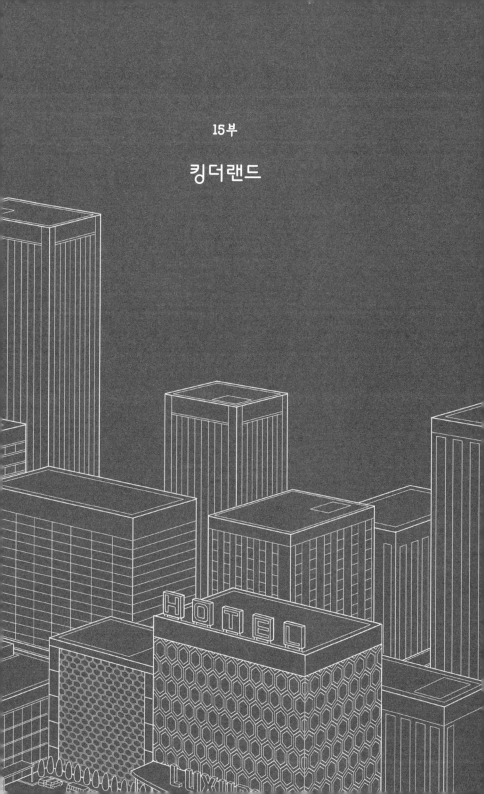

15부

킹더랜드

⛲ 1. 킹더랜드/ 낮

구 회장이 비서실장, 최 전무 등 임원진 네댓 명을 거느리고 룸에서 나오고 있다. 민서 등 직원들이 인사를 하면 다정하게 웃으며 받아준다.

구 회장   그래요. 수고 많아요.

웃으며 걸어가던 구 회상이 누군가를 보고 멈춘다. 뒤따르던 임원들도 멈춘다.
구 회장 시선이 닿는 곳, 미소가 창가에 앉아 구 회장을 보고 있다.

실장   회장님, 무슨 일이십니까?

구 회장은 마치 유령이라도 본 듯 대답도 하지 못한 채 서 있다.
그러는 사이 미소가 구 회장에게 다가온다. 우아하고 기품 있는 모습이다. 뒤늦게 미소를 알아본 임원진들, 인사도 하지 못한 채 구 회장 눈치를 본다.
구 회장 앞에 선 미소. 구 회장 얼굴 위로 수많은 표정들이 지나간다.

⛲ 2. 킹더랜드 룸 안/ 낮

구 회장과 미소가 마주 앉아 있다.

미소   오랜만이에요. 우리.

구 회장	잘 지냈어?
미소	어떻게 쫓겨났는지 다 아는 사람이 물어볼 말은 아닌 거 같은데요? 설마 아들 뺏기고 흔적도 없이 사라진 여자가 행복하길 바란 거예요?
구 회장	미안해. 그땐 내가 힘이 없었어.
미소	아니요. 지금이었어도 당신은 그룹을 택했을 거예요. 당신은 그런 사람이니까.
구 회장	…
미소	대대로 내려오는 전통인가 봐요. 원이 출장 간 사이에 감쪽같이 치워버렸던데요. 나처럼.
구 회장	당신이 노조만 안 만들었어도 그런 일 없었어. 사장 부인이라는 사람이 앞장서서 직원들 선동해 회사에 반기를 드는데 어떻게 아버지가 당신을 받아들여?
미소	약속을 어긴 건 당신이었어요. 함께 꿈꾸던 모든 걸 버리고 비겁하게 돌아섰죠.
구 회장	모두를 지키는 길이었어.
미소	(코웃음을 치며) 버리기 쉬운 걸 택했겠죠. 그게 나였고. 내가 조용히 떠난 이유는 하나였어요. 우리 원이를 위해서. 당신 아버지가 그 어린 아이를 볼모로 잡고 나를 협박했죠. 내가 사라지면 원이는 지켜주겠다고. 그래서 세상에 없는 존재로 살았어요. 애초에 태어나지도 않은 사람처럼.
구 회장	그건… 늘 미안하게 생각하고 있어.
미소	사과받으려고 온 거 아니에요. 경고하러 왔어요. 더 이상 원이 궁지로 몰지 마요. 계속 그러면 나도 가만있지 않을 거예요.
구 회장	그래서 뭐? 기자회견이라도 하겠다는 거야?

미소	필요하다면요. 내가 어떻게 쫓겨났는지, 킹그룹이 노조 준비 위원들을 어떻게 짓밟았는지 세상 사람들이 다 알게 되겠죠.
구 회장	…
미소	원이 만큼은 사랑하는 사람과 행복하게 살게 두세요.
구 회장	그러면 행복할 거라고 생각해?
미소	당신 아버지도 나한테 똑같이 말했어요. 너희가 행복할 것 같냐고.

둘은 잠시 말이 없다.

미소	나는 내 인생을 못 살았어요. 당신은 당신 인생을 살았어요?
구 회장	…
미소	원이는 자기 인생 살게 해줘요. 그룹이나 가문을 위해서가 아니라 스스로 원하는 삶을 살 수 있게. 그게 부모가 할 일이에요.
구 회장	제대로 된 길로 인도하는 것도 부모가 할 일이야. 선택은 원이 스스로 하겠지만.
미소	다행이네요. 결정권은 원이에게 있다니. 갈게요. (일어선다)
구 회장	원이 앞에 나타날 생각은 아니지?
미소	내가 알아서 해요.
구 회장	괜히 잘 살고 있는 애 혼란스럽게 만들지 마.
미소	이제 그런 협박 안 통해요.

미소가 나간다. 구 회장은 앉은 채로 미소를 보고 있다.

🎬 3. 호텔 앞/ 낮

호텔을 나서는 미소.
앞만 보고 걸어가다가 돌아서더니 호텔을 올려다본다.
가장 행복했던 곳이었고 동시에 가장 큰 절망이 담긴 곳이다.
늘 그리워했던 곳이지만 죽어도 오고 싶지 않았던 킹호텔이다.

다시 돌아서려는데, 누군가 호텔을 나서고 있다.
오랜 시간 보지 못했어도 그가 원이라는 것을 한 번에 알아볼 수 있다.
꿈에서라도 단 한 번만 볼 수 있기를, 매일 밤 간절히 기도했다.
원이 미소를 향해 다가오고 있다.
한 걸음, 한 걸음씩 가까워지는 원…

원이 미소를 알아보지 못하고 그냥 지나쳐 간다.
그토록 그리워했지만 막상 마주치니 온몸이 얼어붙은 듯 꼼짝할 수가 없다. 원이 점점 멀어지고 있다.
이대로 보낼 수는 없다. 용기를 내 불러본다.

미소   원아.

미안함이 클수록 목소리는 작아진다. 목소리가 너무 작아 들리지 않는다. 미소가 다시 원을 부른다.

미소   원아…!

원이 걸음을 멈춘다. 서글프고 그리움이 가득한 목소리가 원이 가슴에 박힌다.
천천히 돌아보는 원. 낯설지만 낯익은 얼굴이다.
처음 보는 얼굴인데도 이상하게 가슴이 뛰는 원.

〈인서트〉 3부 #11 (회중시계, 혹은 동화책)
원과 눈높이를 맞추고 마주 앉는 엄마. 원에게 회중시계를 딜아준다.
실루엣으로만, 혹은 흐리게 보였던 엄마 얼굴이 점점 또렷해진다.

전 신 엄마 얼굴이 한미소 얼굴로 바뀐다. 그때처럼 지금도 엄마는 미소를 짓고 있다. 원이는 말도 못 하고 눈도 돌리지 못한다.

미소   원아… 엄마야…

얼굴이 굳어 있는 원. 미소는 더 다가오지 못한다.

미소   나 기억하니?

아무 말도 하지 못하는 원. 이런 상황을 수만 번 상상했지만, 막상 현실이 되니 아무 반응도 할 수 없다.
미소가 한 걸음 더 다가온다. 원은 놀란 사람처럼 한 걸음 물러선다.
마치 더 이상 가까워지기를 완강히 거부하는 것 같다. 미소도 걸음을 멈춘다.
바라만 보고 있는 두 사람. 금방이라도 눈물이 쏟아질 것 같은 미소와 달리 원은 무서울 정도로 차가운 얼굴이다.

아무 말 없이 마주 보고 있는 두 사람. 긴 침묵이 이어진다.

원   용건이 뭐죠?

아무런 감정이 없는 사람처럼 너무도 차분한 얼굴로 묻는 원.

미소   사과하려고 왔어.

원   너무나도 간절히 엄마가 필요했던 때가 있었어요. 그런데 어
          쩌죠? 매일 밤 애타게 엄마를 찾으며 울던 꼬마는 이제 없는
          데. 너무 늦었어요.

미소   너를 지키지 못할까 봐 그게 늘 무서웠어. 변명 같겠지만 내
          가 떠나야만 너를 지킬 수 있다고 생각했어.

원   왜 떠났는지 들었어요. 정확히 말하면 쫓겨난 거겠죠.

미소   킹그룹 사람들, 내가 싸우기엔 너무 큰 산이었어. 이 세상에
          없는 사람처럼 사는 게 너를 위하는 일이라고 생각했는데 내
          가 잘못 생각했어. 누군가 지켜주지 않아도 이렇게 스스로 잘
          자란 아이인데…

원   그때는… 당신도 겨우 지금 내 나이였잖아요. 어른이 되기에
          는 모자란 나이였을지도 몰라요. 그래서 두려울 수도 있겠다
          생각했어요. 이제 조금 이해도 되고요. 그러니까 더 이상 미
          안해하지 말고 편히 사세요.

당신, 이란 말도 서럽다. 하지만 이 와중에도 원망 한 마디 없이 자기

먼저 생각해 주는 아들이 대견하다. 여러 감정이 휘몰아쳐 울컥 올라오는 마음을 간신히 누른다.
자식을 버린 엄마는 슬퍼할 자격조차 없다 생각한다.

미소   나 마음 편하라고 배려도 할 줄 알고 우리 아들 다 컸네.

원   마음 편하라고 듣기 좋은 말 하는 거 아니에요. 이해하려고
            노력하는 것도 아니고요. 소중한 걸 지키고 싶은 마음이 어떤
            건지 알게 돼서요. 그러니까 앞으로는 당신을 위해 사세요.
            더 이상 누굴 지키려고 하지도 말고, 저 때문에 숨지도 말고
            요. 자신을 먼저 생각하면서 사세요.

미소   나 용서하지 마. 이유가 어쨌든 널 혼자 뒀고 널 힘들게 했으
            니까.

원   단 한 번도 미워한 적 없었어요. 당신에 대한 기억은 없어도
            날 얼마나 사랑했는지 그 느낌은 그대로 남아 있어요. 날 버
            릴 사람이 아니다, 뭔가 사정이 있어 떠났을 거다, 긴 시간을
            그 믿음 하나로 버텼어요. 실망하지 않게 해줘서 고마워요.
            그것만으로도 충분해요.

미소   미안하다는 말밖에 할 수가 없는 내가 너무 미안해.

원   저 먼저 일어날게요. 건강하세요.

일어나 공손히 인사를 하고 가는 원.
미소가 따라 일어나지만 차마 잡지 못한다.
원이 커피숍을 나간다. 미소가 참아왔던 눈물을 쏟아낸다.

⌂ 5. 커피숍 앞. 거리/ 낮

원은 앞만 보고 걸어간다. 결코 뒤돌아보지 않겠다는 굳은 결심이 느껴지는 얼굴이다. 그런데 자꾸 눈물이 나려고 한다.
다 잊은 줄 알았다. 이제 필요 없다 생각했다. 그런데 미소를 보는 순간 알았다.
너무도 보고 싶었다는 걸. 단 한 순간도 잊은 적이 없었다는 걸.
원은 자신의 진심과 마주하자 주룩 눈물이 흐른다.
돌아서는 원, 커피숍을 향해 걸어간다. 걸음이 빨라진다.

⌂ 6. 커피숍/ 낮

힘없이 일어서는 미소. 출입문 쪽으로 가는데 원이 들어온다.
성큼성큼 미소를 향해 걸어오는 원, 아무 말도 없이 엄마를 확 안는다.
원이 울음소리가 귓가에 들린다. 미소는 너무 미안해 차마 원을 안기가 힘들다.

원   늘 그리웠어요… 엄마…

다시는 놓치지 않을 것처럼 엄마를 꼭 안고 있는 원.
늘 올려다보던 큰 존재였는데 막상 안고 나니 엄마가 너무 작은 사람 같다. 그걸 느끼니 자기보다 엄마가 더 아팠을 거라는 생각이 든다.
머뭇거리던 미소가 원을 꼭 안는다. 아들은 이미 훌쩍 커서 마치 큰 산을 안고 있는 느낌이 든다.

🛎 7. 킹 관광호텔. 체크인 카운터/ 낮

로비에서 체크인 업무를 하고 있는 사랑.

사랑　　　감사합니다. 다음에 또 이용해 주세요.

환하게 웃으며 인사하는 사랑. 손님이 가고 빌 정리를 하려는데, 무전이 온다.

무전　　　사랑 씨~
사랑　　　(무전 받는다) 네, 천사랑입니다.

🛎 8. 킹 관광호텔. 사우나/ 낮

수납함에 수건을 채우고 면봉을 착착! 넣는 사랑.

보연　　　오! 실력 안 죽었네. 현역이라고 해도 믿겠어.
사랑　　　면봉이랑 화장솜은 항상 90%만 채워놓는다. 언제나 명심하고 있습니다.
보연　　　하여간 똑똑이라니까. (바닥에 벌러덩 누우며) 아고~ 잠깐 엉덩이 좀 붙이자. 오늘 하루도 뭔 정신으로 일했는지 모르겠네.
사랑　　　(그 옆에 앉으며) 진짜 하다 하다 사우나 일까지 하게 될 줄은 몰랐어요. 여기 정말 빡센 거 같아요.
보연　　　괜히 유배지겠어? 일할 사람이 없으니 돌려막기 하는 거지.

나 처음 왔을 때부터 곧 문 닫을 거라고 사람 안 뽑더니 그게 벌써 5년이나 됐어.

사랑　여기 문 닫아요?

보연　손님은 계속 줄고 매출도 안 나오니까. 그나마 결혼식이나 돌잔치, 칠순 잔치로 버티고 있는데 그것도 힘든가 봐. 여기 문 닫으면 우리 같은 죄인들은 이제 정말 갈 곳도 없는데.

사랑　없어지기엔 너무 아까운 곳이에요. 다들 가족 같고 너무 좋은데.

보연　그래서 다들 버티고 있는 거야. 어떻게든 지키고 싶어서.

사랑　(일어선다) 힘내요 우리. 그래야 지키죠.

보연　우선 밥부터 먹자. 그래야 힘이 나지.

사랑　네!

파이팅 넘치는 사랑이를 보니 덩달아 보연이도 힘이 나서 일어난다.

보연　지치지도 않니? 항상 파이팅 넘치는 것도 엄청난 에너지가 필요한데.

사랑　뭐 어쩌겠어요? 이 험한 세상 헤쳐 나가려면 힘내야죠. 으쌰 으쌰!

보연　(미소) 너 오니까 좋아. 완전 든든해.

사랑　(수건 통 들고 나간다) 저도 막 반갑고 신나고 좋아요.

보연　그나저나 본부장님이랑은 어떻게 돼가는 거야?

사랑　어떻게라뇨? 잘 만나고 있는데요?

보연　잘 지내는 거 맞아? 여기 온 지가 언젠데 코빼기도 안 비쳐? 그러니까 다들 벌써 헤어졌다나 뭐라나 수군들 대잖아.

사랑	워낙 바빠서요.
보연	남자들 바쁘다는 거 다 핑계야. 바쁘다고 밥 안 먹니? 그런 말 너무 믿지 마. 믿는 도끼에 발등 찍히는 법이니까.
사랑	네.

해맑게 대답하는 사랑.

9. 연회장/ 밤

연회장 한쪽, 파티션으로 구역을 나누어 임시로 직원식당을 만들어 놓았다. 음식은 싸구려 한식 뷔페 느낌이고, 사랑을 포함 10여 명의 직원들이 음식을 놓고 기다리고 있다.
제일 상석에는 음식과 물, 음료수와 커피까지 세팅되어 있다. 왕 대표 자리다.

사랑	그런데 원래 여기는 직원식당이 없어요?
보연	원래는 있었지. 근데 뭐 곧 문 닫을 거라고 없앤 후로는 대충 이렇게 먹어. (일어서 인사한다) 오셨습니까, 대표님.

직원들이 모두 일어나 인사를 한다. 왕 대표가 들어오고 있다.
골프장에서 막 돌아온 듯 원색 바지에 원색 티셔츠를 입고 있다. 쿨하게 손 한번 흔드는 걸로 인사를 대신하는 왕 대표, 자리에 앉는다.

왕 대표	왜 안 먹고. 먼저들 먹지. 먹어 먹어.

| 보연 | 식사 맛있게 드세요~ |
| 왕 대표 | 난 벌써 먹었지. 지금 시간이 몇 신데. |

그럼 진즉 말을 하던가. 직원들이 몰래 인상을 한 번씩 쓰고 식사를 시작한다.

| 왕 대표 | 이렇게 다 모이라고 한 건 다름이 아니고, (직원들 모두 수저 내려 놓는다) 너네들 왜 연차를 안 써? 연차 남아도 돈 못 준다니까! 무조건 올 상반기까지 남은 거 전부 다 땡겨 써. 알았어? |

합법적으로 월급을 적게 주겠다는 뜻이다. 직원들 표정이 어두워진다.

보연	안 쓰는 게 아니라 못 쓰는 건데요? 가뜩이나 일손 부족한데 어떻게 쉬어요?
왕 대표	열심히 하지 말라니까. 그럴 힘 있으면 이직 준비나 해. 조만간 이 호텔 팔릴 거니까.
보연	확정 난 거예요?
왕 대표	곧 좋은 소식 있을 거야. 그니까 쓸데없는 짓들 말고 이력서 한 줄이라도 더 채울 궁리들이나 해.

모두 실망한 표정이다.

| 사랑 | 정말 외람된 말씀인데, 다 함께 호텔을 살릴 수 있는 방법을 찾아보는 건 어떨까요? |
| 왕 대표 | 왜들 쓸데없이 다 죽어가는 호텔에 열정을 쏟아부어? |

사랑	대표님도 이 마을 토박이라고 들었습니다. 여기 직원들도 마찬가지고요. 호텔이 문을 닫는다는 건 내가 살던 터전이 없어지는 거나 마찬가지니까요. 다들 어떻게든 이곳을 지키고 싶어서 서로 희생해 가며 최선을 다하고 있습니다. 다 함께 힘을 모으면,

기분 나쁘게 사랑을 보는 왕 대표. 자세도 뻐딱해진다. 사랑이 말을 멈춘다.

왕 대표	너 킹호텔에서 쫓겨난 애지?
사랑	인사 발령 받았습니다.
왕 대표	(비웃는다) 인사 발령은 무슨. (목소리 커진다) 네가 누구 믿고 그렇게 까부는지 아는데, 정신 좀 차려. 이렇게 쫓겨나고도 아직 감이 안 와? 끝난 거 모르겠어? 창피한 줄 알면 고개 숙이고 살아.
사랑	누굴 믿고 그러는 게 아니라 저는 킹 관광호텔 직원으로서,
왕 대표	(말 자른다) 그러니까! 직원이면 직원답게 굴라고. 싸가지 없게 어디서 감히 대표한테 말대꾸를 해? 여기 대표는 나야. 판단은 내가 해. 알았어?

일어서는 왕 대표. 직원들이 모두 일어나 인사를 한다.
왕 대표가 파티션 너머로 사라지자 보연이 사랑을 본다. 한마디 할 줄 알았는데,

보연	네가 참아. 말이 안 통하는 분이야. 우리들 생각이 뭐가 중요

하겠어?

보연이 사랑이 어깨를 토닥여 준다. 사랑도 아무렇지도 않은 척 웃음으로 답해준다.

10. 호텔 레스토랑. 야외 테라스/ 밤

별을 보며 앉아 있는 사랑. 혼자 있으니 웃음이 나오지 않는다.

11. 킹 관광호텔. 카운터/ 낮

로비 중앙에 서 있는 사랑. 어딘가를 뚫어지게 보고 있다. 잠시 후 치직거리는 소리가 들리더니 이내 조용해진다.

사랑   (무전) 음악 안 나와요.

다시 스피커 쪽을 보는 사랑. 잠시 후 치직거리는 잡음이 들리다가 음악이 잠시 나오다 그친다.

사랑   (무전) 또 그래요. 나오다 그쳐요.

무전을 마치고 기다리는 사랑.
원이 로비로 들어서고 있다. 사랑은 스피커를 보고 있느라 원을 보지 못한다. 원이 사랑 뒤에 멈춘다.

이상한 느낌에 돌아보는 사랑. 원이 웃고 있다.

사랑은 멍하니 보고 있다. 원이 앞에 있는 게 실감이 나지 않는다.

천천히 현실로 돌아오는 사랑, 얼굴이 점차 펴지더니 활짝 웃는다.

치직거리는 소리를 따라 로비에 로맨틱한 음악이 흐르기 시작한다.

사랑은 웃고 있지만 눈물이 나려고 한다.

원	데리러 왔어.
사랑	잘 다녀왔어?
원	응… 늦게 와서 미안해. 혼자 힘들었지?
사랑	일은 잘 끝내고 온 거야?

혼자 많이 힘들었을 텐데 원망 한 마디 없는 사랑이 너무 가슴 아픈 원이다.

원	잘 끝내고 왔어. 올라가자.
사랑	나 이제 여기 직원이야.
원	상관없어. 내 사람이야.

그토록 보고 싶던 원이 내 앞에 있다. 그것만으로도 모든 게 다 괜찮아진다.

사랑	(무전이 온다) 잠시만. 네 천사랑입니다. 지금요? 알겠습니다. (원에게) 나 가봐야 돼.
원	다녀와. 기다릴게.

사랑	같이 갈래?
원	어디든.

📋 12. 킹 관광호텔. 연회장/ 낮

황당한 얼굴로 서 있는 원. 주위를 둘러보면 다들 연회 준비로 바쁘다.
사랑이 테이블보를 들고 와 원에게 척 안겨준다.

사랑	세팅할 줄 알지?
원	(황당해서 웃다가 정색하고) 잊었어? 난 한번 배운 건 절대로 까먹지 않는 사람이야.
사랑	(인정!) 그럼 저쪽부터 세팅 부탁드려도 될까요? 주방 좀 다녀올게요.
원	나 무지 비싼 몸인데, 감당되겠어?
사랑	이따 끝나고 그동안 못 본 거 다 충전해 줄게. 어때?
원	얼른 끝내주지.

파이팅! 주먹을 불끈 쥐여주고 주방 쪽으로 가는 사랑.
원이 테이블보를 가지고 제일 안쪽 테이블 쪽으로 가는데,

보연	(소리) 저기! 거기!

원은 자기를 부르는 것이라고 생각도 못 하는데,

보연   어이, 거기 테이블보! (원이 난가? 싶어 돌아보면) 이리 와서 이것
         좀 잡아.

보연이 의자에 올라가 현수막을 붙이고 있다. 원은 설마 자기를 부르
나 싶어 주변을 돌아보는데,

보연   그래 너 맞아 너! 좀 빨리빨리 움직이자. 지금 얼마나 바쁜데.
         (원이 다가오자) 그거 놓고 와야지.

원이 테이블 위에 테이블보 뭉치를 놓고 다가오면, 현수막 한쪽 가리
키며

보연   그쪽 잡고 이쪽이랑 맞춰봐, 평행하게.
원   …예.

원이 의자를 밟고 올라가 현수막을 펼친다.
'최귀태 님 팔순을 축하합니다. 만수무강하세요' 문구 보인다.

원   이 정도면 됐나요?
보연   좀 더 올려봐. 아니, 너무 올렸어. 조금 아래로, 아니 너무 내
         렸잖아. 조금이란 말이 뭔지 몰라? 유학파니?
원   예.
보연   이래서 말귀 못 알아듣는 애들은 쓰지 말라니까. 글씨 다 운
         다. 옆으로 더 당겨봐! 그렇지. 좋아. 그래 그 정도면 됐어.

보연이 내려와 현수막을 본다. 잘 붙었다. 흐뭇하다. 원이도 내려와 현수막을 본다.

원   이런 것도 직원이 직접 하네요. 보통은 대행업체가 하지 않나요?

보연   이런 걸 우리가 직접 해주니까 경쟁력이 생기는 거야. 이따가 여차하면 탬버린도 쳐야 돼. 탬버린은 좀 치나?

원   아니요.

보연   알바 뽑을 때 탬버린 잘 치는 애로 뽑으라니까. 잘 봐, 딱 한 번만 가르쳐 줄 거야.

테이블 위에 놓인 탬버린을 드는 보연. 현란하게 탬버린을 흔든다. 짝짝짝… 박수를 치는 원. 알바라고 하기에는 너무나 여유가 있다. 다시 보니 알바라고 하기에는 너무 기품이 넘치고, 자세히 보니 아는 얼굴 같다.

보연   그런데 우리… 어디서 본 적이 있나?

원   글쎄요. 처음 보는데요.

보연   그런데 왜 낯이 익지?

원은 여유 있게 웃고 있다. 보연은 뭔가 단단히 잘못되고 있음을 느낀다.

보연   저기… 혹시… 킹호텔, 사랑이… 그분은 아니시죠?

원   왜 아니라고 생각하세요? 맞습니다, 사랑이 남자친구.

손으로 입을 가리며 놀랐다가 허둥지둥 인사를 하는 보연. 딱 죽고
싶은 심정이다.

보연 몰라뵈어 죄송합니다. 정말 죽을죄를 졌습니다. (두 손을 이마에
대고 큰절하려고) 만수무강… (큰절은 아닌 것 같다. 다시 90도로 허리 굽
히며) 만수무강하세요. 본부장님.

원 (같이 인사해 준다) 초면에 건강까지 빌어주시고 정말 감사합니다.

보연은 어쩔 줄 모르고 원은 그저 웃고 있다.

원 그럼 이만 가봐도 될까요? 테이블보 세팅해야 돼서요.

보연 아닙니다! 저희가 하겠습니다!!

원 제가 잘합니다. 저… 부탁 하나 드려도 될까요?

보연 그럼요. 뭐든 다 하셔도 됩니다. 뭐든 시켜만 주세요!

원 초면에 반말하셨잖아요.

보연 죄송합니다. 일일 알바인 줄 알고 정말 죽을죄를 졌습니다.

원 킹호텔 수문장이신 도어맨 선배님이 그러셨어요. 여기 근무
하는 사람들은 모두 생계를 책임져야 하는 사람들이다. 먹고
살기 위해 모인 사람들끼리 상처 주지 말고 서로 아껴줘야 한
다, 라고요. 단 하루를 일하더라도 동료입니다. 서로 존중해
줬으면 좋겠어요.

보연 지당하신 말씀입니다! 명심 또 명심하겠습니다.

원 네, 그럼 수고하세요.

원은 돌아서고 보연은 다시 인사를 한다. 그러고는 주방으로 뛰어가며,

보연   사랑아~

☕ 13. 킹 관광호텔. 연회장/ 낮

보연이 연회장 입구로 사랑이를 끌고 들어온다.

사랑   저도 진짜 바빠요. 메뉴 체크 끝내고 안내문 부착도 해야 되
            는데.
보연   지금 그게 문제가 아니야. 저기가 문제지.

보연이 가리키는 곳을 보면 원이 혼자 테이블보를 깔고 있다.

사랑   제가 도와달라고 했어요. 잘하죠?
보연   제발 가시라고 해. 아니다. 얼른 모시고 퇴근해.
사랑   일손도 부족한데 가긴 어딜 가요? 그냥 편하게 본사에서 헬퍼
            왔다고 생각하세요.
보연   여긴 내가 알아서 할 테니까 제발 모시고 가. (사랑이 손을 꼬옥
            잡으며) 그리고 내가 뭘 몰라서 그랬다고, 죽을죄를 졌다고 얘
            기 좀 해줘. 나 좀 살려주라.

보연이 애절한 눈으로 사정을 한다.

〈킹 관광호텔 연회장〉
    테이블보가 높이 펴졌다 살랑 내려오면, 사랑 얼굴 보인다.

사랑	오~ 역시 경력직!
원	뭐 이 정도쯤이야. 앉아 있어. 내가 할게.
사랑	쉴 틈 없어. 이거 끝나면 로비부터 안내판 붙여야 돼. 와도 하필 제일 바쁜 날 와서 고생이네.
원	하필 제일 바쁜 날이라 다행이지. 도와줄 수 있어서.

사랑이 테이블보를 잡는다. 원이와 사랑이 테이블보를 펼친다.

🏺 14. 레스토랑. 야외 테라스/ 밤

원이 차를 타서 사랑에게 준다. 찻잔을 두 손으로 꼭 잡는 사랑.

사랑	따뜻하다.

원이도 차를 마신다. 하늘에 별이 가득하다.

원	엄마 만났어.
사랑	(놀라) 정말? 언제? 어떻게 찾았어?
원	찾아오셨어.

원은 잠시 말이 없다. 사랑은 차분하게 기다려 준다.

원	따뜻하고… 참 좋은 분이시더라.
사랑	다행이다. 좋은 분이실 줄 알았어.

| 원 | 다 잊은 줄 알았어. 더 이상 보고 싶지도 않고 필요하지도 않다고. 그런데 엄마를 보는 순간 알았어. 단 한 순간도 잊은 적이 없었다는 걸. |

사랑이 원의 손을 꼭 잡는다.
사랑을 보는 원, 이제 모든 게 다 해결된 것처럼 따뜻하게 웃어준다.

| 원 | 여기까지 오게 해서 미안해. |
| 사랑 | 그냥 인사 발령 받은 거야. 오랜만에 로비에서 손님들도 맞이하고, 사우나에 연회장에 리넨실까지, 정신없이 바쁘긴 했지만 좋아. 호텔 처음 들어왔을 때 생각도 났고. |

'거짓말하지 마'라는 듯 보고 있는 원.

사랑	여기 정말 좋다니까.
원	(주변을 둘러본다) 정말 좋을 만한 게 하나도 없어 보이는데?
사랑	다들 그렇게 말하는데, 안 보이는 게 아니라 못 보는 것 같아. 호텔 뒤에 작은 숲이 있거든. 억지로 꾸미지 않아서 그런지 더 예쁘고 신비로워. 그냥 가만히 보고만 있어도 치유되는 기분이라고나 할까?

〈인서트〉 호텔 뒷산

트레이닝복을 입은 사랑이 산책을 한다.
특별한 숲은 아니지만 나뭇잎 사이로 들어오는 햇살이 좋다.

| 사랑 | 쉬는 날에는 구석구석 동네 구경 다녔어. 손님들 안내하려면 어떤 곳인지 알아야 할 거 같아서. 근데 구석구석 숨은 맛집이 많더라. 심지어 메뉴 하나 시켰는데 맛 좀 보라면서 이것저것 계속 내오시는 거야. 뷔페 온 줄 알았다니까. |

〈인서트〉 시내

저층 건물들이 자리 잡고 있는 그저 그런 중소도시다.
식낭에서 맛있게 식사를 하는 사랑. 사장님이 맛 좀 보라며 반찬들을 계속 내온다. 식당에서 나오는 사랑, 휴대폰으로 간판 사진을 찍는다.

| 사랑 | 여기 분들 인심이 너무 좋아. 동네에 직원 가족분들도 많이 계셔서 지나가다 음료수도 얻어먹고, 아이스크림도 얻어먹고. |

〈인서트〉 공원 체력단련장

등나무 그늘 아래, 사랑이 할머니들과 음료수를 마시며 즐겁게 수다를 떨고 있다.

| 사랑 | 특히 여기, 이 자리! (밤하늘을 본다) 온 세상 모든 별이 여기 모여 노는 것 같아. 매일 보는데도 볼 때마다 새롭고 좋아. |

원이 별을 본다. 사랑이 말처럼 세상 모든 별이 다 모여 있는 것 같다.

| 원 | 좋다. 고요하고 아름답고. |
| 사랑 | 그치? 서울이랑 다르지? 조금만 관심을 가지면 다 보이는데 정말 안타까워. |

원	그래도 천사랑 직원이 있을 곳은 킹더랜드입니다. 함께 올라가시죠.
사랑	죄송하지만 전 직장 상사의 지시는 따를 수 없습니다.
원	뭐? 전 직장 상사? 한국 도착하자마자 정신없이 달려왔는데 이럴 거야?
사랑	소속이 그렇잖아.
원	지금 정식으로 인사 발령 내는 거야. 가자.

내 의지와는 상관없이 지시에 따라야만 하는 위치를 다시 한번 실감하는 사랑. 씁쓸하다.

사랑	그래 나는 직원이니까 어디든 가라면 가야지. 그런데 다음 주에 연회만 세 개야. 그것까지는 하고 올라가고 싶어.
원	다른 직원들 있잖아.
사랑	내가 맡은 일이야. 내 손으로 마무리하고 싶어. 그리고 여기 직원들 모두 어떻게든 이 호텔 지켜내려고 정말 열심히 하는데 모른 척하고 혼자 도망가고 싶지는 않아.
원	직원들이 호텔을 지킨다고?
사랑	여기 호텔 곧 있음 팔리나 봐. 사실 직원들이 노력해 봤자 무슨 의미가 있나 싶기도 해. 어차피 결정은 윗분들이 하니까.

사랑은 힘이 없어 보인다. 원이 생각에 잠긴다.

🏺 15. 공항/ 낮

비행을 마친 평화와 팀원들이 걸어가고 있다.
미나, 로운 등은 함께 가는데 평화 혼자 거리를 두고 앞서가고 있다.
미나가 그런 평화를 보고 비웃는다.

미나　　당당하게 얼굴 들고 다니는 거 봐. 너무 뻔뻔하지 않냐?
팀원1　　괜히 씰리니까 먼저 도망치는 거겠죠.

듣기 싫은 로운, 하지만 아무 말도 하지 않는다.
병구가 잔걸음으로 걸어가 평화 옆으로 붙는다.

병구　　이혼한 거 다 들통났다며? 가자. 오빠가 위로주 한잔 사줄게.
평화　　가라. 한 대 처맞기 전에.
병구　　오~ 옛날 성격 나오는데? 역시 넌 그 싸가지가 매력이라니
　　　　　까. 꼴에 괜한 자존심 세우지 말고 따라와.

걸음을 멈추는 평화. 병구도 멈춰 평화를 보는데, 평화가 있는 힘껏
병구 사타구니를 걷어찬다. 병구는 비명도 못 지르고 주저앉는데, 마
치 평화 앞에 무릎 꿇고 머리를 조아리고 있는 것 같다.
로운 등 팀원들은 놀라 멈춘다.

평화　　혼인신고 한 건 넌데 왜 피해는 내가 봐야 해? 평생 속죄하는
　　　　　마음으로 살아. 알았어?

고통 때문에 말도 못 하는 병구. 고개만 끄덕거린다.

평화　　한 번만 더 찝쩍거려 봐. 애도 있는 유부남이 술 한잔하자고
　　　　졸졸 따라다닌다고 네 부인한테 다 얘기할 거니까.

훅 돌아서는 평화, 당당하게 걸어간다.
기세에 눌려 구경만 하던 미나와 팀원1이 얼른 가서 병구를 일으킨다.

미나　　괜찮으세요, 기장님?

엉거주춤한 자세로 일어서는 병구, 평화가 멀어지는 것을 확인하고
적반하장으로 성을 낸다.

병구　　저거 진짜 미친 거 아냐? (미나에게) 사무장, 오늘 이거 다 보고
　　　　서 써. 저거 안 짜르면 나 비행 안 해. (팀원들에게, 큰 소리로) 내
　　　　가 뭐가 아쉬워서 저런 이혼녀를, 안 그래?

로운이 기장 앞에 선다.

로운　　기장님.
병구　　왜! 뭐! (로운이 픽 웃으면) 웃어? 내가 우습냐?
로운　　지금 이 상황에선 조금 그렇죠.
병구　　뭐? 이게 진짜!

갑자기 발차기를 하는 로운. 병구 바로 코앞에서 발을 멈춘다.

놀란 미나 등이 병구를 놓고 물러나고, 병구도 뒷걸음질을 치다가 자기 캐리어에 걸려 넘어진다. 발을 내리는 로운.

로운 제가 합기도 3단, 태권도 4단, 경기도 아마추어 복싱대회 챔피언 출신입니다.

병구 (무섭지만) 그, 그, 그래서 뭐, 어, 어쩌라고.

로운 그러니까 조심하시라고요. 다시 한번 평화 선배 귀찮게 하면 그땐 발차기 한 번으로 안 끝납니다. (손 내민다) 일으켜 드려요?

병구 아니… 요!

웃으며 공손히 인사를 하고 돌아서는 로운.

16. 공항. 다른 곳/ 낮

굳은 표정으로 걸어가는 평화. 로운이 옆으로 온다.
하지만 평화는 눈길도 주지 않고 앞만 보고 걸어간다.

로운 왜 저 피하세요?

평화 그냥 나 좀 놔두면 안 돼? 정말 아무도 없는 곳으로 사라지고 싶어.

로운 그래서 안 돼요. 지금 놓치면 정말 날아가 버릴 거 같아서요. (평화 캐리어를 잡으며) 가요. 모셔다드릴게요.

로운이 캐리어를 끌고 앞장서 간다. 평화가 멈춰 로운 뒷모습을 보고 있다.

17. 바닷가/ 낮

평화와 로운이 바닷가를 걷는다.

평화	왜 아무것도 안 물어봐?
로운	꼭 물어봐야 돼요?
평화	다들 궁금해하잖아.
로운	과거잖아요. 제가 좋아하는 건 지금의 선배고요. 죄송하지만 과거의 선배한테는 관심 없어서요.
평화	어쩜 그래? 뭐든지 솔직하고 당당하고. 정말 부럽다.
로운	선배도 그냥 선배 모습 그대로 당당했으면 좋겠어요.
평화	난 이미 틀렸어. 모두를 속였으니까.
로운	내 치부 좀 숨기면 어때요? 모두 꺼내 보여줘야 하나? 속인 게 아니라 그냥 아픈 상처라 꺼내지 않은 것뿐이에요. 누구나 보여주기 싫은 모습 하나쯤 갖고 있기 마련이잖아요.

로운 말이 너무 따뜻해 평화를 안고 토닥토닥해 주는 느낌이다.
고마움에 울컥하는 평화. 목이 멘다.

로운	왜 울어요? 울지 마요. 나 마음 찢어져요.

417

울음을 터뜨리는 평화. 로운이 평화를 안는다.
로운은 평화를 꼭 안은 채 토닥토닥 위로를 해준다.

로운   살다 보면 쨍한 날도 있고, 흐린 날도 있고 미친 듯이 폭우가
               쏟아지는 날도 있잖아요. 내리는 비의 양만 다를 뿐이지 누구
               에게나 비는 내려요. 그래도 언젠가 비는 그치잖아요.

포옹을 푸는 로운, 평화 눈을 똑바로 본다.

로운   제가 우산이 되어줄게요. 그래도 되죠?
평화   이미 넌 내 우산이었어.

눈물범벅인 채 웃고 있는 평화. 로운이 입을 맞춘다.

18. 원과 사랑 몽타주

〈호텔 뒷산〉
트레이닝복을 입은 원이 산책을 한다.
중간중간 멈춰서 사진을 찍는 원.

〈로비〉
사랑이 체크인 업무를 보고 있다.

〈시내〉

사랑이 간판 사진을 찍었던 식당으로 들어가는 원.
사랑이 다녔던 모든 곳을 똑같이 가보는 중이다.

〈공원 체력단련장〉

등나무 그늘 아래, 원이 할머니들과 음료수를 마시며 수다를 떨고
있다.

〈레스토랑〉

사랑이 서빙을 보고 있다.

〈야외 레스토랑〉

야외 레스토랑에 앉아 노트북으로 서류 작업을 하는 원, 밤하늘을 올
려다본다. 오늘도 어김없이 세상의 모든 별들이 모여 놀고 있다.

19. 연회장/ 밤

파티션 너머 임시 직원식당에 원과 사랑, 직원들이 모여 있다.
보연이 원이 앞에 두 손으로 공손하게 밥을 놓아주는데, 왕릉보다 더
높고 푸짐하게 쌓여 있다.

보연	제 마음입니다. 맛있게 드세요.
원	(웃는다) 감사합니다. 많이 먹고 만수무강할게요.
보연	그럼요. 만수무강하셔야죠. 항상 평안하시길 진심으로 빌겠

습니다. (직원들 눈치 보다가) 혹시 그것 때문에 오셨는지 여쭤봐
도 될까요?

원　　　그게 뭐죠?

보연　　대표님이 여기 곧 팔릴 거라고 하셨거든요. 그 일 때문에 오
신 건가 해서요.

원　　　아니요. 저는 그냥 여자친구 만나러 온 건데요.

국을 먹던 사랑이 사례가 들려 기침을 한다. 원이 얼른 냅킨을 챙겨
주고 물도 준다. '너무 멋지당' 부러운 눈으로 보는 보연과 직원들.

왕 대표　(소리) 아이고, 본부장님~

원이 돌아본다. 낚시 가방을 멘 왕 대표가 들어오고 있는데, 허리를
살짝 굽히며 거수경례를 곁들인다.

왕 대표　(원이 앞자리에 앉으며) 오셨다는 보고는 받았는데 올라가신 줄 알
았습니다.

원　　　낚시 좋아하시나 봐요.

왕 대표　그럼요. 우리는 TV를 봐도 낚시 TV만 봐요. 오늘 드디어 월
척을 낚았거든요. 이건 보셔야 돼요. (휴대폰 사진 보여주며) 대가
리부터 꼬리까지 30.3센치가 넘으면 월척이라고 하는데, 오
늘 잡은 게 무려 36센치예요.

원　　　그런데 근무 시간에 낚시를 다녀오시네요?

왕 대표　근무의 연장이니까요. 시청 도시계획국장이랑 같이 갔거든
요. 이 호텔 철거하고 여기 부지를 시청 문화원으로 쓰면 어

떨까 상의 좀 하느라.

원은 직원들 앞에서 호텔 파는 이야기를 아무렇지도 않게 하는 대표를 인정하고 싶지 않다.

원	호텔 팔러 낚시터 다녀오신 겁니까?
왕 대표	낚시터만 가나요. 골프장도 가고 사우나도 가고 밥도 먹고, 다 하죠.
원	호텔 파는 일 말고 호텔 살리는 일은 안 하세요?
왕 대표	본부장님이 뭘 몰라서 그러시는데 이 동네는 끝났어요. 관광지 싹 다 죽은 지 오랜데 무슨 희망이 있습니까. 한 푼이라도 더 건질 수 있을 때 파는 게 이득이죠. 그런데 이런 시골에서 이 덩치 감당할 데는 시청밖에 없거든요. 그래서 제가 이렇게 공을 들이는 겁니다.
원	버리고 떠나는 게 제일 쉽겠죠. 하지만 대표라면 그러지 말아야죠. 대표님은 이 호텔뿐 아니라 여기 직원들도 책임지고 있으시잖아요.
왕 대표	그에 앞서 회사의 이익을 실현할 책임도 지고 있죠.

원이 직원들을 둘러본다. 모두 희망을 걸듯 원이를 보고 있다.

원	대표님. 호텔에 오는 손님을 왜 게스트라고 하는지 아세요?
왕 대표	손님이니까 영어로 게스트겠죠?
원	그게 다인가요?
왕 대표	그럼 뭐가 더 있나요?

원	(사랑을 본다) 천사랑 씨가 설명 좀 해주실 수 있을까요?
사랑	제가요? (원이 끄덕이면) 호텔은 어떤 손님이든 최고의 예우로 정성을 다해 모십니다. 그렇기 때문에 커스터머라 하지 않고 게스트라 부르고 있습니다.
원	(왕 대표에게) 혹시 호텔 어원은 아세요?
왕 대표	(웃어넘기려고 한다) 아이고 참 본부장님, 애들 앞에서 시험 보는 것도 아니고… (원이 표정을 보니 장난이 아니다) 말씀하시죠.
원	호텔의 어원은 심신을 회복한다는 뜻의 라틴어 호스피탈레에서 유래된 말입니다. 호텔의 어원을 안다면 왜 손님을 게스트라 부르는지도 자연스럽게 알게 됩니다. 그 두 가지가 호텔의 본질이니까요. 그런데 대표님은 둘 다 모르고 계시네요.
왕 대표	사실 그런 건 경영이랑 상관이 없으니까요.
원	상관이 있죠. 호텔의 본질을 모르는 사람이 이 호텔을 경영하고 있다는 말이니까요. 결국 킹 관광호텔이 매각까지 온 이유는 외부가 아니라 내부에 있다는 뜻이기도 합니다.

왕 대표는 불쾌함을 숨기지 않는다.

| 왕 대표 | 예! 제가 문제가 있다고 치죠. 그렇다 쳐도 본부장님이 관여하실 권리는 없습니다. 여기는 킹호텔이 아니라 킹유통 계열사예요. 상무님께서 매각 지시를 하셨고, 저는 그 목표를 향해 달려갈 뿐입니다. |

직원들 모두 고개를 숙이고 있다. 원이도 희망이 되지 못한다는 걸 깨달았다.

원	그러네요. 법인이 다른데 제가 이래라저래라 할 수는 없죠.
왕 대표	아닙니다. 회장님 아드님이시니 이래라저래라 할 수는 있는데, 제가 그 말을 따를 이유가 없다는 말입니다.
원	그렇네요. (잠시 생각하고) 제가 이 호텔 살게요.
왕 대표	네?
원	파신다면서요. 그 목표한 금액에 킹 관광호텔 인수하겠습니다. 내일 실무진 통해서 인수의향서 보낼 거고, 회장님 결재는 제가 받을게요.
왕 대표	진심으로 하는 말씀이세요?
원	충분히 검토하고 내린 결정입니다. 제가 짧은 시간이지만 이 동네를 모두 둘러보았어요. 호텔 뒤편에 사람들 손을 타지 않은 울창한 숲이 있어요. 햇살, 바람, 숲 향기까지 자연을 오롯이 느낄 수 있습니다. 새벽이면 산안개가 피고 밤이면 수많은 별들이 모여들죠. 무언가로 가득 찼던 일상을 다 내려놓고 완벽하게 쉴 수 있는 호텔로 만들 수 있습니다.
왕 대표	서울 사람이라 뭐 특별해 보일지 몰라도 시골은 다 똑같아요. 사방팔방이 다 산이고 들인데 그게 경쟁력이 됩니까?
원	경쟁력을 갖춰야죠. 숲에서 요가와 다도, 명상 등을 즐길 수 있는 숲 테라피 프로그램을 만들 예정입니다. 객실 리모델링도 할 거고요. 온돌, 황토, 편백나무 방도 생기겠죠. 그냥 버려둔 별관은 책과 음악이 있는 라운지로 활용하고, 동네 어르신들과 함께 이 마을 대대로 내려오는 전통주와 과자도 함께 만드는 체험 프로그램도 열 생각입니다. 우리 호텔 자체가 최고의 관광지가 될 것입니다.

직원들 얼굴이 활짝 펴진다. 그렇게만 한다면 정말 좋은 일이 생길 것 같다.

왕 대표   투자 대비 수익이 안 나올 수도 있을 텐데요?

원   이미 말씀드렸어요. 버리고 떠나는 게 제일 쉽다고, 하지만 지키기로 결심한 순간부터는 손해 볼까 주춤거리지 않습니다.

일어서는 원, 왕 대표에게 악수를 청한다.
영문도 모르고 얼떨결에 악수를 하는 왕 대표.

원   매각 축하드립니다. 목표 달성하셨으니 이제 가보셔도 됩니다.

어서 가라는 듯 원이 두 손으로 공손히 문을 가리킨다. 떠밀리듯 나가는 왕 대표. 눈치를 보던 사랑이 박수를 치고, 뒤를 따라 모든 직원들이 박수를 쳐준다.

20. 연회장/ 밤

왕 대표는 없고 원과 직원들만 남아 있다.
저녁 식사 자리는 깨끗하게 치워졌고 모두 차나 커피를 마시고 있다.

보연   그럼 저희 계속 일할 수 있는 건가요?

원   하루아침에 바뀌지 않을 겁니다. 긴 시간이 걸릴 거예요. 그러기 위해 직원분들께 목표 하나 드릴게요. 우리나라 관광호텔이 총 몇 개죠?

아무도 모른다. 모두 서로를 보며 대답을 못 한다.

보연   (원과 눈이 마주친다) 엄청 많겠죠?

사랑   1,050개입니다.

원   (역시 사랑이다) 1,050개 관광호텔 중 1등 호텔로 만들어 봅시
       다. 그러기 위해 진심을 가진 호텔리어가 될 것, 그게 여러분
       들께 드리는 목표입니다.

보연   네. 할 수 있습니다. (직원들에게) 그치? 할 수 있지?

직원들   할 수 있습니다. 정말 감사합니다.

열정 넘치는 직원들 눈에서 반짝반짝 희망이 보인다.

21. 레스토랑. 야외 테라스/ 밤

원과 사랑이 앉아 있다.

사랑   고마워. 다들 희망이 생겼다고 너무 좋아해.

원   희망을 가져도 되는 사람들이니까. 그래도 되는 곳이고.

사랑   그런데 진짜 괜찮겠어? 초기 투자 비용이 엄청 클 것 같은데.

원   나는 내 이야기를 만들고 싶어. 누가 뭐래도 난 내가 지키고
       싶은 것은 끝까지 지키며 살았다고.

원이 말이 사랑에게 큰 울림으로 다가온다.

사랑	나도 멋지고 싶다.
원	천사랑이라는 사람, 정말 멋진 사람이야. 나도 그런 사람이 되고 싶었어. 그러다 보니 물든 거지. 천사랑이라는 가장 멋진 색으로.

진심이 느껴지는 말이다. 원이 사랑을 안으려는데.

보연	(소리) 잠시 실례하겠습니다.

깜짝 놀라 떨어지는 두 사람. 보면 보연이 차와 쿠키를 들고 온다.
사랑이 일어나 같이 테이블에 세팅한다.

보연	대표님 정말 감사드려요. 저희들 모두 진심을 가진 호텔리어가 될게요.
원	잘 부탁드릴게요.
보연	그래서 드리는 말씀인데, 설마 사랑이 서울로 데려가실 건 아니죠?
원	당연히 데려가야죠.
보연	안 돼요. 호텔 살린다면서 에이스를 빼가는 게 어딨어요?
원	죄송하지만 천사랑 씨는 원래 제 사람입니다.
보연	사랑이 처음부터 제 사람이었어요. 호텔 일도 제가 제일 먼저 가르쳤고요. (사랑에게) 말씀드려. 호텔 와서 제일 먼저 만난 사람이 나잖아.

원	다른 건 몰라도 이건 절대 양보 못 합니다. 제가 여기 온 이유가 천사랑 씨 데리고 가는 거였어요. 절대 혼자 올라갈 생각 없습니다.
보연	연애 초창기라 그러시는 것 같은데, 맨날 붙어 있으면 금방 질려요. 장기적으로 봤을 때는 장거리 연애가 제일 좋아요. 얼마나 애틋한데요.
원	우리는 매일 봐도 매일 애틋해요.
보연	사랑아 네가 정해. 따라갈 거야? 여기 남을 거야?
원	그런 걸 뭐 하러 물어봐요? 당연히 나랑 가는 거죠.
보연	당연히란 건 없죠. 선택은 사랑이가 해야죠.

원과 보연이 사랑을 보고 있다. 둘 다 눈빛이 장난이 아니다. '어서 빨리 나를 선택한다고 얘기해!' 강요를 하고 있다.

사랑	알았어요. 말씀드릴게요.

자신 있는 원과 보연. 둘 다 자기를 선택할 것이라는 사실을 믿어 의심치 않는다. 장난스레 웃고 있던 사랑, 점차 진지한 얼굴로 바뀐다.

22. 호텔 앞/ 낮

차에서 내린 상식과 로운, 평화, 다을이 호텔로 걸어간다.
의기양양한 상식과 달리 로운과 평화, 다을은 불안하다.

로운	형님, 지금이라도 전화해 보는 게 좋지 않을까요?
상식	최고의 이벤트는 서프라이즈야. 생각지도 않았는데 짜잔! 하고 나타나면 감동이 쓰나미로 온다니까. 그걸 모르니 자네가 연애를 못 하는 거야.
로운	저 연애하고 있는데요?
상식	뭐? 나도 못 한 연애를 한다고?
로운	네. 불같은 사랑 시작했습니다. 축하해 주세요.
다을	진짜요? 누구랑요?
로운	아주 멋진 여성분이랑요.
다을	뭐야~ 그새 누가 채 간 거야? 내가 평화 짝으로 찜해놨는데.
평화	내가 채 갔지.
다을	뭐?

로운이 평화 어깨에 팔을 두른다.

평화	그렇게 됐어.
다을	뭐야! 완전 너무 축하해. 웬일이니?
로운	감사합니다.
상식	(절망) 다들 뭐야? 나만 빼고 왜들 그러는 건데? 사랑이 그렇게 쉬운 거였어?
다을	인기 많으시다면서요?
상식	많으면 뭐 해. 아무도 나한테 고백을 안 하는데.
다을	인기 많은 건 맞고요?
상식	⋯

자신 있게 대답하지 못하는 상식. 손가락을 탁! 튕기며,

상식   출발!

호텔 쪽으로 도망치듯 먼저 걸어간다.

23. 호텔 로비/ 낮

카운터 앞에 서는 상식 일행. 보연이 인사를 한다.

상식   여기 천사랑 직원이라고 있죠? 우리 사랑 씨 친군데 불러줄
             수 있을까요?
보연   아, 그게,
상식   (말 막으며) 잠깐, 친구들 왔다고는 말하지 마세요. 서프라이즈라.
보연   죄송하지만 천사랑 씨… 없는데요.
상식   예?
보연   조금 전에 서울로 올라갔어요.
상식   왜요?
보연   사랑을 찾아서겠죠.
다을   (상식을 잡아끌며) 잠깐 저 좀 보시죠!

24. 동 장소

로비 한쪽 구석. 상식이 다을에게 혼나고 있다.

다을   이럴까 봐 내가 연락하고 오자고 했죠?

상식   다 같이 서프라이즈 하자고 합의 봤잖아요. (평화랑 로운 보며) 아 냐?

평화   아닌데요. 선화하자고 했더니 뭘 모르네, 그러니 연애를 못 하지, 온갖 구박한 게 누군데요.

로운   (상식 가리키며) 형님이십니다.

상식   (억울한 눈으로 로운 본다) 너까지 이러기야? 형제끼리 배신을 해?

다을   앞으로 과장님은 뭐 하지 마세요. 이제부터 우리 육남매 리더 는 제가 맡습니다.

평화   (손 든다) 찬성.

로운   (손 든다) 완전, 무조건 찬성입니다!

상식   (어물쩡거리다 손을 든다) 나도 찬성.

다을   (일행 돌아본다) 기왕 여기까지 왔으니까 맛있는 거 먹고 올라가 요. 밥은 (두 손으로 상식 가리킨다) 과장님이 살게요.

상식   회비 걷은 거 있는데… (눈치 본다) 제가 사야죠! 아, 사고 싶어 라. 갑시다, 삼겹살 먹으러!

다을   육남매 리더는 저예요. 갑시다, 소갈비 먹으러!

앞장서는 다을, 환호하며 따라가는 평화와 로운. 상식은 울상이다.

🗑️ 25. 킹더랜드/ 낮

킹더랜드를 가로지르는 구 회장, 사랑과 마주친다.
공손히 인사하는 사랑, 구 회장도 그냥 웃으며 인사를 받아준다.

구 회장   어 그래요. 오랜만이네.

구 회장은 평소처럼 인사를 받아주지만, 사랑이 지나간 후 얼굴이 굳어버린다.
사랑이도 얼굴이 굳기는 마찬가지다. 나 같은 사람, 어딜 보내든 다시 돌아오든 아무것도 아닌 존재 같다.

🗑️ 25-1. 호텔 정문/ 낮

호텔 출입문 앞에 최 전무 등 임원진들 네댓 명이 서 있다.
원이 차가 들어오자 서열대로 자리를 잡는 임원진들.
원이 차에서 내리자 임원진들이 모두 인사를 한다.
원이는 그들이 왜 이러나 싶다. 최 전무가 앞으로 나선다.

최 전무   취임 축하드립니다, 대표님.
원   이렇게 안 하셔도 돼요.
최 전무   회장님 기다리십니다.

공손하게 안내를 하는 최 전무.

🏺 26. 킹더랜드. 룸/ 낮

구 회장과 원이 앉아 있다.

구 회장　　　킹 관광호텔을 인수하겠다고?
원　　　　　네.
구 회장　　　자신 있어?
원　　　　　킹호텔은 이제 글로벌 체인으로 부상할 겁니다. 그러기 위해
　　　　　　서라도 국내 기반이 튼튼해야 한다고 생각합니다. 자신감으
　　　　　　로 하는 게 아니라 해야 하기 때문에 하는 겁니다.
구 회장　　　이제 킹호텔 사장은 너니까 책임지고 잘해봐.
원　　　　　예.

대답을 끝으로 둘 다 아무 말이 없다. 긴 침묵을 구 회장이 먼저 깬다.

구 회장　　　왜 아무것도 안 물어봐? 할 얘기가 많을 텐데.
원　　　　　물어보면 뭐 달라지나요?
구 회장　　　아니.
원　　　　　아버지 생각이 어떻든 상관없어요. 어차피 그건 아버지 뜻이
　　　　　　고 전 제 뜻대로 할 거니까요.
구 회장　　　그래 나도 할 만큼 했으니 나머지는 너의 선택이지. 그 대신
　　　　　　성공이든 실패든 그것도 니 몫이야. 가서 일 봐라.

원이 인사하고 일어선다.

🗄️ 27. 화란 사무실/ 낮

화란과 최 전무가 나란히 서 있다.

화란   원이가 킹 관광호텔을 인수하겠다고?

최 전무   네. 제시한 금액 그대로 인수하겠답니다.

화란   그 적자를 다 떠안겠다고? 말 그대로 다 썩은 계란을 사겠다는 건데, 무슨 생각이야?

최 전무   제 생각에는, 들떠 있는 것 같습니다. 자기가 하면 뭐든 다 성공할 수 있다고 착각하는 거죠. 안 그래도 골칫거리였는데 잘 됐습니다.

화란   원이 걔가 무턱대고 불구덩이로 뛰어들지는 않을 텐데.

최 전무   지금 매각하는 게 여러모로 유리합니다. 당장 킹유통 흑자는 늘어나고 킹호텔 이익은 줄어드니까요. 그리고, 구 본부장이 대표이사가 됐다고 굳이 방을 빼실 필요까지 있으실까요? 호텔 면세점도 둘러보실 텐데 그대로 두시죠.

보면 직원들 서너 명이 화란 짐을 꾸리고 있다.

화란   나 호텔 포기하는 거 아니에요. 다시 올 때는 더 큰 방으로 옮겨야 되니까 미리 준비하는 거예요. 짐은 킹유통으로 옮겨 놔요.

화란이 나간다.

28. 킹호텔 복도/ 낮

혼자 걸어가는 화란, 원과 마주친다. 네가 대표이사라니, 화란은 인정하기가 싫다.

화란   대표이사? 다 끝난 거라 생각하지 마. 이제 시작이니까. 난 너한테 단 하나라도 뺏길 생각 없어.

원   하나라도 누나 기 뺏을 생각 없었어. 아버지도 마찬가지였고.

화란   뺏을 생각이 없었다, 가 아니라 뺏을 엄두를 못 냈다가 맞는 말이야.

원   싸울 생각이 없다는 말 하고 싶었을 뿐이야. 가족이잖아.

화란   너랑 나랑 가족이라고? 난 단 한 번도 그런 생각 해본 적 없어.

경멸하듯 말하는 화란. 싸늘하게 걸음을 옮긴다.

29. 구 회장 집. 거실/ 밤

지친 표정의 화란. 음악을 들으며 홀로 위스키를 한잔하고 있다. 문을 박차고 들어오는 윤 박사.

윤 박사   뭐 하는 거야? 너지? 이런 짓 할 사람은 너밖에 없어.

화란   돈 주니까 알아서 가던데? 네가 말한 사랑이란 거 겨우 그 정도더라. 겨우 그깟 돈 몇 푼에 좌지우지되는 싸구려 사랑.

화란의 뺨을 힘껏 후려치는 윤 박사. 화란도 지지 않는다. 윤 박사 뺨을 더 세게 때린다.

화란   그래서 경고했잖아. 때 되면 이혼해 줄 테니까 조용히 있으라고.

화란을 노려보던 윤 박사. 헛웃음이 나온다. 더 이상 화도 내기 싫을 정도로 목소리가 차분해진다.

윤 박사   이러니까 네가 사랑받지 못하는 거야. 혼자 고고한 척하지만 그냥 사랑에 굶주린 불쌍한 사람일 뿐이잖아.

화란   너도 마찬가지야. 네가 사랑이라고 말한 애들 다 떠났잖아. 결국 다 가짜야. 아직도 모르겠으면 더 해봐. 그 사랑이란 게 세상에 있는지.

윤 박사   정말 너란 여자… 참 가없다.

윤 박사가 밖으로 나가고 화란은 털썩 바닥에 주저앉는다.
눈물이 나지만 울지 않으려고 애쓴다.
화란 시선으로 작은 발이 보인다. 고개를 들면 지후가 앞에 서 있다.

지후   엄마 울지 마. 내가 갈게. 미국 갈 테니까 울지 마. 내가 잘못했어.

화란   …

화란이 일어서려고 하는데, 지후가 화란을 안아준다.

처음이다. 화란이 놀라 눈이 동그래진다.

지후   나라도 엄마 말 잘 들을게. 울지 마.

지후의 품에 안긴 화란. 이 조그만 아이의 품이 너무도 따뜻하고 포근하다. 온몸에 힘이 빠지면서 눈물이 흐르는 화란. 어깨가 떨린다.

🛒 30. 알랑가/ 낮

라희가 매장으로 들어온다. 다을과 팀원들이 "안녕하세요, 과장님" 인사를 한다.

라희   별일들 없지? (막내에게) 막내야. 가서 라떼 좀 사 와. 오트 밀 크로 변경하고 샷 하나 추가, 알지?
막내   (한숨을 쉬며) 네. 알겠습니다.
다을   잠깐만, (자기 카드 꺼내 주며) 이거로 사. 애들 마실 것도 한 잔씩 사고.
라희   뭐야? 다을 팀장이 사는 거야? (막내에게) 그럼 나 샌드위치랑 그릭 요거트 하나 부탁해. 다 같이 먹게 빵도 몇 개 사 오고.

그래도 되냐는 듯 다을을 쳐다보는 막내. 다을은 그러라고 끄덕인다. 막내가 나가는 것을 확인한 라희.

라희   이번 달까지만 하고 쟤 내보내.

다을	네? 인원 유지하려면 목표 금액 하라고 하셔서 달성했잖아요.
라희	위에서 무조건 한 명 자르라는데 내가 무슨 힘이 있니? 쟤 곧 있으면 1년이야. 퇴직금 나가기 전에 내보내. 그리고 앞으로 알바는 열 달씩만 쓰는 걸로, 알았지?
다을	퇴직금 안 주려고 그러는 거네요?
라희	알바들 퇴직금까지 챙겨주면 뭐가 남니? 생존경영인데.
다을	한 명만 자르면 된대요?
라희	응. 두 명 아닌 게 얼마나 다행이야.
다을	그럼 우리 매장에서 정말 쓸모없는 사람 한 명 제가 추려도 돼요?
라희	당연하지. 이제야 말이 통하네.
다을	제 생각에는 과장님이 나가는 게 우리 알랑가를 살리는 길이에요.
라희	뭐?
다을	별그램 올리신 거 보니까 법카로 가족들이랑 한우 오마카세 먹고 정산은 우리 매장 회식으로 올렸던데요?

다을이 계산대 아래에서 영수증이 다닥다닥 붙은 A4 용지를 꺼낸다.

라희	그걸 왜 다을 팀장이 갖고 있어?
다을	팩스 위에 놓고 가셨더라구요. 매장 관리하시는 분이 얼굴도 장만 찍고 어디로 사라지나 했더니, 근무 시간에 애들 등하교에 학원 픽업까지 하셨네요? 누가 보면 전업주부인 줄 알겠어요. 동네 친구분들이랑 카페 가서도 법카 긁으셨고, 여기 영수증 날짜가 딱딱 맞네요.

라희	그게 잘못된 거야. 이리 줘.

서류를 뺏으려는 라희. 그러나 순순히 뺏길 다을이 아니다.
하늘과 이슬 등이 속 시원한 얼굴로 둘을 보고 있다.

다을	시간 외 근무수당도 신청하셨네요. 물류창고에 입고된 상품 검수하느라고 퇴근도 못 하고 일한 사람이 누군데 코빼기도 안 비친 과장님 이름이 올라가 있어요?
라희	그건 날짜를 헷갈려서, 사람이 실수 좀 할 수 있지 그걸로 꼬투리를 잡아야겠어?
다을	얼렁뚱땅 넘어갈 생각 마세요. 법카를 개인적으로 사용하셨으니 공금횡령에 매일 밥 먹듯 근무지 이탈하시고 사문서 위조까지. 이 정도면 중대 범죄예요. 알아서 나가주세요.

다을을 노려보던 라희, 가소로운 듯 웃는다.

라희	어디 파견 주제에 본사 직원을 협박해? 어차피 여기 일 모두 내가 보고해. 누구한테 보고할 건데? 본사에 아는 사람이라도 있어? 내가 이 말까진 안 하려고 했는데, 내가 여기 왜 들어온 줄 알아? 나 이사님이랑 친구야. 그것도 아주 친한 사이. 어차피 팔은 안으로 굽어. 보고하고 싶으면 해봐. 파견이 닿을 윗선이 있는지 구경 한번 해보자.
다을	…
라희	(비웃으며) 그니까 제발 주제 파악하고 까부세요. 네?
하늘	(다을에게) 팀장님, 저기…

하늘이 다급하게 입구를 가리키고는 공손하게 인사를 한다.
원이 상식과 최 전무 등 임원들을 이끌고 들어온다.
다을도 인사를 하고, 라희는 굳이 그 앞까지 달려가 인사를 한다.

라희   안녕하세요. 킹유통 도라희 과장입니다. 만나 뵙게 되어 영광
           입니다.

원   네. 수고 많으세요.

말 한마디 남기고 곧바로 다을에게 가는 원. 라희는 이게 뭔 일이지
싶어 따라간다. 다을은 너무나 편한 얼굴로 인사를 한다.

다을   여긴 어쩐 일이세요.

원   여기 77층에 미팅 있어서 지나는 길에 들렀죠. 킹 관광호텔까
           지 헛걸음하셨다면서요.

다을   (상식 흘겨본다) 누구 때문이겠어요.

원   (상식 한번 보고) 그러게 믿을 사람을 믿어야죠. 그나저나 우리
           열정 팀장님. 이번 달도 전국 최고 매출 찍으셨다면서요.

다을   소문이 거기까지 났어요?

상식   제가 다 보고드렸죠. 우리 육남매의 자랑 아닙니까?

라희   육남매요?

상식   대표님이랑 다을 팀장님이랑 나머지 해서 가족보다 더 끈끈한
           육남매거든요.

라희   (하늘이 무너지는 듯) 가, 가족이요?

간식이 든 쇼핑백을 라희에게 건넨다.

상식	대표님이 다 같이 드시라고 사 오셨습니다. 우리 다을 팀장 잘 부탁드려요.
라희	네? 네! 정성껏 모시겠습니다.
원	(다을에게) 불편한 점 있으면 언제든 말씀하시고요. 사랑이도 왔으니 뭉쳐야죠. 시간 맞춰봐요. 제가 밥 살게요.
다을	네. 알겠습니다.
원	그럼 수고하세요.

원이 돌아선다. 라희는 머리가 땅에 박힐 듯 90도 인사를 한 채 멈춰 있다.

하늘	가셨어요.

벌떡 몸을 일으키는 라희. 얼른 다가와 다을 손을 꼭 잡는다.

라희	다을 팀장. 내가 다 잘못했어. 나 한 번만 살려주라.
다을	저 같은 파견직이 무슨 힘이 있다고 과장님같이 높으신 분을 살려요?
라희	(두 손을 싹싹 빌며) 무릎이라도 꿇을게. 제발 한 번만 봐줘. 응?
다을	그럼 꿇으세요.
라희	응? 진짜? 나보고 무릎을 꿇으라고? 애들 다 보는데?
다을	거봐요. 마음에도 없는 말이잖아요.
라희	같은 애 엄마끼리 진짜 이럴 거야?
다을	딱 한 번이라도 진심으로 사과했으면 기회는 드렸을 거예요. 정식으로 보고할 테니까 본사 결정에 따르세요.

라희	다을 팀장~
다을	(손님이 들어온다. 환하게 웃으며) 어서 오세요. 알랑가입니다.

다을은 밝은 목소리로 손님을 맞이하러 간다.

🧺 31. 할머니 국밥집 전경 - 할머니 방/ 밤

국밥집 전경 보인다. 사랑이가 할머니에게 오이 마사지를 해주고
있다. 할머니는 아무래도 이상하다.
사랑이 표정이 뭔가 다른 데 정신이 팔려 있는 것 같다.

할머니	뭔데? 무슨 일인데?
사랑	아무 일 없다니까. 그냥 할머니 보고 싶어 왔어.
할머니	싸웠어?
사랑	아니. 싸울 일도 없어.
할머니	대체 뭐 땜시 그러는데? 어? 말을 해야…

말하는 와중에 사랑이 할머니 입에 오이를 붙인다.

| 사랑 | 어머! (다시 오이를 떼어내며) 내 정신 봐. |

벌떡 일어나는 할머니. 오이가 우두둑 떨어진다.

| 사랑 | 에잇~ 가만히 좀 있으라니까. |

할머니	얼른 말 안 해? 이 할미 속 터져 죽는 꼴 보고 싶어?
사랑	(한숨) 그냥… 머리가 복잡해서 그래. 지금 내가 하는 일이 진짜 내가 하고 싶은 호텔 일이 맞나 해서. 내가 하고 싶었던 일은 이런 게 아닌데.

할머니는 아무 말도 없이 다음 말을 기다려 준다.
그런 할머니를 보고 있자니 사랑이는 괜한 투정을 부린 듯해 미안해진다.

사랑	알아. 힘들게 들어갔는데 복에 겨워 투정하는 거.
할머니	(사랑이 얼굴 쓰다듬으며) 드디어 내 새끼가 엄살도 부리고 투정도 하네. 죽기 전에 한번 보고 갈 수 있으려나 했는데…

할머니가 눈물을 글썽인다.

사랑	뭐야? 왜 그래? 하고 싶은 거 다 어떻게 하고 사냐고, 지금 하는 일이나 잘하라고 혼을 내야지.
할머니	아무리 소문난 맛집이래도 내 입에 안 맞으면 끝이여. 그 호텔이 별건가? 한 번 사는 인생인데 진짜 하고 싶은 걸 해야지. 누구 눈치 볼 것도 없고 망설일 것도 없어. 너 하고 싶은 거 해. 길이 아니면 돌아가면 되고. 낭떠러지면 다시 기어오르면 되니까.
사랑	… 할머니…

코를 훌쩍이는 사랑, 눈물이 난다. 할머니를 끌어안는다.

442

| 할머니 | 괜찮아. 이 할미가 있으니까 뭐든 다 해봐. 그래도 돼. |
| 사랑 | 응. 그럴게. |

울음 섞인 대답. 할머니가 사랑 등을 토닥여 준다.

32. 원 사무실/ 낮

원이 드론 이벤트 업체 대표와 만나고 있다.

대표	시간과 장소에 따라 규정이 다 달라서 허가는 저희가 일괄 진행하고 있습니다.
원	특별히 잘 부탁드려요. 여자친구가 달을 좋아해요. 밤하늘에 반짝이는 별도 좋아하고요. 마음이 담긴 따뜻한 불빛을 선물하고 싶어요.
대표	저희가 책임지고 대표님의 마음 잘 담아보겠습니다. (노트북 화면 보여주며) 이건 저희가 진행했던 행사인데, 참고가 되실 것 같습니다.

노트북을 보는 원, 드론 쇼를 촬영한 영상이 보인다.
(참조 링크 : https://youtu.be/XxOTXDogo5c : 영상 시작 5분 20초부터)
아름다운 음악 선행되며,

🛍️ 33. 명품 주얼리 샵/ 낮

원이 반지를 고르고 있다. 반백의 중후한 이미지를 가진 매니저가 반지 서너 개를 꺼내놓고 열심히 설명을 한다.

원　　좀 더 특별한 건 없을까요?

매니저　전부 본사 수석 디자이너가 특별 제작한 리미티드 에디션으로만 보여드렸는데요.

원　　가장 특별한 것을 원합니다.

매니저　아… 잠시만 기다려 주시겠습니까?

〈주얼리 샵 안〉

매니저가 반지를 꺼내 온다.

직원　　이건 어떠세요? 변함없는 사랑을 상징하는 디자인인데요, 영원한 사랑의 징표이자 특별한 순간을 축복하는 의미가 함께 담겨 있습니다.

드디어 마음에 드는 것을 찾았다.

원　　이거로 할게요.

🪣 34. 원이 집/ 밤

거울 앞에 선 원. 이 옷 저 옷을 대보며 어느 때보다 신경을 쓰며 옷을 고른다. 옷을 갈아입고 머리를 만지는 원. 마음에 드는 얼굴이다. 의상에 맞는 시계를 고르고 마지막으로 향수를 뿌린다.
외출 준비를 마친 원. 책상 위에 놓인 작은 상자를 챙긴다.
열어보면 오렌지 핑크 다이아몬드 반지가 들어 있다. 설레는 얼굴로 상자를 닫는다.

🪣 35. 한강 레스토랑/ 밤

통유리창으로 한강이 내다보이는 분위기 좋은 레스토랑이다.
창가 제일 좋은 자리에 앉은 원이와 사랑.

사랑	어? 여기 그때 거기 아니야?
원	맞아. 우리 처음으로 같이 식사했던 곳. 그땐 정말 뾰족했는데.
사랑	그쪽이야말로 참 까칠했죠. 마주치기만 하면 으르렁으르렁.
원	쌍심지를 켜고 째려보는데도 사랑스럽기만 했어.
사랑	사랑스러우니까?
원	인정!
사랑	(주위를 둘러보며) 오늘도 아무도 없네.
원	통으로 빌렸으니까.
사랑	오늘 우리 무슨 날이야?

원   우리가 함께 있는 날은 모두 특별한 날이야. 특별하지 않은
        날은 하루도 없었어.

직원이 식사를 가져온다.

〈레스토랑〉
맛있게 식사를 하는 사랑.
평소와 다르게 긴장한 원은 밥 먹는 중간중간 휴대폰을 확인한다.

사랑   왜 자꾸 휴대폰을 봐? 무슨 약속 있어?
원   아니.
사랑   무슨 일 있는 거 아냐? 오늘 좀 이상해. 초조해 보여.
원   아니야. 아무 일 없어.

아무렇지도 않게 웃는 원. 하지만 웃음이 어색하다. 사랑이 이상하다
는 듯 바라본다.

🏆 36. 레스토랑 앞/ 밤

드론 이미지가 래핑 되어 있는 탑차 앞, 드론업체 대표가 서 있다.
시간을 확인하는 대표, 문자를 보낸다.

대표   (소리) 3분 후 시작합니다. 준비하세요.

446

🏆 37. 한강 레스토랑/ 밤

원이 휴대폰을 확인한다. 3분 후 시작한다는 메시지가 와 있다.
바지 주머니에서 반지 케이스를 꺼내는 원, 진지한 눈으로 사랑을
본다.

원	사실 오늘 꼭 하고 싶은 말이 있어.
사랑	오! 통했다! 나도 오늘 꼭 할 말이 있었는데.
원	뭔데.
사랑	먼저 말해.
원	아냐. 먼저 말해. 나는 너무 중요한 얘기라.

빙긋 웃는 사랑. 하지만 점차 웃음이 없어진다.
사랑은 큰 결심을 했다. 어렵게 마음먹은 만큼 입을 열기가 쉽지 않다.

사랑	그만하고 싶어.
원	무슨 말이야?
사랑	모두들 너무 잘됐다고 부럽다고 하는데 아무리 생각해도 이건 아닌 거 같다는 생각이 들었어. 모든 게 나랑 안 어울리는 것 같아.
원	…

⛲ 38. 레스토랑 앞/ 밤

대표가 마지막 메시지를 보낸다.

대표   (소리) 지금 시작합니다. 프러포즈하시면 됩니다.

⛲ 39. 한강 레스토랑/ 밤

원이 굳은 얼굴로 사랑을 보고 있다. 휴대폰이 울리지만 확인할 생각
도 하지 못한다.

사랑   나, 떠날래. 떠나고 싶어.

반지 케이스를 꼭 쥐고 있는 원. 아무 말도 하지 못한다.
창밖으로 드론이 날아올라 하트를 그린다.

〈 END 〉

16부

킹더랜드

🏨 1. 한강 레스토랑/ 밤

원이 굳은 얼굴로 사랑을 보고 있다.
휴대폰이 울리지만 확인할 생각도 하지 못한다.

사랑   나, 떠날래. 떠나고 싶어.

사랑은 단호하다. 바람이 아니라 돌아서지 않을 결심을 한 것 같다.
원은 반지 케이스를 꼭 쥔 채 아무 말도 하지 않는다.
창밖에서는 드론이 하트를 만들며 비행을 하고 있지만 사랑은 원이
만 볼 뿐 그쪽으로는 고개도 돌리지 않는다.

원   떠나겠다는 게 정확히 무슨 말이야?
사랑   호텔 그만두고 싶어.

원이 창밖을 본다. 오늘은 프러포즈 데이가 아닐 것 같다.

원   아버지 때문에 그래? 관광호텔로 발령 냈던 것 때문에?
사랑   그게 이유는 아니야. 나는 직원이고 어디든 발령받을 수 있어.
원   호텔을 떠날 만큼 큰 이유가 따로 있어?
사랑   나한테 호텔은 참 행복한 곳이었어. 내가 호텔리어가 된 것도
        그것 때문이고. 호텔에 머무는 사람들에게 가장 행복한 하루
        를 선물하고 싶어서였는데 지금 내가 하는 일은 그런 게 아닌
        것 같아. 킹더랜드가 아무리 화려해도, 드림팀이 아무리 돈을
        많이 벌어도 내가 바라는 삶은 아니야. 나도, 나만의 스토리

를 만들고 싶어.

사랑은 웃고 있다. 원은 이제야 사랑이의 마음이 보이기 시작한다.

원   어려운 결정인 줄 알았는데 행복한 결심으로 보이는데?

사랑   응. 아주 작더라도 나만의 호텔을 갖고 싶어. 처음에는 아주
            작은 물결 같은 생각이었는데 이제 파도가 됐나 봐.

원   함께 만들어도 되잖아. 내가 도와줄게.

사랑   사실 내가 뭘 원하는지 알면서도 항상 이런저런 이유들로 모
            른 척했어. 이제 나도 용기를 내고 싶어. 나한테 최선을 다해
            보려고, 혼자 힘으로 해보고 싶어.

사랑을 보고 있는 원. 휴대폰 통화를 한다.

원   접니다. 일정 취소해 주세요.

대표   (소리) 네? 벌써 시작했는데요?

원   부탁드립니다. (통화 마치면)

사랑   무슨 일정인데 취소해?

원   중요한 일정이 있었는데 별로 안 중요해져서.

원은 아무것도 아니라는 듯 웃어준다.

사랑   미안해. 놀랬지?

원   축하해.

사랑   (뭐가? 하는 눈으로 바라본다)

| 원 | 진짜 원하는 걸 찾았고 해보겠다고 결심했잖아. 정말 축하해. 어쩌면 내가 제일 듣고 싶었던 말이었는지 몰라. 고마워. 솔직한 마음 보여줘서. |

할머니에게 들었던 말과 같다. 세상에서 제일 사랑하는 두 사람이 자기에게 똑같은 말을 해줬다. 사랑은 웃고 있는데도 눈물이 난다. 원이 손수건을 건넨다.

사랑	내가 좋아하는 사람이 너무 멋진 사람이라 나도 물들었나 봐. 구원이라는 가장 멋진 색으로.
원	대신 한 가지만 약속해 줘.
사랑	뭘?
원	너무 힘든 날도 있을 거야. 혼자 감당하기엔 버거운 날도 있을 거고, 그럴 땐 아무 생각 말고 불러. 전속력으로 달려갈게.

꼭 그러겠다는 듯 사랑이 고개를 크게 끄덕인다.

원	여태까지 본 모습 중에 오늘이 제일 예쁘다. 정말 빛이 나.
사랑	코 풀고 싶은데 그 말 들으니까 못 풀겠다.
원	뭐든 참지 말고 다 해. 다 예쁘니까.
사랑	근데 꼭 하고 싶다던 말이 뭐야?

원이 반지 케이스를 본다. 고민 없이 케이스를 주머니에 넣는다.

| 원 | 난 언제나 천사랑 편이라고. 그 말이 꼭 하고 싶었어. (환하게 |

웃는다)

직원 (소리) 잠시 실례합니다. (원과 사랑 돌아보면) 두 분 사진 한 장 찍
어드릴까요?

사랑 예, 감사합니다.

사랑과 원이 직원을 본다. 직원이 즉석카메라로 사진을 찍어준다.

원 잠시만요.

원이 일어나 사랑이 뒤로 가 사랑이를 꼬옥 안는다.
가장 행복하게 웃는 두 사람. 사진 찍는 소리가 들린다.

2. 사랑이 방/ 낮

거울에 사진이 붙어 있다.
거울에 사랑이 모습이 비친다. 평소보다 옷차림에 더 신경을 썼다.
후우~ 결의를 다지듯 심호흡을 하는 사랑. 밝은 얼굴로 돌아선다.

3. 킹더랜드/ 낮

사랑이 당당한 걸음으로 킹더랜드를 가로지른다.
서빙을 하던 하나와 두리, 세호가 웃는 얼굴로 사랑을 보고 있다.
그들과 눈인사를 하며 경쾌하게 걸어가는 사랑.

🎩 4. 킹더랜드. 룸/ 낮

사랑이와 구 회장이 마주 앉아 있다.
식탁에는 성찬한 한식이 차려서 있나.

사랑	시간 내주셔서 감사합니다.
구 회장	밥 사준다는데 당연히 시간을 내야지. 미운 놈 떡 하나 더 주려고 부른 기야?
사랑	드릴 말씀이 있어서요.
구 회장	그래 할 말이 많겠지. 해봐.
사랑	일 그만두려고요. 그 말씀 드리려고 왔습니다.
구 회장	이유가 뭔지 물어봐도 될까?
사랑	그만두고 당당하게 만나려고요. 여기 계속 있으면 회장님 지시 따라야 하잖아요.
구 회장	선전포고하러 온 거야?
사랑	(웃는다) 떨어져 있다 보니 더 확실히 알게 됐어요. 그 사람 옆엔 제가 있어야 한다는 걸요. 성에는 안 차시겠지만 실망시켜 드리지 않을 자신 있습니다.
구 회장	(호탕하게 웃는다) 내가 이래서 자넬 좋아한다니까.

시원하게 웃던 구 회장, 점차 진지해진다.

구 회장	공과 사 구분 못 하고 어른답지 못하게 행동해서 미안해. 자식 일엔 욕심이 생기더라고.
사랑	아닙니다. 그 마음 이해합니다. 회장님 덕에 제일 높은 곳까

지 왔고 제가 뭘 원하는지 알게 됐어요. 이제 정말 제가 원하는 거 해보려고요.

구 회장   그래 자네라면 뭘 해도 잘 해낼 거야.

사랑   네 감사합니다. 오늘은 제가 사는 거니까 맛있게 드세요.

구 회장   살다 보니 직원한테 밥 얻어먹는 날도 오네. 잘 먹을게.

웃으면서 식사를 하는 두 사람.

5. 엘리베이터 앞. 복도/ 낮

사랑이 엘리베이터를 기다리고 있다. 엘리베이터 문이 열린다.
안에 수미가 타고 있다. 사랑, 밝게 인사하고 탄다.

6. 엘리베이터/ 낮

나란히 서 있는 사랑과 수미, 수미는 기분이 무척 좋아 보인다.

수미   오늘이 마지막이라며?

사랑   네. 마지막이네요.

수미   결국 이렇게 쫓겨날 걸 무슨 부귀영화를 누리겠다고 그랬어.
          내가 이럴 줄 알았다니까.

수미가 비꼬지만 사랑은 아무렇지도 않다.

사랑	저 쫓겨나는 거 아닌데요?
수미	그렇게 말하면 뭐 있어 보일 거 같아?

사랑이 돌아선다. 마주 서서 수미 눈을 똑바로 쳐다보는 사랑.
사랑이 포스에 밀린 수미가 한 걸음 물러선다.

수미	왜? 뭐? 내가 틀린 말 했어?
사랑	다른 사람이 어떻게 생각하든 상관없어요.
	킹호텔에서 정말 행복했고, 앞으로 더 행복하기 위해 떠나는
	거라서요. 지배인님도 행복하길 바랄게요.

수미에겐 '네가 뭐라 하든 전혀 관심이 없고 난 지금 너무 행복해'라
는 듯이 들린다. 당당하고 빛나는 사랑이 모습에 괜히 초라해지는 수
미, 부러우면 지는 거라는데 부럽기까지 하다. 엘리베이터 문이 열리
고 사랑이 내린다.

사랑	(수미 돌아보며) 파이팅!

🛎 7. 킹더랜드/ 낮

민서를 비롯한 킹더랜드 식구들과 마지막 인사를 하는 사랑.
킹더랜드 식구들이 준비한 선물을 세호가 건넨다. 감동하는 사랑.

세호	받아. 다 같이 준비한 거야.

사랑	감사해요. 덕분에 잘 배우고 가요.
세호	어딜 가든 누가 괴롭히면 말해. 내가 다 혼내줄 테니까.
두리	어딜 가도 너처럼 괴롭히는 선배는 없을 거니까 걱정하지 마.
세호	내가 뭘 어쨌는데요? 처음에만 좀 그랬지, 얼마나 잘해줬는데.
하나	그건 사랑이만 알겠지. 그치?
사랑	다들 너무 감사했어요. 그리울 거예요.
민서	어딜 가든 우리 잊지 말고. 항상 행복 가득하길 빌게.
사랑	네. 감사합니다. 지배인님도 항상 건강하세요.

고개 숙여 인사를 하는 사랑, 민서가 사랑을 안아준다.
소박하지만 따뜻한 송별식이다.

🛎 8. 원이 사무실/ 낮

사랑과 상식이 악수를 하고 있다.
사랑은 웃고 있지만 상식은 간신히 눈물을 참고 있다.

상식	우리 친절한 사랑 씨 없으면 호텔은 누가 지키나?
사랑	일당백 노 과장님 계신데 뭐가 걱정이에요?
상식	그건 그렇지. 나 없음 안 돌아간다니까! 아주 피곤해.

사랑이 돌아본다. 원이는 없고 빈 책상만 덩그러니 놓여 있다.

상식	잠시 외근 나가셨어. 조만간 다 같이 뭉치자고.

사랑   네. 다 같이 모여요.

웃으며 대답하는 사랑, 원이 자리를 한 번 더 본다. 내심 원이가 없어 아쉽다.

🔔 9. 직원 휴게실/ 낮

로커를 여는 사랑. 유니폼을 꺼내 만져본다.
유니폼에서 명찰을 떼어낸 다음 다시 걸어놓고 작은 상자에 짐을 담기 시작한다.
짐을 다 싼 사랑. 로커 문을 닫는다.

🔔 10. 킹호텔 앞/ 낮

작은 상자와 선물 등을 들고 걸어가는 사랑, 멈춰서 호텔을 돌아본다.
꿈을 안고 입사했고, 꿈을 꾸며 떠나는 회사다.
건물 한 층, 한 층에 애정을 담았던 곳이다. 한참 동안 호텔을 보던 사랑이 돌아선다.

🔔 11. 버스 정류장/ 낮

짐이 든 상자를 들고 정류장에 앉아 버스를 기다리는 사랑.

짐 맨 위에 놓은 천사랑 이름표를 본다.

빵빵~ 경적 소리에 고개를 드는 사랑. 이게 뭐지? 놀라는 얼굴이다.

사랑이 앞에 커다란 리무진이 멈춘다.

설마 자기를 위한 리무진이라는 생각은 못 했다. 뒷문이 열리며 원이 내린다. 왜 저 사람이 저기서 내리지? 싶어 사랑은 일어날 생각도 못 하고 보고만 있다.

원이 사랑 앞에 선다. 사랑이 짐을 옆에 두고 일어선다.

사랑	어떻게… 여기에…
원	(뒤에 숨겨두었던 꽃다발 준다) 새로운 출발 축하해.
사랑	고마워. (꽃다발 받으면)
원	그리고 이거.

원이 뒤에 숨겨두었던 구두를 보여준다.

원	좋은 구두는 좋은 곳으로 데려다준대.

한쪽 무릎을 꿇고 앉는 원. 사랑 발을 잡고 한 쪽씩 새 신발로 갈아 신겨준다. 일어나는 원, 사랑에게 정중하게 인사를 한다.

원	그동안 킹호텔을 위해 일해주셔서 감사합니다.

사랑은 그 한마디에 울컥한다. 그동안 킹호텔에서 있었던 일들이 한 꺼번에 떠오른다.

〈인서트〉사랑 회상

킹호텔 면접실, 반주도 없이 피아노를 치는 사랑.

피트니스에서 똥습을 닦고, 본부장 취임식에서 원이에게 꽃다발을 전달하고, 라이브 방송 때는 원이와 함께 나란히 앉아 노을을 보았다.

킹더랜드 유니폼을 처음으로 입었을 때는 킹더랜드 공간 자체가 신비로웠다.

모두 잊지 못할 순간들이다. 일어서는 사랑, 원이가 한 것처럼 공손하게 인사한다.

사랑   덕분에 좋은 추억을 안고 떠납니다. 감사했습니다.

환하게 웃는 사랑. 눈물이 맺힌다.

원   고생했어. 우리 1등 사원님.
사랑   행복했어.
원   언제든 놀러 오세요. VVIP 고객으로 모시겠습니다.
사랑   영광입니다.

마주 보며 웃는 두 사람. 사랑은 행복했던 순간과의 마침표를 찍는다.
에스코트하듯 손을 내미는 원.

원   그럼 축하 파티하러 가실까요?
사랑   (손을 잡으며) 허락하지.
원   (웃으며) 모시겠습니다.

원이 뒷문을 열어주고 기품 있게 안내를 한다. 차에 오르는 두 사람.
차가 출발한다.

🔔 12. 리무진 내부/ 낮

사랑이 놀란 눈으로 리무진 내부를 보고 있다.
버스처럼 넓은 공간에 은은한 조명, 온갖 종류의 와인과 샴페인까지
럭셔리의 끝을 보는 것 같다. 원이 칠링 된 샴페인을 따라 사랑에게
준다. 행복한 얼굴로 건배를 하는 사랑. 뭔가 잊은 듯싶다.

사랑   아, 맞다! 내 짐!

🔔 13. 버스 정류장/ 낮

차가 급정거를 하고 원이 급하게 내려 정류장으로 뛰어온다.
사랑이 두고 간 상자를 챙겨 들고 후다닥 뛰어가는 원, 차가 다시 출
발한다.

🔔 14. 다을 집/ 낮

불만 가득한 얼굴로 투덜거리며 설거지를 하는 충재.

461

충재	이놈의 집안일, 해도 해도 끝이 안 나. 이러다 주부습진 걸리지.
다을	(고무장갑을 옆에 놓으며) 이거 끼고 해.
충재	고양이 쥐 생각하냐? 눈물 나게 고맙다. (거실로 가는 다을을 따라간다)
다을	어차피 해야 하는 거 즐거운 마음으로 해.
충재	즐거워야 즐겁지. 맨날 집구석에서 이러고 있는데 무슨 낙이 있겠어?

충재가 뭐라든 신경 쓰지 않고 겉옷을 걸치는 다을.

충재	쉬는 날인데 어디 가게?
다을	운동 시작했어.
충재	뭐? 너 정신 있어? 쉬는 날이라도 집안일 좀 도와야 할 거 아냐?
다을	(웃으며) 이번 달까지 일자리 못 구하면 알지? 그땐 정말 아웃이야. 얼른 설거지 끝내고 화장실 청소도 해놔.
충재	왜 맨날 나만 해?
다을	여태 내가 했잖아.
초롱	엄마! 걱정 말고 다녀와. 내가 잘 감시하고 있을게.

보면 초롱이가 선글라스에 빨간 캡모자까지 쓰고 서 있다.

다을	우리 딸 그건 또 뭐야?
초롱	악마 조교 몰라? 이 아저씨들이 제일 무서워.

	(충재에게) 앞으로 10분! 10분 안에 끝마칩니다. 알겠습니까?
충재	모르겠습니다!
초롱	그럼 알 때까지 제자리 뛰기 실시!

어이없는 충재. 헛웃음이 나온다.

다을	잘한다! 우리 딸. 아빠 잘 감시하고 있어. 운동 다녀올게.
초롱	응! 차 조심하고!
다을	(씩씩하게) 넵! 알겠습니다!

다을이 나가려는데 현관문이 열린다. 시부모님들이 들어온다.

시모	어디 가니?
다을	운동하려요.
충재	엄마 잘 왔어. 쟤 좀 봐! 아주 집안일은 나 몰라라 한다니까. 아주 돈 번다고 유세야 유세!
시모	돈 버는 게 유세지. 못마땅하면 네가 벌어 오던가.
시부	자고로 가화만사성이라고, 가장이 건강해야 집안이 평안하지. 잘 생각했다. 조심히 다녀와라.
다을	네! 그럼 가장 다녀오겠습니다.

밖으로 나가는 다을. 통쾌한 표정이다.
철퍼덕 바닥에 주저앉는 충재 어린아이처럼 땡깡을 부린다.

| 충재 | 다들 진짜 이러기야? 그깟 돈이 뭐라고, 나 엄마 자식 맞아? |

시모	쫓겨나지 않은 것만으로도 다행인 줄 알아. 얼른 밥이나 차려! 아빠 시장하시겠다.
시부	칼칼하게 찌개 하나 끓이고 고기도 좀 구워.
충재	여기가 식당이야? 왜 맨날 여기 와서 밥을 먹어? 보미네 가서 먹어.

문이 벌컥 열리고 보미와 태리가 뛰어 들어온다.

보미	오빠! 밥 줘! 배고파!
태리	삼촌~ 나 밥!!
충재	아오! 이놈의 집구석! 내가 나가던가 해야지. 아오!!! 짜증 나!

벌러덩 누워 발악을 하는 충재. 초롱이가 한심한 눈으로 쳐다본다.

🛎 15. 회의실/ 낮

하나와 두리, 세호 등 킹더랜드 직원들이 커피를 내리고 있다.
다 내린 커피를 들고 돌아서는 직원들, 원과 최 전무 등 임원진 대여섯이 앉아 있다.
원이 앞에 커피를 내려놓는 직원1. 원이는 물론 모든 임원들 앞에 커피 두 잔씩과 생수 한 병씩이 놓여 있다.

원	드시죠.

원이 커피를 마신다. 임원진들도 두 잔을 비교 시음한다.

원	다들 어떠세요?
임원1	확실히 향부터가 다르네요.
원	(나중에 온 커피잔 들며) 맛은 더 차원이 다르죠.
최 전무	그거야 저희들도 알지만, 주니어 스위트룸부터 제공하고 있는 프리미엄 커피 머신을 굳이 스탠더드룸까지 확장할 필요는 없다고 생각합니다.
임원2	같은 생각입니다. 객실 등급별로 서비스 차별화도 안 되고요.
원	우리 호텔에서 제일 많이 판매되는 객실이 일반 객실이죠?
최 전무	예.
원	가장 많은 손님한테 더 좋은 물과 커피를 제공하는 게 비용 낭비라고 생각하세요?
최 전무	커피야 그렇다 쳐도 굳이 물까지 바꿀 필요가 있을까요?
임원1	그럼 물맛이 다 거기서 거기지.
원	작은 차이가 수준을 만듭니다. 우리 호텔 원칙은 간단합니다. 스탠더드룸이나 스위트룸이나, 어느 객실에 묵든 모든 고객을 VIP로 모시고 최고의 대우를 해줄 겁니다.

임원진들은 서로 눈치를 보며 대답을 하지 않는다. 원이는 화란과 다른 스타일이라 적응하기가 쉽지 않다.

원	다음 안건 넘어갈까요?
최 전무	다음은 킹호텔 유럽 진출 건인데요, 시장 조사 결과 관광객은 늘어도 글로벌 체인 호텔의 매출은 계속 떨어지고 있습니다.

원   고객의 니즈는 세분화되고 다양해지고 있어요. 유럽은 대규
모 체인 사업으로 들어가지 않을 겁니다. 객실 수 20개 내외
가 나올 수 있는 최고급 맨션들 매입에 주력해 주세요. 천 개
의 색깔을 가진 하나의 체인, 그게 유럽 진출 전략입니다.

메모를 하는 임원진들. 원은 회의를 장악하고 있다.

16. 사무실/ 낮

직원들이 모두 모여 사무실 한쪽을 보고 있다.
인부들 몇이 와서 사이즈를 재고 있다.

직원1   진짜 여기에 우리 휴게실 만드는 거예요?
수미   그렇다니까. 속고만 살았니?
직원2   진짜 안마의자도 해주신대요?
수미   수면실도 만들어 주신대.
직원2   와! 그럼 이제 우리 창고에서 쭈그려 자지 않아도 되는 거예
요? 진짜 대박이다.
수미   이게 다 대표님 덕분이야. 그러니까 다들 감사하는 마음으로
더 열심히 일해. 알았어?
직원들   네!

한 톤 높은 목소리로 대답하는 직원들이 흩어진다. 모두 새로운 바람
에 신나 하는 분위기다.

🛶 17. 원 사무실/ 낮

원이 사무실로 들어온다.
뒤따라오는 상식, 걸어가는 내내 원이에게 바짝 붙어 향기를 맡고
있다.
책상에 놓인 명함 지갑을 집어 들고 돌아서는 원, 상식이 바짝 붙어
있어 놀란다.

원   뭐야!
상식   향수 바꾸셨어요? 사장님이라 그런가 향기부터 기품이 흐르
          네요.
원   떨어져. 항상 뿌리던 거야.
상식   역시! 자리가 향기를 만드는 건가. 저는 언제쯤이나 그런 향
          기가 흐르는 자리에 앉게 될까요.

원이 책상 위에 있던 음료수를 준다.

원   마셔.
상식   싫어요. 그런 거 맛없어요.
원   이건 맛있어.
상식   (이상하다) 이상하네? 갑자기 왜 다정하실까?
원   마시지 마. (빼앗아 마시는 원) 음, 맛있네.

상식은 뺏기고 나니 아쉽다.
원이 음료수를 내려놓고 명함을 준다.

원   받아. 새 명함이야.

명함 지갑을 주는 원. 상식은 대수롭지 않게 받는다.

상식   뭘 자꾸 줘요. 쓰던 명함도 남았고 전화번호가 바뀐 것도 아
        니고…

명함을 꺼내 본 상식, 말을 하시 못하고 원과 명함을 번갈아 바라본다.
보면 '부장 노상식'이라 적혀 있다.

상식   저… 부장 된 거예요?
원   고생했어, 노 부장.

온갖 감회가 밀려오는지 하늘을 봤다가 땅을 봤다가 명함을 보다가
심호흡도 하는 상식. 어쩔 줄 모르는 그의 모습을 보고 원이 웃는다.

원   그렇게 좋아?
상식   부장! 좋죠. 그런데 쓰시는 김에 조금 더 쓰시지. 사람이 왜
        그렇게 쪼잔해요?
원   뭐?
상식   상무님은 저 본부장 시켜준다고 했는데 겨우 부장이 뭐예요?
        그때 상무님 라인으로 확 갔어야 했는데, 의리를 지키면 뭐
        하나, 알아주는 사람도 없고, (명함 본다) 최소 본부장 자리는
        주실 줄 알았는데…
원   부장 하기 싫어?

상식	꼭 그렇다기보다는 본부장 자리도 비어 있고 해서 하는 소리죠.
원	(쇼핑백 들어 보여준다) 그럼 부장 승진 선물도 필요 없겠네?

눈이 휘둥그레지는 상식. 재빠르게 쇼핑백을 낚아챈다.
상자를 꺼내 열면 비싼 명품 시계가 들어 있다. 고맙다 못해 눈물이
나려고 한다.

상식	역시 사장님은 정말… 대인배십니다. 감사합니다. 앞으로 더 열심히 하겠습니다.
원	아니야. 나 쪼잔한 사람이야. 부장 하지 말고 그냥 과장으로 살아. 시계 내놔!
상식	(얼른 상자를 쇼핑백에 넣고 뒤로 감춘다) 치사하게 줬다 뺏는 분 아니시잖아요. 감사한 마음으로 부장 하겠습니다.
원	하지 마. 내놔. (뺏으려고 다가온다)
상식	(뒷걸음질 친다) 한다니까요! 승진 감사합니다! 으쌰으쌰! 파이팅!

휙 뒤돌아 도망치는 상식. 원이 따라가며 소리친다.

원	내놔! 안 내놔? 승진 취소야!

🖥 18. 원 사무실 앞. 복도/ 낮

상식이 쇼핑백을 가슴에 꼭 안고 죽어라 도망간다.

🛥 19. 원 사무실/ 낮

혼자 있는 원. 오늘따라 사무실이 더 썰렁하게 느껴진다.
휴대폰을 든다. 사랑에게 전화를 한다.

🛥 20. 원 사무실 - 사랑 집 교차/ 낮

사랑이 인터넷 매물로 나온 게스트하우스 등을 검색하며 원과 통화
를 하고 있다.

원	찾았어?
사랑	찾는 중이야.
원	원하는 컨셉이 뭐야? 같이 찾아보자.
사랑	비밀.
원	진짜 이러기야?
사랑	찾았다! 끊어봐.

전화를 끊는 사랑, 황당해 웃음만 나오는 원.
사랑이 부동산 업자에게 전화를 한다.

사랑	인터넷 매물 보고 전화드렸는데요, 볼 수 있을까요?
	(모니터 보며) 매물 번호 11987요.

🛎 21. 시간 경과 몽타주

〈어느 펜션〉

깔끔하게 지어진 모던한 펜션이다. 심각한 표정의 사랑, 고개를 절레
절레 흔든다.

〈사랑이 집 – 펜션들 교차〉

인터넷으로 매물을 검색하고 전화를 하는 사랑.
부동산 업자와 여기저기 다니지만 마음에 드는 것이 없다.

〈사랑이 집〉

밥을 먹는 원과 사랑. 사랑이 졸면서 밥을 먹는다.
설거지를 하고 돌아서는 원, 사랑이 소파에 누워 잠들어 있다.
소파 밑에 앉는 원, 사랑 얼굴을 가만 보고 있다.

〈게스트하우스 앞〉

사랑이 눈이 동그래져 바라본다. 어떤 집인지는 보이지 않지만 드디
어 찾았다. 휴대폰을 드는 사랑, 원에게 전화를 한다.

사랑　　　드디어 찾았어!

〈원 사무실〉

전화를 받는 원, 예쓰!!! 주먹을 불끈 쥔다.

〈부동산 사무실〉

도장에 입김을 부는 사랑. 매매계약서에 도장을 꾸욱 찍는다.

〈부동산 사무실 앞〉

계약서를 들고 밖으로 나오는 사랑. 신이 난 얼굴로 소리를 지른다.

🍰 22. 사랑이 집/ 낮

'드디어 사장님'이라 적힌 고깔모자를 쓴 사랑, 케이크 앞에 앉아 있다. 평화와 다을은 어깨춤을 추며 노래를 불러주고 사랑도 신이 나서 박수를 친다.

평화, 다을　(생일 축하 노래 개사) 사장 축하합니다. 사장 축하합니다. 사랑하는 우리 사랑이, 사장 축하합니다.

사랑이 촛불을 끄고, 다을과 평화는 폭죽을 터뜨린다.
늘 진심으로 축하해 주는 친구들이 감동스럽다.

사랑　　고마워.

평화　　자랑스러워. 우리 중에 드디어 갑이 나오다니!

사랑　　직원 나 하난데 갑이 무슨 소용이야?

평화　　사장님이잖아. 그것도 호텔 사장님!

다을　　암튼 이런 애들이 제일 무서워. 바라는 거 없다더니 호텔 사장님이 된 거 봐. 알고 보면 욕망덩어리 그 자체야.

사랑	대출이 어마어마하거든? 방도 달랑 하나고.
평화	그 하나 있는 방이 스위트룸이잖아.
다을	전 객실 스위트룸!
평화	완전 알짜배기지.

언제나 뭐든 좋게 봐주는 평화와 다을이 있어 힘이 나는 사랑이다.

사랑	항상 뭐든 좋게 봐줘서 고마워. 역시 너희들이 최고야!
평화	그걸 이제 알았어? 당연히 우리가 최고지!
다을	그럼! (벌떡 일어나며) 이 역사적인 밤을 그냥 보낼 수는 없지.

다을, 냉장고에서 맥주를 들고 온다.

다을	오늘 밤 뜨겁게 불태워 보자고!
평화	야! 이런 날은 쏘맥이지!
사랑	(평화에게) 자네! 아주 센스가 훌륭하군!
평화	감사합니다! 싸장님! 얼른 가져오겠습니다!

벌떡 일어나는 평화. 소주를 들고 온다.
신이 난 얼굴로 소맥을 만드는 삼총사. 다을이 잔을 든다.

다을	우리 사랑~ 영원히!
사랑, 평화	사랑해!

시원하게 술을 들이켜는 삼총사. 오늘따라 술맛이 끝내준다.

🍚 23. 할머니 국밥집/ 낮

할머니가 앉으며 사랑을 부른다.

할머니	사랑아~ 천사랑.
사랑	(소리) 나 바빠 할머니.
할머니	잠깐 나와봐.

잠시 후 주방에서 나오는 사랑, 고무장갑을 벗으며 할머니 앞에 앉는다.

사랑	설거지 한참 남았는데.

웃고 있는 할머니, 기분이 좋아 보인다.

사랑	왜? 무슨 좋은 일 있어?

할머니가 통장 하나를 쓱 내민다.

사랑	이게 뭐야?
할머니	여태까지 여서 일한 일당.
사랑	매번 용돈 챙겨줬잖아.
할머니	퇴직금이라고 생각해.
사랑	(신난다! 통장 열어보며) 정직원도 아닌데 무슨 퇴직금을…

액수를 확인하고는 놀라 말을 잇지 못하는 사랑. 통장과 할머니를 번 갈아 바라본다.

사랑   이게 다 얼마야? (통장 보며) 일, 십, 백, 천, 만, 십만, 백만, 천 만… 할머니!

할머니   바쁜데 이 할미 도와준다고 애썼어.

사랑   (통장 준다) 안 돼. 너무 많아. 할머니 써. 나 돈 필요 없어.

할머니   (통장 또 하나 준다) 이건 지리산인가 뭔가에서 네가 캔 산삼 판 거.

사랑   그걸 왜 팔아? 할머니 먹으라니까.

             (통장 보고 놀라) 1억 5천? 1억!! 5천??

할머니   그 쪼매난 게 천종삼이라나 뭐라나, 1억도 넘는다고 해서 내 가 얼마나 놀랬는지. 그 귀한 걸 먹었으면 우짤라고.

사랑   귀한 거니까 할머니 먹으라고 한 거지.

할머니   집밥이 산삼보다 좋아. 고런 거 안 먹어도 끄떡없으니까 걱정 말고, (통장 하나 또 내놓으며) 그리고 요건 너 하고 싶은 거 생기 면 해줄라고 모아둔 거야. 얼마 안 돼.

테이블에 통장 세 개가 나란히 놓여 있다.
천종삼 통장을 빼고 나머지는 얼마나 은행을 다녔는지 통장 귀퉁이 가 닳아 있다.
사랑은 감정이 복받쳐 눈물이 나려고 한다.

사랑   나도 돈 모아둔 거 있어.

할머니   돈 쪼들린다고 하고 싶은 거 못 하지 말고 다 해. 명색이 호텔 인데 작아도 예쁘게 잘 만들어야지.

마지막 통장은 열어보지도 못하는 사랑. 삐죽삐죽 울며 일어서더니 할머니를 꼭 끌어안는다.

할머니   무슨 호텔을 만들든 너 닮은 호텔 만들어. 그럼 세상에서 제
            일 이쁠 거야. (사랑은 우느라 대답도 못 하고 고개만 끄덕인다)
            이쁜 내 새끼. 이제라도 할미 노릇 하게 해줘서 고마워.

할미니는 사랑을 토닥여 준다. 이제 다 키웠다 싶어서인지 할머니도 눈물이 고인다.

24. 게스트하우스 앞/ 낮

페인트, 각목 등을 실은 픽업트럭 한 대가 게스트하우스 앞에 멈춘다.
운전석에서 내리는 사랑. 짐칸에서 페인트 통을 내린다.
아직도 어떻게 생긴 집인지, 게스트하우스는 보이지 않는다.

25. 게스트하우스. 방/ 낮

오래된 벽지를 뜯어내는 사랑. 페인트칠을 시작한다.

📺 26. 구 회장 집. 다이닝룸/ 밤

구 회장과 원, 화란이와 지후가 함께 식사를 한다.
지후는 아이답지 않게 식사를 하고 있다. 얌전하다기보다는 점잖은
모습에 가깝다.

구 회장	내일 미국으로 간다고?
화란	아침 비행기로 가요.
구 회장	이제 그만 들어와 여기 있는 건 어때?
지후	아니에요 할아버지. 학교도 가고 친구들도 보고 싶어서요.
구 회장	그래? 여기서 엄마랑 할아버지랑 사는 걸 더 좋아할 줄 알았는데. 섭섭하구나.
지후	그것도 좋지만 제가 있어야 할 곳으로 가야죠.
구 회장	(웃는다) 아직 어리광 실컷 피워도 될 나인데. 너무 일찍 컸어. 섭섭해.
지후	또 올게요.

화란은 아무 표정 없이 지후를 보고 있다. 하지만 원이는 그런 지후
가 안쓰럽다.

📺 27. 지후 방/ 밤

원이 침대에 앉아 있다. 지후는 캐리어를 펼치고 자기 짐을 직접 싸
고 있다.

원	지후야. 더 있다 가도 돼. 가기 싫으면 안 가도 되고.
지후	아니에요. 가고 싶어졌어요.
원	왜 갑자기 가고 싶어졌어?
지후	사랑이 누나한테도 잘 지내라고 꼭 전해주세요. 다음에 또 같이 연 날려요. 삼촌.
원	그래. 다음에 오면 또 같이 놀자.

🏠 28. 다이닝룸/ 밤

화란이 잡지를 보며 차를 마시고 있다.
원이 맞은편에 앉는다. 화란은 눈길도 주지 않는다.

원	잠깐 얘기 좀 해.
화란	(잡지 보며) 해.
원	지후는 우리처럼 만들지 말자.
화란	(여전히 잡지 보며) 우리라고 하지 마. 가족 같잖아.
원	나는 항상 외로웠어. 누나도 아버지도 있지만 항상 나 혼자인 거 같아서, 차라리 아무도 없었다면 더 나았을지도 모르겠어. 가족이 있는 게 나한테는 더 괴로웠어.

화란이 잡지를 덮고 원을 본다.

원	지후가 미국 가는 거, 엄마를 위해서라는 거 알잖아. 자기가 있으면 엄마가 일도 못 하고 방해만 된다고 생각하니까. 저

작은 아이도 소중한 사람 지키려고 저렇게 애쓰는데 어른인
우리도 노력은 해야 하잖아.

화란	나 부탁 하나만 할게.
원	응. 뭐든.
화란	건방 떨지 마.
원	나도 부탁 하나 할게.
화란	하지 마.
원	킹그룹 상무도 멋지지만 엄마라는 이름도 멋있어.

화란이 테이블에 잡지를 툭 던지고 일어선다.

🧳 29. 공항. 출국장 앞/ 낮

출국장 앞에서 티켓을 들고 있는 지후, 옆에는 비서가 서 있다.

비서	잘 모셔다드리고 오겠습니다. 상무님.

지후는 밝고 씩씩하게 인사를 한다.

지후	나 갈게. 아프지 말고. 밥 잘 먹고. 약속!
화란	응. 약속!

손가락을 걸고 약속하는 두 사람. 지후는 아쉬운지 또 인사를 한다.

지후	갈게. 잘 있어.
화란	조심히 잘 가.

출국장으로 가던 지후, 다시 돌아오더니 엄마를 안는다.

지후	내가 진짜 많이 사랑해. 우리 또 보자.

화란은 아무 대답도 못 하는데, 지후가 포옹을 풀고 해맑게 손을 흔든다. 출국장으로 가는 지후, 비서와 함께 들어간다.
더 이상 지후 모습이 보이지 않는다. 멍하니 서 있던 화란, 출국장 안으로 들어간다.

보안	여권이랑 탑승권 보여주… (화란이 그냥 들어가자) 들어가시면 안 됩니다.

보안이 따라 들어간다.
잠시 후 화란이 지후 손을 잡고 출국장 밖으로 나온다.
지후는 엄마가 왜 이러는지, 어디로 데려가는지 알 수가 없다.

지후	엄마 어디 가?
화란	집에 가자.
지후	집에? 정말?
화란	응 가자.

환하게 웃으며 서로를 바라보는 두 사람.

🏠 30. 게스트하우스 앞/ 낮

'OO인테리어'라고 적힌 트럭이 떠난다.

🏠 31. 게스트하우스. 마당/ 낮

마당에 서 있는 사랑, 목장갑을 벗고 뿌듯한 얼굴로 집을 보고 있다.
드디어 게스트하우스 전경 보인다. 오래된 시골집을 모던하고 깔끔
하게 꾸며놓았다.

🏠 32. 게스트하우스 앞/ 낮

예쁜 옷으로 갈아입은 사랑이 출입문 기둥에 'Hotel, Amor' 명판을
건다. 아모르 글자 아래는 5성급 호텔의 별처럼 스마일 마크 5개가
박혀 있다.
사랑이 삼각대에 휴대폰을 올리고 명판 옆에 선다.
어떤 표정을 지을까, 잠깐 망설이다가 환한 얼굴로 웃으면, 사진이
찍힌다. 셔터 소리 들리며,

🏠 33. 킹더랜드/ 낮

킹더랜드 안쪽으로 걸어가는 원. 뒤를 따라가는 상식과 최 전무 등

임원진들. 포토라인 안쪽에 서 있던 사진기자들이 경쟁적으로 원이
사진을 찍는다.
원이 임시로 만든 연단 앞에 서다.
수십 명의 취재기자들과 사진기자들 보인다. 기자 간담회장이다.
원이 자리를 잡고 난 후에도 한동안 셔터 소리는 계속 들린다.
셔터 소리 멈추고 장내가 조용해지자 원이 입을 연다.

원	와주셔서 감사합니다. 시작하시죠.
기자	킹호텔 대표이사가 되자마자 전 세계 16개국에서 동시에 호텔 체인을 오픈하는데요, 국내에만 머물던 호텔을 세계적인 호텔로 성장시킨 동력이 무엇이었는지 궁금합니다.
원	저는 킹호텔의 지난 100년을 돌아봤습니다. 살아남기 위해 애쓰던 시간도 있었고 성공에 취했던 때도 있었습니다. 그 모든 시기를 지나오며 변하지 않은 단 하나는 호텔을 지켜온 사람들의 마음이었을 겁니다. 그분들이 킹호텔을 지켜왔고, 저는 그런 거인의 어깨 위에서 세상을 보았을 뿐입니다.
기자2	이제 로컬 호텔에서 벗어나 글로벌 체인으로 나가고 계신데, 다음 스텝이 궁금합니다.
원	후발 체인 호텔의 무덤이라고 불리는 유럽으로 진출할 것입니다. 그동안 체인 호텔에서 보지 못했던 새롭고 획기적인 호텔이 탄생할 것입니다.
기자2	어떤 호텔인지 힌트라도 주실 수 없나요?
원	천 개의 색깔을 가진 하나의 체인, 그렇게 생각하시면 될 것 같습니다.
기자	상당히 공격적인 경영을 하고 계신데, 킹호텔을 세계 1위로

만드는 게 목표인가요?

잠시 생각하는 원. 기자들도 원이 말을 기다리고 있다. 킹더랜드 한 곳에서 서빙 준비를 하고 있는 민서, 하나, 두리, 세호 등도 원을 보고 있다.

원 제가 본부장으로 취임하는 날 그런 말을 했습니다. 킹호텔을 거짓 웃음이 없는 호텔로 만들겠다고요. 저는 대부분의 웃음이 거짓이라고 생각했습니다. 하지만 진심으로 웃는 사람을 만났고, 그 웃음이 얼마나 아름다운지 알게 됐습니다. 킹호텔의 목표는 세계 1위가 아닙니다. 모두가 진심으로 웃을 수 있는 호텔이 되는 게 목표입니다.

확신에 찬 눈빛으로 말하는 원.
그때를 놓치지 않고 사진기자들이 셔터를 누른다.
민서와 하나 등 킹더랜드 직원들은 활짝 웃으며 박수를 치고 있다.

🏠 34. 게스트하우스 내부/ 밤

거실 테이블에 테이블보를 까는 사랑. 전문가답게 호텔 라운지처럼 테이블보 떨어지는 각을 잡고 찻잔과 작은 화병 등을 세팅한다.
샤워 가운을 비롯한 슬리퍼와 어메니티까지 구석구석, 세심하게 세팅이 잘 되어 있다. 일반 게스트하우스들과는 다르게 작지만 정말 고급스러운 호텔 룸을 연상시킨다.

35. 게스트하우스. 마당/ 밤

평상에 앉아 삼겹살을 구우며 SNS에 사진을 올리는 사랑.
#32 사진과 함께 '사랑이 시작되는 곳, 호텔 아모르. 오늘 밤 예약 오
픈합니다'라는 텍스트가 떠 있다.
만족스러운 얼굴로 삼겹살을 한 점 집어 먹는 사랑. 꿀맛이다.
맥주를 따서 시원하게 들이켜며 밤하늘의 별을 본다. 노곤했던 하루
가 사르르 녹는다.

36. 게스트하우스. 관리실/ 밤

사랑이 사무실 겸 게스트하우스 사무실.
잠이 든 사랑. 밖에서 들려오는 부스럭거리는 소리에 잠이 깬다.
다시 한번 소리가 들린다. 놀란 사랑은 어쩔 줄 모르는데.

〈인서트〉 사랑이 집 (#22 연결)
사랑에게 야구방망이를 건네는 평화.

사랑   이게 뭐야?

평화   (야구방망이 준다) 너 혼자 있잖아. 급할 때 써.

침대 옆에 세워둔 야구방망이를 꼭 잡고 창문으로 슬그머니 밖을 확
인하는 사랑.
마당에 남자 실루엣이 보인다.

🎪 37. 게스트하우스. 마당/ 밤

야구방망이를 꼬옥 쥐고 밖으로 나가는 사랑. 아무도 없다.
후우, 안심을 하고 뒤를 도는데, 바로 뒤에 남자가 서 있다!
너무 놀라 비명을 지르는 사랑. 원이다. 그러나 비명은 멈추질 않는다.

〈게스트하우스 마당〉

평상에 앉은 사랑. 물을 벌컥벌컥 마신다.

사랑	(화가 난 목소리로) 이 밤중에 나무 심으러 오는 사람이 어딨어?
원	일찍 오려고 했는데 너무 바빴어. 다 심고 짜잔 하려고 했지.
사랑	연락이나 하고 오던가. 사람 놀라게.
원	뭘 해도 혼자 한다고 못 오게 하니까 그러지. 많이 놀랐지. 미안해.
사랑	(마당 한쪽을 돌아보며) 근데 왜 두 그루야?

나무 하나는 심다 말았고, 나머지 하나는 심지도 못했다.
두 그루 다 작고 가느다란 묘목이다.

원	우리 둘 나무야. 멀리 떨어져 있어도 우린 항상 함께라고 얘기해 주고 싶어서.
사랑	고마워. 너무 귀엽다.
원	마음에 들어서 다행이다. 꼭 선물해 주고 싶었어.

사랑이 원이에게 바짝 다가가 앉는다. 빤히 얼굴을 본다. 보고만 있

어도 좋다.

원	왜?
사랑	정신없어 몰랐는데 엄청 보고 싶었나 봐. 보니까 너무 좋다.
원	나도 그랬어. 그래서 못 참고 달려왔잖아.

다정하게 웃는 사랑, 원이 사랑을 안으려 하는데, 사랑은 그것도 모르고 벌떡 일어선다. 씩씩하다.

사랑	나무 같이 심자.

원이 헛손질을 하며 중심을 잃는다.

〈게스트하우스 마당〉
나무 두 그루가 나란히 서 있다. 어설프지만 지지대까지 만들었다.
아직은 작고 가냘픈 묘목이지만 세상 가장 튼튼한 나무로 클 것이다.

38. 게스트하우스 내부/ 밤

예쁘게 단장된 게스트하우스 내부를 둘러보는 사랑과 원.
원이 박수를 쳐주고 사랑은 뿌듯하다.

원	안목이 대단하십니다.

사랑	역시 뭘 좀 아시네요.
원	이 호텔 파실 생각 없나요? 제가 인수하겠습니다.
사랑	5스급 호텔이라 비싸요.
원	5성급은 들어봤어도 5스급은 처음입니다만.
사랑	스마일이 다섯 개.

〈인서트〉 명판. 스마일 5개가 보인다.

사랑	그래서 5스급.

사랑이 웃는다.

🛏 39. 게스트하우스. 마당/ 밤

호텔 같은 모던한 실내와는 다르게 마당은 안락하고 따뜻한 분위기를 느낄 수 있다.
원과 사랑이 커피를 마시며 불멍을 하고 있다.

원	사랑이 시작되는 곳, 호텔 아모르. 정말 멋있는 곳이야. 낭만도 있고, 정말 대단해.
사랑	가파도 갔을 때 묵었던 민박집이 생각났어. 서로 징글징글하게 미워하면서도 가장 가깝게 있던 날. 어찌 보면 우리 인연이 시작된 곳이라 사랑이 시작되는 공간을 만들고 싶었어.
원	가파도에서 제일 고급진 호텔이자 최고로 맛있는 레스토랑이었지.

사랑   야관문주 맛있었는데. 또 마시고 싶다.

원   자전거도 재밌었지. 또 가고 싶네.

띠링 띠링, 알림이 울린다. 휴대폰으로 홈페이지를 보는 사랑.

사랑   오! 예약 들어왔다.

원   진짜? 어디 봐. (사랑이 예약 페이지를 보어주면) 대단해! 천사장.
       오픈하자마자 예약이 들어오다니!

사랑   나니까! 하하하하!

원   맞아 천사랑이니까 할 수 있는 거지. 역시 멋있어! 축하해.

사랑   근데 이제 올라가 봐야 하지 않아? 내일 출근해야 되잖아.

원   조금만 더 있다가.

사랑   너무 늦으면 졸려서 안 돼. 얼른 가.

원   나무 잘 심어졌는지 확인해 봐야겠다. 바람에 쓰러지면 큰일
       나. 다쳐.

쫓겨날까 봐 말도 안 되는 핑계를 대는 원. 사랑은 그런 원이 귀엽다.
원이 나무 쪽으로 가는데,

사랑   자고… 갈래?

원이 멈추더니 휙 돌아본다.

원   응?

사랑   … 자고…

사랑 말이 끝나기도 전에 빛의 속도로 뛰어 들어가는 원. 차가 지나
간 듯 바람이 휙 불며 사랑 머리카락이 휘날린다.
웃음이 나오는 사랑, 커피 컵 등을 챙겨 방으로 간다.

🏠 40. 게스트하우스/ 밤

사랑이 황당한 얼굴로 서 있다.
원은 어느새 샤워까지 마치고 샤워 가운만 입은 채 침대에 누워 있다.

사랑	벌써 씻은 거야? 어떻게?
원	얼른 자자. 피곤해.
사랑	먼저 주무세요. 전 아직 할 일이 많아서. 불 꺼드릴게요.

사랑이 불을 끄고 나가려는데, 순간이동 한 듯 나타나 사랑을 번쩍
들어 올리는 원. 사랑을 사뿐히 침대에 내려놓는다.
은은한 조명에 분위기가 무르익는다.

사랑	마당… 화로… 불 꺼야 되는데…
원	이제 한계야.

사랑이에게 키스를 하는 원. 평소보다 더 깊고 진한 키스를 나눈다.

🛎 41. 게스트하우스 방 안. 시간 경과/ 낮

창문으로 햇빛이 들어온다.
눈을 뜨는 원, 옆에 사랑이 새근새근 잠들어 있다.
너무도 행복한 아침이다. 미소를 지으며 사랑이 이마에 입을 맞춘다.
기분 좋게 웃는 사랑, 원이 품으로 파고든다.

🛎 42. 몽타주

〈화장실〉

거울 앞에 나란히 서 양치를 하는 두 사람. 바라만 봐도 행복하다.

〈주방〉

사랑이는 커피를 내리고 원이는 브런치를 준비한다. 알콩달콩 신혼
부부 같다.

〈마당〉

마당 빨랫줄에 침대 시트를 너는 두 사람. 마당 가득 흰 천이 하늘거
린다. 평상에 누워 하늘을 보는 원이와 사랑. 흰 시트 사이로 파란 하
늘이 청명하다.
평온하고 나른한 오후의 햇살을 만끽하는 두 사람.

로운이 운전을 하고 평화는 옆자리에 타고 있다.
맑고 푸른 하늘, 신나는 음악, 손을 꼭 잡은 두 사람. 모든 것이 완벽
하다.

로운	사랑 씨 호텔 있잖아요, 아모르. 예약 또 실패했어요.
평화	나도 실패했어. 육남매 모이자고 한 지가 한 달이 넘었는데.
로운	그래도 정말 다행이에요. 예약이 꽉 차서.
평화	가서 일이라도 도와줘야 하는데…

말을 하다 말고 주변을 둘러보는 평화, 한적한 시골 국도다. 어딜 가
는지 모르겠다.

평화	우리 어디 가?
로운	엄마 만나러요.
평화	(놀란다) 엄마? 누구 엄마?
로운	예전에 선배가 엄마 드리라고 스카프 선물해 줬잖아요.
평화	그랬었지. 근데?
로운	그때부터 선배 보고 싶다고 꼭 데리고 오랬어요.
평화	(너무 놀라 당황하는) 안 돼. 절대 안 돼! 지금 옷도 그렇고, 머리도 엉망이고, 화장도 다시 고쳐야 하고.
로운	지금 그대로 너무 훌륭해요.
평화	아직 마음의 준비도 안 됐어, 그리고 선물도 안 샀는데 빈손으로 어떻게 가? 암튼 안 돼. 다 안 돼! 빨리 차 돌려!

평화는 다급하게 말을 쏟아내지만 로운은 그냥 웃고만 있다.

🛎 44. 공원묘지/ 낮

로운은 웃고 있고 평화는 울기 직전이다.

로운   엄마, 선배 왔어. (평화에게) 인사해요. 우리 엄마예요.

화면 넓어지며 공원묘지 전경 보인다.
아주 작은 묘지석 옆에 투명 아크릴 상자가 놓여 있고, 그 안에 평화
가 선물한 스카프가 들어 있다. 평화가 공손하게 고개 숙여 인사한다.

평화   안녕하세요… 오평화…입니다.
로운   엄마, 내 여자친구야. 보니까 어때? 예쁘지? 마음은 더 예뻐.

평화는 눈물이 난다. 눈물을 닦을 생각도 못 하고 로운 손을 꼭 잡
는다.

평화   예쁘게 오래오래 만날게요. 지켜봐 주세요.

로운도 평화 손을 꼭 잡아준다. 둘은 오랫동안 묘지석 앞을 떠나지
않는다.

🎫 45. 게스트하우스. 원과 사랑의 시간 경과

〈마당, 룸 앞/ 밤〉

　　문 앞에서 손님에게 수건을 건네주는 사랑.

사랑　　　　더 필요하신 거 있으시면 언제든 얘기하세요.
손님　　　　네. 감사합니다.
사랑　　　　그럼 편히 쉬세요.

　　밝게 인사하고 돌아서는 사랑, 마당에 원이 서 있다.

사랑　　　　언제 왔어?
원　　　　　배고플까 봐! 야식 먹자!

　　해맑게 웃으며 포장해 온 치킨을 들어 보이는 원.

〈관리실/ 밤〉

　　수건을 개고 있는 사랑. 노크 소리가 들린다.

사랑　　　　네. 뭐 필요한 거 있으세요?

　　문을 열면 원이 서 있다.

사랑　　　　왜 또 왔어?
원　　　　　지나가는 길에 들렀어.

사랑	여길 지나갔다고? 왜?
원	배고프다. 라면 먹자.

능성스럽게 웃으며 안으로 들어오는 원.

〈마당, 룸 앞/ 밤〉
재활용 쓰레기 등을 들고 밖으로 나오는 사랑, 놀라 멈춘다.
보면 원이 인상을 쓰며 서 있다.

원	내가 이럴 줄 알았어. 음식물 쓰레기는 내가 버린다니까.
사랑	이거 재활용이야. 근데 왜 자꾸 와.
원	쓰레기 버릴까 봐. 줘.

원이 쓰레기봉투를 뺏는다. 어이가 없는 사랑.

〈관리실/ 밤〉
문을 열고 서 있는 사랑. 오늘도 어김없이 원이가 왔다. 양손에 휴지
를 들고 있는 원.

원	어제 보니까 휴지가 떨어졌던데.

사랑이 문을 활짝 열고 안을 가리킨다. 한쪽 벽에 두루마리 휴지가
쌓여 있다.

원	휴지가 왜 있지?

장난스럽게 웃고 있는 원.

사랑은 원을 가만 바라본다. 매일 퇴근하고 이 먼 곳까지 오느라 눈 밑에 다크서클이 짙게 져 있다.

사랑　　　(화가 난 듯) 들어와. 잠깐 얘기 좀 해.

🛶 46. 관리실/ 밤

사랑과 원이 앉아 있다. 사랑은 걱정스럽지만 원은 아무렇지도 않다.

사랑　　　가까운 거리도 아닌데 매일 이렇게 오면 어떡해?
원　　　　나 하나도 안 피곤해. 진짜야.
사랑　　　거울이나 보고 하는 소리야? 지금 눈이 어떤 줄 알아? 다크서 클이 광대까지 내려왔어.

진짜 그런가? 원이 눈 밑을 만져본다.

사랑　　　만진다고 알아? 이제는 진짜 오지 마. 손님 없는 날 내가 올 라갈게.
원　　　　이번 달 예약 풀로 찼다며? 혼자서 어떡하려고?
사랑　　　안 그래도 사람 구한다고 공지 올렸어. 알바 구할 거니까 아 무 걱정 하지 마.
원　　　　우리 사이에 너무 냉정한 거 아냐?
사랑　　　우리 사이니까 걱정돼서 하는 소리지. 약속해.

원	...
사랑	얼른!
원	알았어. 안 올게.
사랑	진짜 알았어? 정말 약속한 거야!
원	응, 알았어… (눈치 보며) 진짜로 오지 마?

절대 흔들리지 말아야지 마음먹는 사랑! 단호한 표정으로 고개를 끄덕인다.

원	알았어. 안 올게.

47. 게스트하우스. 마당/ 낮

캠핑 의자에 앉아 있는 사랑, 주말 알바를 면접 중이다.

면접1	주중에 일하면 안 돼요?
사랑	우선은 주말 알바만 뽑아서요.
면접2	주말엔 놀아야 되는데.
사랑	숙식도 제공하고 출퇴근 교통비도 지원해 줄 거예요. 힘들까요?
면접3	(인상 쓰면서) 당연히 힘들죠. 일만 잘하면 되지 왜 웃음까지 강요해요?
사랑	웃는 얼굴로 손님을 맞이하면 더 행복해지지 않을까요?
면접4	(억지웃음) 네! 자신 있습니다 사장님. 근데 청소 같은 거 말고

카운터만 보면 안 될까요? 제가 좀 곱게 자라서요.

사랑이 심각한 얼굴로 이력서를 보고 있다. 면접자 얼굴을 보고 이력서를 또 보고.

사랑   제가 이력서를 봤는데요. 이미 직장이 있으신데 주말 알바가 가능하시겠어요?

원이 각 잡힌 자세로 똑바로 앉아 있다. 똘망똘망 열정이 넘쳐 보인다.

원   주말은 한가할 예정입니다. 워낙 체력이 남아돌아서 끄떡없어요. 그리고 투잡 시대잖아요 열심히 살아야죠.
사랑   킹호텔 사장님이 무슨 투잡이에요. 안 그래도 바쁘신 분이.
원   그러니까 더 해야죠. 여기 사장님이 호텔 베스트 사원 출신이시라고 들었습니다. 한 수 배우겠습니다. 뽑아주세요!
사랑   (어이가 없어 웃음이 나는 사랑) 안 돼요. 돌아가세요.
원   됩니다. 받아주세요.
사랑   그럼 한번 웃어봐요.

원, 미소를 짓는다. 어색하다.

사랑   진심으로 웃을 준비가 안 된 것 같은데요? 불합격!
원   다시 한번 할게요.

원이 다시 웃는다. 어느 때보다 예쁘고 밝은 웃음이다.

그 얼굴을 보자니 사랑은 도저히 불합격을 시킬 수가 없다.

사랑	다음 주부터 출근하시죠.
원	(벌떡 일어나 인사를 한다) 감사합니다, 사장님! 열심히 하겠습니다.
사랑	열심히 하는 건 당연한 거고 잘해야 합니다. 자신 있습니까?
원	(씩씩하게) 네! 자신 있습니다.

사랑이 웃는다. 다시 의자에 앉는 원. 자세를 바르게 고쳐 앉는다.
뭐지? 하는 눈으로 바라보는데.

사랑	면접 끝났어요. 다음 주부터 출근하시면 됩니다.
원	제일 중요한 면접이 남아서요.
사랑	네?
원	평생 함께하고 싶습니다.

놀란 사랑. 동그래진 눈으로 바라본다.
천천히 일어나 사랑이 앞으로 가는 원. 무릎을 꿇고 눈높이를 맞춰
앉는다.
그토록 기다렸던 순간이다. 반지 케이스를 열고 사랑이에게 내민다.

원	함께해 주실래요?

어떤 얼굴로 받아들일지, 무슨 말로 허락을 할지 생각하지도 않았었
다. 고개를 끄덕이는 사랑.

사랑   함께할게요. 언제까지나.

사랑이 손가락에 반지를 끼워주고 일어서는 원.

원   고마워. 마음 받아줘서.
사랑   고마워. 나한테 와줘서.

입을 맞추는 원, 원을 끌어안는 사랑.

48. 국밥집. 홀/ 낮

커다란 상에 미역국과 갈비찜, 그리고 나물 반찬들과 전 등 푸짐한 생일상이 차려져 있다. 마지막으로 생일 케이크를 한가운데 올려놓는 사랑. 원은 촛불에 불을 붙인다.

원   준비 다 됐습니다. 나오시죠.

주방에서 나오는 할머니.
할머니 얼굴은 보이지 않고 활짝 웃는 원과 사랑 얼굴만 보인다.
할머니가 상 앞에 앉는다.
드디어 꽃단장을 마친 할머니 모습이 보인다.
깔끔한 블라우스에 공주 왕관, 커다란 귀걸이, 화려한 목걸이 등 요즘 유행하는 '공주 세트'를 하고 있다.

사랑	우리 할머니 너무 예쁘다.
원	미스코리아 나가도 되겠어요.
할머니	이게 다 뭐시여? 누가 볼까 무섭네.
사랑	요즘은 다 이렇게 해. 할머니 공주 같애.
할머니	이 나이에 공주는 무슨.
원	여왕마마, 생신 축하드립니다.

생일 축하 노래를 부르는 원과 사랑. 할머니도 어느덧 웃는다. 노래를 마치고,

| 사랑 | 촛불 꺼, 할머니. |
| 할머니 | 이리 와. 같이 꺼. |

케이크 앞에 옹기종기 모인 세 사람. 할머니가 원이와 사랑이 손을 잡는다. 셋이 동시에 후우~ 촛불을 끈다.

🥘 49. 국밥집. 홀/ 낮

갈비찜을 먹어보는 사랑. 눈이 동그래질 만큼 훌륭한 솜씨다.

사랑	와! 너무 훌륭한데.
원	당연하지. 누가 했는데. (할머니에게) 드셔보세요.
할머니	사람이 먹어도 되는 거 맞아?
원	절 뭘로 보시고!

500

할머니   넌 아니까 그러는 거지.

할머니가 갈비찜을 먹어본다. 생각 이상으로 맛있다.

할머니   (원이 실력에 놀란) 간도 딱 맞고. 제법이네.
원   제가 원래 못 하는 게 없어요.
할머니   (전 하나 집어 먹고) 오! 이것도 네가 한겨?
원   그건 사 왔어요.
할머니   어쩐지 젤루 맛나다 했지.
원   맛있는 거 고르는 것도 실력이죠.
할머니   말은! 아주 청산유수여.

웃음이 끊이질 않는 세 사람. 원이 사랑이 손을 잡는다.

원   (진지하다) 드릴 말씀이 있어요.
할머니   뭐가 이렇게 진지해? 죄지었어?
원   저희 결혼하려고요. 평생 아끼고 잘 보살필게요.
사랑   이 사람이랑 함께라면 평생 행복할 것 같아.

이제 정말 사랑이 다 큰 거 같다. 대견하고 장하다.
활짝 웃으며 고개를 끄덕이는 할머니. 참아왔던 눈물이 흐른다.

🏠 50. 결혼식장/ 낮

로맨틱한 하우스 웨딩 결혼식장이다.
손님들이 속속 들어오고, 식장 한쪽에서는 10여 명의 오케스트라 단
원들이 음을 조율하고 있다.

〈입구 쪽〉
정장을 입은 화란과 지후가 식장 안으로 들어온다.
안쪽으로 들어가려다 멈추는 화란, 앞에 한미소가 오고 있다.
한미소도 화란을 보고 잠시 멈춘다. 하지만 이내 따뜻한 미소로 다가
온다. 몸을 낮춰 지후와 눈을 맞추는 한미소.

미소	네가 지후구나.
지후	네. 윤지후라고 합니다. 근데 누구세요?
미소	원이 삼촌 엄마야.
지후	그럼… (잠깐 계산을 하더니) 할머니? 우리 할머니예요?
미소	역시 엄마 닮아 똑똑하네. 한번 안아봐도 될까?
지후	네.

지후를 따뜻하게 안아주는 미소.
화란은 그런 둘을 무심하게 내려다보고 있다.
세월이 흘러도 한미소는 한결같다.
아무리 화란이 뾰족하게 굴어도 항상 따뜻하게 대해줬던 미소였다.
반가운 마음도 있는 걸 보면 세월을 따라 어느새 미움도 뭉뚝해진 거
같다.

미소   예쁘게 잘 키웠네. 고생 많았어.

자기도 모르게 옅은 미소를 짓는 화란, 가볍게 목례를 하고 걸어간다.

〈혼주석〉

혼주석으로 와서 앉는 미소. 살짝 긴장이 되는 듯 심호흡을 한다.
미소 옆자리에 앉는 구 회장. 여유로운 척하지만 미소 눈치를 본다.

구 회장   우리 아들이 어느새 커서 결혼을 하게 되다니. 감회가 새로워.
미소   은근슬쩍 친한 척하지 마요.

미소는 확실하게 선을 긋는다. 구 회장은 그래도 한 번 더 시도를 해
본다.

구 회장   이따 식 끝나면 차라도 한잔…

구 회장을 흘겨보는 미소. 쩝쩝… 입맛을 다시는 구 회장, 먼 하늘을
바라본다.

〈객석〉

로운이랑 평화가 손을 잡은 채 손을 흔들고 있다. 보면 다을이가 초
롱이 손을 잡고 오고 있다. 초롱은 로운이 처음이다.

로운   안녕! 네가 초롱이구나?
초롱   (로운 살피다 평화에게) 이모 남자친구야?

평화	응.
초롱	완전 멋지다. 왕자님 같아. 합격!
로운	합격 감사합니다.
상식	(쓱 들어오며) 니가 초롱이구나?
초롱	삼촌은 땡! 불합격!

다을과 평화, 로운이 웃는다. 심통이 난 상식, 로운에게 화풀이를
한다.

상식	날도 더운데. 굳이! 꼭 그렇게 손을 꼬옥 잡고 있어야겠어?
다을	얼른 좋은 사람 만나야 할 텐데. 어째 자꾸 심통만 느시네.
상식	좋은 사람 있으면 소개라도 시켜주던가.
평화	어떤 스타일 좋아하시는데요?
상식	그런 게 정해져 있나. (고개 돌리며) 사랑은 운명처럼 만나는 거지.

식장으로 한 여자가 들어오고 있다.
눈을 떼지 못하는 상식, 홀린 듯 일어선다. 운명이다!
여자는 누구를 찾는지 두리번거리다 상식과 눈이 마주친다.
정신을 차리고 보니 상식은 어느새 그 여자 앞이다.

상식	안녕하세요. 저는 킹호텔 노상식 부장이라고 합니다.
여자	네에.
상식	초면에 실례지만, (시계를 보란 듯이 보며) 혹시 시간 되시면 이따 커피 한잔하실래요? 이상하게 보일지 몰라도 절대 이상한 사

람 아닙니다.

여자	(잠시 생각해 보고) 네. 좋아요.
상식	(놀란다) 진짜요? 왜요?
여자	(상식이를 따라 시계를 보며) 시간이 돼서요.
상식	(활짝 웃으며) 그럼 이따 결혼식 끝나고 만나요, 우리.
여자	그래요. 우리.

뒤돌아보는 상식. 보면 삼남매가 엄지 척을 하고 있다.

🛥 51. 신랑 대기실

원이 혼자 앉아 있다. 문이 열리며 구 회장 들어온다.

구 회장	멋있구나.
원	안 오실 줄 알았어요.
구 회장	자식이 자기 인생 살게 해주는 게 부모가 할 일이라고 네 엄마가 그러더구나. 너만이라도 네 인생 살게 해주자고. 늦었지만 축하한다. 제대로 한번 행복하게 살아봐.

늦었지만 더 늦지 않게 축하를 받았다. 원은 그것으로 아버지와 모든 앙금이 풀리는 것 같다.

구 회장	시간 됐다. 가자.

구 회장이 직접 문을 열어준다.

🎪 52. 결혼식장/ 낮

예식장 한쪽, 음을 조율하던 오케스트라 단원들이 멈춘다.
순식간에 정적이 감도는 예식장. 조명이 서서히 낮아진다.
사방이 어두워지자 조명을 받고 있던 꽃들이 더 선명한 색으로 빛
난다. 신랑 신부가 어디 있나 돌아보는 구 회장과 한미소, 화란과 지
후, 로운과 상식.
평화와 다을은 양쪽에서 할머니 손을 잡고 혼주석에 함께 앉아 있다.

웨딩로드 중간에 핀 조명이 떨어지며 오케스트라가 연주를 시작한다.
웨딩로드 중간, 어둠 속에서 밝게 빛나는 등대처럼 혼자 서 있는 원,
잠시 후 웨딩로드 입구 문이 열리며 밝은 빛이 식장 안으로 들어온다.

환한 빛을 등지고 서 있는 사랑.

사랑 뒤로는 화려한 꽃과 안개가 어우러져 마치 다른 세상 같다.
마치 천사가 다른 세상에서 이 세상으로 넘어온 것처럼. 너무나도 아
름답다.
서로를 바라보는 두 사람.
사랑이 웨딩로드로 들어온다. 동시에 원도 사랑을 향해 걸어간다.
서로를 향해 조금씩 가까워지는 두 사람.
이 세상에 아무도 없고 오직 둘만 있는 느낌이다.

원과 사랑이 만난다.

사랑이 손을 잡고 손등에 입을 맞추는 원,

그러고는 팔짱을 끼고 함께 주례석 쪽으로 걸어간다.

행복하게 걸어가는 두 사람, 서로의 얼굴을 바라보며 미소 짓는다.

천장에서 꽃가루가 날리기 시작한다. 환상적인 분위기.

활짝 웃는 둘의 얼굴에서,

***

53. 에필로그 : 비행기 내외부

사랑과 원이 손을 잡고 앉아 있다. 원이 옆으로 승무원이 다가온다.

로운 더 필요한 거 없으십니까?

원과 사랑, 로운을 보고 놀란다.

원 어? 네가 왜 여기에 있어?
평화 저도 있습니다만 고객님.

반대쪽 복도를 바라보면 평화가 서 있다.

사랑 너는 왜 여기 있어?
평화 그러게 말입니다. 우연히 같은 비행기네요.

원   우연치고는 너무 우연이 아니잖아요!

그때, 앞자리에서 노란 깃발이 쓱 올라온다. '으쌰으쌰!'라고 적힌 깃발, 태국에서 원이를 괴롭혔던 그 깃발이… 불안한 기운이다.

원   저건 또 뭐야?
사랑   설마…

앞좌석 등받이 위로 상식과 다을이 쓱 고개를 내민다.

상식   고품격 럭셔리 허니문으로 준비했습니다.
다을   으쌰으쌰! 우리는 하나!

사랑이 손을 잡고 자리에서 일어나는 원.

원   우리가 내리자.

로운이 원이를 앉히고 안전벨트를 해준다.

로운   이륙 준비하겠습니다. 자리에 앉아주세요.
원   다 내려. (큰 소리로) 잠시만요 기장님. 여기 사람 내려요~

🎬 54. 하늘

푸른 하늘을 날아가는 비행기, 요동을 치더니 수직으로 솟구친다.

그러다 뒤집어지기도 하고 뚝 떨어지기도 하면서 하얗게 비행운을 남긴다.

카메라 넓어지며 'smile' 비행운이 남긴 글자 보인다.

55. 에필로그 : 게스트하우스 - 킹더랜드 교차

〈게스트하우스〉

원과 사랑이 커다란 고무 대야에 이불 커버를 넣고 발로 밟으며 빨래를 하고 있다.

원과 사랑이 이불 커버를 빨랫줄에 널고 있다.

빨래가 바람에 하늘거리고, 원과 사랑은 평상에 앉아 아이스크림을 먹는다.

〈킹더랜드 앞 - 내부〉

사랑과 원이 손을 잡고 걸어간다. 킹더랜드 문이 열리며 입장하는 사랑과 원. 킹더랜드를 가득 채운 귀빈들이 박수를 친다.

킹더랜드 정면에는 '킹호텔 101주년 기념 호텔리어의 밤' 행사 현수막이 걸려 있다.

〈게스트하우스〉

사랑과 원이 편하지만 예쁜 옷을 입고 대문 앞에 서 있다.

삼각대에 휴대폰을 올리고 포즈를 잡는 원과 사랑.

그들 뒤로 스마일 마크 5개가 붙어 있는 '호텔 아모르 2호점' 명판 보인다.

〈킹더랜드〉

손을 잡고 연단에 오르는 원과 사랑.

인사를 하는 두 사람, 그리고 호텔리어들의 열광적인 박수.

환하게 웃는 사랑과 원의 얼굴.

〈 THE END 〉